SEIGNEURS DES DEUX TERRES

Les chevaux du fleuve

Du même auteur
aux Éditions Stock

Le Tombeau de Saqqarah, 1991.
La Dame du Nil, 1992.
Les Enfants du Soleil, 1993.
Le Scorpion du Nil, 1994.
La Vengeance du Scorpion, 1996.

Pauline Gedge

Seigneurs des Deux Terres

Les chevaux du fleuve

roman

Traduit de l'anglais
par
Claude Seban

Stock

Titre original :

LORDS OF THE TWO-LANDS

A trilogy of ancient Egypt

* THE HIPPOPOTAMUS POOL

© 1998, Pauline Gedge.
© 1998, Éditions Stock pour la traduction française.

Remerciements

Mes sincères remerciements à Bernard Ramanauskas, dont les recherches, l'esprit d'organisation et l'attention méticuleuse aux détails m'ont permis d'écrire ces livres.

Cette trilogie est dédiée au prince Kamosé, un des personnages les plus obscurs et les plus méconnus de l'histoire égyptienne. J'espère avoir contribué si modestement que ce soit à sa réhabilitation.

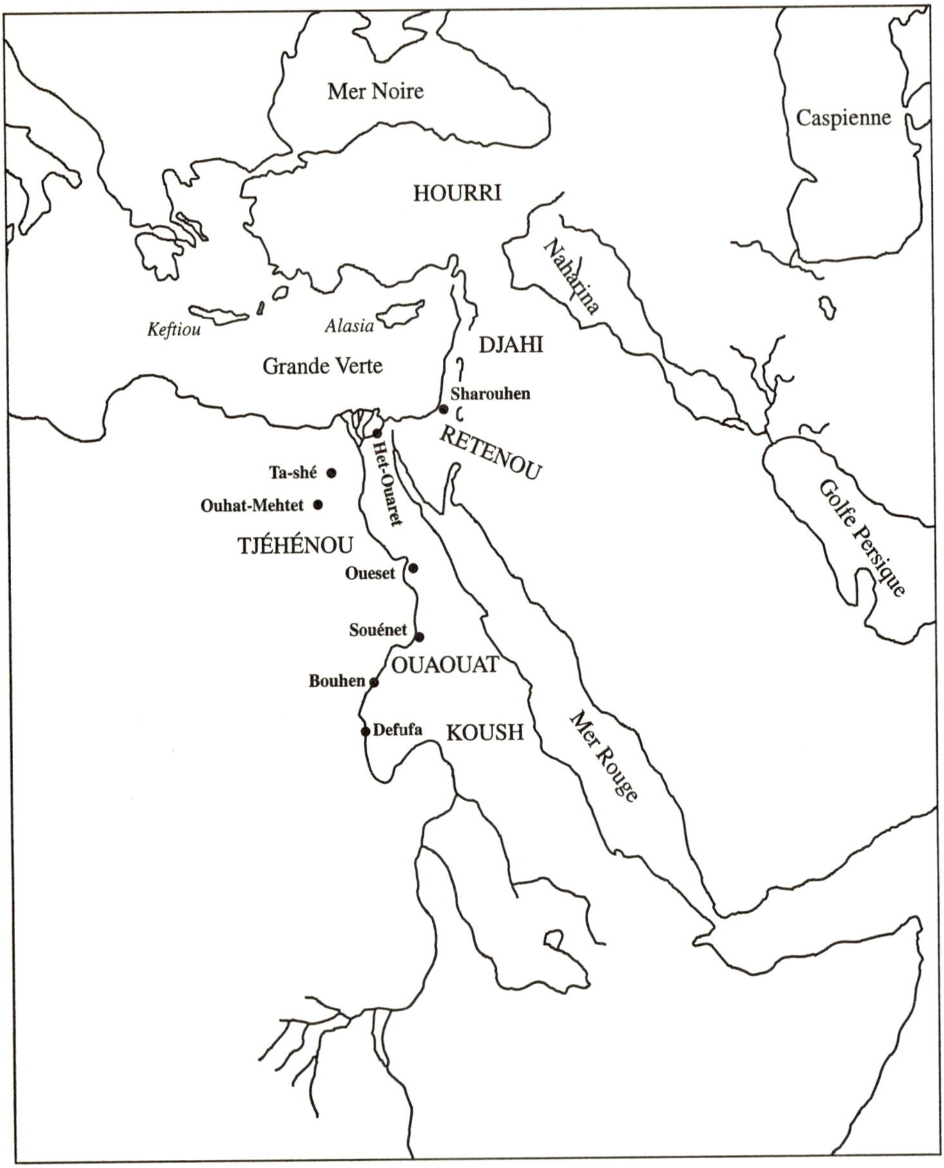
Mer Noire
Caspienne
HOURRI
Naharina
Keftiou
Alasia
DJAHI
Grande Verte
Sharouhen
RETENOU
Het-Ouaret
Ta-shé
Ouhat-Mehtet
TJÉHÉNOU
Golfe Persique
Oueset
Souénet
OUAOUAT
Bouhen
Defufa
KOUSH
Mer Rouge

LISTE DES PERSONNAGES PRINCIPAUX

LA FAMILLE

Séqénenrê Taâ – Prince de Oueset
Ahhotep – son épouse
Tétishéri – sa mère
Si-Amon – son fils aîné
Kamosé – son deuxième fils
Amohsis – son troisième fils
Ahmès-Néfertari – sa fille aînée
Tani – sa fille cadette
Ahmosis-onkh – fils de Si-Amon et Ahmès-Néfertari, sa sœur-épouse

SERVITEURS

Akhtoy – premier intendant
Karès – intendant d'Ahhotep
Mersou – intendant de Tétishéri
Ouni – un intendant
Ipi – le premier scribe

Isis – servante personnelle de Tétishéri
Hétépet – servante personnelle d'Ahhotep
Hèqet – servante personnelle de Tani
Raa – nourrice d'Ahmosis-Onkh

PROCHES ET AMIS

Téti – gouverneur de Khmounou, cousin d'Ahhotep par alliance
Néfer-Sakharou – épouse de Téti et cousine d'Ahhotep
Ramosé – leur fils et le fiancé de Tani
Amonmosé – grand prêtre d'Amon

LES PRINCES ET AUTRES PROTAGONISTES EGYPTIENS

Hor-Aha – originaire de Ouaouat, commandant des Medjaï
Intef de Qebt
Iasen de Badari
Mékhou d'Akhmîn
Mésehti de Djaouati
Ankhmahor d'Abdjou
Harkhouf – son fils
Sébek-Nakht de Mennéfer
Pahéri – maire de Nékheb
Het-Oui – maire de Pi-Hathor
Baba-Abana – gardien des navires
Kay Abana – son fils

LES SETIOUS

Aouserrê Aqenenrê Apopi – le pharaon
Néhmen – son premier intendant
Ykou-Didi – son premier héraut
Khian – un héraut
Itjou – son premier scribe
Pédjédkhou – le général en chef
Doudou – un autre général

1

Un peu essoufflé par son effort, Séqénenrê arriva enfin sur la terrasse et s'assit contre un pan de mur affaissé. Il replia les jambes en poussant un soupir de satisfaction. Ce coin jonché de décombres, au-dessus de ce qui était jadis les appartements des femmes du vieux palais, était son refuge. Il venait y réfléchir ou simplement y rêver, en promenant le regard sur le fleuve et sur les champs, sur son domaine et sur la petite ville d'Oueset, qui s'étirait le long du Nil et entourait les deux temples. Souvent, pendant les heures somnolentes de l'après-midi, quand sa femme dormait ou bavardait avec ses suivantes, que ses enfants étaient allés se baigner avec leurs gardes, il s'esquivait, traversait la grande cour silencieuse du palais en ruine et pénétrait dans ses pièces sombres et vides. Il restait peu de traces de ses ancêtres. Çà et là, l'éclair d'une peinture jaune sur une colonne, le noir et blanc saisissant d'un œil *oudjat* ou un cartouche indéchiffrable jetaient encore leur charme sur les ombres inhabitées, mais les vestibules et les couloirs, les chambres à coucher et les majestueuses salles de réception à colonnettes étaient balayés par le vent et résonnaient lugubrement de l'écho de ses pas.

L'ensemble du palais devenait rapidement dangereux. Les briques de terre crue qui avaient servi à sa construction s'effritaient. Des murs entiers n'étaient plus que des amas de poussière. Des plafonds s'étaient effondrés, laissant entrer des rayons de lumière dont l'éclat même paraissait souvent sacrilège à Séqénenrê. Il se rendait parfois dans la salle d'audience, où s'était jadis dressé le trône d'Horus; il y écoutait le silence, suivait sur le sol couvert de sable l'imperceptible déplacement des carrés de lumière tombant des hautes fenêtres, mais ne supportait pas longtemps l'atmosphère de tristesse solennelle qui régnait dans la pièce.

Aujourd'hui, il ne s'était pas réfugié là pour ruminer un problème administratif ni même pour réfléchir en paix. Ses qualités de prince d'Oueset et de gouverneur des cinq nomes faisaient de lui un homme occupé, aux tâches classiques mais prenantes, et il en était venu à apprécier les rares heures qu'il pouvait passer seul sur cette terrasse, où le charme du paysage s'étendant sous ses yeux ramenait ses irritations et ses responsabilités sociales et familiales à leurs justes proportions. On était au printemps. Le Nil coulait avec une lenteur majestueuse entre des rives couvertes d'un fouillis de joncs verts et de fourrés de papyrus. A l'ouest, les falaises tremblaient, arides et brunes, sur un ciel d'un bleu pur. Quelques petites embarcations se balançaient sur l'eau, le mât dégarni, dérangeant les canards et parfois un héron, qui s'envolait languissamment au-dessus des marais.

Le regard de Séqénenrê se porta vers le nord. Le fleuve décrivait une courbe et disparaissait à sa vue, mais sur la rive orientale, celle où il se trouvait, sillonnés par des canaux d'irrigation bordés de palmiers, s'étendaient des champs noirs, trop détrempés encore par la crue pour que les paysans puissent les piétiner et les ensemencer.

Plus près, juste derrière l'enceinte effondrée qui avait autrefois entouré le palais, ses serviteurs, le dos nu et luisant, plantaient des légumes. Leurs voix montaient jusqu'à lui par intermittence. Il apercevait le toit de sa maison, en contrebas. Des coussins et des étoffes éparpillées brillaient par instants entre les branches des sycomores et des acacias qui ombrageaient son jardin. Plus loin, des drapeaux ondulaient devant le pylône du temple d'Amon et, au-delà encore, un coin du sanctuaire de Montou s'enfonçait comme la pointe brune d'un couteau dans l'horizon proche.

Séqénenrê commençait à se détendre. L'inondation avait été généreuse et avait apporté à la terre ce qui lui était nécessaire : de l'eau et du limon. Si les maladies épargnaient les cultures, la récolte serait abondante. Il était encore trop tôt pour que le surveillant de ses vignes du Delta lui eût fait son rapport, mais Séqénenrê supposait que les grappes seraient lourdes et les grains gonflés à éclater. Les fruits de la treille qui ombrageait une partie du sentier menant de son débarcadère à sa maison étaient cueillis pour leur jus, mais l'on n'en faisait pas de vin. Mon bétail est en bonne santé et mes gens ont le ventre plein, pensa-t-il avec reconnaissance. Une grande partie de ma richesse partira naturellement en impôts dans le Nord, mais je ne vais pas m'en plaindre. Pas tant qu'on me laisse être mon propre maître dans mes nomes.

Il bougea, gêné soudain par un éclat de brique logé dans sa sandale et, alors qu'il se penchait pour l'ôter, une inquiétude fugitive l'assombrit. Ce serait me bercer d'illusions que de me croire oublié d'Apopi, ici dans le Sud, se dit-il, d'imaginer qu'il ne pense à moi que lorsqu'il envoie ses collecteurs recueillir les impôts. La distance qui nous sépare ne garantit pas ma sécurité. J'aimerais que ce fût le cas mais, pour lui, je ressemble à cet éclat de brique : je l'incommode dans les moments où rien d'autre ne le distrait de la conscience de mon existence. Je ne peux changer mon lignage ni me fondre dans l'anonymat de la petite noblesse. Je lui rappelle ses origines étrangères, et que valent-elles en comparaison des dieux puissants qui m'ont engendré ? Mais laissons cela ! Je ne suis pas monté ici pour réfléchir au passé d'Apopi ni au mien. Comme il est magnifique, mon coin d'Egypte !

Se laissant aller en arrière, les yeux mi-clos, il s'abandonna à une douce somnolence, savourant la brise légère mais régulière qui atténuait la chaleur du soleil. Une heure s'écoula, et il venait de décider qu'il avait assez paressé lorsqu'un cri le fit se lever et gagner le bord de la terrasse. Si-Amon le hélait d'une brèche dans le mur d'enceinte en ruine ; il était accompagné de Kamosé, son jumeau. Les deux jeunes gens portaient pour tout vêtement un pagne court.

« Je pensais bien te trouver là-haut, père ! » dit Si-Amon, qui ajouta, en tendant le bras vers le nord : « Nous étions en train de nous baigner et nous avons vu une barque royale approcher. A la façon dont ils affalent la voile, il me semble qu'ils vont se diriger vers notre débarcadère. Qu'en dis-tu ? »

Séqénenrê regarda vers le fleuve. Une embarcation fine à la voile triangulaire avançait lentement vers lui. Elle arborait des pavillons bleus et blancs à l'avant et à l'arrière. Des hommes vêtus eux aussi de ces deux couleurs s'affairaient sur le pont. C'était bien une barque royale. Elle va poursuivre sa route, pensa Séqénenrê. La plupart continuent vers le pays de Koush, où elles vont chercher l'or des mines, des esclaves, des plumes d'autruche et des babioles exotiques. Si-Amon espère sans doute la voir faire escale ici. Rien ne lui plairait davantage que la visite d'un représentant du roi, qu'il pourrait interroger en détail sur la vie à Het-Ouaret. Mais moi, je respirerai plus librement lorsque je l'aurai vue s'éloigner et disparaître. «A mon avis, ils manœuvrent simplement pour tenir compte d'un changement de vent, répondit-il.

— Tu as sans doute raison, fit Si-Amon avec un haussement d'épaules résigné.»

Il le salua d'un geste et se dirigea vers la maison. Séqénenrê le suivit un instant des yeux, puis reporta son attention sur la barque. Il s'attendait que la voile fût hissée à nouveau mais, à sa consternation, les marins sortirent les avirons et ramèrent vers son débarcadère. Inquiet, il descendit en toute hâte de la terrasse.

Lorsqu'il parvint à la brèche du mur d'enceinte, il y trouva Kamosé en train de l'attendre. «Ton frère avait raison, ils viennent ici, dit-il d'un ton brusque.

— Que peuvent-ils bien nous vouloir? demanda Kamosé. Le nouvel an est passé depuis cinq mois. Nous avons versé notre tribut, envoyé nos présents, et il est trop tôt pour qu'ils viennent fixer le montant de l'impôt.»

Séqénenrê secoua la tête d'un air sombre.

«Je n'en ai aucune idée, répondit-il, tandis qu'ils se dirigeaient ensemble vers la maison. Mais nous n'aurons pas à nous féliciter de leur visite, tu peux en être certain.

— Prions qu'ils ne désirent rien d'autre qu'une cruche de vin, un bon repas et l'hospitalité pour la nuit avant de s'enfoncer dans le pays de Koush. Ils nous considèrent un peu comme le dernier bastion de civilisation et de confort avant les rigueurs du Sud. Ils n'ont que crainte et mépris pour le désert. Ahmosis! Où vas-tu?»

Le fils cadet de Séqénenrê les dépassait en courant, les pieds nus, les reins ceints d'un pagne froissé et poussiéreux.

«Sur le terrain d'exercice, lutter avec Touri! cria-t-il sans s'arrêter. Nous avons fait un petit pari!

— Sois à l'heure pour le dîner! recommanda Séqénenrê. Nous avons des invités.»

Le jeune garçon acquiesça d'un geste.

«Des invités! répéta Kamosé avec amertume. Nous ne leur avons pas demandé de venir et nous sommes forcés de les recevoir.»

Séqénenrê répondit au salut du soldat de garde à l'entrée principale. Dès que son fils et lui pénétrèrent dans la maison, Ouni s'avança vers eux. Kamosé se dirigea aussitôt vers ses appartements.

«Une embarcation royale s'apprête à s'amarrer à notre débarcadère, déclara Séqénenrê à l'intendant. Envoie une escorte l'accueillir. Demande à Isis d'aller prévenir dame Tétishéri et ma femme, et fais servir des fruits et du vin dans le jardin. Je vais prier et me changer.» Sans attendre, il se rendit dans ses appartements et appela son serviteur personnel. «De l'eau, vite! ordonna-t-il, lorsque celui-ci s'inclina devant lui. Prépare-moi des vêtements propres. Nous avons de la visite en provenance du Delta.» N'invente pas des ennuis qui n'existent pas, se dit-il avec sévérité en détachant ses sandales. Garde ton calme. Ne contrarie pas l'envoyé d'Apopi. Ne dérange pas la Maât en cette journée, ô prince d'Oueset!

Ouvrant son tabernacle, il prit l'encensoir posé à côté et, après avoir allumé le charbon avec la bougie qui brûlait en permanence à cet effet, il y jeta quelques grains d'encens. S'inclinant devant la statue d'Amon, le Grand Criailleur, seigneur protecteur d'Oueset, il lui rendit hommage, puis se prosterna sur le sol frais. Aide-moi à conserver mon sang-froid, pria-t-il. Accorde-moi assez de sagesse pour écouter ce que le héraut du roi a à dire sans montrer ni impatience ni mépris. Surveille ma langue, afin que je ne risque pas en l'offensant de me nuire et de mettre ma famille en danger. Cache-lui mes pensées et fais qu'il ne lise que de la politesse sur mon visage. Il n'y avait rien à ajouter. Il se releva et respira un instant l'odeur douce de l'encens avant de refermer le tabernacle et de s'abandonner aux mains de son serviteur, qui était revenu avec une bassine d'eau chaude et des serviettes de lin.

Une heure plus tard, Séqénenrê s'avançait dans les senteurs et la lumière de son jardin. Ses yeux étaient soulignés de khôl; un serre-tête en argent ceignait son front; *ankhs* et oudjats du même métal entouraient son cou; des bagues scintillaient sur la peau presque noire de ses doigts. A côté du bassin, à l'ombre des arbres, on avait étendu des nattes sur lesquelles, assis en tailleur, le visiteur royal et ses deux compagnons écoutaient la voix douce et mesurée d'Ahhotep. Kamosé était un peu à l'écart, maquillé pour la circonstance, lui aussi, les mains jointes sur sa jupe blanche impeccablement plissée.

En voyant Séqénenrê, tous se levèrent et s'inclinèrent. Un serviteur lui présenta un bol de fruits, mais il refusa d'un mouvement de tête et prit le vin que lui tendait Ouni. Puis il s'assit en invitant d'un geste les autres à faire de même. «Je vous salue, dit-il aimablement. Nous sommes honorés d'avoir les serviteurs de l'Unique pour hôtes. A qui m'adressé-je ?

– Je suis Khian, héraut de Sa Majesté », répondit un des hommes.

Mince, la peau claire, les yeux peints d'un khôl épais pour les protéger du soleil du Sud, il portait une jupe d'un lin diaphane retenue par une ceinture en cuir cloutée de cornaline, et deux chaînes en or étincelaient sur son torse. « Ces deux hommes sont mes gardes. Je te remercie de ton accueil, prince. J'ai le plaisir de transmettre les amitiés du Seigneur des Deux Terres à toute ta maison, et notamment à dame Tétishéri, ta mère, à qui il souhaite vie, santé et prospérité.

– Nous lui en sommes reconnaissants, répondit Séqénenrê. Es-tu en route pour le pays de Koush, Khian ? »

Le héraut but une gorgée de vin. « Non, prince, déclara-t-il. Je suis venu tout exprès te présenter les salutations de l'Unique et t'apporter une lettre. »

Le regard de Séqénenrê croisa celui de Kamosé, puis chercha celui de sa femme. Ahhotep observait avec concentration le manège des moineaux dans le feuillage tendre des arbres.

Un silence gêné suivit. Le héraut but une autre gorgée de vin. Kamosé ôta un invisible grain de poussière de la datte qu'il tenait à la main et mordit dedans avec précaution. Séqénenrê s'apprêtait à faire la remarque insignifiante qu'exigeait la politesse, quand une ombre le fit se retourner : Si-Amon et Ahmès-Néfertari se tenaient derrière lui, main dans la main. Il poussa un soupir de soulagement. Le couple s'inclina en souriant, embrassa Ahhotep, salua Khian avec grâce et s'assit à côté de Kamosé.

Une conversation générale s'engagea ; on parla des prochaines semailles, de la vie nouvelle qui s'éveillait dans les vignobles et du nombre de veaux nés dans le Delta. Khian était un cultivateur enthousiaste qui s'occupait personnellement de son petit domaine des environs d'Het-Ouaret, et le léger moment de gêne qui avait suivi la mention de la lettre fut bientôt oublié. Le soleil s'inclinait lentement, éclairant le jardin d'une lumière orangée, et les poissons du bassin montaient à la surface, attirés par les nuages de moustiques qui commençaient à s'amasser. Ouni distribua des chasse-mouches, dont le bruissement ponctua la conversation.

Tani arriva enfin en courant, suivie par une bande de chiens haletants. Béhek s'élança vers Séqénenrê et posa sa belle tête sur les genoux de son maître. «Pardonnez-moi mon retard, dit Tani, en prenant des fruits et en s'installant près de sa mère. Mais les chiens avaient besoin d'exercice. Je les ai emmenés jusqu'à la lisière du désert et, au retour, je me suis arrêtée au bord du fleuve pour qu'ils puissent se désaltérer. Quelle belle journée nous avons eue!»

Sur un geste de Séqénenrê, le garde du corps de Tani siffla en agitant les laisses qu'il tenait à la main. A contrecœur, les chiens obéirent, et Béhek donna de grands coups de langue à son maître avant de suivre ses compagnons. Ahhotep se leva. «Tu souhaites sans doute te délasser avant le repas, dit-elle au héraut. Ouni va te montrer tes appartements; il te conduira ensuite à la salle de réception. Tes hommes seront logés avec nos serviteurs. Viens, Tani, tu as besoin d'un bon bain.»

Elle sourit à la ronde, et Séqénenrê s'émerveilla de son calme. Rien sur son visage ni dans son attitude ne trahissait la moindre tension. Khian et ses hommes se levèrent aussitôt, s'inclinèrent et suivirent l'intendant. Si-Amon prit Ahmès-Néfertari par le cou.

«Il ressemble davantage à un paysan qu'à un héraut, remarqua-t-il. Encore qu'avec aussi peu de muscles, il aurait du mal à sarcler un champ! Pourquoi le roi nous envoie-t-il un aussi piètre individu? Nous méritons au moins un premier héraut, il me semble! Que nous veut-il?»

Séqénenrê savait que son fils plaisantait, mais l'indignation perçait tout de même sous la légèreté du ton. Ton orgueil est mal placé, Si-Amon, pensa-t-il. J'aimerais que tu ne t'offenses pas aussi facilement de ces insultes insignifiantes qui ne menacent ni ta virilité ni ton sang noble.

«Il nous apporte une lettre d'Apopi, répondit-il. Je ne l'ai pas encore lue. Je préfère attendre d'avoir dîné.

– Toujours des lettres, toujours de nouvelles exigences stupides et vexatoires, murmura Kamosé en s'approchant de son père. La dernière fois, c'était pour nous ordonner de cultiver plus d'orge que de lin, alors que la récolte de lin promettait déjà d'être abondante. Il s'est également enquis du nombre de paires de sandales que nous avions dans notre maisonnée. A quel jeu idiot joue le roi?»

Séqénenrê contempla la surface paisible du bassin. Les poissons y faisaient naître des cercles qui s'élargissaient et allaient mourir contre la paroi de pierre. Les ombres s'allongeaient sur l'herbe que teintait le crépuscule. Les serviteurs roulaient les nattes et ramassaient les restes de la collation servie aux invités.

«Je l'ignore, et c'est sans importance, répondit-il enfin. Nous faisons ce que l'on nous demande et, en échange de notre obéissance, nous sommes libres de diriger nos noms et nos vies selon la volonté d'Amon. Beaucoup n'ont pas cette chance.»

Kamosé fit une grimace et s'éloigna.

«Je pourrais parler au héraut, père, proposa Si-Amon. J'obtiendrais peut-être de lui des informations utiles.

– Je te l'interdis. Un héraut est un messager, rien de plus. Il n'est pas censé conseiller son maître, ni avoir d'opinions, et tu t'abaisserais en accordant à ce Khian plus de respect que ne l'exigent les lois de l'hospitalité. Il est de surcroît le serviteur d'un roi qui ne nous veut aucun bien. Rappelle-t'en quand tu t'adresseras à lui.

– Pardonne-moi, fit Si-Amon en s'empourprant. Tu as raison. Mais il m'est difficile de me savoir fils de roi et de devoir néanmoins surveiller ma langue en présence d'un simple héraut.» Il se releva et aida sa femme à en faire autant. «Nous avons encore un moment avant que le banquet ne commence, lui dit-il. Allons nous promener au bord du fleuve.»

Séqénenrê les suivit des yeux. Agé de dix-neuf ans, Si-Amon, puisque né quelques instants avant Kamosé, était son héritier. Physiquement, rien ne le distinguait de son frère qu'un grain de beauté au coin des lèvres, mais leurs personnalités étaient très différentes. La confiance en soi de Si-Amon frisait l'arrogance. Il était intelligent et instruit, tirait fort bien à l'arc, mais rongeait son frein à Oueset, qu'il considérait comme un trou de province. Il voulait aller dans le Nord, servir le roi, être là où siégeait le pouvoir, et Séqénenrê pouvait seulement espérer qu'avec les ans, son arrogance se muerait en autorité princière et que l'exercice du pouvoir canaliserait son impatience.

Par contraste, Kamosé semblait avoir hérité de la sérénité de sa mère. Il avait l'assurance tranquille et la maturité d'un homme deux fois plus âgé. Quant à Ahmosis, le cadet, âgé de seize ans, c'était une flamme, un garçon vif, vigoureux, habile au maniement des armes, excellent lutteur, qui ne demandait guère à la vie que de continuer inchangée sous la bénédiction des dieux.

J'ai tout ce qu'un homme peut désirer, se dit Séqénenrê. Je suis prince d'Egypte. J'ai une famille unie et aimante. Je ne manque de rien. Mes tâches sont lourdes mais simples, à la différence de celles qui incombent à un roi. Il leva les yeux et, presque malgré lui, son regard fut attiré par la masse imposante de l'antique palais, enveloppée maintenant par l'obscurité. Ces ruines dominaient depuis toujours les terres qu'il avait héritées de son père Sénakhtenrê et, à force de les voir, les gens n'y faisaient plus attention. Mais, dès son plus jeune âge, sa mère l'avait bercé de récits sur ses aïeux, sur les dieux qui s'étaient succédé dans ce palais, les rois de Haute et de Basse-Egypte, des Terres rouge et blanche, des monarques guerriers qui avaient dans le sang l'ardeur de leurs ancêtres du désert et descendaient de Rê en personne. Ils reposaient momifiés dans leurs tombeaux. Ils naviguaient dans la Barque sacrée en compagnie des dieux, tandis que lui…

Brusquement la brise du soir le fit frissonner, et il se dirigea vers la maison. Il n'était rien de plus qu'un prince loyal envers le dieu qui occupait le trône d'Horus à Het-Ouaret. Le pouvoir des anciens rois avait décliné. L'Egypte s'était divisée en deux. Princes et nobles s'étaient affrontés. Des armées privées avaient ravagé le pays, et le dernier vrai dieu, faible et incompétent, avait cédé son trône aux étrangers venus de l'est, qui s'infiltraient en Egypte depuis des années et avaient peu à peu pris les rênes d'un pays livré au chaos. Les Sétiou gouvernaient désormais l'Egypte. C'était dans cette réalité que Séqénenrê était né et dans cette réalité qu'il mourrait.

Il était si profondément absorbé par ses réflexions qu'il faillit heurter son intendant, qui l'attendait dans la pénombre du couloir. Au prix d'un effort, il revint au moment présent. « Khian a-t-il tout ce dont il a besoin ? » demanda-t-il. Ouni acquiesça de la tête. « Bien. Fais allumer les torches, veux-tu. La nuit semble être tombée tôt, ce soir. »

Il se dirigea lentement vers ses appartements, sachant qu'il n'avait d'appétit ni pour les mets dont on sentait déjà flotter l'odeur, ni pour les jeux de langage auxquels il allait encore être forcé de jouer avec son roi.

Le banquet se déroula dans une atmosphère de gaieté contrainte. Famille et invités furent frottés d'huiles parfumées, et on leur passa autour du cou des guirlandes composées des premières fleurs des champs de l'année. Le harpiste de Séqénenrê joua et, plus tard, Tani quitta sa place pour danser parmi les convives avec toute la grâce sinueuse de ses treize ans.

En dehors de Khian, il y avait un marchand d'Oueset, le surveillant du bétail de Séqénenrê – arrivé un peu plus tôt des terres du Delta où le prince était autorisé à faire paître ses troupeaux – et quelques prêtres du temple d'Amon, dont le crâne rasé luisait à la lumière des torches. Majestueuse malgré sa petite taille, vêtue d'un fourreau blanc moulant, ses cheveux gris dissimulés sous une perruque noire maintenue par un serre-tête en or, Tétishéri avait salué le représentant d'Apopi avec froideur, puis, après avoir répondu poliment au message du roi, elle l'avait ignoré pour se consacrer à son repas et discuter avec son intendant.

Lorsque la soirée se rafraîchit, on alluma des braseros. Ivre et satisfait, le marchand s'inclina et rentra chez lui. Les prêtres se retirèrent. Séqénenrê savait qu'il ne pouvait retarder plus longtemps le moment de vérité. Les serviteurs avaient débarrassé les tables et disparu. Khian jouait nerveusement avec le bracelet qui entourait son poignet mince, et toute sa famille le regardait d'un air d'attente. Séqénenrê fit un signe à son scribe Ipi qui, aussitôt, se fit remettre le rouleau par le héraut. Sur l'invitation de Séqénenrê, il brisa ensuite le sceau et se mit à lire :

« Un message d'Aouserrê Aqenenrê Apopi, Seigneur des Deux Terres, aimé de Seth, aimé de Rê qui fait vivre les cœurs, à Séqénenrê Taâ, prince d'Oueset. Salut ! Je suis peiné de donner cet ordre à mon ami Séqénenrê, mais le bassin des chevaux du fleuve qui se trouve à Oueset doit disparaître. Car les cris de ces animaux résonnent nuit et jour à mes augustes oreilles et m'empêchent de dormir. Vie, santé et prospérité à toi et à ta famille. Puisse Soutekh le Magnifique te sourire et Houroun t'apporter la chance. J'attends une réponse favorable. »

Le papyrus se réenroula avec un bruit sec. Sans mot dire, Séqénenrê tendit la main et Ipi y déposa aussitôt le rouleau, comme s'il lui brûlait les doigts. « Tu dois être fatigué, Khian, déclara Séqénenrê avec calme. Tu peux aller te coucher.

– Merci, prince, répondit le héraut avec un soulagement visible. Il me faut partir de très bonne heure, demain, car je veux regagner Het-Ouaret au plus vite, et nous aurons le courant contre nous. Je te suis reconnaissant de ton indulgence. »

Il s'inclina et s'en fut.

Pendant un long moment, personne ne parla. L'huile baissait dans les lampes, et les ombres gagnaient du terrain, s'étiraient sur le sol.

Les braseros crépitèrent, puis se turent. Finalement, Tani rompit le silence. « Tu ne tueras pas les hippopotames, n'est-ce pas, père ? implora-t-elle d'une voix tremblante. Le roi ne peut pas être sérieux ! Les marais ressembleraient à des déserts, sans eux !

— Cela ne mérite pas que nous en discutions, dit Tétishéri d'un ton résolu. Apopi est fou. Il a probablement déjà oublié avoir dicté une absurdité pareille. Jette ça dans le brasero le plus proche et allons nous coucher. »

Posant avec précaution le rouleau parmi les pétales de fleurs chiffonnés qui jonchaient à présent sa table basse, Séqénenrê le contempla d'un air pensif.

« Il n'est pas fou, dit-il. S'il avait la protection particulière des dieux, tout le pays le saurait, et ce n'est pas le cas. Non, poursuivit-il, se sentant brusquement lourd, comme s'il avait mangé des pierres au lieu de viande d'oie. Il cherche une fois de plus à nous troubler, à nous effrayer. Son but est-il de nous intimider ou de nous provoquer ? Je n'en sais rien.

— Peut-être souhaite-t-il simplement nous faire sentir son autorité et humilier Ouest par la même occasion, remarqua Kamosé. Il connaît notre lignage. Nous sommes loin de Het-Ouaret, à près de mille kilomètres. Est-ce de se demander ce que nous complotons ici, hors de son pouvoir, qui l'empêche de dormir la nuit ? Ce ne sont en tout cas pas les éternuements des chevaux du fleuve qu'il craint.

— Mais nous sommes liés par un traité, intervint Ahhotep. Nous lui payons tribut. Nous sommes des sujets loyaux depuis des générations. Son père n'a pas harcelé le tien de cette façon, Séqénenrê. Nous ne complotons pas, Kamosé. Nous administrons nos cinq nomes et nous occupons de nos affaires.

— Je crois qu'il souhaiterait nous voir violer ce traité, répondit Séqénenrê avec calme. Il veut que nous lui donnions un prétexte pour intervenir militairement, pour nous exiler et installer à Ouest un gouverneur n'ayant pas une goutte de sang royal dans les veines. A ce moment-là, il pourra dormir.

— Mais pourquoi maintenant ? objecta Tétishéri. Je me rappelle la terrible peste qui s'est abattue sur Het-Ouaret, il y a quarante ans, lorsque Sokerher, le grand-père d'Apopi, occupait le trône d'Horus. Les gens mouraient par centaines ; on jetait leurs corps dans des fosses ouvertes. Les Sétiou étaient vulnérables alors, et nous n'avons pas profité de l'occasion pour nous rebeller. Pourquoi nous soupçonner aujourd'hui ?»

Séqénenrê haussa les épaules.

«C'est après cette peste que Sokerher a fait élever les puissantes défenses de terre qui ceignent désormais les buttes sur lesquelles la cité était bâtie, remarqua-t-il. Rétrospectivement, il a compris que sa sécurité n'avait tenu qu'au fil ténu de la loyauté du Sud. Il a pris conscience d'un danger qui ne s'était pas matérialisé mais dont il convenait de tenir compte. Si Apopi ne gouverne pas directement ici, il ne nous en oublie pas pour autant. Il ne nous fait pas confiance.

– Het-Ouaret ne mérite pas d'être défendue, dit Ahhotep. Ce n'est qu'un chaos de ruelles crasseuses où les rats pullulent et où il n'y a pas un seul arbre. Je ne comprends pas pourquoi les Sétiou ont choisi de vivre dans un endroit aussi sordide, alors qu'ils avaient tout le Delta et sa verdure à leur disposition.

– Parce qu'ils ne sont pas égyptiens, voilà pourquoi! répliqua Tétishéri. Ce sont des étrangers qui vivent sans Rê! Het-Ouaret! cracha-t-elle. La Maison de la Jambe! C'était une petite ville charmante avant que les Sétiou ne la découvrent. Il faut voir ce que ce nom évoque aujourd'hui!

– Nous n'avons pas l'intention de nous rebeller, observa Kamosé avec calme. Mère a raison. Nous ne complotons pas. Ne perdons pas davantage de temps. "Le pouvoir appartient à la langue, et la parole est plus puissante que le combat", comme a dit un jour l'un de nos rois défunts. Envoie-lui une autre de tes réponses astucieuses, père, et nous pourrons nous consacrer de nouveau aux affaires plus importantes que sont les semailles et le vêlage.

– Cette discussion est absurde! s'écria Si-Amon. "Rébellion", "confiance", ces mots ne devraient avoir aucun sens pour nous. Pour qui nous prenons-nous? De quel droit cherchons-nous à tourner une directive de l'Unique? S'il veut que les hippopotames meurent, tuons-les! Tout le reste serait un sacrilège!

– Ces pauvres hippopotames n'ont rien à voir là-dedans, et tu le sais», jeta Kamosé d'un ton sec.

Avant que Si-Amon pût riposter, Ahmès-Néfertari le tira par le bras.

«Père décidera de ce qu'il convient de faire, dit-elle. N'est-ce pas, père? Pourquoi cela fait-il autant d'histoires chaque fois que l'Unique nous demande quelque chose ? Je suis fatiguée et j'ai envie de dormir. »

Séqénenrê lui sourit. Ahmès-Néfertari, la conciliatrice, pensa-t-il.

« Oui, je déciderai de notre réponse, dit-il à voix haute. Vous pouvez allez vous coucher tous les deux. A moins que vous n'ayez quelque chose à ajouter ? Si-Amon ? Je connais ton opinion sur le sujet et j'en tiens compte. Tu es mon héritier. Mais Kamosé a raison. Nous n'apaiserons pas le roi en massacrant quelques bêtes. Si je peux les sauver, je le ferai.

– Je ne suis pas idiot, répliqua Si-Amon avec brusquerie. Je comprends. Mais Apopi est roi et dieu. Il sait et peut tout. Nous lui devons allégeance et obéissance. » Il hésita un instant, repoussant la main d'Ahmès-Néfertari, qui cherchait à l'entraîner. « Sinon, il nous détruira tous », conclut-il d'une voix atone.

Après s'être légèrement incliné devant sa grand-mère et Séqénenrê, il quitta la pièce avec son épouse.

Un court silence suivit, puis Séqénenrê se dirigea vers le brasero le plus proche et y jeta le rouleau. « Tani n'aura pas à pleurer, dit-il. Demain, je dicterai une lettre qui prouvera encore une fois mes talents de scribe, et l'affaire en restera là.

– Bien, approuva Tétishéri en se levant. Que personne ne me dérange avant midi, demain. Viens, Kamosé, tu me feras la lecture jusqu'à ce que je m'endorme. » Kamosé souhaita bonne nuit à ses parents, et tous deux gagnèrent la porte et se fondirent dans l'ombre.

« Reste avec moi ce soir, ma sœur, dit doucement Séqénenrê. Je suis préoccupé.

– Tu n'avais pas besoin de le demander, murmura Ahhotep en se serrant contre lui. Que c'est épuisant de recevoir les représentants de l'Unique en sachant qu'ils ne nous apportent que des ennuis ! Tu as la sagesse de Thot, mon époux. Tu rédigeras une bonne lettre. »

Il caressa son beau visage brun, si typiquement égyptien avec sa bouche pleine, son nez droit, ses yeux noirs. D'un an sa cadette, Ahhotep avait conservé sa jeunesse et sa vitalité en dépit des fines pattes-d'oie qui rayonnaient vers ses tempes. Elle était de bonne souche. Sa famille appartenait à la vieille noblesse de Khmounou, la cité de Thot, des ancêtres robustes dont les racines plongeaient dans la fertile terre d'Egypte. Ahhotep vivrait longtemps, elle aussi, se dit Séqénenrê. Sous son extérieur sensuel, elle avait la force du bronze, ce nouveau métal apporté en Egypte par les Sétiou. Aucun luxe ne la corromprait jamais. La richesse d'un royaume ne pourrait altérer sa pureté.

Et tandis qu'il prenait ses lèvres, il pensa : comme elle serait belle, pourtant, coiffée d'une perruque de tresses dorées, couronnée des plumes de vautour de la déesse Mout, les seins couverts de pectoraux de jaspe et d'or ! Mais ces pensées n'étaient ni sages ni raisonnables. C'était la grande épouse d'Apopi qui portait la couronne royale. Et, saisi d'accablement, Séqénenrê poussa un grognement et enfouit son visage dans la chevelure ébouriffée de sa femme.

Il dormit mal et, levé avant l'aube, fit ses ablutions avec soin avant de se rendre en litière au temple pour y rendre le culte quotidien. Les porteurs prirent le sentier du fleuve et, laissant les rideaux ouverts, il respira avec bonheur les odeurs de terre et de verdure printanières exaltées par la fugitive humidité matinale. Le fleuve, gris et paisible, coulait sans bruit. Des oiseaux et de petits animaux invisibles agitaient les joncs. Lorsque les porteurs arrivèrent au débarcadère du temple, le disque d'or du soleil parut au-dessus de l'horizon et, quand Séqénenrê descendit de la litière et s'avança vers le pylône, sa chaleur était déjà sensible.

La cour d'entrée était silencieuse. En l'apercevant, deux danseuses vêtues de lin qui bavardaient à voix basse se turent et s'inclinèrent. Il leur sourit et passa dans la pénombre de la cour intérieure, où le grand prêtre vint à sa rencontre, accompagné d'un servant. Séqénenrê s'assit. Quand l'homme lui eût ôté ses sandales et lavé les pieds, il s'avança vers la porte du sanctuaire en compagnie du grand prêtre. Derrière eux, on entendait murmurer les chanteurs, qui s'apprêtaient à souhaiter la bienvenue au dieu. Séqénenrê s'agenouilla devant la porte, se prosterna, puis se releva et brisa le sceau d'argile. Le grand prêtre enleva la corde et ouvrit la porte. Aussitôt les chanteurs entonnèrent un chant de louange, rythmé par les sistres.

Séqénenrê et le grand prêtre pénétrèrent dans le sanctuaire. Il y faisait sombre et étouffant. Les lampes qui brûlaient près de la grande statue d'or d'Amon étaient presque vides. En détournant les yeux, le grand prêtre les remplit, regarnit les grands encensoirs qui flanquaient la statue et commença à enlever les fleurs flétries et les offrandes de la veille. Dehors, des prêtres déposaient avec respect des aliments frais, du vin, des fleurs ainsi que des étoffes propres devant la porte. Les chants cessèrent. Tambours et crotales retentirent, et Séqénenrê entendit glisser sur le sol les pieds des danseuses qui se courbaient et ondulaient pour divertir Amon pendant que l'on procédait à ses ablutions matinales.

Séqénenrê prit des mains du grand prêtre le tissu de lin diaphane, les aliments, l'eau parfumée, et accomplit ses devoirs en récitant les prières rituelles. C'était son dieu, le protecteur de sa famille, de sa ville, celui qui avait un jour accordé le pouvoir suprême à ses ancêtres. Il méritait le plus grand respect.

Lorsque Amon eut été lavé, vêtu d'étoffes propres et qu'on lui eut offert nourriture et vin, les danseuses se retirèrent. La porte fut fermée. Séqénenrê contempla le visage souriant du dieu et ses longues plumes d'or pendant que le grand prêtre commençait les prières du jour. «O puissance qui a animé les eaux du chaos, insuffle la vie à ton fils Séqénenrê. O puissance dont les yeux ont apporté la lumière à la terre, accorde la compréhension à ton fils Séqénenrê. O Oie divine dont l'Œuf a donné naissance à toutes choses, donne l'abondance à ta ville d'Oueset...»

Séqénenrê écoutait, le cœur serré, en remuant des pensées sombres. Que vais-je répondre à Apopi, Seigneur? se disait-il. Vers quelle fin obscure nous acheminons-nous? T'est-il devenu indifférent que ta divinité ne brille plus triomphalement sur toute l'Egypte?

Le grand prêtre acheva les prières officielles et se tut. Séqénenrê ferma les yeux et respira l'épaisse fumée d'encens qui planait dans l'air immobile. C'était à présent le moment des Admonitions : le prêtre rappelait au dieu ses devoirs à l'égard de sa ville et de son nome, les promesses qu'il n'avait pas tenues et peut-être oubliées, et ses paroles s'adressaient souvent au prince lui-même. Ce matin-là, Amonmosé parla de fertilité et de protection contre les maladies, puis du besoin de dons plus importants pour l'entretien du temple et de ses prêtres. Séqénenrê sourit. Il lui faudrait rappeler à son ami que les besoins devaient s'adapter aux moyens.

Puis le grand prêtre psalmodia : «Défends-toi contre les faux dieux des Sétiou, puissant Amon. Muselle les chiens de Soutekh, aveugle les danseuses d'Anat, rends muets les chanteurs de Baal...»

Séqénenrê sursauta. Son cœur battit plus fort. Impulsivement, il se jeta à genoux et, pressant sa joue contre les tibias luisants d'Amon, il se mit à rire. Le grand prêtre s'interrompit. Le prince se releva et, tâchant de maîtriser son hilarité, lui fit signe de poursuivre. Bien sûr! se disait-il. Je te remercie, Grand Criailleur.

Museler les chiens de Soutekh! Voilà une bonne idée. Une très bonne idée...

Plus tard, lorsque la porte du sanctuaire eut été refermée derrière eux et que le suivant eut rechaussé Séqénenrê, Amonmosé dit : «Les dons ne sont pas un sujet risible, seigneur. Le temple est petit, certes, et mon personnel peu nombreux, je comprends que l'or nous soit accordé au compte-gouttes en échange de levées d'ouvriers et d'autres faveurs non prévues dans nos accords avec l'Unique, mais rire des besoins du dieu est presque un blasphème.»

Séqénenrê l'arrêta en lui posant une main sur l'épaule. Ils se regardèrent en clignant les yeux dans la lumière aveuglante. Il y avait davantage d'animation dans la cour, à présent. Des prêtres-*ouab* allaient et venaient, recevant les offrandes des gens du peuple ainsi que leurs suppliques. Quelques nobles accomplissaient le rituel de purification avant d'être admis dans la cour intérieure, ignorés par les femmes du temple qui priaient ou bavardaient, assises à l'ombre du mur d'enceinte. A l'extérieur, on apercevait les gardes de l'escorte du prince, qui avaient posé leurs lances et jouaient aux osselets, accroupis près de la litière.

«Ne me fais pas de reproches, mon ami, dit Séqénenrê. Est-ce que je n'entretiens pas la maison de mon Père? N'ai-je pas veillé à ce que le temple de Montou lui soit agréable? N'ai-je pas restauré la demeure de Mout en puisant dans mon trésor personnel? Quel autre gouverneur se préoccupe autant que moi des lieux sacrés dans ce misérable pays?» Il n'avait pas eu l'intention de parler ainsi. Il voulait rappeler au grand prêtre que c'était lui, Séqénenrê, qui l'avait nommé et qu'il attendait donc de lui une certaine indulgence, mais dès ses premiers mots, la douleur et la colère l'avaient submergé. Amonmosé était devenu livide. Il baissa les yeux et murmura des excuses. Séqénenrê se rabroua intérieurement. «Pardonne-moi, dit-il. Je ne suis pas en colère contre toi. J'ai ri dans le sanctuaire parce que mon père avait exaucé une de mes prières, c'est tout.»

Amonmosé toucha de la main gauche la peau de léopard jetée sur son épaule droite. C'était le geste d'hommage d'un sujet à son roi.

«Tu as tout de même raison, prince, dit-il. Je me suis montré présomptueux.

— Tu as tes soucis, toi aussi, je sais, fit Séqénenrê en soupirant. J'ai encore reçu un ordre absurde de l'Unique. Je ne vois pas où il veut en venir avec ces étranges missives. Peut-être devrais-je consulter l'oracle d'Amon.

– Peut-être. Puis-je te donner un conseil, prince ? ajouta le prêtre d'une voix hésitante.

– Bien sûr.

– Tu devrais faire attention aux oreilles qui t'écoutent lorsque tu parles de l'Unique et de ses ordres divins. De loyaux Egyptiens pourraient considérer que tu blasphèmes contre le Seigneur des Deux Terres. Tu changes, Séqénenrê, poursuivit-il avec un léger sourire. Tu n'es plus satisfait de ton sort comme avant. Tu n'es plus gouverneur d'Oueset et prince d'Egypte.

– Que sais-tu que j'ignore ? murmura Séqénenrê, la gorge sèche. Mes serviteurs sont les enfants des serviteurs de mon père, fidèles à mon nom et à mon autorité.

– Je ne sais rien. Je le jure sur les plumes du Criailleur. Je t'implore simplement d'être prudent. Ton père a été un gouverneur loyal à l'Unique, qui n'a donné à ses serviteurs aucune raison de s'interroger sur leurs fidélités. Il serait peu sage d'effrayer les gens de ta maison.

– Suis-je donc si naïf ? marmonna Séqénenrê à part lui. Suis-je si stupide ? Je réfléchirai à tes conseils. »

Amonmosé s'inclina et le laissa.

Séqénenrê monta dans sa litière et en tira les rideaux. « Tu changes, Séqénenrê Taâ... tu n'es plus gouverneur d'Oueset et prince d'Egypte... » C'est faux, entièrement faux, se dit-il avec véhémence. Je ne souhaite que la paix. Cette fièvre qui me prend parfois n'est rien d'autre que le sang de mes ancêtres guerriers qui demande à s'exprimer. Cela passe avec le temps.

Après avoir rompu son jeûne, il reçut le surveillant des Terres et le trésorier dans son bureau, régla rapidement les affaires du jour et envoya chercher Ipi. L'homme entra bientôt et, s'asseyant aux pieds de Séqénenrê, posa sa palette de scribe sur ses genoux. Après avoir préparé ses pinceaux et son encre en poudre, il attendit. Séqénenrê réfléchissait à la réponse qu'il allait adresser à Apopi : chaque mot devait en être pesé.

Entre les colonnes de la véranda, il vit Ahmosis passer en courant, pieds nus et sans maquillage comme à son habitude, suivi plus lentement par Si-Amon et Kamosé qui se rendaient manifestement sur le terrain d'exercice avec leurs armes. Un serviteur apparut, chargé de coussins qu'il disposa autour du bassin, dans l'ombre épaisse d'un figuier. Il précédait de peu Tétishéri, qui s'avança à petits pas sous le grand parasol que portait Isis. Elle s'assit, frappa dans ses mains, et Mersou s'agenouilla près d'elle, en laissant tomber quelques rouleaux. Séqénenrê sourit. Sa mère savait parfaitement ce qu'il était en train de faire et attendrait patiemment qu'il l'informe de ce qu'il avait dicté. Après avoir demandé à son intendant de lui apporter de la bière, il se tourna vers Ipi. «Je suis prêt, dit-il.

– Que Thot guide ma main et tes pensées, répondit le scribe.

– Bien. Commence par les formules habituelles : "A Aouserrê, Aqenenrê, Apopi, aimé de Seth, aimé de Rê, Seigneur des Deux Terres, de la part de son gouverneur et serviteur Séqénenrê, salut." Puis : "Grande a été ma douleur lorsque j'ai entendu les mots de ta lettre. Le repos de mon divin seigneur ne doit pas être troublé par la voix des hippopotames dans les marais de sa loyale cité, ai-je dit…" Il s'interrompit, car Ouni revenait avec un pot et une coupe. L'intendant servit la bière, la goûta, puis la tendit à son maître et reprit place derrière lui. Après avoir bu longuement, Séqénenrê se fit relire le début de la lettre, puis poursuivit sa dictée d'une voix où tremblait un rire. "J'ai donc ordonné à mes artisans de concevoir et fabriquer des muselières de cuir pour ces animaux bruyants. Ainsi, le sommeil de mon seigneur ne sera plus interrompu. Puisse son nom vivre toujours! Vie, santé, prospérité! Ecrit ce jour, le vingtième du mois de *tybi,* dans la saison de *peret,* par mon scribe Ipi." Tu y apposeras mon sceau et le donneras à Men. Il part pour le Delta. Fais une copie pour les archives.» Ipi ferma le couvercle de sa boîte à pinceaux, glissa le rouleau dans son pagne et sortit à reculons.

Après s'être resservi de la bière, Séqénenrê se tourna vers Ouni. Il avait l'impression que le poids qui l'écrasait depuis la veille venait de lui être retiré des épaules. «Que penses-tu de ma solution? demanda-t-il.

– L'Unique y verra une plaisanterie à ses dépens, répondit Ouni. Il sera furieux.

– Oh! je ne crois pas. Les Sétiou ne rient que lorsque des ânes tombent ou que des vieilles femmes trébuchent dans la rue. Notre roi s'endormira en imaginant le nez de tous mes hippopotames emmailloté de liens de cuir.»

Ouni s'éclaircit la voix. «Je ne le pense pas, prince. Il saura que tu t'es montré irrespectueux.

– Mais ce n'est absolument pas mon intention ! Je me suis efforcé de prendre le même ton que lui.

– Et quel était ce ton, prince ?

– Tu es un intendant capable et précieux, Ouni, répondit Séqénenrê en soupirant. Il t'arrive même de partager mes secrets. Ne te montre pas impertinent. »

Ouni s'inclina avec raideur.

Séqénenrê se rendit dans le jardin. Dès qu'elle l'aperçut, Tétishéri interrompit Mersou, qui lui faisait la lecture. Sur un geste d'elle, il ramassa une brassée de rouleaux et s'en fut. Séqénenrê s'accroupit devant sa mère. Elle lui effleura la joue d'une main teinte de henné. « Eh bien ? dit-elle doucement. Qu'as-tu dit au serviteur de Soutekh ? » Les os de son visage étaient aussi fins et délicats que ceux d'un faon. A soixante ans, elle avait la peau de la couleur du papyrus, des cheveux blancs, des mains marquées de veines bleues noueuses, mais sa voix, ses mouvements, évoquaient toujours la jeune fille gracieuse qu'elle avait été.

« Je lui ai assuré que je musellerais les hippopotames, répondit Séqénenrê. Ouni a été horrifié de mon audace.

– Ouni n'est qu'une vieille femme, fit Tétishéri en riant. Eh bien, remercions les dieux que l'affaire soit réglée. Une solution brillante, comme toujours. Ahhotep et moi allons rendre visite à une amie, aujourd'hui. Que comptes-tu faire ? »

Il jeta un coup d'œil par-dessus les arbres et le mur de la propriété, vers le vieux palais qui cuisait au soleil. Non, se dit-il avec résolution, pas aujourd'hui.

« Tani et moi irons dans les marais dire aux enfants de Seth à quoi ils ont échappé ! »

Accompagnés de quelques gardes du corps et des chiens, sa fille et lui se rendirent en litière jusqu'à la lisière des marais, toute proche. Là, ils montèrent dans un esquif, laissant tous les chiens aux soldats, exception faite de Béhek que Tani hissa dans la barque. Puis ils glissèrent entre les fourrés de papyrus bruissants et les lotus qui flottaient, cireux et odorants, dans leur sillage. Des poissons filaient entre les doigts de Tani. Des grenouilles sautaient avec abandon dans l'eau pâle et fraîche. Un nuage de libellules bleues se posa un instant sur la robe de Tani, qui cria de ravissement. Des aigrettes blanches s'envolèrent dans un grand battement d'ailes et montèrent vers le soleil. Tani fut vite trempée.

Séqénenrê la regardait avec plaisir. Un peu plus loin, elle se tut et, à l'abri de la végétation du fleuve, ils observèrent les hippopotames. Ce jour-là, il n'y en avait que trois : de l'eau jusqu'aux épaules, ils remuaient paresseusement les oreilles en plissant leurs petits yeux brillants. L'un d'eux bâilla, découvrant une gorge caverneuse et des dents décorées de longues herbes molles. « Ils ont beau appartenir à Seth, je les aime vraiment beaucoup, murmura Tani. Si l'Unique les voyait, il ne voudrait pas leur mort, j'en suis sûre.

– Il les a vus, lui rappela Séqénenrê. Mais tu es peut-être trop jeune pour t'en souvenir. » Il surveillait les hippopotames tout en parlant. Bien que lents et lourds, ils pouvaient se révéler dangereux. « Tu n'avais que six ans. L'Unique venait de monter sur le trône d'Horus à Het-Ouaret, et il souhaitait rendre visite à tous ses gouverneurs. Il a séjourné chez nous, ou plutôt dans la barque royale qui était amarrée à notre débarcadère. Nous avons donné quelques grands banquets en son honneur. » Un des hippopotames s'enfonça dans l'eau et, quand seuls ses petits yeux et ses narines restèrent visibles, il se mit à nager vers la rive. Sur un signe de Séqénenrê, le serviteur fit pivoter l'esquif, et ils prirent le chemin du retour.

« Je crois que je m'en souviens, dit Tani d'un air de doute. Avait-il une barbe ?

– Oui, une petite. Il ne l'a pas conservée longtemps, je crois.

– Oh ! père, regarde. Un faucon ! » Séqénenrê suivit la direction de son doigt. Apopi s'est rasé la barbe, pensait-il, mais il n'a rien pu changer à ses yeux, trop rapprochés, ni à la maladresse avec laquelle il tenait le Sceptre et le Fouet. « Allez, Béhek ! criait Tani à son chien. Saute à l'eau et nage ! » Séqénenrê chassa ces pensées malveillantes de son esprit et se livra aux plaisirs de l'après-midi.

Kamosé regardait la terre desséchée du terrain d'exercice, qu'il frôlait quasiment du nez. Il ploya légèrement les épaules pour éprouver la prise de Si-Amon autour de son cou et sentit la pression du coude de son frère s'accentuer sur sa nuque. De son autre main, Si-Amon lui emprisonnait les poignets et les lui maintenait plaqués dans le dos. Les deux jeunes gens haletaient et ruisselaient de sueur. La respiration rauque de Si-Amon résonnait aux oreilles de Kamosé. « Tu ne m'as pas encore jeté à terre, grogna-t-il. Je suis toujours sur mes deux pieds. » Si je parviens à le faire changer de point d'appui, se dit-il, je pourrai l'envoyer au sol. Si-Amon pesait de tout son poids sur le dos suant de Kamosé. Celui-ci se laissa légèrement aller, sentit son frère bouger imperceptiblement pour resserrer sa prise et, dans le même instant, il écarta les jambes et se pencha en avant. Avec un cri, Si-Amon alla mordre la poussière. Aussitôt, Kamosé fut à genoux sur son torse, en veillant à rester suffisamment en arrière pour ne pas être désarçonné. «Gagné», fit-il d'une voix haletante, puis, se relevant, il tendit une main sale à son frère et lui sourit. «Je n'arrive pas à croire que c'est moi qui t'ai battu, cette fois.

– Savoure ta victoire, plaisanta Si-Amon en l'étreignant. C'est la dernière. Tu as gagné parce que je n'étais pas en forme. J'ai bu trop de vin, hier soir.

– Faible excuse! répliqua Kamosé en allant ramasser son pagne, laissé un peu plus loin sur le sol brûlant. Je crois que je finirai par être meilleur lutteur que toi, Si-Amon. Je passe bien plus de temps à m'entraîner avec Hor-Aha. Tu deviens paresseux.» Il jeta son pagne à son frère et enroula le sien autour de sa taille.

«Tu as raison, reconnut Si-Amon de bonne grâce. Je souhaite me maintenir en forme mais ne tiens pas à avoir la perfection physique du soldat. Je ne vois pas pourquoi tu te donnes cette peine, toi non plus.» Il désigna d'un geste l'autre bout du terrain où un grand nombre d'hommes étaient à l'exercice. Le soleil étincelait sur la pointe de leurs lances, et leurs corps bruns musclés luisaient d'huile. Tandis que les deux frères les regardaient, un ordre sec claqua, et ils effectuèrent une conversion impeccable. «C'est un jouet coûteux pour notre père, reprit Si-Amon, en s'essuyant vigoureusement le front avec son pagne avant de le remettre. Il nous faut des gardes du corps, naturellement, ainsi que des hommes d'escorte pour nos voyages et peut-être un ou deux contingents pour réprimer d'éventuels troubles dans les nomes, mais étant donné que toute l'armée du roi est à notre disposition en cas de danger sérieux, père pourrait renvoyer la moitié de ses cinq cents soldats dans leurs foyers. Les sommes nécessaires à leur entretien rendent Ouni fou.

– Ils nous seront peut-être utiles un jour, répondit Kamosé en secouant le sable de ses sandales.

– A quoi? demanda Si-Amon avec une brusquerie qui trahissait ses appréhensions secrètes. Une véritable armée privée ne peut servir à père que contre l'Unique lui-même et, à la façon dont il a réagi en recevant la lettre du roi, je sais qu'il y pense. Personne n'a plus conscience que moi du sang royal qui coule dans nos veines, raison pour laquelle je ne comprends pas pourquoi nous restons volontairement dans ce trou perdu et aride alors que nous pourrions être assis aux côtés d'Apopi à Het-Ouaret et jouir de ses faveurs. Père a trop de fierté.

– C'est la fierté d'un prince qui préfère gouverner la terre de ses ancêtres plutôt que de lécher les sandales de cuir du roi dans une région d'Egypte où il n'a ni amis ni racines, riposta Kamosé avec irritation. Je regrette de ne pas être né avant toi, Si-Amon, car ainsi tu serais libre d'aller dans le Nord flatter notre roi pendant que je me préparerais au métier de prince d'Oueset.

– Tu manques vraiment d'humour! plaisanta gentiment Si-Amon. Il ne t'arrive donc jamais de t'amuser, Kamosé, de faire l'amour à des servantes, de t'enivrer dans ta barque, le soir, sur le fleuve?»

Kamosé ravala une réponse cinglante.

«Je prends la vie un peu plus au sérieux que toi, Si-Amon, voilà tout», dit-il avec calme, en se dirigeant vers le mur d'enceinte de la propriété.

Si-Amon pressa le pas pour le rattraper.

«Excuse-moi, dit-il. Si nous avions d'autres ressemblances que physiques, nos vies seraient plus simples. Mais je ne t'en aime pas moins.

– Moi aussi, répondit Kamosé en lui souriant.

– Il n'empêche, insista Si-Amon, désireux comme toujours d'avoir le dernier mot. Si père se mettait en tête de trahir Maât en marchant contre le roi, je ne le suivrais pas. C'est quelque chose qui me préoccupe.

– Moi aussi, reconnut Kamosé. Mais pas en raison de ma loyauté envers le roi. Je crains pour notre famille et pour la vie que nous menons ici, à Oueset. Mais nous sommes idiots de nous donner encore plus chaud en discutant de dangers imaginaires. Allons prendre un bain. Je veux me faire masser avant que mes muscles ne se raidissent et ne deviennent douloureux. Quoi qu'il en soit, conclut-il en adressant à son frère un sourire éblouissant, ce n'est pas Apopi qui est Maât en Egypte, mais père.»

A cela, Si-Amon n'avait rien à répondre. Ils franchirent la porte, traversèrent la cour à l'ombre des greniers et se rendirent ensemble aux bains.

Le roi ne répondit pas à la lettre de Séqénenrê. Lorsque Men revint du Delta quelques semaines plus tard, il déclara ne pas avoir été reçu par Apopi. Il avait donné le rouleau à Itjou, le premier scribe du roi, et on l'avait informé le lendemain qu'il pouvait partir. Il était allé inspecter le bétail de son maître, qui engraissait dans des pâturages arrosés par un Nil généreux qui se ramifiait en bras sinueux avant de se jeter dans la Grande Verte, et il put apprendre à Amonmosé que les troupeaux d'Amon se portaient bien, eux aussi. Il avait regardé les charriers du roi s'entraîner aux abords d'Hct-Ouaret. Sur le chemin du retour, il s'était arrêté à Saqqarah pour y admirer l'antique cité des morts et avait escaladé une des petites pyramides qui se trouvaient à proximité, comme faisaient tant d'autres voyageurs.

Séqénenrê lui posa peu de questions. Dans les jours qui suivirent, à force de voir les embarcations royales dépasser Oueset sans s'arrêter dans leurs allées et venues entre le Delta et le pays de Koush, son inquiétude diminua, puis finit par se dissiper. Il cessa de penser à l'exigence saugrenue d'Apopi et à sa propre réponse, tout aussi fantaisiste.

2

Lorsque le printemps céda la place à l'été et que la saison de *shemou* commença, Séqénenrê délégua ses responsabilités à Kamosé et emmena Ahhotep et le reste de sa famille à Khmounou, au nord. Préférant organiser son temps à sa guise, Tétishéri ne les accompagna pas. Kamosé ne demandait pas mieux que de rester s'occuper des affaires des nomes, chasser dans le désert et mener en paix son existence solitaire. Séqénenrê n'insista donc pas pour que Si-Amon accomplît son devoir d'héritier. Il savait qu'il prendrait beaucoup plus de plaisir que son jumeau à l'animation du domaine de Téti. Quant à Ahmosis, ne pas avoir de choix à faire lui convenait. Il se plaisait partout où il se trouvait. Dans les champs, les cultures poussaient dru et semblaient prometteuses. Les canaux qui les longeaient étaient remplis d'eau que l'on retenait par de petites digues de terre à mesure que le Nil refluait. Dans les jardins, poireaux, oignons, radis, laitues et melons se formaient, et des fleurs tremblaient, roses, bleues et blanches, au bord du bassin. Des singes jacassaient dans les palmiers qui bordaient fleuve et canaux, et dans les épais fourrés de papyrus, de jeunes crocodiles suivaient avec une gourmandise paresseuse les ébats des oisillons frais sortis de leur coquille.

L'inondation avait été généreuse. Isis avait abondamment pleuré et fécondé l'Egypte. Séqénenrê savait que les récoltes paieraient les impôts dus à l'Unique et laisseraient son trésor personnel amplement fourni. Si-Amon et sa fille aînée étaient venus le trouver juste avant leur départ pour lui annoncer avec solennité qu'Ahmès-Néfertari attendait leur premier enfant. Ravi, Séqénenrê les avait félicités. Ahhotep donna à sa fille une amulette *ménat* pour la protéger, et toute la famille fit brûler de l'encens devant Taouret, la déesse hippopotame gravide, grasse et souriante, dont la statue se dressait à l'entrée des appartements des femmes. Tani avait toujours traité avec une affection familière la déesse, dont elle tapotait l'énorme ventre au passage, mais à présent Ahmès-Néfertari venait tous les jours déposer une fleur ou deux à ses pieds et réciter ses prières.

Ce fut un petit groupe joyeux qui prit congé de Kamosé et de Tétishéri. Debout sur le pont, Ahhotep regarda la maison entourée d'arbres et les marches blanches du débarcadère jusqu'à ce qu'elles disparaissent à sa vue. Derrière sa barque venait celle de Si-Amon et d'Ahmès-Néfertari. Ahmosis et Tani partageaient la troisième. Les serviteurs, qui installeraient chaque soir un campement sur la rive, étaient partis avant eux. Ahhotep alla rejoindre Séqénenrê, déjà assis sur les nattes déroulées à l'ombre d'une tente, contre la petite cabine de la barque. Sur un signe de sa maîtresse, Isis lui apporta une coupe d'eau.

On ne voyait déjà plus Oueset et ses maisons de briques crues blanchies à la chaux, ses ruelles étroites encombrées d'ânes, ses femmes battant leur linge, accroupies au bord de l'eau; le fleuve coulait paisiblement entre des marais roseliers, qui cédaient la place, à l'est, à des champs où travaillaient des paysans et, à l'ouest, à des fourrés touffus de papyrus, puis au sable aveuglant du désert et aux montagnes occidentales.

«Dommage que Tétishéri n'ait pas voulu venir avec nous, remarqua Ahhotep. Cela lui aurait fait du bien de quitter Oueset quelque temps.

– Khmounou est sous l'autorité directe de l'Unique, lui rappela Séqénenrê. Ma mère aime caresser l'illusion que nous sommes libres, ou préfère en tout cas ne pas avoir à surveiller ses paroles. Kamosé et elle s'entendent à merveille. Ils seront ravis d'avoir l'occasion de se chamailler sur de petites questions administratives.

– Tu as sans doute raison. Et je sais qu'elle ira souvent apporter des offrandes et prier sur le tombeau de ton père. Bien qu'elle parle très peu de lui, il lui manque beaucoup. J'irai sur la tombe de mes parents à Khmounou, moi aussi, et j'y prendrai le repas du souvenir. J'aimerais que tu parles à leur prêtre, Séqénenrê, et que tu t'assures que les revenus de la fondation sont utilisés correctement. Karès correspond avec lui, mais à notre époque, on ne sait jamais… Séqénenrê ? »

Il sursauta.

« Excuse-moi, Ahhotep. Je me demandais s'il valait mieux rendre visite aux maires et aux sous-gouverneurs maintenant ou en revenant. Il est bon que, de temps à autre, ils puissent s'adresser directement à moi plutôt qu'à un surveillant.

— Et moi, je suis sûre que c'est au futur enfant de Si-Amon que tu pensais », dit sa femme en lui prenant la main.

Séqénenrê leva les yeux vers la tente, dont les glands jaunes se balançaient dans le vent, puis son regard se perdit dans l'immensité du ciel, d'un bleu intense, où un faucon planait, immobile et minuscule. Il entendit le pilote crier un ordre et un des marins lui répondre. Ses yeux revinrent lentement se poser sur Isis et Karès, qui bavardaient à voix basse un peu plus loin, avec cet air vigilant qu'acquéraient tous les bons serviteurs.

« Tu as raison, reconnut-il. Je suis heureux pour eux et pourtant…

— Et pourtant, tu aimerais pouvoir persuader Kamosé d'épouser Tani et de te donner des petits-enfants qui assureraient encore plus solidement ta succession. » Le visage sombre, les bras noués autour de son genou replié, Séqénenrê garda le silence, et sa femme poursuivit à voix basse : « Ton sang et ta naissance font de toi le souverain légitime de ce pays. Tu aurais épousé ta sœur, si elle n'était pas morte si jeune. C'est pour cela que tu te sens si vulnérable. On m'a donnée à toi parce que ma famille est ancienne, bien qu'aucun sang royal ne coule dans nos veines. En dépit de ton insistance, Kamosé se refuse à épouser Tani, qui sera en âge d'être mariée l'an prochain, et tu te demandes si tu dois l'y forcer. Mais la vie qui semble brûler d'un éclat si vif peut vaciller et s'éteindre à tout moment, mon frère. L'enfant de Si-Amon sera de sang purement royal. Kamosé peut mourir demain, ou dans un mois, un an… » Elle toucha l'ankh d'argent suspendu à son cou et l'amulette de Sekhmet passée à son bras pour annuler l'effet néfaste de ses paroles. « Qui peut le savoir ? Réjouis-toi du bonheur de ton fils. Si Kamosé finit par entendre raison, et que lui et Tani aient des enfants, tant mieux. Sinon, il y a encore Ahmosis.

— Tu as raison, dit-il d'une voix dure. Je pleure sur moi-même, sur mon père, sur une Maât blessée. Je pleure parce que je descendrai au tombeau en n'ayant été qu'un humble gouverneur, et que ce sera aussi le cas de Si-Amon et de Kamosé. Je ne tiendrai jamais le Sceptre et le Fouet, Ahhotep.

– Mais les dieux savent que tu as toujours bien agi, lui rappela-t-elle. Lorsque ton cœur sera pesé, rien d'autre ne comptera. Isis!» La servante s'inclina. «Va chercher le jeu de *zénet*. Regarde ce village, Séqénenrê! On dirait qu'il n'est habité que par des petits garçons et des bœufs. Je suppose qu'ils les ont conduits au bord du fleuve pour les rafraîchir. Tu prends les cônes, ou tu préfères me les laisser?»

Ils firent plusieurs parties, mangèrent et burent, et jouèrent de nouveau ; Ahhotep veilla à ne pas pousser les pièces de Séqénenrê sur la case représentant l'eau noire et froide du monde d'en bas, où les morts pleuraient la lumière de Rê, et l'humeur de son époux s'améliora peu à peu. Ce n'était pas un homme habitué à s'apitoyer sur lui-même et, comme tous les gens qu'ils connaissaient, l'affrontement magique des cônes et des bobines le passionnait. Quand la chaleur de l'après-midi devint trop forte, Ahhotep se retira dans la cabine, suivie d'Isis, qui avait pour tâche de l'éventer.

Séqénenrê se leva, s'étira et regarda défiler la rive. Des villages, des palmiers aux feuilles raides, des canaux reflétant un ciel de bronze, parfois un paysan nu monté sur un âne : tout cela apparaissait, s'imprimait fugitivement dans son esprit, nimbé d'une brume de chaleur, puis s'évanouissait comme un rêve. Il avait fait ce trajet si souvent ! Depuis sa jeunesse, il montait et descendait le Nil, d'Oueset à Souénet, au sud, et à Qès, au nord : les deux villes qui marquaient les limites du bout d'Egypte que lui et ses pères avant lui étaient autorisés à administrer. Année après année, rien ne semblait changer sur son domaine. La permanence faisait partie de la Maât, l'ordre universel fixé par les dieux lorsque l'Egypte avait émergé du Noun – les eaux primordiales – et qu'Osiris était encore un dieu des vivants.

Lorsqu'il était plus jeune et voyageait avec Sénakhtenrê, il avait trouvé cette absence de changement rassurante. Mais il savait aujourd'hui qu'elle ne concernait que les villages. Sa barque dépassait un temple en ruine, envahi par les herbes, et il vit une meute de chiens en franchir l'entrée béante et courir vers le fleuve. Les Sétiou, qui dirigeaient désormais l'Egypte, avaient apporté leurs propres dieux avec eux, des divinités barbares aux noms durs, et les demeures des dieux d'Egypte tombaient en poussière.

Comment se fait-il que je ne l'aie pas remarqué plus tôt? se demanda-t-il, profondément troublé. Khentiamentiou, chacal d'Abdjou, ton temple n'est pas demeuré inchangé. Oh! non. Comme une centaine d'autres, il s'est écroulé, s'est désagrégé un peu plus à chacun de mes voyages, pendant que Seth et Soutekh se fondaient lentement l'un dans l'autre, que Hathor et Ishtar se confondaient. Horus et Houroun... Il frissonna. Mon corps vit dans l'ombre du vieux palais. Mon *ka* habite le passé pour me permettre de tenir le présent à distance. Et pourquoi pas?

Avec lassitude, il se laissa tomber sur les coussins. Ouni fut aussitôt près de lui, mais Séqénenrê le renvoya d'un geste, un bras sur les yeux. Que Kamosé épouse qui il voulait, quand il voulait. Qu'Ahmosis continue à traverser sa vie comme un chien fou. Dans cinq ou dix *hentis*, des changements se produiraient peut-être, mais pas de son vivant, ni du vivant de ses enfants. C'était la Maât d'aujourd'hui. C'était la loi de l'Unique, Apopi, l'aimé de Seth, l'usurpateur d'Het-Ouaret. Séqénenrê n'éprouvait pas de colère, il s'étonnait seulement de ce que la situation de son pays lui apparût avec autant de force, ce jour-là, au cours d'un petit voyage sans importance.

A Khmounou, ils furent les hôtes de Téti, le cousin d'Ahhotep, un homme fortuné qui avait obtenu du roi le poste d'inspecteur et d'administrateur des digues et canaux. Outre sillonner les nomes dont il avait la charge après l'inondation pour veiller à la reconstruction des digues et aux réparations des grands canaux d'irrigation de Haute-Egypte, il s'occupait de ses nombreux biens. Sa femme était prêtresse dans le temple de Thot, révéré non seulement en sa qualité de dieu de la sagesse et de l'écriture – ce qui faisait de lui le patron de tous les scribes –, mais aussi parce qu'il était l'essence de la lune. Khmounou était sa ville, et Ahhotep, dont c'était le dieu bien-aimé, passa une grande partie de son temps dans son temple quand elle ne rendait pas visite à des parents. Khmounou était un endroit agréable aux ruelles bordées de palmiers-dattiers et aux quais animés. Le domaine de Téti s'étendait non loin du temple de Seth, bâti une cinquantaine d'années plus tôt. Téti avait de nombreux fonctionnaires sous ses ordres, et il y avait souvent foule à son débarcadère.

Quand il se promenait avec lui dans la ville, qu'il l'accompagnait en barque dans une propriété où il avait à régler un différend concernant les bornes d'un champ, emportées par l'inondation, ou qu'il dînait dans sa salle de réception au milieu des dignitaires de la ville, Séqénenrê ne se sentait pas à sa place. Cela tenait moins au rythme de vie plus rapide de son parent par alliance qu'à son air parfaitement satisfait et comblé. Téti vénérait Thot parce qu'il était le protecteur de son nome, et Seth parce qu'il était la divinité du roi. Il organisait sa famille et son personnel, recevait les nombreux hérauts venus du Delta avec assurance et chaleur, parlait à Séqénenrê avec le mélange exact de familiarité et de déférence convenant à la naissance supérieure de son hôte mais à la faveur moindre dont il jouissait auprès de l'Unique. Téti était un homme que ne tracassaient ni rêves secrets, ni remords lancinants, se disait Séqénenrê avec envie.

Avec l'autorisation de son hôte, Téti avait confié Tani aux soins de son fils Ramosé, un jeune homme de seize ans qui adorait chasser le gibier d'eau et avait promis de veiller sur sa cousine comme si elle était Hathor en personne. A l'étonnement et à l'amusement secret de son père, Tani avait rougi des paroles enthousiastes du jeune homme et, après avoir réuni serviteurs et bâtons de jet, tous deux avaient disparu dans les marais.

«Ces deux-là s'entendent très bien», remarqua Téti, un soir. Séqénenrê et lui étaient assis au bord du lac artificiel de sa propriété, petit mais magnifiquement orné de carreaux bleus. Ils buvaient du vin de grenade tandis que, derrière les montagnes de l'ouest, Rê descendait vers la bouche de Nout. «Ramosé est un garçon responsable, et Tani approche de l'âge des fiançailles, il me semble?» Devant le regard étonné de Séqénenrê, il poursuivit avec un petit rire: «Tu n'y as jamais pensé, prince? Nous appartenons certes à la petite noblesse, mais je suis riche, j'ai la faveur de l'Unique et un nouveau lien entre nos deux familles serait une bénédiction.

– Peut-être, répondit Séqénenrê avec lenteur. Mais Tani est encore très jeune, et je ne voudrais pas lui imposer cette union si Ramosé et elle n'éprouvent que de l'amitié l'un pour l'autre.»

Et puis, il y a Kamosé, pensait-il. Il peut encore changer d'avis. Tani préférera peut-être le havre sûr et familier que lui offre son frère au bruit et à l'agitation de Khmounou.

«Je ne veux rien lui imposer, non plus, dit Téti. Après tout, il ne s'agit pas d'une union royale dictée par la nécessité.» Il ordonna d'un geste qu'on leur servît du vin et jeta un regard perçant à Séqénenrê. «Si-Amon et Ahmès-Néfertari assureront la pureté de ta lignée. Tani pourrait faire bien pis que d'épouser mon fils.

– Ne prends pas mon hésitation pour de l'arrogance, Téti, fit Séqénenrê d'un ton d'excuse. L'idée ne m'en était jamais venue, voilà tout.

– Sans doute, mais réfléchis-y, prince. L'Unique en serait fort content. »

Séqénenrê se raidit et le regarda dans les yeux.

« Est-ce son idée ? »

Téti vida sa coupe d'or et jeta la lie dans l'eau du lac, teintée de rouge par les derniers rayons de soleil. Dans le jardin, des serviteurs apportaient déjà des lampes.

« Pas directement. Mais à plusieurs reprises ces derniers temps, au cours d'audiences qu'il m'a accordées pour discuter des nouvelles surfaces à inonder, il a manifesté de l'intérêt pour mon fils et pour ta fille, à des moments différents de la conversation mais en donnant, je crois, une indication de ce qu'il souhaite.

– Mais pourquoi ? »

Séqénenrê ne voulait pas le formuler lui-même. Il était plus sûr, dans une ville où le domaine d'un gouverneur Sétiou se trouvait à moins d'un jet de pierre, de laisser ce soin à Téti.

« Tu le sais, répondit celui-ci. L'Unique a tes serments d'obéissance ainsi que le rouleau signé par ton grand-père, mais Oueset est fort loin d'Het-Ouaret, et je crois que la crainte que les deux fils de Séqénenrê Taâ ne finissent mariés aux filles de Séqénenrê Taâ trouble parfois son sommeil sacré. Cela renforcerait les possibilités de trahison. »

Malgré son malaise, Séqénenrê laissa échapper un rire. « Mais tu me connais, Téti. Tu connais mes fils. Nous vivons paisiblement, nous servons Amon et administrons honnêtement nos nomes. Les soupçons de l'Unique sont injustes.

– Ce ne sont pas encore des soupçons, lui assura Téti. Des moments d'inquiétude, tout au plus. Mais, cela mis à part, Séqénenrê, ne trouves-tu pas que Ramosé et Tani feraient un beau couple ? Regarde ma cousine et toi-même ! »

La nuit était tombée. L'air chaud sentait soudain le lotus, la fleur de grenadier, et une odeur d'oie rôtie leur parvenait des cuisines. Les lampes mettaient des flaques de lumière sur les coussins, les restes des fruits qu'ils avaient grignotés, mais elles n'éclairaient pas leurs visages. « Tu as raison, dit finalement Séqénenrê, réprimant la répugnance que lui avait inspirée l'idée de ces fiançailles. Mais attendons de voir ce que Tani et Ramosé eux-mêmes auront à en dire d'ici la fin de notre séjour chez toi.

– Cela me paraît raisonnable, convint Téti en se levant. Et maintenant, allons voir comment les femmes ont occupé leur journée. Etant donné que mon épouse a demandé des litières de bonne heure, ce matin, elles ont vraisemblablement fait la tournée des marchands ! Je suis heureux qu'Ahhotep et tes filles soient là, Séqénenrê. J'aimerais qu'elles viennent plus souvent. Cela fait tellement plaisir à ma femme. T'ai-je parlé de cette terrible querelle qui oppose un groupe de paysans et le surveillant du domaine de Seth dans le Delta ? Apparemment, une des digues séparant leurs champs a été entièrement emportée par l'inondation, cette année, et le surveillant réclame davantage de terres que n'en possédait originellement le dieu. C'est du moins ce que prétendent les paysans ! Il faut que je consulte les titres de propriété et le cadastre en espérant y trouver des réponses. D'après l'Unique... »

Séqénenrê l'écouta poliment mais distraitement, tandis qu'ils quittaient le jardin pour le vestibule à colonnade, puis s'engageaient dans le couloir peint de couleurs vives. Il se sentait anxieux et seul. « Téti ! » coupa-t-il. Son hôte cessa de parler et se tourna vers lui.

« Oui ?

– Ton grand-père était autrefois prince *erpa-ha* et gouverneur des nomes de Khmounou, n'est-ce pas ?

– Oui, répondit Téti dans un murmure. Pourquoi ? »

Oh ! dieux, se dit Séqénenrê avec désespoir. Qu'est-ce qui m'arrive ? Les blessures de Téti, les miennes, des cicatrices aujourd'hui guéries. Empêche-moi de m'acharner de nouveau sur elles, Amon ! Derrière Séqénenrê, une lampe tremblotait et des langues de lumière éclairaient par à-coups le visage de Téti, faisant scintiller ses yeux

« Pourquoi n'es-tu pas gouverneur de Khmounou ? Le titre d'erpa-ha est héréditaire. » Il outrepassait les bornes de l'hospitalité et de l'affection familiale, mais c'était plus fort que lui. Téti se mordit les lèvres.

« Je pensais que tu le savais, prince, murmura-t-il d'une voix enrouée. Mon grand-père a pris la tête d'une insurrection contre l'Osiris Sokerher, le grand-père d'Apopi. Il n'a pas dépassé Nennésout, au sud de Ta-shé. Il a eu la vie sauve, mais on lui a coupé la langue pour trahison et son titre lui a été enlevé. Notre roi et son père se sont toutefois montrés miséricordieux. Mon père Pépi s'est racheté en combattant dans la première armée d'Apopi, et je suis reconnaissant de ce que j'ai.» Il s'enfonça dans l'ombre, mais Séqénenrê voyait toujours ses yeux, voilés et méfiants. «Je plie au gré du vent pour ne pas être rompu, reprit-il avec plus d'assurance. Je te conseille de faire de même, Séqénenrê Taâ. Je t'ai d'ailleurs toujours considéré comme un homme doux et souple. Il n'y a pas d'autre solution.»

Ils se regardèrent sans mot dire. Au bout du couloir, dans la salle de réception où se pressaient déjà les convives, les lampes brûlaient, mais leur lumière n'arrivait pas jusqu'à eux.

«Vraiment? dit enfin Séqénenrê, en s'humectant les lèvres. Tu as entendu parler des lettres, Téti?» Celui-ci fit un pas en avant et, empoignant son ami par le bras, le secoua avec violence.

«Oui, j'en ai entendu parler! Toute l'Egypte est au courant! Réponds-y avec patience et respect, et elles cesseront. Je ne sais pas quel démon s'est glissé en toi, prince, mais cours chez les magiciens te faire exorciser!

– Pas d'autre solution?»

Séqénenrê parla si bas qu'il crut d'abord que Téti n'avait pas entendu. Celui-ci le regarda longuement, puis une expression de tristesse et de regret se peignit sur son visage.

«Non», répondit-il et, pivotant sur les talons, il se dirigea vers le brouhaha de la salle de réception. Hébété, le cœur battant, Séqénenrê le suivit. C'est fini, se dit-il, en regardant Ahhotep se frayer un chemin à travers la foule afin de le rejoindre. Il baissa la tête pour permettre à une servante de lui attacher un cône de cire parfumée sur la tête et de lui passer une guirlande de lotus bleus autour du cou. Ahhotep l'embrassa.

«Tu as l'air malade, dit-elle. Viens t'asseoir. Trop de vin, prince?» Il réussit à lui sourire et se laissa conduire à la table basse jonchée de fleurs qui l'attendait. Les autres invités s'installaient eux aussi, et les musiciens, harpes et tambours sous le bras, se faufilaient vers l'estrade. C'est fini, fini! se répétait Séqénenrê avec fièvre. Demain, je ferai des excuses à Téti. Je n'ai même pas celle de l'ivresse. Je l'inviterai à venir à Oueset avec sa famille. Je ferai amende honorable. Mais, alors qu'il prenait place à côté d'Ahhotep et se tournait pour saluer sa voisine, la révolte monta en lui comme une horrible marée rouge. Je suis roi, pensa-t-il farouchement. Je suis Horus. Horus ne s'excuse pas.

Il but trop, ce soir-là, et il chanta avec les chanteurs, dansa avec les femmes nues qui tournoyaient entre les tables. Il ne fut pas le seul. Lorsque les premières lueurs froides de l'aube éclairèrent la pièce, elle était jonchée de convives trop ivres pour regagner leur litière et rentrer chez eux. Moitié en le portant, moitié en le traînant, Ahhotep, Ouni et Isis emmenèrent Séqénenrê jusqu'à l'aile des invités et le couchèrent dans son lit, où il marmonna et grogna avant de sombrer dans un sommeil lourd.

Il se réveilla vers midi en proie à une soif dévorante et à un mal de tête qui menaçait de lui fendre le crâne en deux. S'asseyant sur son lit, il attendit que la pièce cesse de tourner devant ses yeux. Dehors, on entendait des voix dans le jardin et, plus loin, des bruits de plongeon et des cris aigus. Des chiens aboyaient. On frappa à la porte et Ouni entra, un plateau à la main. Séqénenrê lui adressa un faible sourire. « Je suppose que la plupart des serviteurs soignent ce matin des invités en aussi piteux état que moi, dit-il. As-tu de l'eau, Ouni ?

– Oui, répondit le serviteur, en posant le plateau sur la table. Je l'ai prise dans la jarre du couloir. Elle est fraîche. J'ai également apporté du pain et quelques figues, mais ce sont les premières et je crains qu'elles ne soient trop vertes. Si tu n'en veux pas, je peux aller chercher des pousses de poireaux.

– Les figues suffiront, dit Séqénenrê, en vidant son gobelet. Va aux bains t'assurer que j'aurai de l'eau chaude. Où sont les autres ?

– La princesse Ahhotep et Ahmès-Néfertari sont dans le jardin avec les autres femmes. Tani et Ramosé nagent. Ahmosis est allé pêcher. Téti et son intendant se sont rendus à Khmounou en litière, et je crois que Si-Amon les a accompagnés.

– Merci. Tu peux disposer. »

Séqénenrê grignota les figues sans appétit. Maintenant qu'il avait bu, son mal de tête diminuait. Il repensa à la conversation étrange et effrayante qu'il avait eue avec Téti. Tout était sa faute, naturellement, et il s'aperçut que le vin qu'il avait englouti en si grande quantité lui avait plus ou moins fait l'effet d'une purge. Il se sentait l'esprit purifié. Son désespoir et son angoisse avaient disparu. Il pouvait rentrer chez lui en paix.

Dans le couloir, Séqénenrê puisa encore de l'eau dans la grande jarre de pierre, but longuement, puis, enveloppé d'un drap, se dirigea vers les bains. Debout sur la dalle, lavé et frictionné par un serviteur, il se dit que la vie était douce. Lorsque, rafraîchi et revigoré, il regagna sa chambre, il ouvrit le tabernacle de Thot et remercia le dieu de lui avoir donné la sagesse d'accepter de bon gré ce qui ne pouvait être changé. Puis, ne voyant pas revenir Ouni, il enfila un pagne simple et des sandales, passa une chaîne en argent à son cou et sortit dans la lumière étincelante du début de l'après-midi.

Longeant le jardin où, assises en tailleur sous un parasol, sa femme et sa fille bavardaient avec animation avec l'épouse de Téti, installée devant un métier à tisser, il dépassa la treille, traversa la cour pavée et arriva au débarcadère. Des chiens haletants étaient allongés indolemment à l'ombre d'un bouquet d'acacias, et le babouin apprivoisé de Téti s'approcha de lui, l'examina avec curiosité et lui tendit une main poilue. Amusé, Séqénenrê la prit et la caressa ; apparemment satisfait, l'animal découvrit les dents en une parodie de sourire et s'enfonça dans les buissons.

Séqénenrê s'assit sur les marches. Loin du bord, Tani et Ramosé se battaient à coups de joncs en riant aux éclats. Séqénenrê les regarda avec plaisir. Très vite, Tani l'aperçut et nagea vers le débarcadère, suivie par Ramosé. « Je te salue, prince, dit Ramosé en s'inclinant. Et je te remercie, si je ne l'ai déjà fait, de la compagnie de ta fille.

– Oh ! je suis convaincu que tu l'as déjà fait », lui assura Séqénenrê avec un grand sourire. Un instant confus, le jeune homme finit par sourire à son tour.

« Il faut que j'aille m'entraîner sur le champ de tir, à présent, dit-il. Veuillez m'excuser. Je parlerai de la promenade en char à père tout à l'heure, Tani. » Encore couvert de gouttelettes d'eau qui étincelèrent au soleil, il s'éloigna d'un pas souple et sûr. Tani tordit ses cheveux, puis s'essuya le visage.

« Un jeune homme bien poli, observa Séqénenrê. Tu te plais ici, n'est-ce pas, Tani ? »

Elle écarta de sa peau brune son fourreau de lin trempé, et Séqénenrê remarqua combien il était transparent et moulait ses courbes naissantes, sa silhouette élancée. Elle avait une beauté de liane, sa fille chérie, à laquelle s'ajouterait bientôt l'assurance de la maturité et la conscience de son charme. Brusquement, il se sentit très fier de sa fille, très fier et très possessif.

« Oui, c'est vrai, répondit-elle. Il se passe toujours quelque chose. Oh ! je ne veux pas dire que je m'ennuie à la maison, père, corrigea-t-elle aussitôt. Je ne voulais pas me montrer irrespectueuse. Mais je m'amuse bien ici.

– Il me semble pourtant me souvenir qu'à ta dernière visite, tu boudais et ne rêvais que de rentrer à Oueset.

– Oui, mais c'était il y a quatre ans. Ramosé me taquinait et me jetait des araignées à cette époque-là, et c'est pour cela que j'ai refusé ensuite de venir avec vous. Mais cette fois, c'est différent. C'est un homme, maintenant.

– Il ne te taquine plus ?

– Euh... si, mais pas méchamment. Et il s'occupe de moi, aussi. » Pour la deuxième fois, son père la vit rougir, puis elle se gratta le crâne avec vigueur. « J'aimerais qu'il vienne chez nous, dit-elle. Tu l'inviteras, père ? »

Tu te conduis en véritable adulte par moments, ma Tani, pensa Séqénenrê. J'aimerais voir Ramosé dans un autre cadre que ce domaine opulent, moi aussi.

« Oui, je le ferai, promit-il. Son père pense à des fiançailles entre vous. » Elle ne parut pas étonnée. Croisant les mains sur ses genoux, elle regarda les eaux miroitantes du Nil.

« Personne ne m'en a parlé, mais cela se peut, répondit-elle. Je le trouve très beau, et je crois que je lui plais, moi aussi. Mais que fais-tu de Kamosé ? » ajouta-t-elle soudain, en lui jetant un regard malicieux. En son for intérieur, Séqénenrê renonça à ce rêve stupide et constata qu'il n'était pas fâché de le voir se dissiper.

« Si Kamosé et toi aviez manifesté le moindre intérêt sexuel l'un pour l'autre, j'insisterais pour que vous vous mariiez, reconnut-il. Mais je ne te forcerai jamais à faire quelque chose qui te répugne, Tani. Si Ramosé et toi continuez à vous plaire, vous ferez beaucoup d'heureux.

– Merci, père, tu es merveilleux, dit-elle en lui effleurant la joue d'un baiser. Kamosé ne se mariera pas avant longtemps, tu sais. Il est beaucoup trop sérieux. Je te laisse. Je vais me faire laver et frotter d'huile. »

Séqénenrê resta seul. Le menton appuyé sur les mains, il contempla l'autre rive qui miroitait dans la brume de chaleur. Tani n'a qu'en partie raison, se dit-il. Kamosé est quelqu'un de sérieux, c'est vrai, mais ses sentiments sont profonds et intenses. S'il rencontre jamais une femme qui l'émeut, il se liera à elle jusqu'à la fin de ses jours.

Si-Amon était ravi de son séjour à Khmounou. Il se sentait à l'aise avec les envoyés du roi, élégants et polis, qui allaient et venaient dans la salle de réception animée de Téti. Il débordait de curiosité pour les marchands et les négociants du Retenou, de Keftiou et de Djahi, qu'il interrogeait avec avidité. Il aimait aussi les attentions pépiantes des nombreuses servantes de Téti. Il était grand, musclé, séduisant et prince. Il recevait toutes les marques de déférence comme son dû.

Téti et lui avaient toujours eu de l'affection l'un pour l'autre. Son oncle était aussi affable et ouvert que son père était hautain et distant, et quoique Si-Amon aimât Séqénenrê et eût pleinement conscience du sang royal qui coulait dans ses veines, il y avait des moments où il aurait préféré être le fils de Téti. De telles pensées lui faisaient honte mais ne diminuaient pas son plaisir. Il avait accompagné Téti et son père chez le gouverneur de Khmounou et de ses nomes. Séqénenrê s'était montré d'une extrême courtoisie, avait goûté à toutes les confiseries du repas de bienvenue, interrogé le gouverneur sur la santé des siens et levé sa coupe en rendant gloire au roi, mais Si-Amon savait que son père respectait ces conventions en se reprochant son hypocrisie.

Ce jour-là, Téti et lui étaient retournés chez le gouverneur, où ils avaient passé une matinée fort agréable à examiner ses chiens de chasse, à goûter un très vieux vin de palme et à écouter les derniers potins d'Het-Ouaret. Si-Amon avait pris congé de leur hôte à regret. Téti et lui s'étaient ensuite fait conduire dans le désert, dans un endroit rocheux où se trouvaient d'anciennes tombes, ouvertes et pillées. Si-Amon partageait l'intérêt passionné de ses compatriotes pour les monuments du passé. Il admira les peintures murales et éprouva de la tristesse à voir ces tombes profanées. Après avoir prié pour le ka de ceux qui avaient autrefois reposé là et demandé à Anubis de se souvenir d'eux, Téti et lui regagnèrent le ruban de verdure du fleuve où, à l'ombre d'un figuier, les serviteurs déroulèrent des nattes, tendirent un abri de toile et leur servirent du pain, de la bière et des fruits.

«Tu es un homme fort généreux, Téti, déclara Si-Amon, tandis qu'ils savouraient leur bière. Tu ne viens pas assez souvent à Oueset pour que nous puissions te rendre la pareille.

– Les dieux et le roi ont été bons envers moi, répondit l'autre. De plus, j'apprécie votre compagnie, Si-Amon. Mes autres parents ne sont pas des gens sociables.

– Père l'a assurément été pour deux, hier soir! fit Si-Amon en riant. Il est rare qu'il s'enivre et passe un aussi bon moment. Je crois que cela le détend d'être ici. Chez nous, il prend ses responsabilités trop au sérieux.» A peine eut-il parlé qu'il se demanda s'il ne s'était pas montré indiscret. Il jeta un regard anxieux à Téti, mais celui-ci lui souriait avec chaleur, les yeux plissés.

«En sa qualité de prince du royaume, ton père se doit de conserver une certaine dignité, répondit-il. Mais je ne pense pas qu'il ait bu pour se détendre et s'amuser, Si-Amon. Il est préoccupé et renfermé depuis son arrivée. C'est à cause des lettres de l'Unique, n'est-ce pas? J'aimerais qu'il se confie à moi comme à un vieil ami et me permette de l'aider.» Si-Amon hésita. Il se reprochait d'avoir parlé trop librement, mais Téti continuait à lui sourire et, se penchant en avant, il posa une main chaude sur la sienne. «Ne dis rien, si tu ne le souhaites pas. Mais sache que je vous aime tous. Nous sommes liés par le sang, bien que de façon éloignée, et des parents ont le devoir de s'entraider.»

A présent c'était envers Téti que Si-Amon se sentait malhonnête. Garder le silence aurait été grossier, et il éprouvait un réel besoin de se confier à cet homme. Son père l'aurait écouté exprimer ses doutes – il les connaissait déjà, d'ailleurs –, mais sans que cela change quoi que ce fût à ses convictions. Avec Téti, ce serait différent. Il comprendrait.

«Oui, tu as raison, dit-il. Ce n'est rien de bien grave, Téti, mais les exigences de l'Unique semblent si arbitraires, si dépourvues de sens... A chaque nouveau rouleau, l'irritation et la colère de père augmentent.» Il leva les yeux. Téti le regardait avec compassion et compréhension.

«Et tu crains qu'un jour ton père ne se lasse d'une fidélité dont il estime qu'elle n'est pas récompensée, et qu'il ne commette un acte irréfléchi qui vous disgracierait tous.»

Si-Amon hocha misérablement la tête.

«Je crois qu'il y a déjà de la révolte dans son cœur. C'est si injuste ! s'écria-t-il. Notre maison est loyale à Het-Ouaret depuis des hentis ! Pourquoi l'Unique nous harcèle-t-il ainsi ?

– Calme-toi, fit Téti d'un ton apaisant. As-tu assez mangé ? Bien. Prends encore un peu de bière, puis nous rentrerons. Tu n'es plus un enfant, Si-Amon, poursuivit-il en se faisant gentiment réprobateur. Tu connais les craintes du roi. Ton père les dissipera aussi longtemps qu'il s'efforcera de lui obéir.» Il but, soupira et s'essuya la bouche sur la serviette de lin que lui tendit discrètement un serviteur. «Toi et moi devons faire de notre mieux pour que Séqénenrê surmonte cette crise. Elle passera, je te le répète. Je suis ton ami et celui de ton père, continua-t-il avec solennité. Je serais désolé qu'il vous arrive quoi ce soit. Laissez-moi vous aider.»

Si-Amon regarda avec reconnaissance son visage rebondi.

«Tu es très bon, Téti, répondit-il d'une voix enrouée. Mais je ne sais pas ce que tu pourrais faire.

– Je peux parler en faveur de ton père à Het-Ouaret. L'Unique sait que ma loyauté lui est acquise. Je peux jouer le rôle d'intermédiaire et verser de l'huile sur ces eaux agitées. Je peux aussi venir rendre visite à ton père et le ramener à la raison, s'il se tourmente outre mesure.»

Brusquement, Si-Amon sut ce qui allait suivre. Il regretta amèrement d'avoir abordé le sujet, puis se demanda si celui-ci n'aurait pas fait surface de toute façon. Il était pris au piège. Impossible de faire marche arrière après avoir exprimé son inquiétude. Impossible aussi de refuser l'offre d'assistance de Téti, car cela serait revenu à ôter toute importance au problème et à déclarer qu'il avait exagéré. Mais ce n'est pas moi qui ai parlé, se dit-il, tandis que Téti le regardait avec affection. C'est lui qui a exprimé mes craintes à voix haute, pas moi.

«Pour vous être d'une quelconque utilité, il faudrait que je connaisse l'état d'esprit de Séqénenrê, poursuivit Téti. Quelqu'un qui l'aime doit me tenir informé afin que je puisse me rendre aussitôt à Oueset.» En voyant l'expression de Si-Amon, il secoua la tête avec violence. «Non, non, non, jeune homme ! Dieux ! Crois-tu que je te demande d'espionner ton père ? Cela en a peut-être l'air, Si-Amon, mais c'est par affection que je le fais. Ne laisse pas Séqénenrê tomber sous le joug d'Apopi. Aide-moi à l'aider !»

C'est une proposition raisonnable, se dit Si-Amon, et périlleuse aussi : Téti pourrait être soupçonné de conspirer avec mon père si une correspondance trop suivie s'établissait ente Khmounou et Oueset. Quel mal peut-il y avoir à accepter ? Il hésitait pourtant. «Je veux bien, dit-il enfin à contrecœur, mais mon père serait furieux s'il pensait que je ne me fie pas à son jugement dans cette affaire et que je m'en remets au tien. Il faut le surveiller dans son propre intérêt, tu as raison, mais...»

Téti ôta une de ses bagues et la montra à Si-Amon. «C'est le sceau de ma famille, dit-il. C'est avec lui que je cachetterai les lettres que je t'adresserai. Toi, de ton côté, quel sceau utiliseras-tu ?

– Un hippopotame, répondit Si-Amon avec lenteur.

– Parfait, fit Téti, en remettant la bague à son doigt épais. Tu sais que Mersou, l'intendant de ta grand-mère, a grandi dans le même village que mon propre intendant ? Confie-lui les messages que tu me destines. Ramosé et toi vous connaissez depuis l'enfance. Tu pourras prétendre que c'est à lui que tu écris, ou ne rien dire du tout et laisser Mersou tirer ses propres conclusions. Mais étant donné sa loyauté à l'égard de ta famille, je suis sûr qu'il comprendrait.»

Il se releva lourdement, fit un geste, et les serviteurs roulèrent aussitôt les nattes. Les porteurs de litière reprirent leur place.

«Mais tu parleras au roi ? dit Si-Amon d'une voix étouffée. Tu assureras Apopi de la bonne foi de mon père ?

– Bien sûr, affirma Téti, en serrant le jeune homme dans ses bras. Tout s'arrangera, Si-Amon, je te le jure. D'ailleurs, il se peut que nous nous inquiétions pour rien, tous les deux.» Ils se dirigèrent vers les litières sous un soleil de plomb. «Tout se réglera peut-être de soi-même, et nous rirons de nos alarmes.»

Si-Amon garda le silence. Rien ne m'oblige à écrire, se dit-il en tirant les rideaux de sa litière. Je peux faire comme si cette conversation n'avait pas eu lieu. Mais il savait que c'était impossible. La colère secrète qu'éprouvait son père contre Apopi devait être détournée, désamorcée, ou elle les détruirait tous.

Ils restèrent un mois à Khmounou, où ils mangèrent, burent, discutèrent avec les visiteurs de Téti et se rendirent régulièrement dans le temple de Thot. Séqenenrê alla une fois dans celui de Seth pour y apporter en offrande un vin rare et trois bracelets en or, sachant que le roi en serait informé et que cela le rassurerait. Mais il ne fut pas autorisé à pénétrer dans le sanctuaire. Seuls le roi et les prêtres de haut rang pouvaient voir le dieu face à face, bien qu'à Oueset, où Amon était le protecteur de la ville et de sa famille, où lui-même avait tout pouvoir, Séqénenrê eût le droit de communier directement avec son dieu. Il n'était pas mécontent qu'on lui interdît l'entrée du sanctuaire. Il n'avait aucune envie de voir le frère renégat d'Osiris, le maître du désert aux cheveux et aux yeux rouges, représenté comme les Sétiou le voyaient, c'est-à-dire sous les traits de Soutekh, leur dieu barbare.

Téti et lui avaient retrouvé des rapports amicaux et détendus. Ayant décidé de ne pas lui présenter d'excuses, Séqénenrê fit comme si leur conversation n'avait jamais eu lieu, et Téti ne revint pas sur le sujet. Après force embrassades et promesses de se rendre visite plus souvent, Séqénenrê, sa famille et leur suite s'embarquèrent pour Oueset. Le voyage fut lent. Séqénenrê s'arrêta dans chacune des villes de ses nomes pour s'entretenir avec les prêtres et les maires, les surveillants et les petits fonctionnaires, si bien que la famille ne s'amarra à son débarcadère qu'à la fin de *phaménoth*.

Tout allait bien. Kamosé avait accompli ses tâches avec calme et efficacité. Tétishéri s'enquit de la santé et du bien-être de ses parents mais sans paraître prendre beaucoup d'intérêt aux réponses d'Ahhotep.

3

Le printemps s'acheva, et Oueset s'enfonça dans la somnolence de l'été. Sous la tonnelle, les raisins se formaient et commençaient à grossir. Les cultures perdaient leur souplesse ondoyante pour devenir raides et jaunes. On voyait souvent des crocodiles se chauffer au soleil, immobiles et les yeux clos, sur les rives sablonneuses du Nil, dont les eaux baissaient rapidement. Et, sur toutes choses, shemou soufflait son haleine brûlante.

Etendu ruisselant de sueur sur son lit pendant les après-midi étouffants, ou rôdant dans la relative fraîcheur du palais en ruine alors que sa famille et ses domestiques attendaient languissamment la bénédiction du soir, Séqénenrê savait que, pour rien au monde, il n'aurait échangé cette vie paisible contre l'existence sophistiquée et l'agitation du domaine de Téti. Il y avait quelque chose de satisfaisant dans la certitude de la récolte prochaine, quelque chose de rassurant dans la Belle Fête de la Vallée à l'occasion de laquelle Amon traversait le fleuve pour aller rendre visite aux temples funéraires et aux tombes des ancêtres, accompagné par les citoyens d'Oueset qui, ce jour-là, allaient manger près de leurs morts. Ahmès-Néfertari agrandirait la famille. Tani se fiancerait à Ramosé et, une fois que Téti et lui se seraient mis d'accord, elle irait vivre à Khmounou. Sa mère irait bientôt rejoindre son époux sur la rive occidentale, et lui-même vieillirait auprès d'Ahhotep et transmettrait les rênes du pouvoir à Si-Amon. Je ne demande rien de plus, se disait-il avec ferveur tandis que, debout à l'ombre d'un palmier, il regardait les paysans actionner les chadoufs et verser une eau pure dans les canaux désormais vides. Ma terre, ma famille, ma vie.

Tani dictait de nombreuses lettres à Ramosé et passait de longues heures près du débarcadère, la main en visière sur les yeux, à guetter l'embarcation d'un messager, tandis que Béhek se morfondait à ses pieds. Parfois c'étaient les barques de Téti qui apportaient les rouleaux de Ramosé, mais le jeune homme les confiait aussi aux hérauts royaux qui se rendaient au pays de Koush et les déposaient à Oueset au passage. Séqénenrê avait cessé de trembler en voyant une barque tirer un bord pour se diriger vers son débarcadère ; il s'en réjouissait au contraire, car la joie de Tani faisait plaisir à voir.

Payni et *épiphi* arrivèrent et s'en furent, marqués par une chaleur impitoyable qui racornissait les feuilles des arbres et ôtait toute énergie aux bêtes comme aux gens. *Mésorè* commença et, d'un seul coup, les jours de paresse prirent fin. Les jardiniers chargèrent les légumes dans les paniers ; les serviteurs cueillirent le raisin, qu'ils piétinèrent en chantant et en dansant dans la blancheur éblouissante de la grande cour, au sud de la maison.

Si-Amon, Kamosé et Séqénenrê étaient rarement chez eux. Tous les jours, ils se rendaient dans les champs et regardaient les surveillants diriger les moissonneurs. Les faucilles fendaient l'air. La récolte du lin faisait l'objet d'un soin particulier, car une grande partie irait dans le Nord et servirait à vêtir la maison du roi ; le reste serait tissé par les servantes pour habiller Ahhotep et ses filles. On engrangeait aussi l'orge avec laquelle on fabriquerait la bière de l'année. Les récoltes étaient abondantes, et maîtres et paysans travaillaient avec entrain.

Vers la fin de mésorè, alors qu'enfermés ensemble, Si-Amon, Kamosé, Séqénenrê et Ouni évaluaient les récoltes ainsi que le montant de l'impôt et des tributs dus à Het-Ouaret, Ahmès-Néfertari frappa à la porte et s'avança vers le bureau jonché de papiers. Elle était maintenant enceinte de huit mois, mais cette première grossesse ne déformait guère son corps mince. Elle souffrait plus que de coutume de la chaleur et ne se promenait plus beaucoup dans les jardins. Ce jour-là, elle était pieds nus et vêtue d'une longue jupe de lin blanc maintenue sous la poitrine par deux bretelles qui couvraient la pointe de ses seins. L'amulette ménat que lui avait donnée sa mère était suspendue à son cou par un cordon de cuir. Aucun ornement ne parait ses bras, mais elle avait les cheveux tressés de rubans jaunes, que la sueur collait à ses épaules. Elle était suivie de Raa, la nourrice de son enfance et sa compagne favorite, qui portait un grand éventail rigide.

Les hommes interrompirent leur travail. Ahmès-Néfertari s'assit avec soulagement sur le tabouret que Séqénenrê poussa vers elle. « Merci, père, dit-elle. Pardonnez-moi de vous déranger ainsi, mais une barque royale repart à l'instant de notre débarcadère. Le héraut n'avait pas le temps de s'entretenir avec toi. Des affaires urgentes l'attendent au pays de Koush. Il m'a remis un rouleau pour toi. Tani était très déçue !

– Elle est trop gâtée, fit Séqénenrê en riant. Elle s'imagine désormais que toutes les embarcations du Nil ne naviguent que pour elle. Het-Ouaret nous envoie sans doute le montant de nos impôts. Ils seront lourds, car la récolte a été bonne et, selon Men, nos vaches du Delta ont vêlé comme jamais auparavant. Donne, que j'y jette un coup d'œil.

– Nous avons aussi la visite du surveillant des terres, poursuivit la jeune femme, en lui tendant le papyrus. Il vient te faire son rapport sur les récoltes de nos nomes. Grand-mère lui a fait servir du vin près du bassin. Elle souhaite que vous les rejoigniez. Le nome de Tchaousse se plaint d'avoir perdu une partie de sa récolte de blé à cause d'une attaque de rouille.

– Le nome de Tchaousse se plaint toujours de quelque chose, remarqua Kamosé avec un léger sourire.

– Mieux valent des plaintes que le silence, répondit Séqénenrê en décachetant le rouleau. Va dire à ta grand-mère que nous arrivons, Ahmès-Néfertari. »

Celle-ci sortit, suivie de Raa.

Séqénenrê déroula le papyrus, puis poussa une exclamation étouffée : « Non ! C'est impossible ! » fit-il en laissant retomber la lettre. Kamosé s'approcha de son père et lui toucha l'épaule. Il tremblait.

« Puis-je lire ? » demanda le jeune homme avec brusquerie. Séqénenrê acquiesça de la tête.

« Lis à voix haute. J'ai peut-être mal interprété son contenu. » Les deux frères échangèrent un rapide regard, puis, après avoir rapidement parcouru le papyrus des yeux, Kamosé s'éclaircit la voix.

« "À mon..."

– Pas les salutations ! coupa Séqénenrê avec brutalité. Cette espèce d'hypocrite ! » Ouni sursauta, puis retrouva un visage impassible.

«Très bien, père, reprit Kamosé. "... Pendant quelque temps, j'ai dormi paisiblement dans mon palais, dérangé seulement par le cri des oiseaux de nuit, mais très vite les hennissements de tes chevaux du fleuve ont recommencé à troubler mes rêves, au point que le manque de repos m'affaiblit la voix et la vue. Les muselières de tes artisans n'ont pas empêché ces animaux de tourmenter leur roi. J'ai donc consulté les prêtres du puissant Seth, dont ils sont les enfants, afin de savoir pourquoi ils continuaient à m'importuner."» Kamosé s'interrompit, les traits altérés par l'émotion en dépit de son sang-froid habituel. Raide, le visage sombre, Séqénenrê regardait fixement ses mains jointes. Si-Amon écoutait, immobile et tendu. Prenant une profonde inspiration, Kamosé reprit : «"Les enfants du dieu sont en colère parce que les maisons de leur père sont loin d'Oueset. Ils sont tristes parce que aucun prêtre ne leur rend hommage. En conséquence, moi, Aouserrê Apopi, aimé de Seth, je te recommande de faire construire une maison à mon seigneur le dieu Soutekh, afin qu'on le vénère à Oueset et que ses enfants soient apaisés. Lorsque cette nouvelle se répandra dans les nomes du gouverneur d'Oueset, les gens se réjouiront ; ils accourront en masse sur le site de la maison du dieu pour la bâtir et paieront un tribut aux serviteurs du dieu qui s'en occuperont. Si le gouverneur du Sud ne répond pas à ce message, qu'il ne serve plus d'autre dieu que Soutekh, mais s'il répond et qu'il fasse ce que j'ordonne, je ne lui ôterai rien et ne m'inclinerai plus jamais sur terre devant un autre qu'Amon, le roi des dieux."»

Kamosé posa le rouleau sur le bureau avec des précautions exagérées et se croisa les bras.

«Je m'étonne qu'il ait eu assez d'intelligence pour aligner autant de phrases cohérentes, jeta Séqénenrê. Ce sale *aati* !» La colère qui l'avait envahi et troublé lors de la conversation intense et presque oubliée qu'il avait eue avec Téti le submergeait de nouveau, si violente qu'elle lui noua l'estomac et lui arracha une grimace.

«Père ! Tu blasphèmes ! s'écria Si-Amon, le visage pâle. N'oublie pas qui tu traites ainsi de fièvre et de peste ! Il est exact que Seth n'a pas de temple au sud de Khmounou. Il est possible que le dieu en soit mécontent et qu'il ait parlé au roi par l'entremise de ses enfants et de ses prêtres.» Il transpirait sous sa courte perruque noire, et des gouttes de sueur lui coulaient dans le cou. «S'il veut une maison ici à Oueset, tu dois t'incliner.

– Un fils qui dit à son père ce qu'il "doit" faire risque d'être puni, répliqua Séqénenrê d'un ton tranchant mais plus calme. Il est naturellement possible que le dieu ait parlé à ses prêtres, mais je ne le pense pas. Kamosé ?

– Moi non plus, père, répondit celui-ci. Apopi resserre l'étau. Si un temple de Seth est construit à Oueset, nous aurons constamment des représentants du roi ici. Nos moindres mouvements seront surveillés. Pour nous et nos nomes, cela signifie la conscription d'un grand nombre de paysans pour la construction et des dépenses considérables pour payer les architectes, les maçons, les ingénieurs…» Il marcha jusqu'aux petites colonnes lotiformes de la véranda, pivota, repartit en sens inverse. «Si nous faisons ce qu'il demande, notre vie ne sera plus jamais la même. Nous perdrons le peu de liberté dont nous disposons. Si nous refusons, nous lui donnons un prétexte pour nous accuser de désobéir à un ordre divin et de manquer de respect à Seth. Cette fois, je ne pense pas qu'une lettre ingénieuse pourra le détourner de son but, conclut-il avec un sourire froid.

– Tu as raison, approuva Séqénenrê. Il me faudrait avoir l'intelligence de Thot en personne. Ouni, tu es mon bras droit dans cette maison, tu diriges mon personnel, quel est ton avis ?

– Seth n'est pas seulement le dieu des étrangers, répondit l'intendant, en s'inclinant. Il est aussi le souverain des déserts. Ne sommes-nous pas des enfants du désert tout autant que des terres fertiles, ô prince ? Un temple consacré à Seth aurait tout à fait sa place ici, à Oueset.» La voix hachée, le regard fuyant, il était manifestement très mal à l'aise.

«La main-d'œuvre et les dépenses requises ne seraient-elles pas trop lourdes pour nos nomes ? demanda Kamosé, qui continuait à marcher de long en large. Apopi souhaite que tu refuses, père, tu le sais. Il veut ta perte.»

Ses mots résonnèrent de façon sinistre dans l'air étouffant de la pièce.

«Son sentiment d'insécurité est dangereux, dit Séqénenrê à voix basse. J'ai eu beau le servir avec loyauté et honnêteté, cela n'a pas apaisé ses craintes secrètes.» Il se leva lourdement et, s'appuyant des deux mains sur son bureau, s'efforça d'adresser un sourire rassurant à Ouni. «N'aie pas honte de ton trouble, dit-il avec bienveillance. Tu es fidèle à ma famille mais aussi à notre roi, et tout ce que l'on dit contre lui te va au cœur. Tu m'es indispensable, Ouni. Je sais que, si l'on nous critiquait en présence du roi, tu serais tout aussi bouleversé. Pardonne-moi.»

Le visage d'Ouni s'éclaira.

«J'obéis à l'Unique et à toi, répondit-il. Et maintenant, seigneur, si nous allions retrouver ton surveillant? Il doit s'être donné une indigestion de fruits et avoir bu plus que de raison depuis le temps qu'il nous attend.

– Je l'avais oublié, répondit Séqénenrê, qui réussit à rire. Je te rejoins dans un instant. Tu peux disposer.»

Lorsque Ouni fut sorti, père et fils se regardèrent.

«Tu seras obligé de le faire, murmura Si-Amon d'un air embarrassé. Comme tu l'as dit, tu l'as toujours servi avec loyauté et honnêteté. Agir autrement est impensable.»

Dans l'esprit de Séqénenrê, les images défilèrent : Tani et Ramosé se bombardant d'herbes flottantes en hurlant de rire ; Si-Amon et sa femme se tenant par la taille ; Ahhotep dégustant du vin et bavardant à l'ombre des arbres avec sa mère impérieuse et adorée. Oui, agir autrement était impensable, Si-Amon avait raison, et pourtant tout son être se révoltait contre l'injustice des manœuvres du roi.

«Il faut que j'y réfléchisse, dit-il. Mais plus tard. J'ai envie de vin.» Le visage soucieux, ils quittèrent le bureau pour l'air chauffé à blanc de l'après-midi.

Pendant sept jours, Séqénenrê ne dit rien aux femmes du contenu du rouleau. Il n'avait pas l'intention de faire peser ce fardeau sur Tani, mais savait qu'il lui faudrait tôt ou tard en parler aux autres. Il appréhendait les discussions inévitables qui suivraient. Sa préoccupation n'échappait naturellement pas à l'œil acéré de sa mère, mais en dépit de son impatience, elle attendait avec tact qu'il lui fît ses confidences. Ahhotep aussi était troublée par son silence, mais elle l'attribuait à un second rouleau, arrivé immédiatement après le premier et qui fixait les impôts et les tributs de l'année. Comme Séqénenrê l'avait prédit, ils étaient élevés. Mais c'était là un fardeau familier, qu'ils portaient depuis des années. Séqénenrê avait jeté le papyrus à Ouni avec un mot distrait et n'y avait plus pensé.

Il ne chercha pas réconfort et conseil auprès d'Amon. Bien qu'il allât chaque matin au temple accomplir le rituel d'éveil, qu'il lavât, vêtît et nourrît le dieu, puis écoutât le grand prêtre psalmodier les

Admonitions, il ne pouvait se résoudre à prendre son avis. Il craignait ce que l'oracle d'Amon pourrait dire. La présence de Seth à Oueset diminuerait son pouvoir. Il y aurait rivalité entre les deux dieux et leurs serviteurs. Seth était imprévisible. Il pouvait protéger une caravane des lions ou de Shasou en maraude et, l'instant d'après, montrer les dents comme le loup vorace qu'il était et la mettre en pièces. Séqénenrê le respectait mais n'aurait jamais pu lui faire confiance. Il exigeait une dévotion qui transformait ses prêtres en louveteaux à l'œil farouche. Il n'avait jamais pardonné à Horus, son neveu et le fils d'Osiris, de lui avoir enlevé la moitié de l'Egypte, et même si Séqénenrê se décidait à lui rendre hommage, Seth ne ferait jamais de faveurs à l'Horus-dans-le-nid. Sans compter qu'Apopi installerait dans le nouveau temple une créature, mi-Seth, mi-Soutekh, qu'il serait encore plus insultant d'adorer. Séquénenrê se prosternait devant les plumes d'or et le doux sourire d'Amon, le cœur serré.

Il ne traversait pas souvent le fleuve pour visiter le temple funéraire de son ancêtre Mentouhotep Nebhépetrê, car il se trouvait loin des tombeaux de ses aïeux plus récents, dans une vallée en demi-cercle fermée par la falaise de Gourna, abrupte et déchiquetée. Il s'était souvent demandé pourquoi le Divin avait choisi cet emplacement, un endroit isolé, éloigné de toute habitation et de toute verdure, martelé par un soleil implacable. Au cours de cette semaine, pourtant, avant de révéler les exigences d'Apopi à Tétishéri, Séqénenrê se fit transporter sur la rive occidentale du Nil et se rendit dans cette vallée secrète.

Alors qu'il montait seul la rampe vers la terrasse, et regardait la petite pyramide qui se découpait sur le bleu insupportable du ciel d'été, abritant de la main ses yeux larmoyants en dépit du khôl, il comprit ce que cet homme avait eu d'unique. Comme lui, Mentouhotep avait été gouverneur d'Oueset, et il avait payé tribut à un roi du Nord jusqu'au jour où son sang s'était rebellé et où il avait pris les armes contre l'usurpateur.

Pourquoi? se demanda Séqénenrê, aveuglé et brûlé par le soleil. Le roi que tu servais était égyptien. Il avait arrêté le flot des étrangers venus d'Asie et fortifié la frontière orientale. Il avait rendu sa puissance d'antan à Mennéfer, cette vénérable cité, et établi de nouveaux échanges commerciaux, une nouvelle paix. C'était un bon roi. Mais il n'était pas divin. Il ne tenait pas son pouvoir d'Amon.

Séqénenrê s'agenouilla sur la pierre brûlante, envahi par le désespoir. Et lorsque l'humiliation t'est devenue insupportable, tu as combattu, tu l'as emporté, et tu as enfin coiffé la Double Couronne. Les Terres rouge et noire ont été réunies, l'Egypte est redevenue une, et la Maât a été rétablie. C'est pour cela que tu as choisi d'être enterré dans cet endroit inhospitalier. Ton destin t'a donné une vie à part. Il t'a changé et s'est imposé à toi. Il t'a mis à part jusque dans la mort. Oh ! fassent les dieux que ce ne soit pas le sort qui m'attend !

Avec un gémissement, il se redressa, redescendit la rampe et marcha entre les rangées de tamaris morts. Dans l'ombre des sycomores, les statues de Mentouhotep le regardèrent partir, et il sembla à Séqénenrê qu'elles lui parlaient muettement de son devoir et de sa souffrance.

Dans la vallée, écrasé par la chaleur impitoyable, il lui fut impossible de penser. Il alla chercher refuge dans le palais en ruine de Mentouhotep où régnait une fraîcheur relative. Il marcha de long en large, tournant et retournant dans son esprit l'insoluble problème. Puis, dépliant son parasol sur la terrasse des appartements des femmes, il s'assit en tailleur à l'ombre et contempla son domaine desséché par l'été. Le Nil n'était plus qu'un mince filet d'eau brunâtre. Les champs, brûlés, étaient sillonnés de crevasses assez profondes pour qu'un homme y enfonce la jambe jusqu'au genou. Les arbres étaient ratatinés, les palmes pendaient. Rien ne bougeait. Alors que son regard se portait vers le désert qui dansait dans une brume de chaleur oppressante, vers le sable doré qui allait se perdre dans l'infini d'un ciel d'azur, il se rendit compte qu'il contemplait sa propre âme.

Quand il sut qu'il ne pouvait se décider pour aucune solution, ne pouvait tourner ni à droite ni à gauche, même si le choix qui s'offrait à lui était désormais aussi clair que son reflet dans le miroir de cuivre que son serviteur lui présentait chaque matin, il alla montrer le rouleau à sa mère. On était au milieu de l'après-midi. Tétishéri était étendue sur son lit et se faisait éventer par Isis. Mersou venait de remplir la cruche d'eau sur la table. La pièce était plongée dans la pénombre, mais les épais murs de briques crues ne parvenaient pas à arrêter tout à fait la force de Rê.

Quand sa mère lui eut fait signe d'entrer, Isis posa l'éventail et se retira. Tétishéri se redressa et tapota le lit pour qu'il s'asseye près d'elle. Séqénenrê lui tendit le rouleau, qu'elle lut, puis relut en haussant les sourcils. Finalement, elle le laissa tomber à terre et poussa un soupir.

« Le poignard se rapproche depuis des années, dit-elle. Aujourd'hui, il nous pique la peau et n'attend qu'un ordre pour s'enfoncer dans notre cœur. J'ai prié que ce moment nous fût épargné, mais je crois que mon ka a toujours su que c'était impossible. Que vas-tu faire ?

– Je suis sur la case de la Belle Maison, répondit-il avec un rire sans joie. Et mon adversaire a fait le chiffre qui me précipitera dans les eaux d'en bas. »

Tétishéri s'essuya le visage sur un coin de drap et lui tapota le bras.

« Une partie de zénet n'est perdue qu'avec la dernière pièce. Il nous faut discuter des solutions. Nous les connaissons tous les deux. Vas-tu sacrifier ton orgueil à ta famille au risque de ne rien laisser en héritage à Si-Amon, pas même le titre de gouverneur, ou envisages-tu... ?

– Non ! s'écria Séqénenrê. C'est ce qu'il veut. Quel espoir ai-je de gagner ? Je ne dispose que de quelques chars pour la chasse et des quelques armes de ma garde. Je serais battu avant même d'avoir quitté Oueset.

– Tu as les Medjaï, objecta sa mère. Les hommes du pays de Ouaouat sont les meilleurs guerriers du monde. Ils ne portent pas le prince de Koush dans leur cœur. Ce sont des gens du désert qui craignent par-dessus tout que Koush ne tente un jour de s'emparer de leurs villages. Ceux que tu as à ton service sont loyaux et satisfaits. Recrutes-en d'autres. Parle à Hor-Aha. Tu ne l'as pas surnommé le Faucon combattant pour rien. »

Entendre ses pensées exprimées par sa mère terrifia Séqénenrê ; prononcées à haute voix, elles semblaient l'engager, constituer une décision.

« Manques-tu à ce point de pitié, mère ? dit-il doucement. Irais-tu jusqu'à nous sacrifier tous pour satisfaire ton propre orgueil ? » Il regretta aussitôt ses paroles en voyant ses yeux s'emplir de larmes.

«Non, fit-elle, arrêtant d'un geste les excuses qu'il s'apprêtait à faire. Il y a un peu de vérité dans ton accusation. J'ai beaucoup d'orgueil. C'est l'orgueil d'une femme qui a été l'épouse d'un roi. Un roi sans royaume, certes, mais qui n'en était pas moins un dieu. Mais cet orgueil n'est pas malfaisant. Il n'exigera jamais la vie de ceux que j'aime.

– Je regrette, mère. Tu ne parles que d'une des solutions, je sais.

– En effet. Et l'autre consiste à bâtir le temple de Seth, à appauvrir ton peuple pour le faire. Tu sais ce qui arriverait ensuite ?

– Oh ! oui, répondit-il avec un sourire sans chaleur. Une nouvelle lettre, qui exigerait... quoi ? Que je devienne gouverneur d'une autre ville, peut-être ? Une ville située plus au nord, plus près d'Apopi.

– Ou que tu ailles commander une des forteresses des frontières. Il n'y a pas d'issue, Séqénenrê. Je ne pense pas qu'il y en ait jamais eu.»

Ils se turent. Un silence profond régnait dans la maison. Tétishéri se laissa aller contre ses coussins, les yeux clos. Séqénenrê regarda le mouvement régulier de sa respiration.

«Si je me bats et que je sois battu, je nous condamne tous à mort», dit-il enfin.

Sans ouvrir les yeux, elle répliqua d'un ton froid : «Nous menons déjà depuis longtemps un combat d'arrière-garde, où nous perdons un peu plus chaque jour. Nous sommes acculés. Allons-nous nous battre debout, ou nous mettre à genoux et mourir à petit feu ? Maudit soit Apopi ! s'écria-t-elle soudain, en ouvrant les yeux. Les dieux savent que nous avons fait preuve de bonne volonté ! »

Sa main se posa sur le genou de son fils, qui se pencha et la prit dans ses bras. Elle était si menue et fragile, cette femme qui se tenait droite comme une flèche et dont l'esprit avait toujours dominé le corps.

«J'ai très peur, Tétishéri, dit-il, en tâchant de maîtriser le tremblement de sa voix.

– Moi aussi. Tu n'as pas à prendre cette décision sur-le-champ. Réfléchis-y encore un peu.

– Oui, fit-il en se levant. Mais je sais que j'aurai beau réfléchir, je ne trouverai pas de troisième solution. Si j'hésite trop longtemps, je m'enfuirai. Je deviendrai impuissant. Peut-être que Si-Amon et Kamosé...

« — Peut-être, dit-elle en appuyant la tête sur les coussins avec lassitude. Demande-leur leur avis. Ta tâche la plus difficile consistera à déterminer les gens sur qui tu peux compter. »

Séqénenrê avait de plus en plus de mal à respirer dans l'air étouffant de la pièce. Il hocha la tête et sortit.

Il passa le reste de l'après-midi à déambuler dans la maison comme une âme en peine. Il essaya bien de dormir, mais la chaleur et ses réflexions fiévreuses le chassèrent bientôt de son lit. Il rôda dans les couloirs et la salle de réception, traversa les appartements des hommes, où Kamosé reposait et où Ahmosis jouait aux dés, accroupi sur le sol. Il longea les silos à grains alignés contre le mur sud du domaine, fit sursauter les serviteurs des cuisines et alla finalement dans le chenil, chercher un peu de réconfort auprès de Béhek, qui poussa sa grosse tête contre son cou.

Au crépuscule, lorsque le ciel pâlit et que les premières étoiles se mirent à palpiter, claires et blanches, il s'assit au bord du fleuve dans un fourré de joncs bruns dont les feuilles desséchées rendaient un murmure de mort. Il commençait et recommençait en esprit une lettre conciliante au roi mais sans jamais dépasser les salutations. Il était impossible de trouver une échappatoire verbale. Apopi exigeait une acceptation ou un refus. C'était aussi simple que cela. « Réponds-y avec patience et respect, et elles cesseront », avait dit Téti à propos des lettres de Het-Ouaret. Mais Téti s'était trompé. Séqénenrê avait épuisé toute la patience et le respect dont il était capable, et cela n'avait servi à rien.

Pendant le repas du soir, il s'efforça de faire bonne figure. Il écouta le bavardage de Tani, s'enquit de la santé d'Ahmès-Néfertari, conseilla à sa femme d'isoler les enfants des serviteurs atteints de fièvre et, lorsqu'il lui fut impossible d'en supporter davantage, il s'excusa et alla se coucher. Ouni éteignit toutes les lampes à l'exception d'une seule et le laissa seul.

Épuisé, Séqénenrê sombra dans un profond sommeil, mais il rêva d'Apopi qui, sous la forme d'un énorme hippopotame, se tenait dans un Nil fétide, le museau emprisonné dans une muselière de cuir et les yeux étincelants de fureur. Il se débattait, tâchant vainement de se défaire de ces liens, tandis que Séqénenrê prononçait une formule de malédiction : « Il aura faim ! Il aura soif ! Il s'évanouira ! Il tombera malade ! » Mais Apopi continuait à le foudroyer du regard, et sa voix finissait par faiblir et s'éteindre.

Il se redressa en sursaut, trempé de sueur et suffoquant. Autour de lui, les ombres étaient immobiles et inoffensives. Rien ne bougeait dans la maison. Il se recoucha et, cette fois, dormit d'un sommeil réparateur.

Le lendemain matin, à son retour du temple, il envoya un de ses gardes du corps chercher Hor-Aha. Il voyait régulièrement le commandant des Medjaï pour s'assurer que ses soldats ne manquaient de rien, que l'entraînement de ses fils se passaient bien, et pour discuter d'éventuels changements d'emploi du temps. Hor-Aha n'était pas un homme bavard. Il s'acquittait de ses tâches avec efficacité, se montrait déférent envers son maître mais sans obséquiosité et, comme tous les guerriers du désert, était fort discret sur la vie qu'il menait en dehors du terrain d'exercice. Séqénenrê l'aimait et le respectait mais n'avait pas le sentiment de le connaître. Ce jour-là, il le reçut dans son bureau. Seul.

Hor-Aha s'avança d'un pas glissant, enveloppé de l'épais vêtement de laine qu'il portait été comme hiver. Des gouttes de sueur perlaient à son front noir. Il avait les cheveux longs, comme la plupart des soldats, et nattés en deux tresses raides qui tombaient sur son torse nu. Sous son volumineux manteau, il portait un pagne et une ceinture de cuir tachée dans laquelle était passé un poignard. Des bracelets en argent tintaient à ses poignets. Séqénenrê le salua avec politesse. Hor-Aha fit de même, puis attendit, le fixant de ses yeux d'ébène. C'est aujourd'hui que je franchis le pas, se dit Séqénenrê, le cœur battant. Si Hor-Aha se révèle indigne de confiance, c'est aussi aujourd'hui que j'échoue.

«Combien de Medjaï ai-je sous mes ordres, Hor-Aha?
— Cinq cents, prince, répondit l'homme en haussant les sourcils.
— Combien de chars?
— Dix seulement, et vingt-deux chevaux.»

Séqénenrê réprima un rire. Quelle belle armée il avait là! «Combien d'hommes sont équipés de ces nouveaux arcs utilisés par les Sétiou?»

Hor-Aha réfléchit un instant avant de répondre. «Très peu, prince. Ces arcs sont coûteux, donnent lieu à de longs marchandages et, comme tu le sais, ils ne se manient pas comme nos arcs égyptiens. Ils sont plus grands, plus difficiles à tendre, et il faut réentraîner les hommes pour qu'ils s'en servent correctement. En revanche, ils sont très puissants et plus précis que les nôtres.

– Tu en as un ?»

Hor-Aha sourit, en faisant étinceler ses dents blanches. «Oui.
– Seraient-ils difficiles à fabriquer ?»

Les yeux du commandant se plissèrent, il bougea d'un pied sur l'autre et croisa ses bras musclés.

«Ce serait envisageable, mais le bois de bouleau dont ils sont faits vient du Retenou, et si tu en veux une grande quantité, il te faudra obtenir la permission de l'Unique pour commercer avec le pays d'où sont venus ses ancêtres et dont les chefs l'appellent frère.

– On doit pouvoir utiliser autre chose que du bouleau. Que faut-il d'autre ?

– Des tendons de taureaux, sauvages de préférence. Des cornes de chèvres. Là encore, les chèvres sauvages ont des cornes plus résistantes et plus solides que les domestiques. Mais le façonnage exige la main d'un artisan militaire.

– En serais-tu capable ?
– Peut-être, si tu trouves le bois.»

Séqénenrê l'invita à s'asseoir, et le commandant s'installa en tailleur sur le sol. Après leur avoir servi de la bière, le prince se laissa tomber sur une chaise. Le moment était venu.

«Je veux augmenter considérablement le nombre de mes soldats, commença-t-il. Et je veux les armer de ces nouveaux arcs. J'ai également besoin de chars, de beaucoup de chars. Je souhaite renforcer la sécurité de mes nomes.» Il but, en observant Hor-Aha par-dessus le bord de sa coupe. Le visage de celui-ci perdit toute expression, et il s'absorba dans la contemplation de sa bière.

«A tes ordres, prince, dit-il enfin. Je pense que cent soldats d'infanterie supplémentaires, dont vingt seraient postés dans la ville principale de chaque nome, devraient suffire. Après tout, l'Egypte est en paix.»

Bien qu'il eût la tête baissée, Séqénenrê eut la nette impression qu'il souriait. Lorsque l'homme leva les yeux, toutefois, ses traits épais et réguliers étaient indéchiffrables. Le prince jeta un rapide regard vers le portique : le jardin, inondé de soleil, était désert. Quant à la porte de son bureau, elle était bien fermée. Il s'éclaircit nerveusement la voix, puis sauta le pas.

«Tu es mon Faucon combattant, commença-t-il d'une voix rauque. Tu m'es venu du désert quand j'avais une vingtaine d'années et tu t'es chargé de ma formation militaire. Tu m'as donné un œil acéré et une main ferme. Aujourd'hui, je vais de nouveau m'en remettre à toi. Je veux constituer une armée pour marcher sur le Nord et me battre contre l'Unique. J'ai l'intention de commettre un sacrilège, Hor-Aha, parce que je ne supporte plus les insultes qui me sont faites. Et si je ne prends pas ces mesures désespérées maintenant, l'Unique m'enlèvera tout ce que j'ai. Je ne pense pas pouvoir gagner. Je ne pourrai peut-être pas faire beaucoup plus que de me sacrifier à Maât. Mais je préfère la mort au supplice que j'endure. M'aideras-tu?»

Hor-Aha but une gorgée de bière d'un air songeur et fit la moue. Ses mains disparurent dans les manches de son vêtement. «Un prince vaincu peut être puni, mais il est rare qu'on le tue, remarqua-t-il. En revanche, ses officiers sont passés par les armes. Si je me range à tes côtés, j'y perdrai sans doute la vie.» Séqénenrê attendit. L'homme releva la tête. «Je ne connais pas l'Unique, dit-il. Je n'ai jamais été plus loin qu'Abdjou. Mon roi, c'est toi. Tes ordres sont appréciés. Je continuerai à te servir.»

Un immense soulagement envahit Séqénenrê.

«Pour l'instant, je ne peux guère te promettre que le titre de général, déclara-t-il. Il ne m'est même pas possible de t'offrir davantage de pain et de bière.

— J'ai ce qu'il me faut, répondit Hor-Aha en haussant les épaules. Et le titre de général me convient très bien. Pour le moment. Plus tard, si Amon te sourit, tu pourras me nommer commandant des Braves du Roi.

— Rien ne me ferait plus plaisir, dit Séqénenrê, en lui adressant un pâle sourire. Et maintenant, passons aux considérations pratiques. Je veux que tu recrutes le plus de Medjaï possible. Fais-tu confiance à tes hommes?

— Ils obéissent aux ordres que je leur donne.

— Bien. Envoie-les dans leur tribu. Il me faut des hommes jeunes, mais ils ne pourront pas être casernés ici. Nous devrons construire des baraquements dans le désert, sur la rive occidentale peut-être, au-delà des sépultures des morts. Il est rare que des gens s'aventurent si loin, et les recrues pourront être entraînées sans attirer trop d'attention.»

Les mains d'Hor-Aha réapparurent; il vida sa coupe et se lécha consciencieusement les lèvres.

«Tu pourrais peut-être demander au prince Si-Amon d'aller enrôler des paysans dans les nomes, suggéra-t-il. Une entreprise de ce genre ne pourra être dissimulée très longtemps, et d'ailleurs les paysans sont trop stupides pour répandre des histoires. Ils feront ce qu'on leur demandera. Quant à moi, j'irai voir tes artisans, poursuivit-il en devançant la question de Séqénenrê. Nous percerons les secrets de l'arc. Pour ce qui est des chars, en revanche, tu peux en faire fabriquer, mais pas te procurer de chevaux. Il nous faudra les voler à mesure que nous progresserons vers le Nord.»

Ils discutèrent longuement de questions essentielles, et notamment de la manière d'acquérir des haches et des couteaux en bronze, ce nouveau métal utilisé avec tant de succès par les Sétiou, mais ni l'un ni l'autre n'évoquèrent le principal sujet d'inquiétude de Séqénenrê : comment allait-il payer toutes ces dépenses ? Lorsque Ouni frappa à la porte pour lui dire que le repas de midi était prêt, il se sentait séparé de lui-même, irréel, comme si son ka avait parlé trahison et rébellion avec Hor-Aha tandis que lui-même se baignait, vérifiait les comptes avec son scribe ou tenait compagnie à Ahhotep près du bassin. Il renvoya le commandant et suivit Ouni d'un pas mal assuré.

Quelques jours plus tard, Hor-Aha et la majorité des soldats avaient discrètement quitté Oueset, en n'y laissant qu'une garde symbolique. L'été était une période de léthargie, et seul Kamosé remarqua que c'étaient toujours les mêmes hommes qui surveillaient l'entrée du domaine et circulaient dans les couloirs. Intrigué, il en parla à Si-Amon, et tous deux allèrent interroger leur père. Ils ne furent pas déçus. Sa décision prise, Séqénenrê leur dit tout.

«En ta qualité d'héritier, Si-Amon, je veux que tu ailles enrôler des hommes dans les nomes, ordonna-t-il. Hor-Aha est allé dans le Sud essayer de convaincre les hommes du pays d'Ouaouat qu'en rejoignant mon armée, ils se libéreront de Téti le Beau, prince de Koush, et pourront faire beaucoup de butin. Vous et lui commanderez sous mes ordres.»

Si-Amon était devenu livide en écoutant son père. A présent, il avait le visage gris, les yeux écarquillés de stupeur. Il tendit un bras, puis le laissa retomber.

«Tu ne peux pas faire une chose pareille, père, murmura-t-il. Si tu m'aimes, si tu nous aimes, renonce, je t'en supplie ! C'est un

blasphème. Cela revient à nous condamner tous à mort, tu le sais ! »
Sa voix se brisa. Tremblant, il s'affala sur une chaise.

« Nous en avons déjà longuement discuté, déclara Séqénenrê d'un ton dur. Je connais tes sentiments, mais le moment est venu de laisser tes opinions de côté et de prendre mon parti. Tu es mon fils. C'est à Amon et à moi que tu dois fidélité.

– Je ne peux pas ! s'écria Si-Amon en serrant les poings. En tant qu'Egyptien, ma fidélité va d'abord au roi. Il s'agit de trahison, père ! Pardonne-moi, mais je ne peux pas !

– Es-tu en train de me dire que tu ne combattras pas pour moi ? » demanda Séqénenrê en s'avançant vers lui.

Si-Amon le regarda dans les yeux ; il était au bord des larmes.

« Si tu me l'ordonnes, prince, j'obéirai, répondit-il d'une voix étranglée. Mais je n'irai pas dans les nomes hâter l'heure de notre destruction. Je m'humilie devant toi. Mais je n'irai pas. »

Des sentiments contradictoires – colère, compassion, déception – agitèrent Séqénenrê. La compassion l'emporta.

« Fort bien, dit-il d'un ton bref. Je respecte ta décision parce que je sais que mon fils ne parle pas ainsi par couardise. Sors de cette pièce. »

L'air malheureux, Si-Amon se redressa et s'en fut. Séqénenrê et Kamosé restèrent longtemps silencieux, puis celui-ci dit enfin :

« Il a beaucoup de courage. C'est un bon combattant. Tu ne dois pas lui en vouloir. » Blessé et le cœur lourd, Séqénenrê ne répondit pas. « J'irai lever des hommes dans les nomes, poursuivit Kamosé d'un air sombre. Mais je crains que tu n'aies perdu la raison, père. Combien de temps penses-tu que l'Unique ignorera tes manœuvres ? Il a des espions dans cette maison, c'est certain. Je préférerais de tout cœur que tu puisses bâtir ce temple plutôt que former une armée. Je n'ai pas envie de mourir.

– Je suis terrifié pour nous tous, répondit Séqénenrê. Mais tu as une force intérieure qui ne te trahira jamais. C'est surtout pour Ahmosis, Ahmès-Néfertari et Tani que je me désole. »

Kamosé était livide sous son hâle.

« Comment vas-tu payer tout cela ?

– Il faut que je mette Ouni dans la confidence. Et Amonmosé aussi. Il doit implorer Amon d'accorder à notre famille la plus grande faveur qu'il lui ait jamais faite.

– Tu pourrais aussi monter sur le toit du temple avec une trompette et annoncer tes intentions à tout Oueset! lança Kamosé avec ironie. Elles ne tarderont pas à être connues de toute façon, père, et tu le sais. Il faut que tu agisses très vite, si tu veux porter un coup, même faible, à Apopi avant qu'il n'envoie une partie de sa horde dans le Sud et ne nous détruise tous.

– Tu m'aideras?»

Kamosé serra les poings. «Bien sûr. Le sang du dieu coule aussi dans mes veines.»

C'était la première fois que Séqénenrê l'entendait parler ainsi de ses ancêtres. Il le regarda avec curiosité en se disant qu'il le connaissait finalement bien peu.

Si-Amon regagna ses appartements dans un état second, s'efforçant de répondre aimablement aux salutations des serviteurs qu'il croisait. La tête lui tournait. Pourquoi es-tu si surpris? se demanda-t-il sombrement. Tu savais que les choses en arriveraient là, sinon tu n'aurais jamais conclu cet accord avec Téti. Pourquoi ce sentiment d'incrédulité, alors? T'imaginais-tu que ton père se réveillerait de son rêve?

Si-Amon n'avait pas écrit à Téti depuis son retour à Oueset. La vie semblait avoir repris son cours normal et son père, son comportement habituel. Il s'était donc empressé d'effacer de sa mémoire ce déjeuner pris en compagnie de Téti sous le figuier, mais quand il poussa la porte de sa chambre, les jambes molles et le cœur battant, il lui revint à l'esprit dans toute son horreur. Qu'y avait-il d'horrifiant dans notre conversation? se demanda-t-il.

«Va me chercher une feuille de papyrus et une palette», ordonna-t-il à l'intendant qui s'inclinait devant lui.

Otant son pagne, il empoigna le drap qui se trouvait sur son lit et essuya son corps trempé de sueur. L'horrifiant, c'est que tu doutes des bonnes intentions de Téti, pensa-t-il. Voilà, c'est dit. Je ne suis pas un innocent. Téti souhaite peut-être espionner mon père dans son propre intérêt. Mais il se peut aussi qu'il soit sincère. Nous sommes apparentés, après tout, et il s'est toujours montré un excellent ami de ma famille. Je ne peux pas me fier à mes craintes, car elles naissent sûrement de la culpabilité que j'éprouve à agir à l'insu de mon père. Téti est le seul à qui je puisse m'adresser pour l'arrêter. Grand-mère arracherait les yeux d'Apopi si elle le pouvait. Mère et Kamosé font tout ce que père désire. Ahmosis ne se soucie que de sa liberté. C'est à moi qu'il incombe de nous sauver tous.

«Envoie-moi Mersou, ordonna Si-Amon, quand l'intendant revint avec la palette et le papyrus. Et dis à ma femme que j'aimerais me promener avec elle au bord du fleuve. Va!»

Il s'assit en tailleur sur le sol, posa la palette sur ses genoux et, choisissant un pinceau fin, commença à écrire avec soin, en maîtrisant les tremblements de sa main. «Père a reçu une nouvelle lettre. Il lève une armée. Viens avant qu'il ne soit trop tard, je t'en prie. Je ne sais pas quoi faire.» Il ne signa pas. Roulant le papyrus, il l'entoura d'une ficelle, puis appliqua de la cire chaude sur le nœud et y dessina un hippopotame grossier.

Il avait à peine fini que Mersou entrait dans la pièce. Toujours nu, Si-Amon lui tendit le rouleau, qu'il prit en le regardant d'un air interrogateur. «Il paraît que tu es l'ami du premier intendant de Téti, dit Si-Amon.

— Nous avons grandi dans le même village et dans des maisons voisines, prince. Nous sommes allés ensemble à l'école des scribes.

— Je vois, fit Si-Amon, en croisant les bras. Veille à ce que ce rouleau lui parvienne. Il est destiné à Téti. Une affaire privée.»

Il avait eu l'intention de mentir, mais s'il avait donné le nom de Ramosé, Mersou se serait demandé pourquoi il ne confiait pas le papyrus aux messagers qui faisaient régulièrement l'aller et retour entre les deux domaines. Aucune explication plausible ne lui était venue à l'esprit et, impatienté par la question qu'il lisait dans les yeux de l'intendant, il le renvoya avec brusquerie. Puis, sans prendre la peine de se laver, il fouilla dans son coffre, mit un pagne propre et alla retrouver Ahmès-Néfertari. Il avait besoin de l'étreinte de ses bras pour se sentir rassuré sur ce qu'il venait de faire. Téti viendrait. Son père écouterait les propos apaisants de son parent. Tout s'arrangerait.

4

Avant la fin du mois, des équipes de paysans d'Oueset construisaient des baraquements dans le désert derrière les montagnes occidentales. Hor-Aha et ses soldats revinrent et, bientôt, des hommes bruns et agiles traversèrent discrètement le fleuve et disparurent au-delà des falaises. Séqénenrê promut officiers cinquante soldats aguerris pour qu'ils commandent les nouvelles recrues. Le temps manquait pour les entraîner convenablement; il faudrait qu'ils se débrouillent. Ceux qui possédaient déjà les nouveaux arcs formeraient ceux qui recevraient les armes qu'Hor-Aha s'efforçait fiévreusement de fabriquer. Tous devaient apprendre à marcher au pas et à faire l'exercice, être équipés de lances, de haches et de massues, et recevoir nourriture et boisson. Séqénenrê ne chercha pas à répondre à la lettre du roi. Deux mois au moins s'écouleraient avant qu'Apopi ne commence à s'inquiéter.

Lorsqu'il ne put cacher plus longtemps la vérité à sa famille, il l'informa de sa décision. «Je n'ai pas le temps d'organiser cette entreprise comme il convient, leur déclara-t-il. Je manque d'officiers de carrière, je n'ai ni scribes des recrues, ni charriers expérimentés. Pardonnez-moi de faire ce qui doit être fait.»

Kamosé était parti lever des hommes dans les nomes. Tétishéri garda le silence, de même qu'Ahhotep. Mais Ahmosis s'écria aussitôt: «Kamosé et moi nous battrons, bien entendu. Maât est avec toi, père. Nous veillerons à ce que le trône d'Horus nous soit rendu avant la nouvelle année!»

En regardant les yeux brillants de son fils de seize ans, Séqénenrê se demanda s'il croyait véritablement chasser les Sétiou d'Egypte aussi vite, ou s'il cherchait à dissiper l'abattement qu'il sentait chez son père.

Ahmès-Néfertari essaya de refouler ses larmes, mais sans succès. Secouée de sanglots, elle se leva, se jeta au cou de son père, puis quitta précipitamment la pièce. D'un geste de la tête, Séqénenrê fit signe à Si-Amon de la suivre. Tani se serrait contre sa mère, les yeux agrandis par la peur.

«C'est une trahison, père, murmura-t-elle. Les dieux te puniront. Que deviendrai-je sans toi? Pourquoi me fais-tu une chose pareille?»

Il n'avait plus rien à lui répondre. Aux yeux de Tani, ce suicide devait apparaître comme le comble de l'égoïsme.

«Que puis-je faire? demanda Tétishéri avec calme.
– Veiller avec Ahhotep à ce que la vie continue le plus normalement possible sur le domaine. Trouver des excuses à mes absences. Eluder les questions.» Il faillit ajouter que cela n'avait guère d'importance au bout du compte, mais le visage bouleversé de sa fille l'en empêcha.

Ouni avait protesté avec véhémence lorsque Séqénenrê lui avait expliqué pourquoi il souhaitait réviser le budget de son gouvernorat et voulait un état complet de ses ressources.

«C'est de la folie, prince, de la pure folie! avait-il hurlé. Il faudra que je me purifie tous les jours de cette tache pour que les dieux ne me punissent pas!» Séqénenrê l'avait écouté jusqu'au bout sans lui reprocher son insolence.

«Je sais que, comme Mersou, tu as des ancêtres sétiou, Ouni. Tu es libre de quitter mon service et de faire ce que tu souhaites de l'information que je t'ai donnée. Sache cependant que j'ai besoin de toi.
– Je ferai ce que tu me demandes, prince, avait marmonné l'intendant, la mine renfrognée. J'essaierai aussi de te trouver de nouvelles sources de revenus, si c'est possible.» Il avait quitté le bureau, raide de colère, et Séqénenrê l'avait laissé partir. En dépit de son indignation, Ouni lui avait fait la réponse qu'il espérait.

Le prince n'avait guère le temps de s'interroger sur son entreprise. Il passait ses journées de l'autre côté des montagnes occidentales, dans la chaleur brûlante du désert, à regarder Hor-Aha et ses nouveaux officiers user du bâton et de la cajolerie pour tâcher de transformer les recrues en soldats. Les ateliers des artisans produisaient enfin des arcs. On avait trouvé comment remplacer le bois de bouleau. En désespoir de cause, après différentes expériences infructueuses, Hor-Aha avait appliqué sa colle à des nervures de palmes. Les résultats étaient étonnamment bons, et une fois la fabrication lancée, il en avait laissé le soin aux artisans militaires pour se consacrer aux recrues.

Séqénenrê et Ahmosis suaient avec les soldats, s'escrimaient à tendre l'arc en essuyant les railleries et les insultes d'Hor-Aha. Ils avaient l'expérience de ces armes mais ne les avaient jamais utilisées que lors de compétitions amicales. A présent, ils s'entraînaient sérieusement, Ahmosis en se réjouissant de ses progrès rapides et Séqénenrê avec une sombre détermination, en jurant à voix basse, conscient du temps qui s'écoulait à la vitesse du fleuve en crue pendant que Rê s'efforçait de faire bouillir son sang et de couvrir sa peau d'ampoules.

Si-Amon venait parfois rejoindre son père et son frère. Préoccupé et silencieux, il maniait l'arc ou conduisait son char dans les charges d'entraînement ordonnées par Hor-Aha. Mais ses apparitions étaient rares. Séqénenrê essayait d'oublier sa déception et de se conduire comme si rien ne s'était passé, mais Si-Amon s'était enfermé dans une arrogance glaciale. Que ce fût pendant les repas, au temple ou pendant les moments de détente où la famille se réunissait autour du bassin, il fuyait le regard des siens. Il parlait volontiers lorsque la conversation était d'ordre général mais se taisait dès qu'elle roulait sur les préparatifs en cours dans le désert. Séqénenrê souffrait pour lui. Son refus de faire plus que de combattre aux côtés de son père ne semblait pas avoir modifié l'attitude d'Ahmès-Néfertari à son égard, et Séqénenrê s'en réjouissait, mais Tétishéri battait froid à son petit-fils.

« Ce garçon nous cache quelque chose, remarqua-t-elle un soir où son fils et elle s'étaient attardés à table. Je comprendrais qu'il se montre rebelle, qu'il défende sa position, mais ces regards fuyants, ces silences... cela ne ressemble pas à Si-Amon. Il se comporte comme quelqu'un qui se sent coupable.

– Ce n'est encore qu'un enfant, mère, répondit Séqénenrê. Et il n'est pas vraiment surprenant qu'il se sente coupable. Imagine les sentiments contradictoires que cache le visage respectueux de nos serviteurs ! Cette situation est terrible pour tout le monde. Si-Amon en est vivement affecté.

– Coupable ! s'exclama Tétishéri, en se donnant une claque sur les genoux. Il devrait être en colère, défendre son point de vue avec feu, intervenir dans chaque discussion. Je connais mon petit-fils, Séqénenrê. Le garçon maussade et muet qu'il est devenu m'inquiète. Fais-le surveiller », conclut-elle en baissant la voix.

Séqénenrê fut horrifié. « Tu ne crois tout de même pas que mon propre fils, mon héritier, me trahirait ? Parfois, j'ai l'impression que tu es un disciple de Seth, mère. Je ne ferai pas espionner la chair de ma chair.

– Quelque chose le ronge, insista Tétishéri, imperturbable. Je l'aime, moi aussi, mais je me méfie de lui. »

Séqénenrê repoussa sa table et se leva. « Il y a loin d'un désaccord familial à la trahison, dit-il. Tu as l'esprit trop retors, mère. Tes pensées sont déshonorantes.

– Et les tiennes dangereusement innocentes ! riposta-t-elle. Aime-le, Séqénenrê, mais méfie-toi de lui ! »

Plus tard, lorsqu'elle eut regagné sa chambre et qu'Isis eut préparé son lit, Tétishéri envoya sa servante chercher Mersou.

« Je suis une vieille dame soupçonneuse, leur dit-elle lorsqu'ils revinrent. Mais je dormirai mieux lorsque vous vous serez acquittés d'un petit travail pour moi. Vous savez que le prince Si-Amon est opposé à la guerre à venir. J'ignore s'il l'est au point de nous trahir. Je veux donc que vous me disiez où il va, qui il voit et surtout à qui il écrit. Oh ! ne prends pas cet air choqué, Isis. J'aime ce jeune idiot, tu le sais parfaitement. Cet ordre ne semble guère t'émouvoir, Mersou ?

– Je suis à tes ordres, Altesse, mais tes craintes me semblent en effet un peu exagérées.

– Peu importe ce que tu penses. Contente-toi d'obéir », répliqua Tétishéri, en les congédiant d'un geste brusque.

Lorsqu'elle fut seule, cependant, les yeux fixés sur les ombres mouvantes du plafond, elle fut presque tentée de lui donner raison. Si-Amon a toujours été attiré par le pouvoir, l'influence, tout ce qui est à la mode, se dit-elle. Mais cela l'a seulement rendu insatisfait, un peu envieux parfois, cela n'a pas altéré son cœur. Peut-être suis-je effectivement une vieille sorcière. Elle se tourna sur le côté et ferma les yeux, mais le sommeil ne vint pas. Bien qu'elle eût honte de faire espionner son petit-fils, son malaise ne se dissipait pas, et ce malaise ne reposait sur rien de concret. Stoïquement, elle se prépara à affronter une longue nuit.

Séqénenrê chassa l'avertissement de sa mère de son esprit et n'y pensa plus. La lente réalisation de ses plans l'absorbait tout entier, le plongeant dans une excitation fiévreuse et dans des pensées sombres qui le quittaient rarement. Un incident lui fit toutefois chaud au cœur. Couché sur son lit, un après-midi, il se faisait masser par son serviteur lorsque Ouni lui annonça que le maire d'Oueset souhaitait le voir.

«Je l'ai fait conduire dans la salle de réception avec les gens qui l'accompagnent, dit l'intendant.

– Que veulent-ils? demanda Séqénenrê, en renvoyant l'homme qui pétrissait toujours ses muscles endoloris.

– Ils ne me l'ont pas dit. Je leur ai fait servir du vin et les ai laissés.

– Très bien. Va prévenir Ipi. Qu'il nous retrouve là-bas avec sa palette.»

Séqénenrê suivit le couloir, salua le garde posté à son extrémité et s'avança vers le maire et les trois hommes qui attendaient, tenant gauchement à la main une coupe de vin à laquelle ils n'avaient pas touché. Dès qu'ils le virent, ils s'inclinèrent profondément. Séqénenrê prit place sur le siège d'audience et les salua.

«Que peut faire votre prince pour vous?» demanda-t-il, en dissimulant son propre malaise.

Le maire se redressa, posa sa coupe et joignit les mains derrière le dos.

«Nous savons que le seigneur Kamosé rassemble des hommes dans les nomes, prince. Nous savons aussi que tu n'as pas de grands travaux en cours pour le moment.» Le tact du maire fit sourire Séqénenrê. Il sait naturellement que je n'ai ni architectes, ni projets de monuments, se dit-il. J'ai été bien avisé de le choisir pour représenter ma ville. «Par conséquent, ce n'est pas pour haler des pierres que tu as besoin de ces hommes, poursuivait le maire. Avec tout le respect que nous te devons, prince, nous désirons savoir si tu lèves une armée et, dans l'affirmative, si tu comptes ou non marcher sur Het-Ouaret?»

L'entrée d'Ipi, qui alla s'asseoir aux pieds de Séqénenrê et ouvrit son étui à pinceaux, fit diversion et, pendant ces quelques instants de grâce, Séqénenrê réfléchit et prit sa décision.

«A tes deux questions, la réponse est oui, dit-il d'un ton bref. Quoique je doute pouvoir arriver jusqu'à Het-Ouaret.»

Le maire sourit. Ses compagnons échangèrent quelques mots à voix basse.

« Dans ce cas, prince, nous souhaitons que tu saches que nous n'attendrons pas que le seigneur Kamosé nous ordonne de donner des hommes. Nous avons apporté à ton scribe des recrues la liste de tous ceux qui sont en état de porter les armes.

– Mais pourquoi ? demanda Séqénenrê, sincèrement surpris. Si je décide de lever des hommes parmi tes concitoyens, tu n'as pas le choix, de toute façon.

– Il y a bien des hentis de cela, Oueset était une cité sacrée pour toute l'Egypte, répondit le maire en se redressant de toute sa taille. L'incarnation du dieu gouvernait le pays de notre ville. Les habitants d'Oueset t'aiment. Que tu portes ou non la Double Couronne, tu es le Beau des Levers, Celui-qui-fait-vivre-les-cœurs, le Fils du Soleil. Nous sommes ton troupeau, Majesté, mais nous partageons le long malheur de la famille royale. Que dire de plus ? fit-il en haussant les épaules. Chacune de nos maisons t'offre aussi tout ce qu'elle peut se permettre de donner. »

Séqénenrê était bouleversé ; des larmes lui brûlaient les paupières. Ces derniers temps, je passe l'essentiel de mon temps à pleurnicher comme une fillette qui se languit d'amour, se gourmanda-t-il. Mais aujourd'hui, j'ai assurément des excuses. C'est la première fois que l'on m'appelle Majesté, et le mot n'aurait pas été plus doux à mes oreilles s'il avait été prononcé par un vizir plutôt que par ce fils d'Egypte, corpulent et digne.

« J'accepte ce beau geste avec gratitude, dit-il d'une voix rauque d'émotion. Vous avez également honoré Amon aujourd'hui et, s'il m'accorde de rapporter le trône d'Horus à Oueset, où il a sa place, lui et moi vous en serons éternellement reconnaissants. Prends la liste, Ipi. Buvez votre vin, à présent, reprit Séqénenrê, lorsque le scribe eut obéi. Et revenez ce soir avec vos femmes. Vous serez mes invités. »

Un peu plus tard, il les congédia et, lorsqu'il entra dans son bureau, où Ouni l'attendait avec impatience pour discuter des problèmes du jour, il chantonnait.

Kamosé revint peu après, las et silencieux. Laissant à son frère le soin d'organiser les hommes qu'il avait ramenés et de leur faire traverser le fleuve, il se mit en quête de son père. Séqénenrê avait bavardé avec Tani ce jour-là, un plaisir dont il n'avait guère eu l'occasion de profiter depuis quelque temps. La jeune fille ne comprenait pas pleinement les événements qui se déroulaient et attendait, terrifiée, le châtiment qui ne manquerait pas de s'abattre sur son père pour avoir dérangé l'équilibre de Maât. Elle essayait toutefois de garder ses inquiétudes pour elle, trouvant un réconfort dans la pensée que Ramosé viendrait bientôt lui rendre visite, et dans ses lettres qu'elle relisait sans fin. Son enjouement de façade n'abusait toutefois pas son père. Elle venait de fêter ses quatorze ans, et on avait coupé et brûlé sa longue mèche d'enfant. Séqénenrê espérait avec ferveur pouvoir non seulement la fiancer mais la marier rapidement à Ramosé, afin de la soustraire ainsi aux dangers qui menaçaient Oueset.

Il réfléchissait à la façon de hâter ce mariage lorsque, au bout du couloir conduisant dans les appartements des femmes, il rencontra Kamosé. Ils s'étreignirent. Kamosé était encore couvert de la poussière et de la saleté du voyage. Séqénenrê envoya un serviteur chercher de la bière, et ils allèrent s'asseoir près du bassin, dans l'ombre mince des arbres. Kamosé ôta sa coiffe de lin froissée et s'essuya le visage et le cou. Après quelques paroles insignifiantes, il déclara : « Ahmosis m'a dit que les soldats sont très à l'étroit dans leurs nouveaux quartiers, que leurs rations sont insuffisantes et qu'il n'y a pas assez d'ânes pour porter l'eau dans le désert. Cela mis à part, le fleuve va commencer à monter dans un mois ; dans deux, il nous sera impossible de nous mettre en route. Il n'est pas trop tard pour changer d'avis, prince. »

Séqénenrê le regarda nettoyer ses mollets du sable et de la poussière qui les couvraient.

« Hor-Aha me tient le même discours, répondit-il. Mais je ne peux pas attendre plus longtemps, tu le sais. Je compte précéder l'inondation. Combien d'hommes m'as-tu amenés ?

– Mille trois cents. Il y en aurait eu plus si je n'avais pas été obligé d'en envoyer le même nombre dans le Nord travailler pour le roi. Combien de Medjaï Hor-Aha est-il parvenu à convaincre ? »

Seulement mille trois cents ! Séqénenrê repoussa la vague de panique qui s'emparait de lui.

« Deux mille, mais chacun d'eux vaut deux des hommes d'Apopi, et nous avons aussi nos cinq cents soldats, naturellement. J'espère obtenir le soutien des villes et des nomes que nous traverserons.

– Pas même de quoi constituer une division, commenta sèchement Kamosé. Il nous faudrait mille sept cents hommes de plus. Selon les rumeurs, Apopi dispose de cent mille Sétiou en armes rien qu'à Het-Ouaret.

– Nos soldats formeront une division en dépit de leur nombre, dit Séqénenrê. Nous l'appellerons la Division d'Amon. Les cinquante Medjaï qui composaient originellement notre garde seront les Braves du Roi, et cinq cents autres, entraînés par Hor-Aha, constitueront les troupes de choc. Ce sera une armée miniature, Kamosé, mais une armée tout de même.

– Tu commanderas sur le champ de bataille ?

– Naturellement. Mais je ne veux pas qu'Ahmosis nous accompagne. » Kamosé se redressa, mais ne dit rien. Il fixait sur son père un regard intense. « Notre lignée ne doit pas s'éteindre, poursuivit Séqénenrê. Si je tombe au combat, il faut qu'un de mes enfants reste gouverneur d'Oueset. Avec un peu d'habileté, Ahmosis pourra persuader Apopi que ce coup de folie n'a frappé que moi et qu'il a fait l'impossible pour m'arrêter.

– Cela me paraît sage, en effet, approuva Kamosé. Il nous faut préserver l'avenir dans la mesure du possible. Si nous mourons, Ahmosis nous survivra.

– Je sais que tu n'approuves pas cette guerre, dit Séqénenrê avec douceur. Si la décision t'appartenait, tu t'efforcerais de maintenir le statu quo, de préserver notre sang jusqu'au jour où les Sétiou auront quitté l'Egypte. Mais l'heure est venue, crois-moi. C'est maintenant qu'il faut agir. D'ailleurs, guerre ou pas guerre, Apopi fera tout pour que notre famille disparaisse.

– Tu as raison, reconnut Kamosé avec un soupir. Je désire de tout mon être croire qu'il en est autrement, voilà tout. Je le hais ! » Ses yeux noirs, entourés d'un khôl épais, rougis par la fatigue, flamboyèrent. « Je le hais pour ce que ses soupçons stupides font à Ahmès-Néfertari et à son enfant à naître, et surtout à toi ! Je vais prendre un bain. »

Son éclat de fureur s'éteignit aussi vite qu'il avait explosé. Il épousseta son pagne et s'en fut à grands pas. Séqénenrê quitta lui aussi le jardin pour le bord du fleuve, bas et huileux, et se fit transporter sur la rive occidentale afin d'inspecter les nouveaux venus. Il n'y avait encore aucun signe de crue, ce dont il fallait se féliciter. Une inondation précoce aurait définitivement compromis une entreprise déjà plus que hasardeuse.

Séqénenrê sortait de l'enceinte du temple, un matin, après avoir passé quelques heures avec Amonmosé. Les deux hommes s'étaient efforcés de rassembler tout ce que le dieu pouvait fournir pour le conflit à venir. Le grand prêtre n'avait pas hésité à vider le trésor du temple lorsque Séqénenrê lui avait demandé son aide, car, après tout, ce serait la guerre d'Amon autant que celle du prince. Il n'avait gardé que l'encens indispensable et de quoi nourrir et vêtir le dieu. Les prêtres se serreraient la ceinture. «Il est dommage que tu ne puisses pas vendre quelques têtes de ton bétail du Delta et de celui d'Amon, avait-il remarqué. On en obtient toujours une bonne quantité de céréales et parfois même un peu d'or. Mais l'Unique se poserait des questions.

— Il va bientôt s'en poser de toute manière», avait répondu Séqénenrê.

Apopi devait en effet commencer à guetter une réponse à sa lettre. Deux mois s'étaient écoulés depuis que celle-ci était arrivée à Oueset, et le cœur de Séqénenrê cessait de battre chaque fois qu'apparaissait sur le fleuve une barque arborant les couleurs royales. Jusqu'à présent, elles avaient poursuivi leur route ou ne s'étaient arrêtées que pour remettre des rouleaux à Tani. Mais un jour prochain, l'ultimatum viendrait. A ce moment-là, je serai en marche vers le Nord, se dit Séqénenrê, alors qu'il quittait l'ombre profonde du pylône pour l'esplanade inondée de soleil où l'attendaient ses porteurs. Apopi en aura-t-il été informé? Une armée m'attendra-t-elle à Abdjou, à Akhmîm ou à Djaouati?

Il s'apprêtait à prendre place dans sa litière lorsqu'il entendit Tani le héler. Les yeux plissés contre le soleil, il la regarda courir vers lui en soulevant de petits nuages de sable, moulée dans un fourreau diaphane. Elle le rejoignit, hors d'haleine et les yeux pétillants. Cela faisait longtemps qu'il ne l'avait vue aussi excitée.

«Reprends ton souffle! dit-il en souriant. Personne ne devrait courir par cette chaleur. Que se passe-t-il?

— Ramosé et son père sont ici! s'écria la jeune fille. Téti devait aller inspecter Tynt-to-amou avant le début de l'inondation, et ils ont décidé de nous rendre visite!

— Viens, monte dans ma litière. Je pense que les hommes pourront nous porter tous les deux. Et ferme les rideaux, la lumière est trop vive.» Tani obéit et se tourna vers lui, les yeux brillants. Les porteurs les soulevèrent et se mirent en route. «Le grand et puissant

Ramosé est-il aussi merveilleux que la dernière fois que tu l'as vu ? demanda Séqénenrê d'un ton taquin, soulagé que ses visiteurs ne fussent pas arrivés alors qu'il revenait du terrain d'entraînement avec Hor-Aha et ses armes.

– Oh ! deux fois plus merveilleux, assura Tani. Il m'a apporté le plus joli pectoral que tu aies jamais vu avec, derrière, en pendentif, la couronne de Mout en or et en turquoise pour repousser les attaques des esprits mauvais ! Mère me l'a fait mettre de côté pour l'instant. » Elle se pencha vers lui, les yeux agrandis par l'anxiété, et son haleine sentait le rayon de miel qu'elle était en train de sucer lorsqu'elle avait aperçu la barque. « Je pense que Téti apporte aussi un contrat de fiançailles, murmura-t-elle. Il voudra discuter d'une dot. Que ferons-nous ? » Séqénenrê caressa ses cheveux tressés et posa un baiser sur sa joue.

« Ce n'est pas à toi de t'en occuper, répondit-il. Ne t'inquiète pas, ma Tani. N'es-tu pas une princesse ? »

Tu auras ta dot, même si je dois vendre mes troupeaux pour te l'assurer, lui promit-il en silence. L'un d'entre nous au moins verra son plus cher désir s'accomplir.

La litière ralentit, et ils entendirent les porteurs saluer quelqu'un. Ecartant les rideaux, Séqénenrê vit qu'ils se trouvaient dans la rue poussiéreuse séparant son domaine des arbres bordant le fleuve. Deux hommes se rangeaient pour les laisser passer. L'un d'eux était Mersou, l'intendant de Tétishéri, qui s'inclina avec respect. L'autre était un inconnu.

« Je crois que c'est le premier scribe de Téti, déclara Tani lorsqu'il laissa retomber le rideau. Ou peut-être son intendant. En tout cas, je l'ai vu chez lui, à Khmounou. Bonjour, Ramosé ! »

Les porteurs avaient déposé la litière, et le jeune homme lui tendait la main pour l'aider à se lever. Il parvint à s'incliner devant Séqénenrê en même temps.

« Je te salue, prince, dit-il. J'espère que les nombreuses lettres que j'ai envoyées à Tani ne t'ont pas contrarié. Il fallait que je veille à ce qu'aucun jeune homme séduisant et bien né n'attire son attention pendant je n'étais pas près d'elle !

– Cela ne m'a pas contrarié le moins du monde, répondit Séqénenrê en le prenant par l'épaule. Je suis quasiment convaincu que tu es digne de ma fille. Nous verrons. Vous pouvez aller faire un tour, ajouta-t-il à l'adresse de Tani. Mais soyez dans le jardin tout à l'heure pour partager le repas de bienvenue!»

Au lieu de partir en courant comme ils l'auraient fait quelques mois plus tôt, ils s'éloignèrent main dans la main, épaule contre épaule, suivis de leurs gardes du corps. Séqénenrê les contempla un instant avec plaisir, puis se dirigea vers la maison.

Téti se leva de son tabouret et vint à sa rencontre en souriant. Il avait grossi depuis la dernière fois que Séqénenrê l'avait vu, mais pas assez pour devenir corpulent. L'impression d'autorité qui se dégageait de sa personne en était simplement renforcée. Il portait une coiffe de lin à rayures jaunes et blanches, un pagne amidonné d'une blancheur éblouissante et une chemise ample. Des bracelets en or étincelaient sur ses bras, plusieurs chaînes en argent massif agrémentées de jaspe ceignaient son cou, et la main que serra Séqénenrê était chargée de bagues. «Quel plaisir de te voir, Téti! s'exclama-t-il en lui faisant signe de se rasseoir. Tani m'a dit que tu allais inspecter la Première Cataracte avant que l'inondation ne la dévale?»

Il croisa le regard de Tétishéri et y vit un soulagement égal au sien. Ouni s'inclina devant lui et lui présenta du vin et un plat de pruneaux. Téti tira de sa ceinture un chasse-mouches orné de joyaux et se mit à éventer les plis de chair de sa taille, qui attiraient des mouches en quête de sel.

«Je m'y rends en effet pour exécuter un ordre de l'Unique, répondit-il. Mais le but de ma visite est de te proposer un contrat de fiançailles entre Ramosé et Tani. Il doit être couché sur la dernière feuille de papyrus de mon bureau, ajouta-t-il avec une grimace espiègle. Ramosé a volé toutes les autres pour lui écrire.»

Tout le monde rit.

«J'en suis très heureux, dit Séqénenrê. Je pense en effet qu'il est temps de les unir. Il ne fait aucun doute pour Tani que Ramosé est l'homme de sa vie.

– Eh bien, si nous fêtions cela? dit Téti, en demandant d'un geste qu'on lui remplisse son verre. Le mariage au printemps, lorsque l'Egypte reverdira?

– Entendu.» Ils levèrent leur coupe tous les deux. «Mais ne discutons pas des détails maintenant. Nous le ferons demain, dans mon bureau. Ma fille aura la dot qui sied à une princesse.

– Naturellement!» Ils burent de nouveau et, sous l'effet de l'alcool, Séqénenrê se sentit un instant euphorique et oublia qu'à l'extérieur de son jardin, de sa maison, les préparatifs militaires battaient leur plein.

Une remarque de Téti le ramena brutalement sur terre. «Que se passe-t-il de l'autre côté du fleuve? demanda en effet celui-ci. Nous avons vu des ânes lourdement chargés s'enfoncer dans les montagnes, suivis d'un contingent de soldats. Je suppose pourtant qu'il n'y a que les morts qui habitent à l'ouest d'Oueset?»

Ce fut Tétishéri qui répondit.

«Des tombes ont été pillées, déclara-t-elle avec calme. Et lorsque Si-Amon est allé sur place voir ce qu'il en était, il a constaté qu'en plus d'avoir été violées, certaines d'entre elles avaient grandement besoin d'être réparées. Nous avons fait construire un petit village dans le désert pour les ouvriers et les soldats.

– Avez-vous trouvé les voleurs? demanda Téti avec intérêt.

– Pas encore, mais cela viendra, dit Séqénenrê en haussant les épaules. L'interrogatoire des paysans ne donne pas grand-chose, mais ce sont des gens simples et, tôt ou tard, les coupables essaieront de vendre ce qu'ils sont parvenus à dérober.» Il se préparait à essuyer d'autres questions embarrassantes, mais l'arrivée de Tani et de Ramosé interrompit la discussion et, dans la conservation générale qui suivit, le sujet des tombes fut abandonné. Téti demanda toutefois où étaient Si-Amon, Kamosé et Ahmosis. Ahhotep lui expliqua qu'ils surveillaient les travaux sur la rive occidentale, ce qui sembla le satisfaire. Peu après, Tétishéri envoya chercher Mersou et se rendit dans ses appartements en compagnie d'Ahhotep afin de préparer le banquet.

En invité parfait, Téti avait apporté à son hôtesse six canards, tués la veille dans les joncs près de leur campement, ainsi que des mets délicats emportés en prévision du long voyage jusqu'à Tynt-to-amou. Le harpiste de Séqénenrê joua et chanta. Tani dansa, parée du pectoral offert par Ramosé, ses cheveux bouclés retenus par un ruban blanc tissé d'or. La bière et le vin coulèrent à flots. Avertis discrètement par l'irremplaçable Ouni, Si-Amon, Kamosé et Ahmosis étaient arrivés au coucher du soleil, lavés et habillés de propre, prêts à corroborer le conte de Séqénenrê. Ahmès-Néfertari, dont la grossesse était très avancée, raconta néanmoins avec beaucoup de drôlerie une histoire paillarde entendue au marché par Hétépet, sa servante. Séqénenrê estima toutefois que son parent par alliance n'était pas dupe. Téti riait, mangeait et buvait, alimentait la conversation, mais son regard restait vigilant. Ramosé, lui, n'avait d'yeux que pour Tani. Il la taquinait sur ses cheveux, qui n'avaient pas encore repoussé depuis qu'on lui avait coupé la mèche de l'enfance, et il lui donnait la becquée comme à un animal bien-aimé.

Le lendemain matin, Téti et Séqénenrê se retrouvèrent dans le bureau de celui-ci pour discuter de la dot. L'accord final n'interviendrait qu'une fois le contrat de mariage établi, mais il fallait s'entendre sur une offre initiale. Visiblement mal à l'aise, Téti écouta parler Séqénenrê. Pendant quelque temps, il hocha la tête, grogna, hocha la tête, puis il leva la main pour l'interrompre.

«Pardonne-moi, prince, dit-il. Je ne voudrais pas te paraître grossier, mais tu sembles absent, préoccupé. Te trouverais-tu un peu gêné, en ce moment? L'Unique t'aurait-il trop fortement imposé, cette année?

— Tu ne m'offenses pas, répondit Séqénenrê. Tu as le droit de t'enquérir de ma santé financière. Il est vrai que les impôts ont été élevés, mais c'est aussi le cas de mes revenus. Les récoltes ont été abondantes.» Son orgueil le poussait à nier qu'il était au bord de la ruine et à prier Téti de s'occuper de ses affaires. Mais comme il l'avait dit, Téti avait le droit d'être rassuré sur la dot et, de toute façon, des rumeurs avaient certainement dû filtrer concernant ses préparatifs. «Mes nomes se sont plaints d'attaques de Shasou dans les villages, expliqua-t-il. J'ai décidé de lever une petite armée pour me débarrasser d'eux. Lorsque les hommes seront entraînés, ils seront postés dans les différents villages, mais, en attendant, c'est moi qui dois payer leur nourriture et leur armement. C'est une entreprise coûteuse.

— J'ai entendu parler de cette armée», dit Téti avec lenteur et, en voyant son expression, Séqénenrê se réjouit d'être resté aussi près de la vérité que possible. «Mais pourquoi n'avoir pas tout simplement demandé quelques détachements à l'Unique, Séqénenrê? Il aurait certainement tenu à assurer la sécurité de son peuple.»

Son peuple? Séqénenrê ravala une réponse cinglante.

«Je ne veux pas attirer l'attention du roi, répondit-il avec franchise. Je sais qu'il se méfie de moi, et il serait stupide de lui offrir un prétexte pour me retirer mon gouvernorat. L'Unique pourrait prétendre que je suis incompétent et que je n'ai pas surveillé mes nomes comme il convenait, ou alors estimer que la situation est plus grave qu'elle ne l'est et installer un commandant à Oueset.» Il avait soudain très chaud. Son pagne lui grattait les cuisses, et il avait un goût de poussière dans la bouche.

«L'Unique en entendra parler de toute façon, dit Téti en haussant ses sourcils noirs.

– Mais, à ce moment-là, je maîtriserai la situation. Les recrues auront peut-être même déjà été renvoyées dans leurs foyers.» Je parle comme un marchand cherchant à rattraper un intendant qui s'éloigne déjà de son étal, se dit-il avec désespoir et, se passant les mains sur le visage, il ajouta avec un pâle sourire : «Tu ne me crois pas, n'est-ce pas?

– Et pourquoi cela? fit Téti, un peu décontenancé. Les Shasou s'en prennent souvent aux villages isolés. Mais si l'entretien de cette armée grève à ce point tes ressources, prince, je te conseille de ravaler ton orgueil et de demander de l'aide à l'Unique.» Ils se regardèrent dans les yeux un long moment. «Tu n'as pas répondu à sa dernière lettre, n'est-ce pas? dit finalement Téti à voix basse. C'est pour cela que tu n'oses pas t'adresser à lui. Ce n'est pas très avisé, prince.»

Séqénenrê se détendit. Téti tirait les mauvaises conclusions.

«Ne t'inquiète pas pour la dot de Tani, dit-il en tâchant de ne rien trahir de son soulagement. Entretenir mes soldats m'appauvrit peut-être temporairement, mais il me reste mes troupeaux du Delta. Tani m'est précieuse, et si elle veut Ramosé, elle l'aura.»

Téti savait que ses critiques implicites avaient outrepassé les limites de la politesse. Il approuva de la tête.

«Très bien, dit-il. Dans ce cas, nous demandons deux cents têtes.»

Séqénenrê protesta. Assis sur le sol, silencieux et discret, Ipi prit son pinceau, et les marchandages reprirent.

Si-Amon s'apprêtait à se coucher, ce soir-là, lorsque Mersou entra dans sa chambre et s'inclina. Tendu et mal à l'aise, le jeune homme avait quitté la salle de réception aussitôt qu'il l'avait pu. Kamosé l'avait rejoint dans ses appartements, où ils avaient joué aux dés quelque temps. Si-Amon s'était ensuite rendu auprès d'Ahmès-Néfertari et s'était allongé près d'elle tandis que Raa massait les jambes enflées de la jeune femme, mais dès qu'elle s'était assoupie, il s'était doucement dégagé et avait regagné sa chambre. Il se sentait glacé. Mersou était apparu alors qu'il était assis au bord de son lit, sachant qu'il ne trouverait pas le sommeil.

«Pardonne-moi de te déranger aussi tard, prince, dit l'intendant. Mais ton parent aimerait te voir en privé dans les appartements des invités.

– Qu'il se déplace, en ce cas, riposta Si-Amon. Un prince ne se rend pas à la convocation d'un simple noble.»

Mersou restait sur le seuil, hors du halo lumineux de la lampe.

«Tu as raison, fit-il doucement, et Téti s'excuse de cette requête, mais il pense que ta visite excitera moins les commentaires, si quelqu'un te voit. Je suis d'accord.

– Oh! vraiment?» répliqua Si-Amon d'un ton sarcastique. Il s'était pris d'antipathie pour l'intendant de sa grand-mère depuis qu'il lui avait remis sa lettre pour Téti. Il lui semblait percevoir une complicité visqueuse derrière les manières impeccables de Mersou, tout en sachant fort bien qu'il s'agissait sans doute d'un effet de son sentiment de culpabilité.

C'est moi qui ai changé, pensa-t-il en se levant à contrecœur. Je ne l'aime pas, c'est certain, mais sa conduite et son attitude sont irréprochables. «Un intendant n'a pas à donner son avis, jeta-t-il d'un ton sec. Mais j'irai voir Téti. Va!»

Mersou s'inclina et se retira, si silencieusement que Si-Amon ne l'entendit pas s'éloigner. Il alla à la porte jeter un coup d'œil dans le couloir, et la torche fixée au mur ne lui montra que le garde somnolant à l'autre extrémité.

Les appartements des invités se trouvaient dans la même aile que ceux de son frère et les siens. Il ne lui fallut donc pas longtemps pour arriver devant la porte de Téti. Il frappa et entra sans attendre de réponse. Téti se leva et le salua d'une inclination de tête. Il portait un fin manteau de lin jaune qui balayait le sol et ne dissimulait aucun des plis de son corps bien nourri. «C'était grossier de ma part de te demander de venir jusqu'à moi, déclara-t-il aussitôt. Je te prie de me pardonner, prince. Mais il me fallait être prudent. Ramosé et Tani sont allés regarder les étoiles, expliqua-t-il en voyant que le jeune homme parcourait la pièce du regard. Je ne te retiendrai pas longtemps.»

Si-Amon ravala la colère irrationnelle qui s'était emparée de lui et, fermant la porte derrière lui, s'avança dans la pièce.

« J'attendais une réponse à ma lettre, Téti. Je commençais à croire qu'elle s'était égarée.

— Tu me demandais de venir, pas de t'écrire, remarqua celui-ci, en lui offrant des figues sèches et du vin. Je suis désolé de t'avoir inquiété. Comme cela n'avait pas été fait l'an dernier, je savais que l'Unique m'enverrait inspecter la cataracte cette année, et j'ai donc décidé d'attendre. Ton père semble résolu. »

Si-Amon allait et venait dans la pièce, effleurant les murs de la main, maniant les lampes d'albâtre.

« Tu lui en as parlé ?

— Oui, j'y ai fait allusion. Je lui ai dit que dans le Nord l'on commençait à entendre parler de son armée, et que des rumeurs atteindraient bientôt Het-Ouaret. Il m'a répondu que ces soldats étaient destinés à défendre vos nomes contre les Shasou.

— C'est un mensonge, déclara Si-Amon en s'immobilisant devant Téti. Les gardes du corps medjaï de père ont recruté des Shasou. Il faut que tu mettes un terme à tout cela, Téti ! A quoi aurait-il servi que je charge ma conscience de ce poids, si tu ne peux rien faire ?

— C'est ainsi que tu vois les choses ? dit Téti à voix basse. Que fais-tu de ta loyauté envers notre roi, jeune prince ?

— Je sais, je sais, répondit Si-Amon, avec plus d'impatience qu'il ne le voulait. Je compte sur toi pour régler ce problème sans que l'Unique en entende parler, Téti.

— Et comment suis-je censé m'y prendre si ton père marche au combat ? Il restera sourd à tous les arguments, j'en suis convaincu. La seule solution qu'il nous reste, c'est de faire avorter son entreprise avant qu'il ne soit trop tard.

— C'est possible ? »

Téti fronça les sourcils et serra plus étroitement son manteau autour de lui. Son crâne chauve brillait dans la faible lumière. « Je peux écrire à l'Unique en lui demandant d'envoyer Séqénenrê dans le Nord sous un prétexte quelconque. Pour organiser les nomes autour de Ta-shé, par exemple, ou pour calculer les impôts... Le roi le fera. L'inondation sera bientôt là, et un homme ne peut pas marcher sur l'eau.

— Il est trop tard pour cette solution-là.

— Dans ce cas, il faut arrêter ton père en chemin. Apopi doit être averti et Séqénenrê, supporter les conséquences de son acte.

– Non! s'écria Si-Amon. Je comptais sur toi pour nous aider, Téti! Oh! dieux, qu'ai-je fait?

– Ton devoir d'Egyptien loyal, déclara Téti en le prenant par les épaules. Ne faiblis pas maintenant, Si-Amon. Apopi se montrera d'autant plus clément envers ton père que tu lui as été fidèle. Je le connais. Mais ce n'est pas le moment de reculer. Continue à m'informer. Avertis-moi du jour où il compte se mettre en marche et de sa première destination. Si tu refuses, Apopi pensera que tu as changé de camp, et il te punira avec sévérité. Nous n'avons pas le temps de faire davantage!

– Parle encore à père! s'écria Si-Amon en se dégageant avec brusquerie.

– Si je le fais, il saura que quelqu'un m'a appris ce qui se passait. Il te soupçonnera.»

C'était vrai. Eh bien, tant pis, qu'il me soupçonne! se dit Si-Amon avec amertume. Qu'il me traite avec froideur, qu'il me haïsse. J'irai lui avouer moi-même ma trahison. Mais il savait qu'il ne le pouvait pas. La rébellion de Séqénenrê ne lui paraissait pas légitime. Il comprit avec désespoir que les choses étaient déjà allées trop loin; il était engagé. «Le roi sait ce qui se passe, n'est-ce pas? murmura-t-il. Tu lui as envoyé mon rouleau. Tu m'as trahi.

– Oui, il sait, reconnut Téti, en mettant une coupe de vin dans la main tremblante de Si-Amon. Il attend néanmoins de voir jusqu'où ira réellement Séqénenrê. Il ne souhaite pas se montrer injuste si ton père change d'avis.

– Dieux! s'exclama Si-Amon, en regardant fixement sa coupe. J'ai vendu mon père!

– Non, tu as sauvé ton héritage. Réfléchis, Si-Amon! Le fait qu'Apopi soit averti et prêt à encercler l'armée de ton père limitera l'effusion de sang. Sinon, il pourrait faire des dégâts considérables avant d'être battu. Sa révolte sera vite écrasée, vite oubliée. Séqénenrê sera puni et ses officiers, exécutés, mais cela ne vaut-il pas mieux que la perte et la destruction de tout ce que vous avez ici?» Il regarda Si-Amon vider sa coupe à longs traits. «Continue à m'informer, crois-moi.»

Avec des précautions exagérées, le jeune homme posa la coupe sur la table. Il hocha la tête et se dirigea vers la porte d'un pas mal assuré mais, avant qu'il ne l'ait atteinte, elle s'ouvrit et Ramosé entra. Trop hébété pour s'écarter, Si-Amon manqua le heurter. Il se précipita hors de la pièce sans répondre à son salut.

«Qu'est-ce qu'il a? demanda Ramosé.

– Je l'ai irrité, répondit Téti, en passant une main lasse sur son crâne rasé. Ce n'est rien, Ramosé. Il me tarde d'être à demain.

– Voilà qui n'augure rien de bon! fit Ramosé en souriant. Cela a-t-il quelque chose à voir avec la dot de Tani?

– Oh! non. Séqénenrê et moi sommes parvenus à un accord satisfaisant, et tu pourras te marier aux semailles.

– Merveilleux, dit Ramosé en bâillant. Où est le serviteur? J'aimerais me coucher. J'adore le domaine de Séqénenrê et sa décontraction, mais le personnel finit par devenir négligent. Dois-je l'appeler?

– Si tu veux.»

Ramosé attendit mais, comme son père restait assis sur le bord de son lit, le sourcil froncé et les yeux perdus dans le vague, le jeune homme haussa les épaules, appela un serviteur à grands cris et se mit à fredonner l'air qu'avait joué le harpiste, ce soir-là. Il était suprêmement heureux.

5

Finalement, Téti et Séqénenrê se séparèrent en s'étant mis d'accord sur une dot de cent têtes de bétail, vingt béliers de sacrifice et trente *outen* d'argent. En étreignant ses hôtes et en les regardant monter la passerelle de leur barque juste avant le lever du soleil, Séqénenrê se demandait où il trouverait cette quantité d'argent, mais comme il avait demandé à ne remplir cette partie de l'accord qu'un an après le mariage, il résolut de ne pas s'en préoccuper. Aux anges, arborant fièrement le collier de Ramosé, Tani dit au revoir à son fiancé en versant des larmes de bonheur.

Lorsque les dernières vaguelettes soulevées par la barque furent venues mourir contre la berge, elle partit rendre visite aux hippopotames, escortée de son garde. Les yeux encore gonflés de sommeil, Ahhotep serra autour d'elle son ample manteau et retourna dans la maison. Assis sur les marches du débarcadère, leur arc posé à côté d'eux, Kamosé et Ahmosis guettèrent l'esquif qui les emmènerait une fois de plus de l'autre côté du fleuve, où l'entraînement des soldats avait déjà commencé. Tétishéri prit le bras de Séqénenrê, tandis qu'Ouni et Mersou attendaient, immobiles, à quelques pas de distance. Sans khôl ni henné, ses cheveux gris défaits tombant sur ses épaules, elle paraissait vieille et lasse, mais sa main était ferme.

« A-t-il des soupçons ? demanda-t-elle sans préambule.

– Je l'ignore. Mais même s'il en a, nous ne pouvons plus rien y faire. Il est trop tard. Je lui ai dit que je levais des soldats pour protéger les nomes. Il sait que je n'ai pas répondu à la lettre d'Apopi.

– Et comment le sait-il ? dit-elle, les yeux brusquement étincelants. Aurait-il des contacts plus étroits que nous ne le pensions avec l'Unique, ou s'agit-il simplement d'une supposition ? »

Séqénenrê s'irrita soudain de son air complice. Il dégagea son bras.

« Comment pourrais-je le savoir, au nom d'Amon ? s'écria-t-il. Je ne suis pas un voyant ! »

Il se sentait pris au piège, par la volonté de sa mère, par le roi, par sa pauvreté, par son destin. Kamosé et Ahmosis s'étaient retournés en l'entendant élever la voix. Au lieu de s'excuser comme il aurait souhaité le faire, il pivota et s'éloigna.

« Où vas-tu ? demanda Tétishéri, imperturbable.

– Je veux me mettre en route dans trois jours, répondit-il sans ralentir le pas. Il y a beaucoup à faire. Ouni ! » L'intendant le suivit. Répondant au geste impatient de sa maîtresse, Mersou s'avança, mais elle resta immobile et muette, les sourcils froncés. L'esquif toucha le débarcadère, et les deux frères montèrent à bord. Les cris de salutation du pilote et la réponse joyeuse d'Ahmosis tirèrent Tétishéri de sa songerie. Les premiers rayons du soleil irisaient déjà les eaux lentes du fleuve.

« Je retourne me coucher, dit-elle. Tu me feras apporter de la bière à midi, Mersou. »

Séqénenrê passa les deux jours suivants à s'entretenir avec Hor-Aha et à passer en revue son armée misérable. Sur les trois mille trois cents soldats, trois cents seulement étaient capables de constituer les troupes de choc, celles qui entreraient les premières dans la bataille et essuieraient le plus fort de l'attaque des chars ; et, parmi eux, cent à peine étaient armés des nouveaux arcs des Sétiou. Leur fabrication prenait du temps et, malgré le travail acharné des artisans, il avait été impossible d'en faire davantage.

Cinquante hommes, ceux qui formaient à l'origine la garde personnelle de Séqénenrê, furent nommés Braves du Roi, mais il insista pour que les précieux arcs fussent donnés aux troupes de choc et non aux hommes qui le défendraient sur le champ de bataille. Les dix chars avaient été remis à neuf mais, là non plus, on n'avait eu le temps ni d'en fabriquer davantage, ni d'entraîner des hommes à les conduire. Les chevaux manquaient. Il en allait de même pour la nourriture. Des sacs de céréales, d'oignons, de légumes secs et des outres d'eau attendaient d'être chargés sur les ânes. Aucun des soldats ne serait armé de lances, de haches ou de massues en bronze. Ni Men, ni Hor-Aha n'avaient pu se procurer ce nouveau métal. Cela étant, Men a bien marchandé, et nous aurons des boucliers neufs et de bonnes sandales, se disait Séqénenrê, tandis qu'il quittait son bureau et le visage désapprobateur d'Ouni pour le sable dur et brûlant du terrain d'exercice, ou qu'il allait passer quelques instants auprès d'Ahhotep. Et nos vieilles armes leur seront peut-être plus utiles que ce bronze, plus lourd, auquel ils ne sont pas habitués. Fasse Amon qu'il en soit ainsi !

Kamosé fuit la compagnie pendant cette période, savourant apparemment les derniers moments de paix qu'il passerait sur leur domaine. Ahmosis parcourait les bords du fleuve avec son bâton de jet, et Si-Amon ne quittait pas Ahmès-Néfertari. La famille tout entière avait prié que son enfant naquît avant le départ des troupes, mais au soir du deuxième jour, elle se mouvait toujours péniblement dans ses appartements, accablée par la chaleur, sous le regard affligé de Si-Amon.

Séqénenrê savait que son fils s'était préparé avec soin à partir au combat. Son intendant avait emballé ses affaires. Le chef de ses gardes du corps avait affûté sa lance, retendu son arc, nettoyé son bouclier, et le char qu'il conduirait attendait dans une stalle. Son tabernacle de voyage était prêt, de même qu'une provision d'encens. Il y avait quelque chose de touchant dans ces préparatifs appliqués, méticuleux, que faisait Si-Amon en dépit de son opposition profonde à l'expédition, et Séqénenrê en avait le cœur serré. Il aurait aimé proposer à Si-Amon de rester gouverner les nomes et s'occuper du domaine en son absence, mais il savait que cela ne ferait qu'accroître la détresse du jeune homme. Mourir pour quelque chose à quoi l'on croit est une chose, se disait-il. Aller à la mort contre l'intime conviction de son ka en est une autre.

Il avait essayé de parler avec son fils, mais celui-ci l'avait défié, les yeux pleins de fureur et de tristesse, et il l'avait imploré de renvoyer les soldats dans leurs foyers. Séqénenrê avait eu l'impression qu'il souhaitait en dire davantage mais, devant son refus, Si-Amon avait pincé les lèvres, tourné les talons et quitté la pièce. Si je m'étais douté de la violence de ses sentiments, je l'aurais expédié loin d'ici, se disait Séqénenrê. Il aurait pu aller chez Téti ou même à la cour d'Apopi. Qu'il ait si peu la fierté de son sang me blesse, mais sa souffrance me peine plus encore. Mon jeune et bel héritier ! Je n'ai pas été un bon père pour lui.

La dernière nuit, Séqénenrê ne put trouver le repos. Ahhotep et lui avaient fait l'amour, échangeant des mots rassurants et familiers tandis qu'ils se caressaient dans la chambre étouffante, mais une heure après que sa femme eut glissé dans un profond sommeil, Séqénenrê ne dormait toujours pas. Les yeux brûlants de fatigue, irrité par le drap humide qui collait à sa peau, il était tourmenté par ses pensées. Dans quelques heures, l'armée se rassemblerait sur la rive occidentale. Les chars étincelleraient au soleil. Les chevaux empanachés de bleu piafferaient et rongeraient leur frein, impatients de galoper. Amonmosé et ses servants apporteraient un bélier blanc et de l'encens pour faire le sacrifice propitiatoire.

Demain, je cesserai d'être le prince Séqénenrê Taâ, le gouverneur d'Oueset, se dit-il en s'agitant contre le corps doux et détendu d'Ahhotep. Lorsque je saluerai l'aube, je serai le Fils du Soleil, le Taureau puissant de Maât, le Seigneur des Deux Terres, l'Horus d'or. Combien de temps conserverai-je ces titres, je me le demande ? Jusqu'où irons-nous avant qu'Apopi remue le petit doigt et nous éparpille comme balle au vent ? Mieux vaut ne pas y penser. Songe plutôt aux nobles et aux gouverneurs qui nous verront passer et nous rejoindront en masse. Imagine plutôt que tu arrives devant Het-Ouaret dans la brume matinale qui flotte sur le Delta, que tu emportes la ville et ôtes la Double Couronne de la tête barbare d'Apopi, le Sceptre et le Fouet de ses mains immondes...

Mais c'était peine perdue. Derrière les images de victoire qu'il évoquait pour tâcher de s'endormir, il y avait la peur, une pulsation dans ses veines comme un aviron assourdi plongeant dans les eaux noires du monde d'en bas. Il se redressa, chercha ses sandales et enroula un pagne autour de sa taille. Puis, sur une impulsion, il fit le tour du lit et posa un baiser sur la joue d'Ahhotep. Elle poussa un petit grognement et ouvrit les yeux. « Séqénenrê, murmura-t-elle. Tu n'arrives pas à dormir ? Veux-tu que je retourne dans ma chambre afin que tu aies le lit pour toi tout seul ?

– Non, répondit-il. Je vais aller marcher un peu, et prier. Je t'aime, Ahhotep. » Parfaitement réveillée à présent, elle fut sensible à la solitude qui vibrait dans sa voix et, l'attirant contre elle, elle pressa ses lèvres sur les siennes.

«J'aimerais pouvoir me battre à tes côtés, dit-elle. Reviens-nous sain et sauf, mon époux.» Il se libéra avec douceur de son étreinte.

«Rendors-toi», fit-il.

Le couloir était sombre. Deux des torches s'étaient éteintes, et la troisième crépitait près de la porte d'Ouni, ouverte pour le cas où son maître l'appellerait. Séqénenrê l'entendit marmonner dans son sommeil. Il n'y avait pas de soldat posté à l'endroit où le couloir bifurquait; tous les hommes dormaient de l'autre côté du fleuve. Séqénenrê hésita un instant, puis prit la branche menant au jardin. Il passa devant la chambre de Mersou. L'intendant de sa mère logeait près du couloir conduisant aux appartements des femmes afin qu'Isis puisse venir le chercher rapidement si Tétishéri avait besoin de lui. La porte était entrouverte. Séqénenrê devina un renflement sous le drap. Il était difficile d'imaginer l'imposant et taciturne Mersou dans l'abandon du sommeil. Séqénenrê sourit et poursuivit son chemin.

La nuit était silencieuse et chaude. Tandis qu'il contournait le carré noir du bassin et se glissait sous les branches des arbres desséchés, il jeta un regard vers le ciel. La lune se couchait déjà, croissant d'un blanc pur au milieu d'un fourmillement d'étoiles si lumineuses qu'il retint un instant son souffle. Il murmura une prière à Thot, dieu de la lune et de son âme, avant d'enjamber avec précaution le tas de gravats presque invisible et de se faufiler dans le vieux palais par la brèche du mur d'enceinte.

La masse sombre de l'édifice se dressait devant lui, enchevêtrement d'angles aigus se découpant haut sur le velours du ciel. Séqénenrê n'était pas impressionné. Beaucoup craignaient la nuit à cause des morts mais, en ce lieu, il se sentait accueilli avec bienveillance par les époques passées, par des temps peuplés d'hommes et de femmes de son propre sang. Il avait le droit de fouler le sol de cette cour, de pénétrer dans la grande salle de réception obscure. Il la traversa rapidement, guidé davantage par son instinct que par la lueur grisâtre qui filtrait à travers les claires-voies. Dans la salle d'audience, il ne regarda pas l'estrade du trône. *Je reconstruirai cet endroit*, se promit-il. *Je rapporterai le trône sacré d'Het-Ouaret et l'installerai ici.*

Au pied de l'escalier menant sur la terrasse des appartements des femmes, il s'immobilisa soudain, l'oreille tendue. Il lui avait semblé entendre un bruit derrière lui. «Il y a quelqu'un?» fit-il à voix basse.

Mais rien ne troubla l'obscurité. «Osiris Mentouhotep Nebhépetrê, si c'est le frôlement des ailes de ton *ba* que j'entends, bénis-moi et protège-moi, je t'en prie.» Mais si l'oiseau à tête humaine avait quitté la tombe de Mentouhotep et explorait la demeure en ruine de l'antique souverain, il ne se montra pas. Rassuré cependant, Séqénenrê monta rapidement l'escalier.

Dès qu'il s'assit sur le sol de brique encore tiède, il sentit sa tension se dissiper. Il s'était imaginé venir là pour mettre de l'ordre dans ses pensées, mais en fin de compte il se laissa aller à une rêverie qui l'apaisa et lui rendit l'espoir. Sa maison était plongée dans l'obscurité, exception faite d'une faible lumière qui brillait dans les appartements des femmes, celle d'Ahmès-Néfertari certainement, incapable de trouver le repos. Un oiseau de nuit lança un cri bref et dur. Près de la rive, les chevaux attachés hennissaient et s'ébrouaient. Séqénenrê contempla un moment le fleuve qui, argenté par un pâle clair de lune, coulait lentement vers le nord, la direction qu'il prendrait lui-même dans quelques heures. Puis, comme à son habitude, il se tourna vers le désert, mais l'horizon était indistinct. J'ai parlé à Tani aujourd'hui, mais pas à Ahmès-Néfertari, se dit-il. J'ai craint que mes adieux ne la bouleversent encore davantage. Une courte étreinte demain, dans la confusion du départ, sera préférable. Les yeux posés sur la faible lueur de sa lampe, il se mit à prier Amon.

Il l'implora de lui accorder la bravoure dans le combat, de prouver à tous qu'il était bien son Incarnation et de protéger ses fils. Il commençait juste la prière de remerciement lorsqu'il crut de nouveau entendre un bruit derrière lui, un morceau de brique délogé roulant dans l'escalier, cette fois. Les mots moururent sur ses lèvres. Il éprouva soudain des picotements sur le crâne et dans le dos. Pris d'une terrible certitude, il se retourna et tâcha maladroitement de se relever. Il n'en eut pas le temps. Une ombre jaillit du puits sombre de l'escalier, la lune fit luire d'un éclat blafard la lame d'une hache, qui s'abattit si vite et avec tant de force qu'il n'eut ni le temps de se protéger, ni celui de crier.

Le soleil avait déjà dissipé les ombres grises étranges de l'aube lorsque le serviteur personnel de Séqénenrê frappa à la porte d'Ouni. Le prince était en général levé, lavé et habillé lorsqu'on allait chercher son intendant pour qu'il accompagne son maître au temple et, ce matin-là, Séqénenrê avait ordonné qu'on le réveillât un peu plus tôt que d'ordinaire. En entrant dans sa chambre avant l'aube, le serviteur n'y avait trouvé qu'Ahhotep, profondément endormie. Non sans appréhension, il l'avait réveillée pour lui demander si le prince était déjà parti aux bains. Ahhotep avait marmonné qu'elle n'en savait rien et s'était rendormie.

Le serviteur s'était donc rendu aux bains, puis, se disant que le prince était peut-être en train de déjeuner, il avait couru dans la salle de réception. Kamosé et Si-Amon y mangeaient en silence du pain noir frais et des raisins secs. Tétishéri était là, elle aussi, déjà maquillée et coiffée de sa perruque pour prendre dignement congé de l'armée. Le serviteur les interrogea avec nervosité. Ses tâches ne dépassaient jamais le cadre de la chambre à coucher de son maître. Mais on lui répondit distraitement et, après avoir vainement parcouru toute la maison, il alla trouver l'intendant.

Déjà levé et habillé, Ouni attendait que son maître le fît appeler. Séqénenrê lui avait donné ses instructions concernant l'administration de la maison en son absence, et ils avaient même discuté de ce que Mersou et lui pourraient faire si les armées d'Apopi arrivaient jusqu'à Oueset, mais il y avait toujours des détails de dernière minute à régler, et Ouni avait prévu de se rendre au temple accompagné d'un scribe, pour prendre des notes si c'était nécessaire.

« Es-tu allé dans les appartements des femmes ? demanda l'intendant après avoir écouté le serviteur. Le prince comptait aller voir la princesse Ahmès-Néfertari, ce matin. »

L'homme fit oui de la tête.

« Et les chenils ? Tu sais combien le prince aime ses bêtes.

– J'ai cherché partout, maître », répondit le serviteur avec un geste d'impuissance.

Ouni réfléchit. Peut-être le prince avait-il décidé de se rendre seul au temple en ce jour fatidique. Il renvoya le serviteur.

« Envoie Isis s'occuper de la princesse, si elle n'est pas encore levée. Ensuite, tu pourras emmener les draps au lavoir et commencer à nettoyer. » L'homme s'éclipsa aussitôt, et Ouni le suivit plus lentement.

Dès qu'il fut au bout du couloir, il vit combien le soleil était déjà haut dans le ciel. Des cris d'hommes, des hennissements et des braiments retentissaient sur l'autre rive du fleuve, où l'armée commençait à se rassembler. En sortant dans le jardin, il vit Kamosé et son frère passer en courant, arc à l'épaule et carquois ballottant dans le dos.

Il vit aussi Ahmès-Néfertari, qui se retourna à son approche. Une robe ample dissimulait modestement sa grossesse, mais elle avait noué un ruban blanc autour de sa chevelure et souligné ses yeux de khôl. «As-tu vu mon père, Ouni? demanda-t-elle. Il avait promis de me retrouver ici avant que nous allions tous au bord du fleuve saluer l'armée. A-t-il été retenu?

– Je ne sais pas, princesse, répondit-il en s'inclinant. Mais je vais le chercher. Tu ne devrais pas rester au soleil. Fais-toi apporter une natte et un parasol par Raa.» Tandis qu'Ahmès-Néfertari parlait à sa compagne, l'œil de l'intendant fut attiré par la brèche du mur d'enceinte et par le vieux palais, qui était d'une chaude couleur brune dans la lumière matinale. Il sourit et se dirigea vers eux. Bien sûr! Où le prince aurait-il pu jouir de quelques ultimes minutes de paix sinon là? Mais il aurait dû surveiller la course du soleil, pensa Ouni avec contrariété. A cette heure, il devrait déjà avoir accompli ses devoirs dans le temple, pris congé de sa famille et rejoint l'armée. Cela ne lui ressemble pas de faire attendre les soldats sous un soleil pareil.

Ouni n'aimait pas le vieux palais. Il effleura son amulette en regrettant de ne pas en avoir une autre entre les omoplates. Comme Séqénenrê, il traversa la salle d'audience, puis se dirigea vers la terrasse où il savait que son maître aimait se réfugier. Dans l'escalier, un brusque mouvement au-dessus de lui et un son aigu le plaquèrent contre le mur, le visage convulsé de dégoût. Des chauves-souris!

Il monta rapidement les marches et parvint enfin à la porte écornée et brisée. La chaleur l'assaillit lorsqu'il sortit sur la terrasse, et il cligna des yeux, ébloui par la lumière. «Prince? Tu es là?» dit-il poliment. Il n'obtint pas de réponse, mais il n'en avait pas besoin. Il venait de découvrir son maître.

Séqénenrê gisait dans la poussière et le sable, la joue contre un morceau de brique, les bras sous le corps. Ses jambes étaient en plein soleil, et des bouffées d'air soulevaient le bord de son pagne. Ouni eut l'impression que son cœur s'arrêtait de battre. S'approchant de son maître, il le toucha avec hésitation, et c'est alors qu'il vit le crâne fracassé, le sang séché maculant le visage grisâtre. «Oh! dieux!» murmura-t-il.

Se redressant, il regarda autour de lui avec désespoir. Rassemblés sous les arbres, près du fleuve, des soldats de la caserne orientale, masse confuse de membres bruns, de pagnes blancs et de lances étincelantes, attendaient d'embarquer pour l'autre rive. Mais sa voix ne porterait pas jusque-là. Personne ne l'entendrait. Il aperçut alors un mouvement dans le jardin, de l'autre côté du mur d'enceinte. «Holà!» cria-t-il. Mais il n'émit qu'un son rauque. Il prit une profonde inspiration et recommença : «Holà! Par ici!» Bientôt, un homme passa la tête par la brèche, la main en visière sur les yeux. C'était un des jardiniers. «Cours chercher des serviteurs et une litière! ordonna Ouni. Ensuite, tu iras trouver les princes Si-Amon et Kamosé. Je les ai vus se diriger vers le fleuve. Dis au médecin de se rendre immédiatement dans la chambre du prince. Allez, va! Vite!» L'homme le regardait d'un air ahuri, mais son ton le fit réagir, et il disparut.

Ouni s'accroupit près de son maître. Il ne pouvait rien faire de plus jusqu'à l'arrivée de la litière. D'une main hésitante, il lui toucha l'épaule. Sa peau était sèche et froide. Est-il mort? se demanda l'intendant, pris d'une brusque nausée. Il ne voyait qu'une partie du visage du prince, mais un de ses yeux était entrouvert et vitreux. Le soleil dissipait rapidement l'ombre dans laquelle il gisait. Ouni ôta son pagne pour lui en couvrir le haut du corps. Il lui vint alors pour la première fois à l'esprit qu'on ne se fend pas le crâne en trébuchant et en tombant. Quelqu'un s'était glissé derrière le prince et lui avait asséné ce coup terrible.

«Ouni!» cria une voix. Il se pencha et aperçut Ahmès-Néfertari de l'autre côté de la brèche. «Que se passe-t-il là-haut? Que fais-tu?» Il savait qu'il devait la persuader de partir, l'empêcher de voir le corps étendu derrière lui, mais quelque chose dans son attitude dut l'alerter. Avant qu'il n'ait eu le temps de répondre, elle franchissait maladroitement la brèche malgré son ventre lourd.

«Non, princesse! cria-t-il. Retourne à la maison, je t'en prie!» Mais elle ne l'écouta pas. Derrière elle, Ouni vit les porteurs de litière qui accouraient. Il descendit à leur rencontre mais dut laisser Ahmès-Néfertari au pied de l'escalier, pâle et anxieuse, pour remonter sur la terrasse et veiller à ce que le prince fût manipulé avec douceur. Il sentit aux regards des hommes qu'ils jugeaient ces précautions inutiles. Ils avaient sans doute raison. Il les précéda ensuite dans l'escalier, intensément conscient du visage que la princesse levait vers eux, et il ne put l'empêcher de s'approcher de la litière. Elle se pencha sur son père, l'air perplexe, puis toute la signification de ce qu'elle voyait la frappa soudain. Elle poussa un cri et vacilla. La prenant par les épaules, Ouni l'obligea avec douceur à s'asseoir sur une marche. « Reste ici, Altesse, je vais t'envoyer Raa. » Elle entoura de ses bras son ventre déformé en le regardant avec de grands yeux effrayés.

« Est-il... est-il mort ? balbutia-t-elle.

– Je l'ignore. Reste ici. » Il s'inclina sans même s'en rendre compte et courut rejoindre les porteurs de litière.

Pour éviter de trop secouer le prince, ils passèrent par l'immense ouverture sans porte de la cour du palais, qui autrefois, plaquée de cuivre, avait vu passer rois et nobles aux tenues resplendissantes. Ouni regardait avec anxiété le corps inerte de son maître : ses yeux étaient à demi ouverts mais ternes ; du sang avait coulé de sa bouche et séché au creux de son cou ; son crâne était dans un état épouvantable. L'intendant commençait à ressentir les effets du choc qu'il avait reçu. Ses jambes tremblaient et la tête lui tournait. Ce fut avec soulagement qu'il vit Kamosé et Tétishéri accourir au moment où la litière pénétrait dans la chambre de Séqenenrê. Le médecin était déjà là. Pendant que les serviteurs couchaient le prince sur son lit, Kamosé agrippa le bras de l'intendant. « Parle ! enjoignit-il.

– On ne trouvait le prince nulle part, commença Ouni, secoué de frissons. J'ai pensé qu'il était peut-être dans sa retraite favorite et j'y suis allé. Il gisait sur la terrasse. Comme ça, ajouta-t-il en montrant le lit.

– Assieds-toi, ordonna Kamosé. Tu as l'air mal en point. Lorsque tu seras remis, envoie chercher Si-Amon et Hor-Aha. Mon frère s'occupe de faire atteler les chevaux sur la rive occidentale. Qu'il vienne sur-le-champ. Quant à Hor-Aha, qu'il fasse donner du vin en quantité aux soldats. Nous ne partirons pas aujourd'hui. Tu demanderas aussi à Mersou de nous rejoindre. Tu pourras ensuite disposer de ta journée, Ouni. Tu as fait ce qu'il fallait. »

L'intendant regarda avec curiosité le visage dur du jeune homme. Kamosé avait les narines pincées, les yeux noirs, ses lèvres n'étaient plus qu'un trait mince. Ouni l'avait quasiment vu naître. Le prince avait été un bébé paisible, un enfant rêveur, un jeune homme indépendant et maître de lui. Il pouvait parler avec légèreté et aisance de nombreux sujets, et son sourire avait réchauffé le cœur de bien des invités. Ouni avait cependant le sentiment que la véritable vie du jeune homme se déroulait bien au-dessous de cette surface paisible et polie. Et il savait instinctivement en cet instant que Kamosé était la proie d'une immense rage. Ses paroles avaient le tranchant de l'autorité. Ouni fit ce qu'on lui ordonnait.

Un silence tendu et incrédule tomba dans la chambre à coucher. Kamosé et Tétishéri se tenaient debout côte à côte, immobiles et raides. Ahhotep s'était glissée dans la pièce pendant que son fils parlait à Ouni et elle était agenouillée à la tête du lit, le visage ruisselant de larmes mais manifestement maîtresse d'elle-même. Un long moment, ils regardèrent le médecin examiner Séqénenrê, en suivant chacun de ses gestes avec fascination, puis Ahhotep demanda : «Il est vivant ?»

L'homme la dévisagea avec étonnement.

«Naturellement, Altesse, sinon je ne ferais pas tout cela. J'aurais appelé un prêtre-*sem*. Regarde.» Il sortit un petit miroir de cuivre de son étui de bois et le plaça devant la bouche de Séqénenrê. Il se couvrit d'une légère buée.

«Oh! Séqénenrê, murmura Ahhotep. Qui t'a fait cela?»

La question tira les autres de leur transe. Tétishéri s'avança vers le lit.

«Quelle est la gravité des blessures de mon fils?» demanda-t-elle d'un ton brusque. Le médecin rangea son miroir.

«Lorsqu'il sera lavé, Altesse, tu verras qu'à part une égratignure à la joue, sa seule blessure est ce coup terrible qu'il a reçu sur le crâne. La hache a pénétré si profond que l'on voit le contenu de la boîte crânienne.

— La hache? s'exclama Kamosé. Il a été attaqué avec une hache? Comment le sais-tu?

— La forme de la blessure, répondit le médecin. Je peux également te dire qu'elle était en bronze. Nos haches à nous n'auraient pas fait une entaille si nette et, sous la force du coup, de nombreux fragments d'os se seraient incrustés dans le cerveau. Là, il y en a, et je vais devoir les enlever, mais ils sont peu nombreux.» Il aurait continué mais il se fit un grand tapage à la porte, et on entendit Tani crier :

«Père! Qu'y a-t-il? Que se passe-t-il? Laisse-moi passer, Mersou!»

Ahhotep se leva aussitôt, les mains tremblantes.

« Amon me pardonne ! dit-elle. J'avais oublié Tani. » Et avant que Mersou ne puisse céder à sa fille, elle était à la porte.

« Va-t-il mourir ? Y a-t-il de l'espoir ? demanda Kamosé au médecin, qui haussa les épaules.

– Je peux lui raser le crâne et le laver, enlever les fragments d'os, mais je ne peux pas lui faire reprendre connaissance. Je suggère qu'un prêtre vienne chanter des incantations de guérison.

– Tu penses qu'il va mourir.

– Oui », répondit le médecin avec simplicité.

Ils furent interrompus par Si-Amon, qui fit irruption dans la pièce, encore coiffé de son casque de lin bleu et un fouet à la main. « Que se passe-t-il ? demanda-t-il. On a ordonné à Hor-Aha de ramener les troupes dans leurs baraquements, et les serviteurs courent en tous sens comme des oies décapitées ! »

Sans répondre, Kamosé s'écarta. Séqénenrê gisait sur le ventre, et son horrible blessure était visible. Un instant, Si-Amon le regarda sans mot dire, puis il vacilla. Son frère le soutint. « Qu'est-il arrivé ? murmura-t-il d'une voix rauque.

– Quelqu'un a essayé de l'assassiner avec une hache, expliqua Kamosé. Et pas n'importe quelle hache, une hache sétiou.

– Non ! »

Kamosé observa son frère avec curiosité. La violence de son exclamation lui avait donné la chair de poule. Si-Amon avait le visage livide et semblait au bord de l'évanouissement.

« Calme-toi, fit-il aussitôt. Père vit. Pour combien de temps, nous l'ignorons, mais... » Il ne put en dire davantage. Si-Amon avait quitté la pièce.

Mais Séqénenrê ne mourut pas. Toute la journée, le médecin s'occupa de son corps sans connaissance ; il le lava, rasa ses épaisses boucles noires, ôta les bouts de cuir chevelu déchiquetés et enleva un par un les minuscules fragments osseux incrustés dans la membrane qui protégeait le crâne de Séqénenrê. Celui-ci n'émit même pas un soupir. Sa respiration était faible et irrégulière. Kamosé resta de longues heures à son chevet, sans s'émouvoir des soins terribles que lui prodiguait le médecin, mais il dut finalement aller rejoindre Hor-Aha qui tâchait d'apaiser les soldats mécontents. Les chars avaient été rangés. Les chevaux paissaient l'herbe maigre et sèche autour de la caserne de la garde personnelle des Taâ.

« Que comptes-tu faire des hommes ? demanda Hor-Aha à Kamosé tandis que, fatigués, sales et découragés, ils se rendaient dans le bureau de Séqénenrê. Dois-je les renvoyer dans leurs foyers ?

– Non, pas encore, répondit le jeune homme d'un ton catégorique. Nous les avons nourris à grands frais pendant de nombreuses semaines et nous allons continuer. Il me faut réfléchir à beaucoup de choses, Hor-Aha, et jusqu'à ce que j'aie pris une décision, tu peux poursuivre leur entraînement en leur faisant faire simulacres de bataille et le reste. Cela va au moins nous donner le temps de fabriquer davantage d'arcs. »

Hor-Aha esquissa un sourire, mais redevint vite grave.

« Le prince est mourant, n'est-ce pas ? Que feras-tu s'il disparaît ? »

Kamosé savait ce que lui demandait le général.

« Mon père ne mourra pas, répondit-il avec véhémence. Nous avons un excellent médecin. Les incantations sont prononcées par le grand prêtre en personne. Son lit est entouré d'amulettes puissantes.

– Mais s'il meurt ? insista Hor-Aha.

– Alors, quelqu'un paiera », promit Kamosé d'un air sombre, sans regarder le Medjaï.

Si-Amon avait quitté Séqénenrê, l'esprit en désarroi, et il se hâtait vers ses appartements, haletant, lorsqu'il rencontra Raa. « Pardonne-moi, prince, mais les premières douleurs ont commencé, et ta femme est dans tous ses états. Pourrais-tu venir ? »

En dépit de son agitation et de sa détresse, Si-Amon n'hésita pas. Sans prendre la peine de répondre à Raa, il se dirigea vers la chambre de sa femme. On avait appelé une accoucheuse d'Oueset, mais elle n'était pas encore arrivée.

Ahmès-Néfertari marchait de long en large près de son lit, les mains posées sur le ventre, le visage ruisselant de larmes. Karès, son intendant, attendait sur le seuil, prêt à obéir au moindre de ses ordres. Si-Amon attendit d'avoir retrouvé son souffle pour entrer dans la pièce. « Souffres-tu beaucoup ? demanda-t-il en l'embrassant.

– Non, pas encore, répondit-elle entre deux sanglots. Mais je revois père quand les porteurs de litière l'ont descendu. Il était si gris... et ce trou horrible à la tête ! Oh ! serre-moi dans tes bras, Si-Amon. » Il l'enlaça, et elle enfouit son visage dans son cou. « Il va mourir, murmura-t-elle. Mon bébé va naître sous de terribles augures ! J'ai si peur ! » Il la rassura de son mieux tandis que, derrière eux, le prêtre se mettait à psalmodier et que la fumée de l'encens sacré commençait à les envelopper. Sa douce odeur calma Ahmès-Néfertari. « J'ai prié et apporté des offrandes à Taouret tous les jours, dit-elle d'une voix plus ferme. Je suis sûre qu'elle ne me trahira pas au dernier moment. Merci d'être venu, Si-Amon. Tu peux me laisser à présent, et aller prévenir mère. Pourquoi cette sage-femme n'arrive-t-elle pas ? »

Prenant son visage entre ses mains brunes, Si-Amon baisa ses yeux humides et ses lèvres tremblantes en murmurant des paroles d'encouragement. Sa propre voix n'était pas très ferme.

« Karès, trouve cette satanée sage-femme ! ordonna-t-il. Et vous autres, ne restez pas là, bouche bée. Rendez-vous utiles ! Un peu de musique l'apaiserait, et peut-être une partie de zénet ou deux. »

Il parlait avec brusquerie, sachant que l'atmosphère lourde qui régnait dans la pièce était due au drame qui se déroulait dans une autre partie de la maison et ne voulant pas que sa femme en subisse les conséquences. Les serviteurs se hâtèrent de lui obéir, et il les laissa.

Bouleversé et plein de colère après l'agression subie par son père, inquiet pour sa femme, il lui fut impossible de rester dans la maison, et il finit par monter dans un esquif avec un garde du corps et par se faire conduire dans les marais. Là, il jeta à l'eau une ligne de pêche et, étendu dans l'embarcation, regarda osciller doucement les ombelles des papyrus au-dessus de sa tête. Il avait vingt ans et Ahmès-Néfertari, seize. On les avait fiancés l'un à l'autre dès leur enfance, selon l'antique tradition voulant que l'héritier du trône épousât une princesse royale, en général sa sœur, et préservât ainsi la pureté de la lignée. Ahmès-Néfertari et lui avaient toujours su qu'ils se marieraient, en dépit du fait que les hommes de leur famille ne montaient plus sur le trône d'Horus. Si-Amon aimait sa sœur, mais trouvait secrètement ridicule que son père insistât pour perpétuer une tradition n'ayant plus de raison d'être. Si j'ai l'arrogance d'un prince, se dit-il en contemplant le bleu éblouissant du ciel, que dire de père qui rêve... qui rêvait ?... de ramener notre famille sur le trône d'Égypte. Ahmès-Néfertari se rétablira, mais père...

Poussant un grognement, il se redressa. Sa ligne s'enfonça, mais il n'y fit pas attention. Il savait qu'il devait réfléchir aux terribles conséquences du moment de faiblesse qu'il avait eu avec Téti. Suis-je responsable? se demanda-t-il, incapable de chasser plus longtemps de son esprit la vision de son père, assommé comme un taureau sacrificiel, gisant à l'agonie sur son lit. Si je n'avais pas envoyé ce message à Téti, si celui-ci n'avait pas averti Apopi, père serait-il en train de marcher vers le Nord avec son armée? Est-ce le roi qui a ordonné son assassinat, ou a-t-il été frappé par un soldat ou un serviteur terrifié?

Il savait qu'il ne faisait que jouer avec les mots pour repousser le sentiment de culpabilité et la haine de soi qui le submergeaient. C'est comme si j'avais moi-même levé cette maudite hache, se dit-il misérablement. Moi, Si-Amon, prince d'Oueset. Mais qui a réellement frappé? Mersou? Mersou, qui a des ancêtres sétiou et des liens de parenté avec l'intendant de Téti? Maintenant que j'y pense, il n'a pas montré beaucoup de curiosité concernant le rouleau que je lui ai demandé d'envoyer. On aurait presque dit qu'il s'y attendait. J'envoie une lettre à Téti, qui l'expédie à Apopi. Le roi lit, réfléchit et décide de punir son orgueilleux sujet du Sud une fois pour toutes? Son ka lui répondit que c'était bien ce qui s'était passé. Accablé, il remonta sa ligne et donna un ordre. L'esquif se remit à glisser entre les fourrés de papyrus.

Le personnel des cuisines prépara un dîner léger, mais personne ne se rendit dans la salle de réception. Il n'y avait aucun changement dans l'état de Séqénenrê. Un manteau de désolation enveloppait la maison. Ahhotep, qui ne pensait qu'à être au chevet de son époux, encourageait et rassurait sa fille. Oubliée de tous dans la confusion de cette journée tragique, Tani alla se coucher de bonne heure, profondément malheureuse, et écouta Hèqet lui lire des histoires pour tâcher de la distraire. Avec la nuit, un silence lugubre s'installa dans la maison, et l'on ne s'affaira plus que dans les appartements d'Ahmès-Néfertari.

Si-Amon retourna dans sa chambre et prit un poignard dans son coffre. Il avait été nettoyé et affûté en prévision de la longue marche vers le Nord. Il le glissa dans son pagne et se dirigea vers la petite cellule de Mersou. Il ne voulait pas le faire appeler. Quelqu'un pourrait s'en souvenir par la suite et s'interroger.

La pièce était vide. Elle ne contenait que quelques meubles : un matelas avec à côté, une table basse, un tabouret et, contre un autre mur, deux coffres renfermant les possessions de l'intendant. Une lampe était posée sur la table. Avec un sourire sombre, le cœur battant, Si-Amon ferma la porte derrière lui et s'assit sur le tabouret. Il aurait pu fouiller les coffres, soulever le matelas, mais il n'en fit rien. Croisant les bras sur son torse pour sentir le contact rassurant et mortel du couteau, il s'appuya contre le mur et attendit.

L'heure du repas du soir arriva et passa, mais Si-Amon n'avait faim que d'absolution, de purification. Tandis que la lumière de Rê déclinait au-dehors et que l'obscurité s'installait peu à peu dans la pièce, il pensa au combat que Séqénenrê était en train de livrer contre la mort. Puis, sortant de sa torpeur, il prit une allumette, alla l'enflammer à la torche brûlant au-dessus du soldat qui montait patiemment la garde au bout du couloir et rentra allumer la lampe. Il s'inquiéta un instant de la présence de la sentinelle, puis se dit que les soldats n'étaient pas formés à s'interroger sur les faits et gestes de leurs supérieurs. Une lueur chaude éclaira bientôt la pièce, et Si-Amon s'apprêtait à se rasseoir quand Mersou ouvrit la porte à la volée. Le jeune homme contempla avec étonnement son visage furieux. Il ne l'avait jamais vu autrement qu'impassible.

«J'ai vu de la lumière sous la porte, commença l'intendant. Comment oses-tu entrer dans ma...» Mais dès qu'il reconnut Si-Amon, il reprit son masque de serviteur stylé et s'inclina. «Pardonne-moi, Altesse, murmura-t-il. Je pensais qu'un domestique s'était introduit chez moi sans que le garde s'interpose. Je suis désolé.

– Ferme la porte», ordonna Si-Amon. Il crut voir passer une lueur de peur dans les yeux de l'intendant, mais ce n'était peut-être qu'un tressaillement de la flamme. «Maintenant, dis-moi où tu étais hier soir, reprit-il lorsque Mersou eut obéi.

– Je suppose que la famille interroge tout le monde, remarqua celui-ci. C'est la première fois qu'il arrive quelque chose d'aussi terrible dans cette maison depuis que je sers dame Tétishéri. Pour te répondre, prince, j'ai été auprès de la princesse jusqu'à ce qu'elle se retire. Je me suis ensuite rendu dans les cuisines où j'ai mangé avec Ouni. Nous sommes restés environ une heure ensemble. Comme la nuit était chaude, je l'ai convaincu de venir se baigner avec moi. J'ai regagné ma chambre vers minuit, juste avant que les cors du temple ne retentissent. La nage m'avait fatigué, et je me suis endormi sur-le-champ. Mais j'ai laissé ma porte ouverte, ajouta-t-il. Quiconque est passé dans le couloir a pu me voir sur mon matelas.»

Son expression n'avait pas changé; elle était pleine de déférence, et ses yeux étaient clairs. Mais je le trouve un peu trop persuasif, se dit Si-Amon. Je suis certain qu'il a bien dîné et nagé en compagnie d'Ouni et qu'il s'est couché peu après, mais je suis tout aussi certain qu'il n'est pas resté dans son lit. Oh! dieux, si je me trompe et que j'insulte le serviteur préféré de grand-mère, elle ne me le pardonnera jamais! «Te souviens-tu du rouleau que je t'ai chargé de faire parvenir à l'intendant de Téti, Mersou? dit-il à voix haute. C'était une demande inhabituelle, et elle n'a pourtant pas semblé t'étonner. Pourquoi?»

Mersou écarta les bras, l'air ahuri.

«Je n'avais pas à me poser de questions, répondit-il. Ce n'est pas mon rôle. Tu désirais communiquer avec le cousin de ta mère, voilà tout.»

J'aimerais te croire, se dit Si-Amon dans le court silence qui suivit. Tu m'as toujours plu, Mersou. Tu es un serviteur honnête, efficace, qui a du tact et le sens de l'humour. J'aimerais te croire... mais c'est impossible.

«Je pense que tu mens, dit-il avec lenteur. Je pense que Téti ou son intendant t'avait prévenu. Je pense que tu es un espion d'Apopi.

– Tu m'insultes, prince! s'exclama Mersou, les yeux écarquillés d'indignation. Je sers la princesse Tétishéri depuis trente ans, et elle ne m'a jamais adressé un reproche. C'est la première fois que l'on met en doute ma loyauté à l'égard de la maison des Taâ!

– Peut-être parce qu'elle n'avait jamais été mise à l'épreuve avant aujourd'hui, riposta Si-Amon. Ton âme est sétiou, Mersou!»

L'intendant garda le silence. Toute son attitude exprimait sa mortification. Si-Amon savait qu'il avait déjà compromis irréparablement les relations entre Mersou et sa famille. Il déglutit. «Ouvre tes coffres», ordonna-t-il.

N'importe quel autre serviteur aurait demandé des explications, mais Mersou, l'intendant accompli, obéit sur-le-champ et empila soigneusement ses affaires sur le sol: six ou sept robes plissées d'intendant, un rasoir, une paire de sandales de rechange, une boîte en bois très simple qui, sur un geste de Si-Amon, révéla un pot d'huile parfumée et un autre de khôl ainsi que plusieurs perruques. Le second coffre renfermait un joli coffret sculpté dans lequel Mersou rangeait l'or qu'il avait économisé, des amulettes, une statuette d'Amon et une autre de Soutekh, des bracelets et des colliers, tous de bronze mais finement décorés de cornalines et de turquoises. Tétishéri s'était montrée généreuse envers son serviteur.

Si-Amon sentit son cœur se serrer. Il examina un instant les biens de l'intendant, puis l'autorisa à les ranger d'un mouvement de tête brusque. Il n'y avait pas de rouleau, pas de message adressé à Mersou. Mais si celui-ci avait reçu l'ordre d'exécuter son maître, il n'aurait assurément pas laissé traîner le papyrus. Il l'aurait détruit sur-le-champ. Le désespoir s'empara de Si-Amon. Je sais qu'il est coupable, se dit-il, mais je suis incapable de le prouver, et il va désormais m'en vouloir jusqu'à la fin de ses jours.

Mersou attendait poliment, les yeux baissés, mais Si-Amon le sentait soulagé. Peut-être même triomphant? Une autre idée lui vint à l'esprit. Et si le message n'était pas écrit sur du papyrus? Apopi n'était pas idiot. Il savait qu'un rouleau coûteux envoyé à un serviteur risquait d'éveiller les soupçons. Il en irait différemment de quelques mots tracés sur un tesson de poterie comme en utilisaient les élèves ou les scribes qui apprenaient leur métier : personne n'y ferait attention.

Si-Amon se mit à explorer du pied le sol de la pièce. Dans les chambres des serviteurs, celui-ci n'était pas carrelé mais fait de briques crues dont la surface devenait granuleuse et se couvrait d'une pellicule de terre sèche. Il lui sembla que Mersou se raidissait, mais ses sandales ne rencontrèrent aucun objet. Déconcerté, il s'immobilisa et fixa la lampe. Mersou garda le silence.

Et tout à coup, Si-Amon sut. Poussant un grognement, il se dirigea vers la lampe, écarta la mèche enflammée qui flottait dans l'huile et… découvrit un tesson de poterie rouge. Il entendit Mersou pousser un soupir de défaite. Prêt à bondir sur lui s'il faisait mine de s'enfuir, il essuya le fragment de terre cuite sur son pagne tandis que la lampe crachotait et que des ombres dansaient follement sur les murs. Lorsque la flamme se fut stabilisée, Si-Amon lut le message à sa lumière. «Tue le traître», disait-il, et, au-dessus d'une représentation grossière de Soutekh, il y avait le nom d'«Itjou», le premier scribe du roi. Si-Amon regarda Mersou, qui soutint son regard. «Tu aurais dû détruire ce tesson dès que tu l'as reçu, murmura enfin le jeune homme. Rien n'aurait jamais pu être prouvé contre toi.

– Je n'en ai pas eu le temps, répondit l'intendant avec un mince sourire. J'ai essayé. Si tu n'étais pas venu ici ce soir, je l'aurais fait. Un héraut qui se rendait à la Deuxième Cataracte me l'a remis hier. Ta grand-mère m'a retenu près d'elle toute la journée, et si j'avais refusé de manger et d'aller nager avec Ouni comme je le fais tous les soirs, j'aurais éveillé ses soupçons. Je l'ai caché dans la cuisine, dans un tas d'ordures. J'aurais dû l'y laisser... Amon m'a puni de ma perfidie, conclut-il en haussant les épaules. Crois-moi, prince, j'aime ton père et ta famille. Oueset est mon foyer. Mais je dois fidélité au roi, et ses ordres devaient être obéis.»

Si-Amon l'écoutait avec horreur. Ses derniers mots auraient pu être les siens.

«Le roi s'est servi de moi», murmura-t-il.

Mersou approuva de la tête.

«Mais n'est-il pas en droit de se servir de tous ses sujets, quels qu'ils soient?» déclara-t-il. Et comme Si-Amon gardait le silence, il poursuivit d'un ton pressant : «Je sais que tu es fidèle au trône d'Horus d'Het-Ouaret, toi aussi. Ce que j'ai fait est abominable, prince, mais c'était nécessaire. Je ne mérite pas d'être puni pour cela. Ne dis rien, je t'en prie.

– Ne rien dire? Par Amon! s'exclama le prince avec un rire douloureux. Tu tentes d'assassiner mon père et tu me demandes ensuite de n'en rien dire? Je vais t'emmener sur-le-champ voir Kamosé et ta maîtresse. Tu seras jugé et exécuté!

– Je ne le pense pas, prince, dit Mersou avec calme. Si tu me dénonces, j'apprendrai à ton frère que tu as informé Téti des projets de ton père. Ton honneur te contraindra à mettre fin à tes jours.»

Si-Amon s'empourpra, il grinça des dents.

«Ignoble ver de terre! cracha-t-il.

– Je regrette, Altesse, mais c'est la vérité. Je garderai ton secret, si tu gardes le mien.

– Ce n'est pas pareil!

– Si», déclara Mersou avec fermeté.

C'est maintenant que je devrais le tuer, se dit Si-Amon, en sentant le poignard bouger à sa ceinture. Je pourrais expliquer à Kamosé que j'ai découvert la vérité et frappé sous le coup de la colère et du chagrin. Mais il me demandera comment j'ai eu l'idée de fouiller la chambre de Mersou. Une sueur d'effroi le couvrit tout à coup. Je suis pris au piège, pensa-t-il avec désespoir. Je n'ai plus le choix.

Pardonne-moi, Amon ! Je mérite la mort, moi aussi. Il avait envie d'enfoncer sa lame dans le torse de l'intendant, mais ne pouvait se résoudre à tuer l'homme qui s'était penché au-dessus de son panier quand il était nouveau-né, qui l'avait nourri de sa main et avait surveillé ses premiers pas. Il n'avait pas non plus le courage d'affronter les conséquences d'un tel acte.

«Mais je jure par Amon, Mout et Montou que, si tu cherches à parachever ton acte abominable, je révélerai ce que nous avons fait tous les deux, dit-il à voix haute. Je te hais, Mersou. Je te hais !»

Tandis qu'il gagnait la porte en titubant et se précipitait en aveugle vers ses appartements, il lui vint à l'esprit que ce n'était pas Mersou qu'il haïssait. C'était Apopi, et lui-même.

6

Tétishéri entra dans le bureau de son fils, où elle trouva Kamosé affalé dans un fauteuil, le regard dans le vide. Il était seul. Sur la table, une lampe éclairait des rouleaux de papyrus en désordre, la cruche de vin pleine et la coupe vide que le jeune homme avait demandées, puis oubliées. Il salua sa grand-mère d'un air las et lui avança un siège. Tétishéri s'y laissa tomber. Des cernes sombres marquaient ses yeux, et les ombres mouvantes accentuaient les rides autour de ses lèvres pâles. «Y a-t-il du changement?» demanda Kamosé. Elle secoua la tête en jouant distraitement avec une mèche de cheveux gris tombée sur sa poitrine.

«Absolument aucun, mais le médecin dit que, s'il tient encore un jour, il a de bonnes chances de vivre. Je n'ai pas eu le courage de lui demander quelles pouvaient être les séquelles d'une telle blessure. J'ai renvoyé Amonmosé dans son temple. Il avait besoin de repos. Le médecin dort dans la chambre de Séqénenrê et, naturellement, Ouni veille. Je ne peux rien faire de plus.» Kamosé savait combien il lui était pénible d'admettre son impuissance à modifier le cours des choses.

«Et ma sœur?»

Tétishéri eut un faible sourire.

«Elle est forte. Elle accouchera sans plus d'effort qu'une vache qui vêle. Je prie que cette naissance n'ôte pas la vie à Séqénenrê. Il faut que tu interroges les serviteurs et les gardes du corps, Kamosé, poursuivit-elle d'un ton dur. Que faisaient-ils hier soir? Tôt ce matin? Et les soldats? Certains d'entre eux ont-ils des haches de bronze? L'acte a-t-il été perpétré par un inconnu, un assassin du

Delta envoyé par l'Unique pour se débarrasser rapidement et sans bruit d'un sujet rebelle ?» Elle eut un sourire froid. «Un meurtre coûte bien moins cher et cause moins d'agitation que l'envoi d'une division.

— J'ai réfléchi à la question, dit Kamosé. Si un assassin l'a frappé, il est loin d'ici à l'heure qu'il est. Faut-il supposer qu'il surveillait père et que c'est ainsi qu'il a su où il se trouvait ? Si ce n'est pas le cas, nous avons parmi nous un espion qui nous hait. Le roi a-t-il envoyé un ordre à quelqu'un que nous connaissons ?» Il s'agita sur son siège et poussa un soupir. «Je ferai interroger le personnel et demanderai à Hor-Aha de charger un de ses hommes de confiance de circuler parmi les soldats et d'écouter leurs bavardages. Les soldats aiment potiner et savent souvent des choses dont l'on se ne douterait pas. Cela mis à part... nous avons peu de chance de confondre un suspect, conclut-il en passant la main dans ses cheveux poussiéreux. C'est tant mieux pour lui, car je lui réduirais volontiers le crâne en bouillie.

— C'est notre impuissance que je ne supporte pas, dit Tétishéri. Cela, et l'humiliation de constater que nous sommes incapables de protéger l'un des nôtres ou de trouver son assaillant. Le coup terrible qui a frappé Séqénenrê a également été porté à notre fierté.» Elle cessa de parler dès que sa voix commença à la trahir, se servit un peu de vin auquel elle ne toucha pas, puis reprit : «Conduiras-tu l'armée dans le Nord à la place de ton père, prince ?

— Non, répondit-il avec fermeté. Ce serait stupide de le faire avant de savoir si le roi a ordonné ou non la mort de père. Si ce n'est pas le cas, nos chances demeurent identiques... c'est-à-dire quasiment nulles, ajouta-t-il avec un sourire amer. Si c'est le cas, c'est un avertissement, et mieux vaut que nous en restions là. Quant à la vengeance, poursuivit-il d'un ton qui fit tressaillir Tétishéri. Je pense que c'est un plat qui se mange froid, comme on dit. Je vais donc continuer à entretenir les soldats et attendre. J'interrogerai aussi de très près les membres de notre personnel qui ont des ancêtres sétiou, Ouni et Mersou notamment.

— Mersou est à notre service depuis de nombreuses années, de même qu'Ouni. Tu vas profondément les offenser.

— Que m'importent leurs sentiments ? Quelqu'un a osé s'en prendre à un dieu et il paiera, déclara-t-il avec un calme impressionnant.

– S'il meurt, c'est Si-Amon qui sera un dieu», remarqua Tétishéri d'un ton doucereux.

Kamosé garda le silence, se contentant de moucher la mèche de la lampe qui commençait à trembloter.

«Nous devons gagner du temps, reprit Tétishéri. Je suggère que tu dictes une lettre à Apopi. Dis-lui que ton père a été blessé par un éboulement de rochers alors qu'il chassait dans le désert. Dis-lui qu'il était trop occupé à exécuter les ordres de son souverain pour répondre à sa lettre. Ajoute peut-être qu'il voulait l'étonner et lui faire plaisir en ne lui écrivant qu'une fois que les travaux seraient bien engagés.

– Très bonne idée, grand-mère, dit Kamosé, le regard fixé sur la flamme. J'indiquerai aussi que père a jugé nécessaire d'augmenter sa garde personnelle en raison des maraudeurs du désert qui harcèlent en ce moment les villages de ses nomes. Cela se produit régulièrement, et Apopi le sait. Je lui expliquerai aussi que nous avons levé de nombreux hommes pour travailler à la construction du temple de Seth, et que l'Unique peut être satisfait de l'empressement mis par son fidèle gouverneur à honorer le dieu.»

Tétishéri approuva de la tête. «S'il y a effectivement un espion dans la maison, cela sèmera le doute dans son esprit. Il s'interrogera sur l'exactitude des rapports que lui fait parvenir son homme et, ainsi, nous pourrons peut-être respirer librement quelque temps.

– Cet espion pourrait aussi bien être une femme, intervint Kamosé. Dieux! Ce pourrait être n'importe qui. Je dicterai cette lettre demain.»

Ni l'un ni l'autre n'évoquèrent la certitude grandissante qu'ils partageaient, et qui ne reposait sur rien d'autre que leur intuition: l'assaillant de Séqénenrê était un membre de la maison.

Tandis qu'ils réfléchissaient tous deux en silence, Tétishéri affaissée dans son fauteuil et Kamosé le regard fixé sur la lampe, ils avaient conscience que l'affection qu'ils avaient toujours éprouvée l'un pour l'autre se muait en une chaude complicité. Kamosé se disait que, si l'on ne s'arrêtait pas au caractère impérieux de sa grand-mère et à sa propre réserve, allant parfois jusqu'à la froideur, ils se ressemblaient beaucoup. Il avait toujours apprécié sa compagnie. Elle n'exigeait rien de lui. S'il restait plusieurs jours sans la voir, elle ne s'en offensait pas. Ses longs silences ne la décontenançaient pas le moins du monde, et elle était d'une franchise qui le réconfortait parce qu'elle reflétait sa propre intransigeance. Avec un sursaut, il se rendit compte que, bien que Si-Amon fût désormais le chef de famille en titre et, temporairement, le gouverneur d'Oueset, c'était lui, Kamosé, qui devrait en assumer les responsabilités dans la pratique. Son jumeau semblait vivre dans un monde à lui, un monde tourmenté. Ahmosis ne lui serait d'aucune aide : il approuverait gaiement tout ce qu'il proposerait, puis retournerait à son arc, son char et ses chiens. Sa mère était de bon conseil, mais son inquiétude pour son père la rendrait incapable de réfléchir et colorerait tous ses avis. Tani était... Tani. Mais il y avait Tétishéri... Il alla vers elle et l'aida à se lever. « Tu es fatiguée, grand-mère, fit-il avec douceur, en posant un baiser sur sa joue ridée. Va te coucher. »

Il s'apprêtait à la suivre, les yeux rougis et les membres lourds, lorsqu'un serviteur apparut, empourpré et haletant. Il s'inclina. « Pardonne-moi, Altesse, je sais qu'il est tard, dit-il lorsque Kamosé l'eut autorisé à parler. Mais j'ai pensé que tu aimerais être averti. Le niveau du fleuve a légèrement monté. Isis pleure. L'inondation a commencé. »

Le lendemain soir, au coucher du soleil, épuisée et en sueur, accroupie près de son lit, Ahmès-Néfertari donna naissance à un garçon. Des murmures de félicitations et d'approbation coururent parmi les femmes, épuisées elles aussi, et l'on envoya une servante chercher son mari et répandre la bonne nouvelle. Raa aida sa maîtresse à regagner son lit, où elle se détendit, but avidement et se laissa docilement laver. Lorsqu'il fut propre, lui aussi, on lui apporta le bébé, enveloppé dans une étoffe de lin, et elle se souleva sur un coude pour le contempler avec inquiétude. Il n'avait pas beaucoup crié lorsque la sage-femme l'avait tapoté. Il avait émis un faible miaulement de chaton et s'était tu. Ahmès-Néfertari remarqua sa peau grisâtre et son atonie. Lorsque Si-Amon se fraya un chemin jusqu'à elle, des larmes de fatigue jaillirent de ses yeux. « Je suis désolée, mon frère bien-aimé, murmura-t-elle. Je ne peux éprouver de joie à la naissance de ce fils, car père ne peut ni le voir ni le prendre dans ses bras. Pardonne-moi. »

Si-Amon prononça des paroles apaisantes tout en regardant son fils, le cœur serré. L'enfant n'était pas rouge et furieux comme devaient l'être les nouveau-nés. Sa femme avait eu raison. Il était né sous de mauvais augures.

«Dors maintenant, dit-il, en caressant ses cheveux humides. Je suis fier de toi et de mon fils. Demain, je consulterai les astrologues sur le nom qu'il convient de lui donner. Mais pour l'instant, il faut te reposer et reprendre des forces.

– Père?» demanda-t-elle d'une voix ensommeillée.

Il lui prit les mains et les glissa sous le drap, qu'il remonta sous son menton.

«Il n'y a pas de changement. Le fleuve monte, Ahmès-Néfertari. Bientôt la chaleur tombera. Ne te tourmente pas.» Elle était endormie avant même qu'il ne quitte la pièce.

La nouvelle de cette naissance donna lieu aux réjouissances traditionnelles dans Oueset, mais le cœur n'y était pas, et elles furent de courte durée. La population était trop inquiète pour son prince et craignait trop les conséquences de sa participation à la révolte pour beaucoup se réjouir du bonheur de Si-Amon et de sa sœur-épouse. Le maire apporta de petits présents, prépara des discours, et ce fut tout.

Les astrologues conseillèrent d'appeler le nouveau-né Si-Amon. Il était né un jour néfaste, et leur choix reflétait la prudence. Ahmès-Néfertari, qui retrouvait rapidement ses forces, approuva. Mais le petit Si-Amon ne semblait guère avoir d'intérêt pour la vie. Il restait dans la position où on le mettait, pleurait au prix de grands efforts et ne gardait pas son lait. Si-Amon savait qu'il allait mourir. A cause de ce qu'il avait fait, le mal avait infecté la maison et pénétré le sein d'Ahmès-Néfertari pour détruire son premier-né. Il avait également détruit quelque chose en lui, quelque chose qui était trop fragile pour survivre à ces coups. Avant l'attaque contre Séqénenrê, il aurait accueilli l'événement avec joie et fierté, puis serait retourné à son entraînement militaire, ses exercices de lutte et ses promenades sur le fleuve. Mais là, il passait de longues heures au chevet de sa femme, en tenant silencieusement son enfant dans les bras.

Le jour où Séqénenrê rouvrit les yeux, le petit Si-Amon mourut. C'était peu après midi. En se penchant sur son panier, son père vit qu'il reposait sur le dos, un poing mollement fermé sur le drap, dans la position où l'avait mis la nourrice. Il avait les yeux ouverts mais vitreux. Si-Amon ne cria pas. Il posa un doigt hésitant sur la tempe de son fils. Le sang n'y battait pas, et la peau était froide. «Tu es bien long, dit Ahmès-Néfertari de la pièce voisine. Quelque chose ne va pas ? » Si-Amon la rejoignit et, à son expression, elle comprit. Laissant tomber la ceinture de lin rouge qu'elle ornait de glands, elle porta les mains à sa bouche. Puis elle agrippa l'encolure de sa robe et la déchira jusqu'à la taille, accomplissant son premier geste de deuil. « Le prêtre-sem pourra le porter d'une seule main, dit-elle d'une voix sans timbre. Fais-le appeler tout de suite. »

Une heure plus tard, assise au chevet de son époux, Ahhotep regardait le médecin et son assistant laver son corps inerte. Cela faisait deux semaines qu'il était sans connaissance, mais son cœur battait toujours et sa respiration s'était faite régulière. Il avait énormément maigri, ses jambes avaient fondu et l'on aurait dit que ses pommettes allaient percer la peau du visage. Ouni le nourrissait quotidiennement de lait et de sang de taureau mêlé de miel, en lui ouvrant de force les mâchoires et en lui glissant le liquide au fond de la gorge comme s'il s'occupait d'un veau sans mère. Séqénenrê avalait. Une ou deux fois, il avait grogné. Il buvait de l'eau. Il lui était même arrivé de bouger la tête et, le cœur battant, Ahhotep avait cru à plusieurs reprises qu'il allait s'éveiller.

Mais ce jour-là, tandis que l'on passait un linge mouillé sur son corps, il ouvrit les yeux. Ahhotep se dressa d'un bond en poussant un cri. Le médecin s'approcha aussitôt de son malade et l'observa avec attention. Séqénenrê fixa d'abord le plafond d'un regard vide mais, très vite, ses yeux parcoururent la pièce. Ahhotep remarqua que sa paupière gauche ne s'était pas entièrement relevée. Elle se pencha vers lui, et il accommoda lentement sur elle. « Ahh... Ahh... », fit-il d'une voix rauque. Elle prit sa main et l'embrassa, les yeux pleins de larmes.

« Oui ! dit-elle. Oh ! Séqénenrê, Amon a exaucé mes prières ! Ne ferme pas les yeux, je t'en supplie ! Ne te rendors pas ! » Ses lèvres remuèrent. Avec un étonnement qui se mua en détresse, Ahhotep vit que le coin gauche de sa bouche pendait et restait sans mouvement. Elle jeta un regard terrorisé au médecin.

« O... o, o, o, dit Séqénenrê.
– De l'eau ? De l'eau ! » s'écria-t-elle, en appelant aussitôt l'assistant d'un claquement de doigts. Le médecin prit la coupe, y plaça un roseau coupé, et Séqénenrê but avec difficulté. Ce petit effort l'épuisa. Ses yeux se refermèrent, et il ne dit plus rien. Ahhotep se tourna vers le médecin.

«Nous essaierons de le réveiller de nouveau dans quelques heures, dit-il. Il vivra, je crois... mais il est très diminué, princesse.»

Ahhotep acquiesça de la tête, livide. «Son œil, sa bouche... mais il m'a reconnue, j'en suis sûre.»

Le médecin ne s'engagea pas. Il s'inclina sans répondre.

«Il faut que je prévienne les autres», dit Ahhotep en se précipitant vers la porte. Mais à peine avait-elle envoyé Ouni chercher Kamosé et Tétishéri qu'elle vit Raa arriver en courant dans le couloir. Elle entendit alors pour la première fois les cris et les pleurs provenant des appartements des femmes. Raa était en larmes.

«Le bébé est mort! dit-elle. Le prêtre-sem vient de l'emmener. Le prince Si-Amon l'a tenu quelques instants dans ses bras. Tani...» Ahhotep l'arrêta d'un geste. Pauvre Ahmès-Néfertari, pensa-t-elle. Et toi, Séqénenrê, ton petit-fils est né et mort pendant que tu errais dans les ténèbres. Y avait-il un lien? Elle frissonna.

«Je vais aller chercher Tani, et nous nous rendrons auprès d'Ahmès-Néfertari, déclara-t-elle. Veille à ce que les femmes ne viennent pas déranger le prince, Raa.»

Ahmès-Néfertari aura d'autres enfants, se dit-elle en se dirigeant vers les appartements de sa fille, mais aucun n'occupera la place du petit Si-Amon dans son cœur. Ce ne sera pas la même chose.

On observa les soixante-dix jours de deuil pour le nouveau-né et, quand on lui fit traverser le fleuve pour le coucher dans le tombeau que Si-Amon se faisait construire sur la rive occidentale, Séqénenrê était capable de s'asseoir, de s'alimenter et s'efforçait de communiquer avec les siens. La blessure qu'il avait au crâne était toujours béante, et Ahhotep avait ordonné qu'on la dissimulât sous un foulard de lin blanc. Elle avait constaté avec consternation que le prince ne pouvait bouger ni son bras, ni sa jambe gauches, mais dissimulait de son mieux le choc que lui causait cette infirmité. Lorsqu'il avait besoin de quelque chose, il grognait et, encore trop faible pour tenir un pinceau et écrire, il tâchait de le décrire de sa main droite. Se fiant davantage à l'expression de ses yeux qu'au mouvement tremblant de ses doigts, Ahhotep devint son interprète, mais il lui était souvent douloureux de chercher son regard et d'y lire impuissance, supplication, colère et cette frustration permanente qu'il éprouvait à ne pas être compris.

Un jour, elle avait envoyé couper un rameau de persea, en croyant qu'il avait demandé des fleurs, mais il avait empoigné la branche et l'avait précipitée à travers la pièce, en faisant tomber une pluie de pétales pâles sur le lit et le sol. Elle s'était levée pour enlever ceux qui le couvraient mais il avait écarté brutalement son bras, puis l'avait agrippé, les yeux flambant de rage. Devant le regard bouleversé de sa femme, toutefois, sa colère était tombée et il s'était mis à pleurer en silence. Il l'avait attirée contre lui, et elle avait fini par fondre en larmes, elle aussi, le visage enfoui dans les fleurs de persea.

Ses enfants furent finalement autorisés à le voir. Après l'avoir embrassé, Kamosé l'observa sans rien dire, le visage inexpressif. Ahmosis ne cessa de plaisanter et de sourire. Ahhotep vit que Séqénenrê remarquait la minceur d'Ahmès-Néfertari et le fait qu'elle était en bleu, la couleur du deuil. Alors qu'elle se reprochait sa négligence, Séqénenrê adressa un lent signe de tête à sa fille, et elle sut qu'il prenait la nouvelle avec calme. Lorsque Ahmès-Néfertari se fut approchée, il posa une main sur son ventre, tira sur sa robe bleue, puis indiqua sa propre blessure dissimulée par le foulard blanc. Ils souffraient tous les deux, disait-il. Ils pleuraient ensemble.

Tani étonna sa mère. Dès que son père fut plus fort, elle prit l'habitude de venir le voir tous les matins ; elle s'asseyait à côté de lui et lui racontait tous les petits événements de sa vie : Téti et Ramosé avaient envoyé leurs vœux de prompt rétablissement ; le jeune homme l'avait assurée de son amour et de son soutien, et viendrait lui rendre visite dès que le fleuve serait rentré dans son lit et que ses rameurs pourraient remonter le courant ; la crue faisait le bonheur des hippopotames, et l'un d'eux avait même mis bas. Tani décrivit le nouvel animal avec tant d'enthousiasme et de vivacité qu'elle réussit à faire naître un sourire tordu sur les lèvres de son père. Elle lui faisait aussi la lecture, en prenant des rouleaux dans leur petite bibliothèque, des histoires qu'il avait aimées enfant et qu'il lui avait lues quand elle était petite. Ahhotep remarqua que sa fille mûrissait et devenait une jeune femme forte et altruiste.

Pendant les mois de *paophi* et d'*athyr*, le fleuve continua à monter, puis à se répandre sur les champs assoiffés, amollissant, assouplissant et revivifiant la terre morte. Les flaques se rejoignaient, devenaient des lacs qui reflétaient le ciel et les rangées de palmiers dont les racines noyées suçaient de nouveau la vie. L'air devint limpide, le vent ne coupait plus avec le couteau brûlant de Rê, et quand *khoïak* arriva, ce fut un plaisir de passer de longues heures sur les terrasses à contempler l'étendue immobile et paisible des champs submergés.

Au mois de *tybi*, lorsque le fleuve commença à refluer, les forces de Séqénenrê s'accrurent. Le médecin permit qu'on le transportât dans le jardin et qu'on lui installât un lit sous les arbres. Le jardin était un endroit délicieux à cette époque de l'année. L'odeur de la terre humide se mêlait à celle des jeunes légumes et au parfum des fleurs de lotus qui s'ouvraient à la surface du bassin. Ahmosis eut l'idée d'amener Béhek auprès de son maître et, lorsque celui-ci était étendu sous les arbres, le chien se couchait près de lui, le museau sur les pattes ou contre la main du prince.

Séqénenrê put bientôt s'asseoir, adossé à des coussins. Tani lui apportait des fleurs et répétait devant lui les pas de danse qu'elle apprenait afin d'assurer son rôle de prêtresse d'Amon quand viendrait son tour, quelques mois plus tard. Mais Séqénenrê donna bientôt des signes d'agitation. Quand il put enfin manier un pinceau, il griffonna sur le tesson de poterie que lui tenait Ahhotep : «Kamosé. Hor-Aha.»

«Oh! pas encore, Séqénenrê! s'exclama sa femme. Tu n'es pas assez fort. Attends quelques jours.» Il grogna comme il le faisait pour manifester son impatience.

«Maintenant, dit-il.

– Oh! comme tu voudras, fit Ahhotep en roulant les yeux. Ouni! Va chercher Kamosé et le général Hor-Aha. Inutile de faire de grands gestes, Séqénenrê, je m'en vais!» Elle posa un rapide baiser sur ses lèvres et se dirigea vers la véranda.

Séqénenrê la suivit des yeux jusqu'à ce qu'elle disparût dans la maison. Il l'entendit parler sèchement à quelqu'un, entendit ses sandales claquer dans le vestibule. Le jardin retentissait de chants d'oiseaux et, tout près, une abeille butinait une fleur d'un blanc cireux. Béhek grognait et courait dans son sommeil. Séqénenrê aurait voulu le réveiller; il s'imaginait en train de caresser son ventre rêche, de lui dire : «Allez, Béhek! Ce ne sont que les démons du cauchemar!» Mais il ne pouvait pas bouger.

Il avait mal à la tête ce jour-là, comme presque tous les jours, une douleur sourde et permanente. Parfois sa blessure le démangeait, mais le médecin lui avait recommandé de ne pas y toucher. Il ne se souvenait pas du coup, ne se rappelait pas être allé dans le vieux palais, ni même ce qu'il avait dit et fait la veille de son agression. Peut-être fallait-il s'en féliciter. Sa vie présente n'avait plus rien à voir avec celle qui avait précédé. Il ignorait pourquoi il ne lui avait pas été permis de mourir sur la terrasse des appartements des femmes. Il ne pensait pas que c'était Amon qui l'avait épargné. C'était plutôt Seth, le cruel Seth, qui était intervenu pour le punir de son sacrilège.

Non ! Séqénenrê se pencha et s'efforça de soulever sa jambe gauche qui glissait du lit. Seth ne ferait jamais quelque chose d'aussi abominable à un Egyptien, à moins d'avoir été délibérément et profondément insulté. Et d'ailleurs, il souffrait certainement de se voir lentement accouplé au Soutekh des Sétiou. Non, se dit Séqénenrê. Amon m'a épargné pour que je puisse finir ce que j'ai commencé. Apparemment, mon agresseur n'a pas été démasqué. Cela ne m'étonne pas. Apopi a le bras plus long que je ne le pensais, et ce bras a frappé et s'est retiré. J'ai reçu un avertissement, et si je me tiens tranquille, que je lèche mes plaies et me conduise bien, rien d'autre n'arrivera. Dois-je me reconnaître battu ?

En imaginant le roi se rengorger avec suffisance à Het-Ouaret, il poussa un grognement et son serviteur, debout à ses côtés, se mit à l'éventer de son chasse-mouches. Les mouches n'y sont pour rien ! aurait voulu s'écrier Séqénenrê, mais l'effort nécessaire pour se faire comprendre était trop grand. Mon corps est devenu un tombeau vivant, se dit-il en luttant contre la panique qui menaçait toujours de le submerger dans ces moments-là. Mes pensées n'atteignent plus ma langue, ni mes membres. Quand je regarde Ahhotep, ses yeux inquiets, la solitude qui se cache derrière son enjouement de façade, j'ai envie de la prendre dans mes bras et de la protéger. Mais ces jours-là sont révolus. Ne t'appesantis pas sur le passé. Ne t'imagine pas debout dans ton char, visant de ton arc un lion qui bondit devant toi dans le désert. Tâche de ne plus sentir la tension merveilleuse des muscles et la caresse de l'eau sur ton cou et tes épaules lorsque tu nages dans les eaux du fleuve.

Et ne pense pas, oh ! ne pense plus jamais à Ahhotep laissant glisser sa robe à ses pieds et s'avançant vers toi, les paupières lourdes, un sourire nonchalant aux lèvres. Il ruisselait de sueur. Il secoua vigoureusement la tête pour éveiller l'attention du serviteur, puis cria de douleur. L'homme lui essuya le visage. Dieux ! se dit Séqénenrê. Vais-je devoir endurer cela jusqu'à la fin de mes jours ?

Des voix lui parvinrent. Kamosé, Hor-Aha et Si-Amon apparurent au coin de la maison, les deux premiers côte à côte, le dernier en retrait. Son fils aîné était souvent venu à son chevet, surtout la nuit. Séqénenrê se réveillait et le découvrait assis sur un tabouret, une forme indistincte dans la faible lueur de la lampe, le menton dans les mains, les coudes sur les genoux, le visage tourné vers lui. S'il bougeait, Si-Amon se levait et s'approchait, le soulevait avec douceur pour arranger les coussins, appelait Ouni s'il arrivait à lui faire comprendre qu'il souhaitait se soulager. Mais bien que son inquiétude et sa sollicitude fussent évidentes, il lui parlait rarement. Sa présence silencieuse mettait parfois Séqénenrê mal à l'aise, sans qu'il sût pourquoi. Peut-être cela tenait-il simplement aux terribles cauchemars qu'il faisait à ce moment-là.

Les trois hommes contournèrent le bassin et s'inclinèrent devant lui. Il leur fit signe de s'asseoir. Alors que Kamosé et Hor-Aha s'installaient dans l'herbe en face de lui, Si-Amon prit place de l'autre côté du lit où, comme Séqénenrê s'en rendit compte avec irritation, il lui faudrait tourner la tête pour le voir. «Je suis suffisamment remis pour que vous me parliez de l'état de l'armée», dit-il avec lenteur, contraignant ses lèvres déformées à des mouvements exagérés. Au son de sa voix, Béhek se réveilla, s'assit et lui lécha le bras avant de se recoucher dans l'herbe. Kamosé et Hor-Aha fixaient sa bouche d'un regard intense. Un silence embarrassé suivit, puis Kamosé posa une main sur sa cheville.

«Je suis navré, père, mais nous ne te comprenons pas. Dois-je envoyer chercher mère?»

Une rage brûlante submergea Séqénenrê, suivie d'un accès de désespoir qu'il réprima aussitôt. Se redressant avec effort, il fit signe à Ipi, accroupi hors de portée de voix. Le scribe s'approcha, posa sa palette sur les jambes du prince Séqénenrê et lui présenta un tesson de poterie. Séqénenrê prit un pinceau, le trempa dans l'encre et écrivit: «Comment va armée?»

«Nous la nourrissons toujours à grands frais, père, répondit Kamosé. Et Hor-Aha continue à l'entraîner. Si-Amon et Ouni ont déjà entrepris d'estimer ce qu'il faudra planter cette année pour subvenir à ses besoins.

– Les choses ne s'annoncent pas bien, intervint Si-Amon. L'inondation a été généreuse et les semailles ont commencé mais, comme tu le sais, l'an dernier, en dépit de récoltes excellentes, nous avons dû puiser dans le trésor personnel de la famille pour nourrir les soldats. Devons-nous continuer à nous appauvrir de la sorte?»

Séqénenrê reprit le pinceau, et Ipi lui présenta un autre fragment de poterie. «Leur santé, leur moral, leurs prouesses», écrivit-il. Epuisé tout à coup, il se laissa aller contre les coussins, replia son bras gauche sur son estomac et le soutint de son bras valide. Ipi tendit le tesson à Kamosé, qui y jeta un coup d'œil, puis le passa à Hor-Aha.

«La santé des soldats est bonne, à condition que les officiers les fassent travailler dur, déclara celui-ci. Mais les maintenir en permanence sur le pied de guerre me semble difficile, prince. Ils font l'exercice tous les jours et sont de plus en plus nombreux à savoir se servir des arcs que fabriquent les artisans, mais ils grommellent et se battent souvent entre eux. S'il n'y a pas de guerre, ils préfèrent rentrer chez eux.»

Séqénenrê réfléchit en suivant des yeux un papillon écarlate, qui voltigea autour de la tête de Béhek endormi, puis voleta vers les fleurs de lotus bleues flottant sur la surface limpide du bassin.

«Renvoie-les, père, intervint Si-Amon, qui s'était levé et se penchait au-dessus de lui. Ton rêve de révolte n'a abouti à rien. Les dieux ont réfléchi et se sont mis en travers de ta route. Apopi leur convient, et si tu t'obstines dans tes projets, leur châtiment sera définitif. J'ai peur qu'une malédiction ne s'abatte sur nous tous, et j'ai peur qu'Apopi ne perde patience. De plus, nous n'avons pas les moyens d'avoir une armée permanente. Nous ne les avons jamais eus. Chaque jour qui passe vide nos réserves. Je serais soulagé de voir Oueset retomber dans la somnolence paisible qui était naguère la sienne.

— Je n'aurais jamais cru t'entendre plaider en faveur d'une vie paisible! remarqua Kamosé en riant. Mais il y a du vrai dans ce que tu dis. Nous devrions consulter Amonmosé pour connaître la volonté des dieux.

— Il ne connaît que celle d'Amon, déclara Séqénenrê. Et je crois que le dieu s'oppose clairement à ce que nous abandonnions.» En voyant leur expression d'incompréhension polie, il jura intérieurement, empoigna un autre tesson et écrivit avec fureur, sentant son visage s'empourprer de fatigue et de frustration. «Renvoyez-les chez eux pour les semailles. Retour au mois de *pharmouthi*.» Il jeta le message à Si-Amon.

«Non, dit le jeune homme, en le passant à son frère. Non, père, je t'en supplie.» Il s'agenouilla près du lit et saisit le bras de

Séqénenrê, qui se tourna vers lui avec difficulté. «Nous avons encouru la colère du roi et la désapprobation des dieux, poursuivit Si-Amon avec passion. Tu as été gravement blessé, et tu en resteras peut-être diminué à jamais. J'ai perdu un fils. Tout cela pour réparer ce que tu considères comme une injustice.» Il jeta un regard à son jumeau, dont le visage était dépourvu d'expression. Hor-Aha, lui, contemplait ses genoux avec absorption. «Le destin a répondu à ton rêve par les plus grandes souffrances. Renonce à combattre, je t'en prie!

– Tu oublies les lettres, Si-Amon, intervint Kamosé. Nous étions acculés. Cela n'a pas changé.»

Tous se tournèrent vers Séqénenrê, qui se sentit soudain trop las pour prendre le pinceau.

«Nous... conti... nuons», dit-il.

Cette fois, ils comprirent. Kamosé et Hor-Aha se levèrent.

«Je regrette ta décision mais j'obéirai, bien entendu, dit Kamosé. Je vais renvoyer les conscrits et les hommes d'Ouaouat dans leurs foyers; les officiers les rassembleront à la fin des semailles. Peut-être qu'en apprenant que nous renvoyons nos soldats, Apopi cessera de nous soupçonner.»

Il sourit à son frère, et Séqénenrê vit Si-Amon tâcher de répondre à cette déclaration optimiste. Un instant, ils demeurèrent immobiles, leurs profils identiques se découpant sur le ciel éclatant comme deux silhouettes peintes sur le mur d'un palais. Puis Si-Amon déclara d'un ton cassant: «L'assassin de père n'a pas été pris. Nous ignorons qui a commis cet acte terrible, et si nous ne tenons pas compte de l'avertissement, il risque de recommencer. Je ne veux pas avoir le sang de père sur la conscience!»

Il parlait avec une véhémence qui étonna Séqénenrê et lui fit de nouveau éprouver ce malaise qu'il avait ressenti les nuits où son fils venait le veiller.

«Mais c'est père qui a pris cette décision, pas nous, objecta Kamosé. De toute façon, nous ne serons pas responsables de sa mort parce qu'il restera ici, tandis que toi ou moi commanderons sur le champ de bataille. Et puis, en admettant qu'Apopi ait voulu nous donner un avertissement, en quoi cela change-t-il quelque chose? Il est résolu à nous détruire de toute manière.»

Si-Amon répondit avec feu, et tous deux commencèrent à se disputer au-dessus de Séqénenrê, menton contre menton, le cou tendu et les poings serrés. Kamosé garda un ton posé, mais la voix de Si-Amon se fit rapidement aiguë. Hor-Aha avait croisé ses bras musclés sur son manteau de laine et observait la scène en haussant les sourcils. Séqénenrê patienta un moment, puis, levant la main, il leur administra une claque à chacun.

«Mes excuses, père, dit aussitôt Kamosé, en reculant d'un pas. Nous avons oublié où nous étions. Pouvons-nous nous retirer?»

Séqénenrê s'irrita un instant de sa politesse froide. Il les congédia d'un geste.

Bientôt, il eut le jardin pour lui seul. Il savait qu'avant peu quelqu'un viendrait : Tani, qui lui parlerait comme si elle bavardait avec une amie; Ahhotep, escortée d'Isis ou de Mersou, ou peut-être Tétishéri. A la fin de l'après-midi, après s'être promené sur le fleuve avec une ligne et un bâton de jet, Ahmosis viendrait lui montrer ses prises avec fierté. Je suis en train de devenir une sorte de dieu domestique, se dit Séqénenrê avec ironie. Un fossé s'est creusé entre nous, et ils m'apportent leurs paroles ou leurs pensées comme une offrande. Je pourrai bientôt me lever, mais chacun de mes déplacements donnera lieu à autant de cérémonies et de proclamations que la sortie d'un dieu. J'aurais dû leur dire que je compte accompagner l'armée à l'été. Je ne peux pas les envoyer au combat, peut-être à la mort, et rester ici comme un cheval boiteux. Il ne m'est plus permis d'espérer monter sur le trône d'Horus et unifier l'Egypte, mais je peux mettre un terme à ce supplice honorablement et prier que Si-Amon coiffe la Double Couronne.

Il était las et mal à l'aise. Ordonnant d'un geste au serviteur de lui retirer les coussins, il se tournait sur le côté pour dormir quand il vit Ahmès-Néfertari sortir de la maison et se diriger vers lui d'un pas rapide. «Ah! je vois que tu es fatigué», dit-elle en s'asseyant près de lui. Ses gros bracelets de cuivre tintèrent lorsqu'elle se pencha pour l'embrasser. Séqénenrê lui trouva les traits tirés, malgré sa bouche rougie de henné et ses yeux soulignés de bleu. «N'essaie pas de parler, poursuivit-elle. J'ai entendu Si-Amon et Kamosé hurler, de la salle de réception, où je faisais des guirlandes de lotus avec mère. Ils n'auraient pas dû te fatiguer comme cela.» Séqénenrê sentit sa paupière gauche se mettre à battre comme généralement lorsqu'il avait fait trop d'efforts. Il y appuya le doigt, et la pulsation s'arrêta. Il tourna sa paume droite vers le ciel, et Ahmès-Néfertari hocha la tête. «Je suis juste venue t'apprendre que j'étais de nouveau enceinte, père. Tu es le premier à le savoir. Je ne l'ai même pas encore annoncé à Si-Amon. J'espère que cela lui fera plaisir. Il est si difficile à satisfaire en ce moment.»

Séqénenrê fut partagé entre la joie et l'anxiété. Il savait qu'elle pleurait encore le petit cadavre dont le corps embaumé reposait dans la tombe de Si-Amon. Ahhotep l'avait certainement encouragée à avoir un autre enfant pour surmonter la perte du premier. Il pensa au choc terrible qu'elle avait dû recevoir quand on avait descendu son corps inanimé de la terrasse de l'ancien palais. C'était Kamosé qui lui avait raconté la scène. Ahmès-Néfertari n'y avait jamais fait allusion.

Il lui pressa la main, en lui adressant son sourire tordu. «Ne t'inquiète pas pour moi, dit-elle en lui rendant son sourire. Nous sommes tous solides dans la famille. Il faut que je te laisse, à présent. Veux-tu que je renvoie Ipi et que je demande aux serviteurs de te ramener dans ta chambre?»

Il acquiesça avec gratitude. Il avait oublié son scribe, qui était toujours accroupi quelque part derrière lui. Ahmès-Néfertari donna quelques ordres, lui sourit de nouveau et s'éloigna.

Je suis coupable, se dit Séqénenrê, alors que deux hommes accouraient avec une litière. Elle croit que tout est terminé, alors que cela ne fait que commencer. Il avait des élancements dans la tête et, malgré les précautions prises par les serviteurs, il ne put retenir un cri de douleur lorsqu'ils le soulevèrent. Il s'assoupit avant même qu'on ne le couche dans son lit.

Séqénenrê insista pour être transporté dans les champs et voir les paysans achever les semailles. Ahmosis l'accompagnait parfois, et il courait alors le long des digues ou zigzaguait entre les palmiers-dattiers, Béhek sur les talons. Séqénenrê trouvait un réconfort dans la vigueur de son fils et dans son amour inconditionnel de la vie.

A mesure que les forces lui revenaient, il tâchait de reprendre son ancien emploi du temps. Il se réveillait tôt afin de se faire conduire au temple, où Amonmosé accomplissait à sa place l'office du matin; il reçut Men, lorsque celui-ci vint lui faire son rapport biannuel sur son bétail et celui d'Amon, et il se remit à dîner avec les hérauts et autres représentants du roi qui faisaient la navette entre Het-Ouaret et les vastes domaines de Téti le Beau, prince de Koush et ami d'Apopi.

Il n'essayait pas de dissimuler son état à ces hommes. Il était bien qu'ils le voient estropié et défiguré, qu'ils rentrent dans le Nord raconter que le fier Séqénenrê avait la bouche tordue et l'œil mi-clos, que son bras et sa jambe pendaient comme les membres d'une poupée rembourrée de paille. Qu'Apopi le croie maté et effrayé, qu'il pense que la leçon avait porté, ne pouvait que lui être utile.

Les soldats étaient retournés dans leurs villages : les Medjaï de Hor-Aha pour s'occuper des affaires de leur tribu dans le pays d'Ouaouat, les Egyptiens pour labourer et semer leurs champs minuscules. Séqénenrê savait que cette nouvelle-là aussi avait gagné le Nord.

Pendant ce temps, les arcs continuaient à sortir des ateliers des artisans et à s'empiler dans le dépôt d'armes. Et, dans les greniers, on mettait de côté les céréales de la précédente récolte pour la campagne de l'année à venir. Cette fois, se disait Séqénenrê, nous serons prêts. Les hommes seront mieux entraînés, les réserves plus abondantes. Kamosé et Si-Amon seront plus âgés et plus vigoureux. Malgré cela, tous les soirs, lorsqu'il permettait à Ahhotep de le faire porter jusqu'à son lit, il était fiévreux et dévoré par un désespoir qu'il dissimulait à tous.

Sa blessure à la tête, qu'il considérait avec une horreur et un dégoût croissants, se refermait lentement. De l'os poussait sur les dents déchiquetées de la plaie. Elle n'en restait pas moins à ses yeux le symbole de ce qu'il était désormais : un objet d'inquiétude et de pitié pour sa famille, de répulsion pour lui-même. Il refusait qu'Ahhotep l'embrassât sur les lèvres ou que quiconque, en dehors de son serviteur personnel, lui touchât le visage. La nuit, la tête douloureuse et l'angoisse au cœur, il regrettait que l'instrument d'Apopi, quel qu'il eût été, n'eût pas frappé un peu plus fort.

Les mois de *méchir* et de *phaménoth* passèrent. Les cultures commencèrent à pousser dans les champs. Les canaux, encore pleins d'une eau stagnante, devinrent le terrain de jeux de petits paysans bruns, qui y plongeaient et y barbotaient avec un abandon innocent. Les nuits étaient douces, les étoiles, lumineuses.

Ahmès-Néfertari avait annoncé sa grossesse à la famille et, de nouveau, on honora Taouret, mais en la regardant aller et venir, parfois au bras de Si-Amon mais le plus souvent accompagnée de Raa, Séqénenrê la sentait malheureuse. Elle avait peur. Il n'essaya pas de la réconforter. Les mots ne pouvaient rien pour elle. Seul un bébé plein de santé lui rendrait son assurance.

Lui-même tâchait tant bien que mal de marcher. Ouni lui avait procuré une béquille qui lui meurtrissait l'aisselle et qui lui fit des ampoules à la paume jusqu'à ce que des cals épais les remplacent, mais cela lui permettait au moins de se déplacer de sa chambre au jardin en traînant sa jambe gauche derrière lui. Descendre les marches de la véranda lui demanda de longues heures d'apprentissage. Il parvenait également mieux à se faire comprendre, même s'il avait toujours du mal à articuler. Tani lui dit un jour en pouffant qu'il parlait comme s'il avait bu mais, à condition que son interlocuteur se concentre, il pouvait communiquer. Farouchement, il combattait la fatigue, le découragement, la dépression qui s'abattaient sur lui tous les soirs. Il voulait être prêt à monter dans son char lorsque l'heure sonnerait.

On avait fêté son anniversaire le troisième jour de phaménoth. Il avait trente-sept ans. Il put rester debout dans le temple et y faire l'offrande d'un taureau. Puis il regarda Tani danser fièrement en son honneur avec les autres femmes du temple. Elle avait quinze ans. Les jumeaux auraient vingt et un ans deux mois plus tard et, à l'été, Ahmosis fêterait son dix-huitième anniversaire. En suivant des yeux Tani, qui tournoyait, le cou orné d'une guirlande de fleurs éclatantes, un sistre à la main, Séqénenrê éprouva un moment d'appréhension devant le passage du temps. La vie était un rêve qui défilait à toute vitesse sans qu'il pût le ralentir, l'arrêter, pour réfléchir correctement à ses implications.

Un message public arriva d'Het-Ouaret et fut lu sur la place du marché d'Oueset. Le roi entrerait dans sa quarantième année au mois de mésorè et, pour célébrer son jour de baptême et l'anniversaire de son Apparition, les impôts seraient baissés. Traditionnellement indépendants et orgueilleux, les habitants d'Oueset ne poussèrent ni cris ni acclamations. Ils se contentèrent d'attendre que le héraut eût fini sa déclaration, puis s'éloignèrent en discutant entre eux. Ils trouvaient beaucoup plus intéressant le fait que leur prince fût resté debout pendant toute la durée des cérémonies de son propre anniversaire, qu'il eût reçu leur maire et leur eût accordé deux jours de congé ainsi que cent acres de terres supplémentaires à cultiver pendant un an.

7

Ramosé arriva un matin de phaménoth. Il descendit de sa barque avec son escorte et se dirigea vers la maison en écartant Béhek et les autres chiens. Séqénenrê se trouvait dans le jardin en compagnie de Tétishéri, assise à son côté au milieu d'un amas de coussins, lorsque le jeune homme vint présenter ses respects. Ouni était debout derrière son maître, tandis qu'Isis et Mersou se tenaient un peu à l'écart. La servante jetait des fleurs dans le bassin pour attirer les poissons rouges et les voir évoluer dans l'eau trouble.

Ramosé s'inclina, imité par ses gardes, puis attendit que Séqénenrê lui adressât la parole. Celui-ci sentit le regard du jeune homme sur sa bouche, son œil, l'ensemble de sa personne, mais l'examen était franc et plein de bonté. «Je te salue, Ramosé», dit-il avec lenteur. Le jeune homme eut ce moment d'hésitation auquel Séqénenrê s'était habitué et qui lui avait enseigné la patience.

«Je te salue, prince, en mon nom et en celui de mon père, qui a été navré d'apprendre ce qui t'était arrivé. Je m'attendais presque que tu m'écrives de ne pas venir. J'aurais compris.» Il se tourna vers Tétishéri et s'inclina légèrement. «Je suis honoré de te revoir, Altesse.

— Tu es un peu plus beau à chacune de tes visites, Ramosé, répondit celle-ci, en souriant. Tu as les traits réguliers de ta mère et les grands yeux de ton père. Comment va ta mère?

— Bien. Elle m'a confié pour sa cousine et pour toi deux flacons d'un nouveau parfum qui vient d'Alasia. Elle espère qu'il vous plaira. Je les ferai déballer plus tard, en même temps que les présents que j'ai apportés pour Tani.

– Un nouveau parfum ! s'exclama Tétishéri avec un petit rire. Et m'a-t-elle aussi expédié un homme pour l'apprécier ? Merci, Ramosé. Le présent est généreux. »

Séqénenrê l'invita à s'asseoir et, après avoir renvoyé son escorte sur la barque, Ramosé s'installa à l'ombre du sycomore avec un soupir.

« Tes blessures sont graves, prince, déclara-t-il avec franchise, tandis que Tétishéri ordonnait à Mersou de faire servir un repas de bienvenue. Comment des rochers ont-ils pu faire cela ? »

Séqénenrê le regarda un instant sans comprendre, puis il se souvint de la lettre envoyée à Het-Ouaret par Kamosé.

« Le char roulait à vive allure sous un surplomb, répondit-il, s'arrêtant après chaque mot pour s'assurer que Ramosé comprenait. Je ne pensais qu'au lion à tuer. Quelque chose a détaché les rochers, et je ne me souviens de rien d'autre que du bruit de leur chute.

– Père désire savoir si tu as besoin de quoi que ce soit, d'un autre médecin peut-être, ou de surveillants ? »

La main de Séqénenrê alla à la coiffe de lin qui lui couvrait la tête. Il l'effleura distraitement.

« Tu le remercieras pour moi, mais je n'ai besoin de rien, répondit-il. Mon médecin est le meilleur d'Egypte. »

Il y eut un mouvement du côté de la maison et Tani apparut, suivie d'Hèqet. Lorsqu'elle découvrit le nouveau venu, son visage s'illumina et elle lui tendit les deux mains, qu'il serra dans les siennes. « Que tu es belle, princesse ! » s'exclama-t-il, en posant un baiser sur sa joue.

Elle s'écarta, le contempla un instant, puis s'assit près de Tétishéri. « Eh bien ! dit-elle. Cette visite sera-t-elle celle de nos fiançailles, Ramosé ? Je dois avouer que je suis lasse d'attendre. Père est tout à fait capable d'apposer son nom et son titre au bas du document, et si tu me dis que tu n'as pas apporté la signature et le sceau de ton père, je t'étrangle ! »

Oui, pensa Séqénenrê. Des fiançailles maintenant, suivies rapidement d'un mariage. Il jeta un coup d'œil à Ramosé, qui était de nouveau assis en tailleur.

« J'ai le contrat de fiançailles, dit celui-ci. Il n'y manque que le nom de ton père. Mais mon père insiste pour que nous attendions les six mois d'usage avant le mariage.

– Oh ! vraiment, fit Tani en levant les bras au ciel. Comme si nous étions de parfaits inconnus ! Mon futur beau-père est vraiment trop à cheval sur le protocole. Je vais lui écrire une lettre bien sentie et...»

Elle continua sur ce ton, écoutée avec amusement par Tétishéri. Les serviteurs souriaient. Mais Séqénenrê s'était retiré en lui-même. Il avait soudain la certitude que Téti avait fixé ce délai par prudence. Il n'avait pas envie de s'allier à une famille soupçonnée de trahison. Peut-être savait-il qu'il avait été victime d'un assassin ? Quoi qu'il en soit, sa propre famille avait été brûlée par la flamme de la révolte, et il ne s'en montrerait que plus précautionneux. Séqénenrê allait devoir apprendre à sa fille qu'à moins qu'il ne parvienne jusqu'à Het-Ouaret et ne devienne roi d'Egypte, Téti ne souhaiterait plus la voir dans sa maison.

«Cela suffit, Tani !» dit Ramosé d'un ton sévère. Et, étonnamment, la jeune fille se tut, en haussant toutefois les épaules d'une manière éloquente. «Mon père est d'accord pour que le contrat de fiançailles soit signé et scellé, poursuivit le jeune homme. Il préparera les festivités à Khmounou, et ta famille et toi viendrez dans six mois pour le mariage. J'ignore pour quelles raisons il a décidé de ce délai, mais nous avons déjà attendu des mois, et cela ne fera guère de différence. Peut-être est-ce à cause de la dot ?» ajouta-t-il en se tournant poliment vers Séqénenrê, qui ne répondit pas.

Au même instant, des serviteurs arrivèrent avec du vin et des gâteaux *shat*, bientôt suivis du reste de la famille. Ramosé se leva pour saluer Ahhotep, étreignit les trois jeunes gens, et la conversation devint générale. Un peu plus tard, les fiancés demandèrent à Séqénenrê l'autorisation de se retirer.

Ramosé passa un bras autour des frêles épaules de la jeune fille, et ils se dirigèrent vers le fleuve, Béhek haletant sur leurs talons. Le bruit des voix diminua peu à peu, remplacé par le chant des oiseaux et le bourdonnement des insectes dans les arbustes en fleurs. Les frondaisons des palmiers se rejoignaient au-dessus de leurs têtes, jetant une ombre épaisse sur le chemin blanc et poussiéreux. «Je suis très en colère contre Téti, déclara Tani. Et je suppose que père s'est senti insulté. Il est prince, après tout, et mérite davantage de respect.

– Mon père mesure parfaitement l'honneur que lui fait Séqénenrê en m'accordant ta main, répondit Ramosé d'un ton hésitant. Ce n'est pas par présomption, ni pour éprouver l'autorité de ton père qu'il a pris cette décision.» Il s'arrêta dans l'ombre verte mouchetée de soleil et caressa les cheveux de Tani d'un air pensif. « Il faut que je sois franc avec toi, Tani, reprit-il. Je t'aime beaucoup. Selon certaines rumeurs, Séqénenrê aurait été frappé par Apopi parce qu'il projetait une rébellion. Est-ce vrai ? Mon père le pense.

— Je me soucie comme d'une guigne de ce que pense ton père ! riposta Tani. C'est un vieux poussah qui a une trop haute opinion de lui-même. Comment ose-t-il hésiter à unir son fils avec une princesse de sang royal !

— Moi aussi, je suis en colère, déclara posément Ramosé. Moi aussi, je me moque de ce que ton père ou le mien pensent ou font. Mais nous sommes des enfants obéissants, Tani, et nous le resterons jusqu'à la mort de nos parents. Tu n'as pas répondu à ma question. Tu n'as pas confiance en moi ? » Elle le dévisagea, la tête penchée de côté.

« Je dois fidélité à ma famille, répondit-elle avec froideur. Et tu ne fais pas encore partie de la mienne, ni moi de la tienne. » Il lui prit le bras et la secoua avec douceur.

« Si tu me dis la vérité, je jure par Thot, patron de Khmounou, que même mon père n'en saura rien.

— Très bien, Ramosé, fit la jeune fille, en prenant une profonde inspiration. J'en veux aussi à mon père de s'être placé dans la situation où il est et de s'être attiré la colère du roi. Cela me fait tant de peine de le voir ainsi. Mais il faut que tu me promettes de garder le secret. Ce soir, je prononcerai une malédiction qui se réalisera si tu parles.

— Entendu.

— Eh bien, les rumeurs disent vrai. Père a supporté autant qu'il a pu les insultes et les provocations d'Apopi, jusqu'à ce qu'il reçoive une lettre lui ordonnant de tuer les hippopotames. C'est complètement idiot, tu ne trouves pas ? Père est intelligent, et il est parvenu à leur éviter ce sort cruel, mais le roi a alors exigé de lui qu'il construise un temple à Seth dans notre ville. » Elle se mordit les lèvres et le regarda avec anxiété. « Père aurait peut être pu envisager un petit oratoire, mais Oueset appartient à Amon. C'était impossible. Il a levé une armée, et il était prêt à se mettre en marche vers le nord lorsqu'on a tenté de l'assassiner. Nous ne savons pas qui était son agresseur, et nous ne le saurons sans doute jamais, mais nous pensons tous qu'Apopi a guidé sa main », conclut-elle d'une voix tremblante.

Ramosé la prit par la taille et ils se remirent à marcher.

« Je regrette de te peiner ainsi, dit-il. Mais tu comprends que mon père doit faire attention à sa réputation, n'est-ce pas ? Il faut qu'il attende six mois pour être certain que Séqénenrê a compris la leçon et restera tranquille.

– On peut dire que tu as du tact ! s'exclama Tani, en se raidissant. On croirait que tu parles d'un chien indiscipliné qu'il faut dresser à coups de fouet !

– J'ai toujours été franc avec toi, protesta-t-il. Mieux vaut aborder le sujet sans détour. Notre avenir en dépend.

– Je suppose que tu considères mon père comme un traître et un fou, toi aussi ? »

Ils étaient arrivés au bord du fleuve et s'assirent sur les marches blanches du débarcadère. L'eau clapotait doucement à leurs pieds. Dérangée, une famille de canards quitta les jonchaies et fila vers un petit îlot. D'un beige intense sur le ciel sans nuages, les montagnes de la rive occidentale tremblaient dans l'air brûlant. « Je crois que sa cause est juste mais sa méthode, peu judicieuse », répondit Ramosé, les yeux fixés sur les canards qui, l'un après l'autre, sortaient de l'eau en se dandinant. « Je n'accepte pas nos maîtres sétiou d'aussi bon cœur que mon père. J'aimerais qu'un dieu égyptien monte un jour sur le trône d'Horus, mais cela ne se fera pas de notre vivant. Ton père est un homme courageux, ajouta-t-il, en forçant Tani à le regarder. J'espère néanmoins que son moment de colère est passé. »

La jeune fille ne répondit pas. Elle lui adressa un bref sourire et se détourna. Sa colère ne s'est pas dissipée, pensa-t-elle, et elle n'est pas près de le faire. Quant aux soldats, ils ont été renvoyés et je peux espérer qu'ils ne soient pas rappelés, mais je trouve inquiétant que Kamosé et Hor-Aha discutent des heures avec père, et que les jumeaux se querellent chaque fois qu'ils sont ensemble. Quelque chose se prépare, et j'ai peur. Personne ne me dit rien. On me considère encore comme un enfant qu'il faut épargner.

Elle étreignit brusquement la main de Ramosé. « Est-ce que je suis une femme pour toi, Ramosé, ou juste une jolie fille pour qui tu t'es pris d'affection et que tu traites gentiment ? Suis-je autre chose qu'un bon parti à tes yeux ?

– Tani ! la gronda-t-il. Il y a des dizaines de femmes chez moi qui sont jolies et que je traite avec gentillesse. Je t'ai vue grandir et devenir une belle jeune femme à l'esprit vif et au caractère emporté. Je t'aime. Quant aux avantages de ce mariage, ajouta-t-il avec un soupir de contrariété, tu as beau être une princesse, la méfiance du roi pèse désormais sur ta famille et mon père s'en inquiète. Pourquoi ces doutes, tout à coup ? »

Elle frotta sa joue contre son bras tiède.

« Je veux être heureuse, murmura-t-elle. Je veux vivre à Khmounou avec toi. Il m'est si pénible de regarder père, à présent, si difficile d'être gaie et optimiste en sa présence. Il avait tant de prestance, Ramosé, tant de noblesse. Chaque fois que je me force à lui tenir compagnie, c'est en éprouvant une terrible colère contre le roi et en me rappelant le passé avec douleur. Emmène-moi loin d'ici, je t'en prie. »

Que pouvait-il lui dire ? Il la prit dans ses bras et la caressa jusqu'à ce qu'il la sente se détendre, puis ils parlèrent d'autre chose. Mais lorsqu'ils rejoignirent le reste de la famille pour le repas du soir, il s'aperçut qu'il observait ses hôtes, les fiers Taâ, avec détachement et méfiance.

La chaleur de la nuit annonçait déjà les soirées étouffantes d'été. Vêtu seulement d'un pagne fin, Séqénenrê mangea peu. Sa béquille était posée discrètement derrière lui, et sa coiffe de lin mettait une tache de blancheur dans la salle mal éclairée. Il poussait la nourriture dans sa bouche déformée comme s'il espérait n'être vu de personne, et son regard allait d'un convive à l'autre. Ramosé pensa à son propre père, frotté d'huile et couvert de bijoux, à son expansivité et à la façon dont il s'adressait tour à tour à chacun de ses invités d'une voix grave et cultivée. Téti ressemblait à un énorme hibou, affable et sage. Séqénenrê, lui, était un faucon blessé mais encore plein de vie, avec quelque chose de malveillant et de perçant dans le regard. Ces images firent sourire Ramosé et, se voyant dévisagé, Séqénenrê lui rendit brusquement son sourire. Ramosé hocha la tête et détourna les yeux.

La princesse Ahhotep était à côté de son époux, beauté brune dont le moindre geste avait une grâce voluptueuse. En dépit de leurs liens de parenté, elle ressemblait fort peu à la mère de Ramosé, une femme mûre bien en chair. Avec ses lèvres pleines et sa peau polie, Ahhotep était aussi sensuelle que les concubines royales, allongées languissamment autour des fontaines du harem par les après-midi d'été. Ramosé admira les mouvements souples et naturels avec lesquels elle se penchait vers sa servante Hétépet, ou s'inclinait pour murmurer un mot à l'oreille de son époux.

Il dégusta son vin à petites gorgées en laissant vagabonder son esprit et ses yeux. Assis sur des nattes, les jumeaux Kamosé et Si-Amon partageaient la même table mais ne se parlaient pas. Il y avait entre eux une gêne presque palpable. On aurait cru voir un seul homme se regarder dans un miroir lorsqu'ils se tournaient l'un vers l'autre – yeux noirs, long visage mince, nez tranchant, cheveux bouclés abondants – et cependant un fossé les séparait. De quelle nature ? se demanda Ramosé.

Il se sentit observé par Si-Amon ; il avait souvent senti son regard posé sur lui au cours de la soirée, pendant que les musiciennes jouaient et dansaient, que les serviteurs allaient et venaient avec des guirlandes de lotus et de l'huile parfumée. Cela le mettait mal à l'aise. Kamosé se tournait souvent vers son autre voisin, un guerrier medjaï à l'allure farouche, un homme aux gestes lents, aux yeux froids et vifs, tandis que Si-Amon semblait se tasser encore davantage sur lui-même et mangeait du bout de ses doigts ornés de bagues.

Souriant et vêtu d'un simple pagne, Ahmosis avait fini son repas depuis longtemps et, une fronde à la main, il se promenait parmi les convives, en prenant de temps à autre un projectile dans un sac de cuir passé à sa ceinture. Le bruit sec que faisaient les pierres en frappant leur cible ponctuait les conversations. Le jeune homme chantait également des bouts de chansons entraînantes en faisant tournoyer sa fronde. Personne ne lui prêtait la moindre attention. Il était manifestement trop bon tireur pour inquiéter son entourage. Dame Tétishéri se tenait un peu à l'écart, entourée de ses serviteurs, une vieille femme très droite dont le regard acéré observait tout et dont le moindre geste était obéi instantanément. Ramosé frissonna intérieurement. Enfant, Tétishéri l'avait terrifié et elle lui en imposait encore aujourd'hui, bien qu'il fût un homme fait. Il étudia Mersou, son intendant, qui se penchait poliment vers elle. L'homme avait un parent ou un ami dans la maison de Téti. Le premier intendant, sans doute, car on les voyait toujours ensemble lorsque les Taâ leur rendaient visite. Un homme d'un calme impressionnant.

Tani était assise près de sa sœur dans une fine robe de lin rouge, les bras autour de ses genoux repliés, les cheveux dénoués. Le cœur de Ramosé battit plus vite. Il ne savait pas pourquoi elle l'émouvait de la sorte. Elle était si différente du reste de sa famille! Il devait pourtant s'avouer que son accès de colère du matin l'avait décontenancé; elle avait tout de même hérité de l'immense orgueil des Taâ.

Ahmès-Néfertari, sa sœur, ressemblait à sa mère en plus jeune : brune, bien faite, avec des yeux noirs perçants et une bouche dédaigneuse. Ramosé savait qu'elle était enceinte. Un autre prince, se dit-il. Un autre Taâ, qui méprisera le roi, rêvera de pouvoir et de l'ancienne Maât. Par Toth, je les admire! Je ne le leur montrerai pas, car je suis d'une famille vénérable, moi aussi, et j'ai ma fierté, mais je suis content d'être ici. On a l'impression que l'air y est plus pur et l'on se prend à rêver d'une Egypte plus simple. Mais ils sont dangereux. Même ma Tani, à sa façon. Aussi imprévisibles que des taureaux. C'est dans leur sang. L'Osiris Mentouhotep Nebhépetrê... Je connais mon histoire.

Un bruissement d'étoffe près de lui interrompit ses réflexions. Il se retourna. Le prince Si-Amon s'asseyait à côté de lui. Ramosé lui sourit, sur ses gardes. Le jeune homme tenait une coupe avec beaucoup de précaution et, à en juger par ses joues rouges et ses yeux brillants, il semblait déjà passablement ivre.

«Eh bien, Ramosé, dit-il. Nous allions surprendre les crocodiles et chercher des œufs d'ibis dans les marais de Khmounou, autrefois. Tu te souviens du jour où Kamosé et moi t'avons attaché à un esquif et traîné sur le fleuve? Tu as failli te noyer. Et maintenant tu vas devenir mon beau-frère. Ça me paraît dans l'ordre des choses. As-tu des hésitations?» Il fit tournoyer le contenu de sa coupe, la vida et la tendit à un serviteur, qui la remplit.

«Aucune, prince, répondit Ramosé. J'aime Tani, et elle fera une excellente épouse. Ce mariage est parfaitement respectable.

– Malgré les ennuis de père? Tu sais que le bruit court que c'est Apopi qui l'a fait attaquer. Nous ne sommes pas vraiment dans les bonnes grâces du roi.»

Ramosé se raidit. Si-Amon avait beau avoir la langue pâteuse et le regard vague, il sentait que ses propos n'avaient rien d'innocent.

«Les rumeurs vont toujours bon train sur les domaines des nobles et des puissants, répondit-il avec circonspection. Et notre dieu est d'un naturel soupçonneux. Je ne crois ni à la traîtrise de Séqénenrê, ni à la vengeance du roi. Je n'écoute pas les ragots, prince.»

Une étrange expression, entre soulagement et déception, passa sur le visage de Si-Amon.

« Tu ne sais donc rien, insista-t-il.

– Seulement ce que les gens racontent pendant les longs après-midi d'oisiveté, répondit Ramosé en écartant les bras. C'est vraiment idiot, Si-Amon, mais je suppose que cela préoccupe ta famille. Cet accident de chasse... est une tragédie. » Il espérait avoir été convaincant. Si-Amon ne savait pas que Tani lui avait dit la vérité, et il ne devait pas la trahir.

« Et ton père ? demanda encore le jeune homme. Téti est un des favoris d'Apopi. Que sait-il ? »

Il parlait bas, d'un ton presque désespéré, qui surprit Ramosé.

« Si tu insinues que mon père était au courant d'une attaque contre ton père, alors que Séqénenrê lui-même parle d'un accident de chasse, tu dépasses les bornes, dit-il. Si mon père avait su quoi que ce fût, il aurait averti le prince. »

Son indignation était réelle. Si-Amon le dévisagea un instant, puis éclata de rire, un rire bref et sans gaieté qui fleurait le vin.

« Pardonne-moi, dit-il en s'étranglant. Tu as raison, naturellement ! »

Il fit mine de se lever, et Ramosé le rattrapa par le bras.

« Tu es malade, Si-Amon ? Tu as des ennuis ? »

Le jeune homme le regarda longuement.

« Je t'envie, Ramosé, soupira-t-il enfin. J'étais comme toi, et je donnerais n'importe quoi à Amon pour te ressembler à nouveau. Tani a de la chance. » Il lui adressa une parodie de sourire et s'éloigna d'un pas mal assuré. Ramosé remarqua que l'intendant Mersou le suivait des yeux.

Il y a de mauvaises ondes dans cette pièce, se dit-il, en posant sa coupe. Comment père aurait-il pu savoir quoi que ce fût d'une tentative de meurtre contre Séqénenrê ? Si cela avait été le cas, il en aurait sûrement parlé à quelqu'un. La loyauté familiale l'aurait poussé à avertir le mari de la cousine de sa femme, non ? Les propos irrationnels de Si-Amon jetaient le trouble dans son esprit.

Il croisa le regard de Tani et, d'un mouvement de tête, lui fit comprendre qu'ils devraient demander à Séqénenrê la permission de quitter leur table. J'aimerais pouvoir emmener Tani et rentrer chez moi, pensa-t-il en se levant. Il avait l'impression d'être un enfant errant dans un labyrinthe et se promit de repartir le lendemain dès que le contrat serait signé.

Le lendemain matin, Séqénenrê apposa sa signature, accompagné de son titre, au bas du rouleau de fiançailles. Puis il se tourna vers Ramosé, qui, mal à l'aise, tâcha de comprendre ses paroles indistinctes mais véhémentes : « Tu diras à Téti que je suis mécontent et offensé de ce délai de six mois. J'ai versé une bonne dot. Tani est d'une lignée incomparable. S'il y a d'autres problèmes, je reviendrai sur mon consentement et exigerai des dédommagements. » La moitié gauche du visage du prince était un masque inerte, mais l'autre flambait d'indignation. Ramosé lutta contre la peur que lui inspirait cet homme effrayant.

« Mon père ne m'a pas expliqué ses raisons, répondit-il. Mais je dois respecter sa décision, prince. De la sorte, j'aurai la conscience nette lorsque je reviendrai chercher Tani dans six mois. Tu oublies que j'aime ta fille et que je suis aussi déçu que toi », ajouta-t-il, en se forçant à soutenir le regard de Séqénenrê.

Et subitement, de façon inattendue, celui-ci l'entoura de son bras droit et le serra étroitement contre lui.

« Tu me plais, dit-il. J'aime ton courage. Je vois que tu as des présents. Va les lui donner. Je ne serai pas au débarcadère lorsque tu partiras, mais je te souhaite un bon voyage. »

Il s'éloigna en boitillant, et Ramosé le suivit des yeux avant d'ordonner au serviteur de prendre le coffre posé à ses pieds et de l'accompagner dans les appartements des femmes.

Tani battit des mains à la vue de ses cadeaux et envoya chercher sa mère et sa sœur pour qu'elles les admirent, elles aussi. Il y avait des pièces de lin de première qualité et de différentes couleurs, des pots de poudre d'or pour rehausser khôl et ombre à paupières, des cuillers à onguent en ébène incrustées d'or, des plumes d'autruche teintes venant du pays de Koush, des boucles d'oreilles d'argent et de jaspe, et un petit hippopotame en albâtre aux yeux d'obsidienne et aux dents d'ivoire. Tani le mania avec ravissement. « Comme c'est gentil de ta part, Ramosé ! s'exclama-t-elle, heureuse et soudain timide. Tu t'es rappelé combien je les aimais.

– Vu le nombre de fois où tu m'as traîné dans les marais pour les admirer, il m'aurait été difficile de l'oublier ! répondit-il en riant. Il faut que je m'en aille, Tani. Je vous avertirai dès que les préparatifs de la fête seront terminés, et ensuite nous n'aurons plus jamais à nous dire au revoir. Je te remercie de ton hospitalité, princesse, ajouta-t-il, en s'inclinant devant Ahhotep. Je ferai des offrandes à Thot pour que la santé de ton mari continue à s'améliorer.»

Ahhotep lui effleura la joue d'une main chaude.

«Salue la famille pour moi, Ramosé», dit-elle de sa voix voilée. Puis elle jeta vers Tani un regard dont la gravité troubla le jeune homme.

Il embrassa Ahmès-Néfertari, puis se dirigea avec Tani vers le débarcadère où sa barque se balançait doucement. Là, après avoir serré une dernière fois dans ses bras la jeune fille, qui était au bord des larmes, il monta la passerelle en courant.

Son capitaine donna l'ordre du départ. Béhek se mit à aboyer comme un fou lorsque l'embarcation s'éloigna de la rive, à la recherche du courant qui l'emporterait vers le nord. Ramosé resta sur le pont et, en voyant diminuer la petite silhouette bien droite de Tani dans sa robe blanche flottante, sa gorge se serra. Elle est très courageuse, se dit-il. Courageuse et loyale. L'intensité de son émotion le surprit et, après l'avoir saluée de la main, il disparut dans la cabine.

Pendant les trois mois qui suivirent, il régna dans le domaine cette sorte de calme lourd qui précède l'arrivée du khamsin dans le désert. Les cultures prirent une belle couleur dorée; les surveillants de Séqénenrê mesurèrent les champs, firent balayer les greniers et consultèrent les listes sur lesquelles étaient notées les récoltes de l'année précédente. Mais Séqénenrê, lui, ne parvenait plus à s'intéresser aux affaires de son domaine.

Kamosé et Si-Amon fêtèrent leur anniversaire, le premier avec bonne humeur, le second taciturne et morose. Séqénenrê donna une réception pour l'occasion et invita tous les dignitaires d'Oueset et de ses nomes. Il observa avec perplexité et inquiétude les efforts que déployait Si-Amon pour être affable. «Tu ferais bien de lui parler, conseilla Ahhotep. Quelque chose le mine.» Séqénenrê essaya, mais son fils resta évasif. Ce n'était apparemment ni sa santé, ni celle d'Ahmès-Néfertari qui étaient en cause. La jeune femme s'abandonnait avec bonheur à la lassitude de sa deuxième grossesse.

Perdant finalement patience, la tête douloureuse et l'épaule endolorie par la béquille, Séqénenrê lui déclara d'un ton coupant que si c'étaient les combats à venir qui le tourmentaient, il pouvait se dispenser d'y participer. Le visage de Si-Amon se contracta. Il tâcha de répondre, les lèvres tremblantes, mais finit par s'enfermer de nouveau dans le silence et par s'enfuir.

Séqénenrê interrogea Kamosé, mais celui-ci était aussi perplexe que lui. «Je ne sais pas ce qu'il a, déclara-t-il. Il m'évite. Nous ne luttons même plus ensemble. Il lui arrive encore d'accompagner Ahmosis dans les marais, sans doute parce que ce n'est pas un compagnon exigeant. Il passe l'essentiel de son temps auprès d'Ahmès-Néfertari dans les appartements des femmes.»

Tétishéri avait perdu patience depuis longtemps et parlait à Si-Amon avec tant de brusquerie qu'il la fuyait. Mais sa mère continuait à s'inquiéter à son sujet et tâchait de l'amener à se confier. Sans succès.

Séqénenrê ne put se préoccuper longtemps des problèmes de son fils. Il avait ses propres soucis et s'obligeait à des exercices physiques épuisants dans l'espoir d'être capable de supporter le long voyage en char vers le Nord. Il nageait ou plutôt barbotait quotidiennement dans le fleuve, sans se soucier de l'opinion de ceux qui le regardaient. Il savait qu'il avait l'air ridicule. Il se traînait autour du terrain d'exercice, suant et jurant, les muscles en feu. Au fond de lui, il avait espéré qu'avec du temps et beaucoup d'efforts, il retrouverait l'usage de son bras et de sa jambe gauches, mais ceux-ci restaient inertes et lourds comme un reproche.

Il se fit transporter plusieurs fois dans la vallée déserte où le temple de l'Osiris Mentouhotep Nebhépetrê cuisait au soleil, mais l'endroit ne fit qu'éveiller sa colère, et il décida de cesser ses visites. Le sort n'avait pas traité son ancêtre aussi durement que lui ; il n'était pas parti au combat mutilé et brisé. Le lieu le portait à s'apitoyer sur lui-même, et il préféra donc retourner méditer dans l'ombre amicale du vieux palais. Ne pouvant plus monter sur la terrasse, où son sang avait taché les briques de façon indélébile, il s'installait sur l'estrade de la salle du trône, le visage tourné vers les peintures pâlies, et s'efforçait d'entretenir en lui un certain optimisme.

Dans la dernière semaine de payni, le premier héraut d'Apopi apporta une lettre du souverain. Il avait fait le voyage spécialement pour la remettre à Séqénenrê et était accompagné de vingt guerriers portant les couleurs royales. Vêtu et coiffé de lin immaculé, discrètement protégé du soleil par un parasol doré, il se dirigea d'un pas résolu vers la salle de réception. Il tenait dans une main le bâton blanc de sa charge et, dans l'autre, un rouleau cacheté. Impassible, Ouni l'invita à s'asseoir et lui offrit des rafraîchissements, sans paraître remarquer les lances de ses gardes du corps et les couteaux passés à la ceinture de cuir qui ceignait leur taille massive. L'intendant alla ensuite chercher son maître. «Venir avec tous ces soldats! s'exclama-t-il avec indignation lorsqu'il rejoignit Séqénenrê. C'est une insulte!

— Bien sûr, fit celui-ci avec lassitude. Mais nous y sommes habitués, n'est-ce pas?»

Lorsqu'il entra dans la salle, le héraut se leva et s'inclina pour la forme. Séqénenrê ne le pria pas de se rasseoir et, en gardant le silence, lui interdit de parler.

Il tendit la main pour qu'on lui remît le rouleau, brisa aussitôt le sceau et lut le message. «Classe-le», ordonna-t-il ensuite d'un ton bref à Ipi, qui l'avait accompagné. Il se tourna vers le héraut qui s'efforçait de rester impassible mais s'offusquait manifestement de devoir garder le silence. «Je t'offre l'hospitalité, déclara enfin Séqénenrê. Seras-tu mon hôte, cette nuit?»

Le visage du héraut se détendit; il répondit cependant avec froideur: «Je te remercie, prince, mais ma barque est bien approvisionnée et, comme je dois repartir pour Het-Ouaret demain de très bonne heure, je sollicite ton indulgence. Je dînerai et dormirai à bord.

— En ce cas, tu peux te retirer», déclara Séqénenrê avec calme.

Le contenu du rouleau le tourmenta tout le jour, tandis qu'il faisait ses exercices, cherchait vainement le repos sur son lit et partageait le repas du soir avec les siens. Tani et Ahmosis, qui avaient regardé avec curiosité la barque dorée de la rive, lui posèrent des questions, mais les autres savaient qu'il ne parlerait qu'à son heure.

Le lendemain, constatant à son retour du temple que la barque du héraut n'était plus là, il convoqua sa famille dans la salle de réception et, sa béquille à côté de lui, Ipi assis à ses pieds, attendit qu'ils fussent tous réunis. Ils prirent place en face de lui en le regardant avec appréhension. C'était la première fois depuis la visite officielle d'Apopi, des années plus tôt, qu'il les convoquait avec cette solennité.

«Apopi a parlé, déclara-t-il sans préambule. Il projette de bâtir lui-même un temple en l'honneur de Soutekh ici, à Oueset, à côté de la demeure d'Amon. Ses architectes et ses maçons viendront reconnaître les lieux dans deux mois, après les récoltes. Ils se rendront ensuite à Souénet pour choisir la pierre. Nous aurons à fournir les ouvriers. Cette fois, sa lettre est on ne peut plus claire.»

Personne ne bougea. Il voyait à leurs visages qu'ils avaient compris son discours laborieux. «Soutekh n'aura pas de temple dans cette ville, poursuivit-il énergiquement. Nous n'accepterons ni architectes, ni maçons, ni étrangers. Nous sommes égyptiens. Notre dieu est égyptien. Nous partons immédiatement en guerre. Si Kamosé, Hor-Aha et ses officiers se partagent le travail, les troupes peuvent être revenues ici dans un mois. Ouni! Va chercher les listes des vivres et des armes. Ipi! Fais venir les scribes des recrues.» Il se rendit compte qu'il parlait trop vite et déformait les mots. Prenant une profonde inspiration, il se força à reprendre son calme. «Tu resteras ici, Ahmosis. Je veux que tu te prépares à assumer mes responsabilités si tes frères et moi ne rentrons pas.

— Ce n'est pas juste! protesta le jeune homme, l'air blessé. Je suis le meilleur tireur des cinq nomes. Je suis majeur depuis deux ans. J'aurai bientôt dix-huit ans. Je conduis mieux les chevaux que Kamosé ou Si-Amon...

— C'est un ordre, coupa Séqénenrê avec sévérité. Je suis désolé, Ahmosis, mais tu sais pourquoi il est vital que l'un de nous au moins survive.

— Tu parles comme si nous allions tous mourir! s'écria Si-Amon. Le suicide est répréhensible, Séqénenrê!» C'était la première fois qu'il appelait son père par son nom, et cela creusa aussitôt un fossé entre eux.

«Tais-toi, Si-Amon, dit Kamosé, en le tirant en arrière. Tout a déjà été dit. Nous partons au combat, et voilà tout.»

Si-Amon le foudroya du regard et repoussa la main hésitante qu'Ahmès-Néfertari posait sur son bras.

«Je suis lasse de tous ces discours, intervint Tétishéri. Passe à l'action, Séqénenrê, et n'en parlons plus.»

Il lui adressa un sourire froid avant de se tourner vers Tani et de répondre à l'interrogation qu'il lisait dans ses yeux : «Je crains que cela n'ajourne ton mariage, Tani, peut-être indéfiniment.» C'étaient les paroles les plus dures qu'il eût jamais eu à prononcer. Il chercha à ajouter quelque chose, quelque chose de réconfortant, mais elle lui épargna cette peine.

« Il y a un an, je n'aurais pas pu supporter cette nouvelle, dit-elle d'une voix rauque. Aujourd'hui, je suis capable d'accepter l'inévitable. C'est pour cela que Téti a fixé ce délai de six mois, n'est-ce pas ? Il avait des soupçons. Je sais où est mon devoir. Mais si tu deviens roi, je me ferai payer ma loyauté au centuple ! »

Séqénenrê ne parvint même pas à sourire de sa pauvre plaisanterie. Sa rancune lui pesait sur le cœur comme un poids froid et dur. Téti ne se joindra pas à nous lorsque nous passerons près de sa ville, pensa-t-il. Mais Ramosé le fera peut-être. J'aimerais pouvoir le contraindre à respecter le contrat de fiançailles et épargner ainsi à Tani les événements tragiques à venir.

« Encore une chose, déclara-t-il à voix haute. Je prendrai le commandement de l'armée. Je suis incapable de combattre, mais je peux mener les hommes à la bataille. Leur moral n'en sera que meilleur. »

Si-Amon prit une inspiration, et il aurait crié si Kamosé ne lui avait étreint le bras comme dans un étau. « Amon nous soutiendra », déclara-t-il avec fermeté.

Epuisé, Séqénenrê les renvoya tous d'un geste brusque. Lorsqu'ils furent partis, il se tourna vers son intendant.

« Donne-moi ma béquille et ton bras, Ouni. J'ai l'impression d'être déjà allé jusqu'à Het-Ouaret en courant. Crois-tu que j'en reviendrai ? »

Demander ainsi à être rassuré ne lui ressemblait pas, et l'intendant poussa un grognement.

« Pose la question à Amonmosé, pas à moi, répliqua-t-il. Je ne suis pas prophète. »

Et on ne peut pas dire non plus que tu sois très diplomate, se dit Séqénenrê avec amusement. Il en oublia du même coup son moment d'abattement et pensa aux combats à venir. Cette fois, il n'y aurait pas de tentative d'assassinat dans la nuit. Il se ferait garder constamment jusqu'au départ. Cette fois, l'armée se mettrait en route.

En quittant la salle de réception, Si-Amon se dirigea vers ses appartements, et il était presque au bout du couloir lorsque Mersou sortit de l'ombre. Si-Amon voulut l'ignorer, mais l'intendant lui barra le passage.

«Que veux-tu? demanda le jeune homme d'un ton sec.

— Pardonne-moi, prince, mais j'aimerais savoir ce qu'a dit ton père. Il est fort inhabituel de le voir réunir toute la famille de la sorte.

— Ce ne sont pas tes affaires, répondit Si-Amon, dont l'aversion pour l'intendant était si forte qu'il avait du mal à le regarder.

— C'est possible, fit Mersou, en surveillant le couloir désert. Mais ce sont peut-être celles du roi.

— Apopi a ordonné la construction d'un temple consacré à Soutekh, murmura Si-Amon. Et maintenant, laisse-moi passer avant que je ne te frappe.

— Et que compte faire Séqénenrê, prince?» demanda Mersou sans bouger d'un pouce. Si-Amon rougit très fort.

«Sa décision n'est pas prise. Ecarte-toi!»

Mersou s'avança à le toucher et baissa encore la voix.

«Je te rappelle que si tu ne parles pas, je révélerai à ton père comment a été préparée l'agression qui a failli lui coûter la vie. Je n'ai rien à perdre, vois-tu.

— Quel homme détestable tu es! s'exclama Si-Amon. Tu ne mérites pas de vivre et, si père l'emporte, je te tuerai de mes propres mains. Traître!

— Séqénenrê va donc partir en guerre? dit Mersou, impassible. Quand?»

Si-Amon s'avoua vaincu.

«Dès que les soldats seront revenus. Nous nous mettrons en route à la fin du mois prochain.

— *Epiphi*, dit Mersou, pensif. Je te remercie, prince.»

Si-Amon répondit en le giflant à la volée. L'intendant vacilla et porta une main à sa joue, mais il se ressaisit vite et adressa même un sourire au jeune homme. Celui-ci s'éloigna rapidement, avide brusquement de respirer de l'air pur.

Au lieu d'aller dans sa chambre, il courut dans le jardin et s'arrêta au bord du bassin, haletant et tremblant. Je n'ai pas un ami à qui me confier, se dit-il. Personne avec qui partager ce fardeau de culpabilité et de haine, personne pour me proposer une solution impossible, pour m'offrir sa compréhension... J'espère que les soldats d'Apopi me tueront. C'est tout ce que je mérite.

A la fin d'épiphi, les préparatifs étaient terminés. Les soldats étaient revenus de leurs villages du désert. Les ânes étaient parqués près du fleuve, prêts à recevoir leur chargement de vivres. Les chevaux étaient dressés et pansés. Kamosé et Hor-Aha donnaient leurs dernières instructions aux officiers.

Le soir précédant le départ, fatigué, d'une humeur fataliste accentuée par la chaleur de la nuit, Séqénenrê envoya chercher Ahmosis. On était au plus chaud de l'été, au moment où la terre, desséchée et stérile, devenait laide. Les dieux semblaient hostiles à cette période de l'année. Rê, le suprême, brûlait la terre et ses sujets. La sagesse et la douceur d'Amon pâlissaient pendant ces journées torrides et ces nuits étouffantes. Hathor à la tête de vache était trop somnolente pour répondre aux prières des femmes qui lui demandaient beauté et vigueur pour résister à une chaleur qui ridait la peau et ôtait toute énergie.

A cause de son infirmité, Séqénenrê n'aimait pas aller nu comme tant d'autres. Il portait la longue robe des vizirs lorsque Ahmosis se fit annoncer. Le jeune homme avait les cheveux mouillés et la peau fraîche et humide. « Tu t'es baigné dans le fleuve, observa Séqénenrê sans nécessité. Tu veux de la bière ? »

Ahmosis fit oui de la tête et alla se servir, puis il s'assit sur le sol. Séqénenrê se tenait tout près de la fenêtre, mais il n'y avait pas le moindre souffle, l'air était épais, presque palpable. « Ne t'offense pas de devoir rester à Oueset, déclara-t-il, en regardant les muscles de son fils jouer sous sa peau au moindre de ses mouvements. Quelqu'un doit rester ici pour exercer les fonctions de gouverneur et veiller sur les femmes. »

Il fallut un moment à Ahmosis pour comprendre les paroles hachées de son père en s'aidant du mouvement de ses lèvres. Puis il haussa les épaules et sourit avec bonne humeur.

« J'ai peut-être perdu plus de temps que je n'aurais dû à chasser le gibier à poil et à plume, dit-il. Mais comme j'étais le plus jeune, je ne pensais pas avoir jamais à assumer les responsabilités d'un prince. Je me suis bien amusé, père. J'ai aimé la vie que j'ai menée. Manger, dormir, m'enivrer sous les palmiers pendant les longs après-midi d'hiver et savoir que l'on ne me demandait rien d'autre que d'exister. Tous les dieux m'ont gâté, sans parler de ma mère et de mes sœurs. Mais la vie est étrange, n'est-ce pas ? »

Séqénenrê acquiesça, la gorge serrée. Avec son entrain et son insouciance, Ahmosis avait toujours apporté une note de légèreté bienvenue à l'atmosphère familiale, atténué sans le savoir les soucis et les problèmes qui les assaillaient régulièrement.

«J'ai donné du fil à retordre à mes professeurs quand j'étais petit, poursuivit le jeune homme. Je ne pensais qu'à pêcher, chasser le canard et traquer la hyène. Mais je ne suis pas idiot. Tu appréhendes de me laisser la charge des nomes, n'est-ce pas?» Il vida son pot de bière et le posa près de lui en adressant un grand sourire à Séqénenrê. «Je ferai sans doute quelques erreurs, mais je pense pouvoir me fier à mon instinct. C'est celui d'une maison dirigeante, après tout. Et puis grand-mère sera là pour me calotter si je fais des bêtises, et Ouni pour m'aiguillonner si je me relâche. Ne t'inquiète pas, père. Je ne te décevrai pas.»

Non, j'en suis certain, pensa Séqénenrê en regardant son beau visage rayonnant de vitalité. Tu es un homme honnête, et l'on sent en germe chez toi des qualités de meneur d'hommes. J'aimerais vivre assez longtemps pour les voir s'épanouir.

Ils parlèrent encore un peu, sans faire allusion ni l'un ni l'autre à leur séparation imminente. Puis finalement, Ahmosis se leva. «Je transpire de nouveau, dit-il. Je crois que je vais aller me baigner encore une fois avant d'aller dormir. Le fleuve est beau à la lueur des étoiles. Elles mettent des reflets argentés sur l'eau noire.» Puis, mal à l'aise, en regardant ses pieds, il ajouta: «Je n'assisterai pas au départ de l'armée, demain, père. Amonmosé accomplira les offices en ton absence, mais je crois que, demain, je l'accompagnerai.

– Je comprends, dit Séqénenrê en l'embrassant avec chaleur. Je t'aime, Ahmosis. Tu peux te retirer.

– Que la plante de tes pieds soit ferme, prince.»

Le jeune homme lui adressa un sourire tremblant et s'en fut.

Séqénenrê savait qu'Ahhotep viendrait bientôt le rejoindre. Il appréhendait le calme qu'elle s'efforcerait de montrer, la façon dont ses mains s'attarderaient sur lui, la peur et la détresse que son regard ne pourrait dissimuler. En dépit de l'amour profond qu'il avait pour elle, il aurait préféré dormir seul, cette dernière nuit. Il se sentait incapable d'apporter encore du réconfort à qui que ce fût, alors qu'il avait besoin de rassembler ses maigres forces. Son serviteur personnel entra, le lava et l'aida à enfiler une robe. Séqénenrê se laissa faire distraitement, en pensant au lendemain, et il venait de s'étendre lorsque Ouni apparut. «Si-Amon est ici, annonça-t-il. Veux-tu le recevoir?»

Malgré sa fatigue, Séqénenrê fit oui de la tête. Son fils entra et s'approcha du lit d'un pas hésitant. Des cernes noirs marquaient ses yeux, et il avait le teint cireux. Se demandant si c'était un stratagème pour éviter d'accompagner l'armée, Séqénenrê lui demanda d'un ton brusque : « Tu es malade ? »

– Non, père. Je voulais juste te dire… » Il s'interrompit, les lèvres tremblantes. « Demain, ce sera le branle-bas du départ et, dans les jours qui suivront, nous n'aurons guère le temps de bavarder… Je n'aurais peut-être plus l'occasion de te dire… » Il chercha le regard de Séqénenrê. « Je t'aime, père, et je regrette profondément le mal que je t'ai fait. J'aimerais pouvoir être infirme à ta place. Sois certain que je combattrai à tes côtés de bon cœur et en y mettant toutes mes forces. Merci de m'avoir donné la vie. »

Il était si bouleversé qu'il avait du mal à parler.

« Tu ne m'as fait de mal que parce que je t'ai vu malheureux sans être capable de t'aider, répondit Séqénenrê, ému et perplexe. En ce moment même, tu souffres et tu te tais. Confie-toi à moi, Si-Amon.

– Je ne peux pas, murmura le jeune homme, les larmes aux paupières. Crois ce que je t'ai dit, père. En tant qu'homme, je ne vaux rien, rien du tout, mais mon bras te défendra. Pardonne-moi.

– Mais de quoi ? »

Si-Amon se détourna, mâchoires et poings serrés.

« Pardonne-moi !

– Comment ne te pardonnerais-je pas tout ? fit Séqénenrê, profondément troublé. Calme-toi, Si-Amon. »

Pour toute réponse, le jeune homme sourit à travers ses larmes et se précipita vers la porte.

Séqénenrê prit brutalement conscience de la douleur qui lui taraudait le crâne. Sa paupière battait. « Ouni ! cria-t-il. Va me chercher du pavot chez le médecin. J'ai trop mal pour pouvoir dormir ! »

Ce fut Ahhotep qui lui répondit. « Il t'a entendu », dit-elle, en entrant dans la pièce. Elle était accompagnée de son intendant Karès, qui portait un lit pliant. Dès qu'il l'eut installé près de celui du prince, elle le congédia. « Nous n'avons pas fait l'amour depuis des mois, déclara-t-elle d'un ton résolu. Je comprends pourquoi, bien que je trouve que tu as tort. Mais je ne suis pas venue t'entreprendre sur le sujet. Je souhaite simplement passer la nuit près de toi. Amon seul sait quand je te reverrai. »

Silencieux, il la regarda ôter son fin manteau et enfiler une chemise de nuit. Elle était toute en courbes pleines. Ses hanches frémissaient, ses seins dansaient, sa peau avait la couleur chaude du bronze. Avec adresse, elle coiffa ses longs cheveux noirs, les tenant d'une main pour les démêler, la tête penchée de côté, puis les rejetant sur ses épaules, brillants et bouffants. Elle se coucha enfin et tira le drap jusqu'à sa taille. «Comme il fait chaud! s'exclama-t-elle. J'ai croisé Si-Amon dans le couloir. Il était si pressé qu'il m'a bousculée. Que voulait-il?»

Séqénenrê retrouva la voix. Il se sentait gauche et idiot, subjugué comme toujours par la sensualité naturelle de sa femme et se reprochant dans le même temps de manquer de foi en son amour. Que pensait-elle de lui lorsqu'elle le voyait nu, à présent? Avec sa jambe inutile, son bras mort et ballant, sa bouche qui ne pouvait former un baiser et son œil à demi fermé? Quelles que fussent ses protestations d'amour, c'était une femme en pleine maturité, habituée aux attentions de l'homme vigoureux qu'il avait été. Il y avait forcément du dégoût, du mépris, au fond de ses yeux d'ébène?

«Je ne sais pas, répondit-il avec lenteur. Il m'a dit qu'il était heureux de se battre à mes côtés, qu'il était désolé, et puis il est parti.»

On frappa discrètement à la porte. Ouni entra, présenta au prince un petit flacon posé sur un plateau et se retira. Avec un soupir de soulagement, Séqénenrê but la décoction amère et ferma les yeux. Ahhotep se taisait, et il n'entendait que le bruit léger de sa respiration. Bientôt, la douleur reflua, une douce somnolence le gagna, ses pensées devinrent confuses, et il s'endormit.

Il se réveilla dans la nuit en sentant les lèvres chaudes d'Ahhotep sur son torse. Il poussa un grognement de protestation, mais il était trop somnolent pour faire davantage. «Chut, murmura-t-elle, allongée près de lui. Tu peux toujours te dire que je suis un rêve.

— Je ne suis pas lâche à ce point, répondit-il. Mais je ne veux pas de ta pitié, Ahhotep.»

En guise de réponse, elle le mordit. «Personne ne mérite moins de pitié que toi! riposta-t-elle. Vas-tu laisser ma faim insatisfaite?» Sa bouche frôlait maintenant son ventre, et Séqénenrê se sentit répondre à sa caresse. «Oublie ton orgueil, implora-t-elle. Tu n'en as pas besoin avec moi. Je t'aime, prince.»

Le désespoir au cœur, il fit ce qu'elle demandait, mais le désir qu'il éprouvait ne pouvait dissiper son humiliation.

A l'aube, on le transporta de l'autre côté du fleuve sur le vaste terrain où l'armée s'assemblait. Ahhotep l'accompagnait. Ils ne parlaient pas. Il n'y avait rien à dire. Séqénenrê portait un pagne bleu et de solides sandales en cuir. La coiffe empesée du conducteur de char, bleue elle aussi, lui couvrait la tête. Une lance était posée près de lui et un couteau, passé à sa ceinture, mais il avait dû renoncer à son arc.

A mesure qu'ils approchaient du lieu de rassemblement, la rumeur grossissait, s'amplifiait, paraissant sortir d'un immense nuage de poussière qui poudrait les arbres desséchés et blanchissait l'air. Les porteurs de litière ralentirent le pas. Séqénenrê vit les femmes de la famille groupées sous un dais protecteur. Ahmès-Néfertari semblait somnolente. Tani s'était vêtue avec soin et avait mis plusieurs des bijoux offerts par Ramosé, mais sa robe fourreau, très simple, était bleue, de la couleur du deuil. Assise entre Isis et Mersou, Tétishéri arborait des boucles d'oreilles et une perruque piquée de fleurs en or. Elle avait, elle, choisi de s'habiller en jaune, une couleur triomphante pleine de promesses. Avec un sourire appréciateur, Séqénenrê se dit que sa mère au moins ne doutait pas de l'issue des combats.

La litière fut déposée. Kamosé accourut, suivi de Si-Amon. «Il faudra que vous haranguiez les troupes à ma place, leur dit Séqénenrê, alors qu'ils l'aidaient à se lever et qu'Ouni lui glissait sa béquille sous le bras. Les chars sont-ils attelés ?

– Oui. Veux-tu attendre ici que l'armée soit en ordre de marche ? demanda Kamosé. Le grand prêtre vient d'arriver pour nous mettre sous la protection d'Amon. Lorsqu'il aura terminé, je parlerai.»

Si-Amon garda le silence. En sa qualité d'héritier, c'était lui qui aurait dû s'adresser aux soldats, mais il se contenta de faire apporter un fauteuil à son père, le visage fermé. Dès que Séqénenrê fut assis, les deux frères s'éloignèrent, et il les entendit lancer une série d'ordres brefs : «Capitaines des Cinquante ! Capitaines des Cent ! Mettez vos hommes en rangs ! Commandants ! Rendez-vous sur l'estrade !» Une main douce se posa sur son épaule. Ses filles l'entouraient.

« Lorsque tu arriveras à Khmounou, père, dis à Ramosé que je l'aime et tâche de persuader Téti de respecter ses engagements, fit Tani d'une voix implorante. Et sois prudent, surtout, poursuivit-elle en l'embrassant. Reste à l'écart des combats. Tu es le prince, après tout. Tu peux commander sans mettre ta vie en danger, si tu le souhaites. » Elle se tut, la voix étranglée par l'émotion, et Séqénenrê lui caressa le visage en hochant la tête. Ahmès-Néfertari pleurait, et ses yeux, si semblables à ceux de sa mère, étaient rougis de larmes. Il lui étreignit la main, la gorge serrée. Ahhotep était près de lui, toujours silencieuse. Sa robe frôlait son genou.

Autour d'eux, les cris et le vacarme cédèrent lentement la place à un silence d'attente. La poussière retomba. Vêtu de sa longue tunique et de sa peau de léopard, Amonmosé montait sur l'estrade, accompagné d'un servant qui portait un encensoir fumant. Il récita les prières demandant à Amon victoire et protection, puis agita l'encensoir au-dessus des soldats. A ses pieds était posée une grande coupe en or remplie de sang de taureau, dont il aspergerait les hommes à mesure qu'ils passeraient devant l'estrade.

Séqénenrê écouta la voix claire et sonore de son ami en ruminant de sombres pensées ; il se demandait si d'autres que lui mesuraient la stérilité de son geste. Il allait ruiner la vie de Tani, d'Ahmès-Néfertari et de son enfant à naître, de sa femme... Il n'osait pas penser aux jumeaux qui, en tenue de combat, droits et graves, écoutaient le grand prêtre. Il n'osait pas non plus penser au roi, qui se trouvait à l'autre bout de l'Egypte, à plus de mille kilomètres. Seule la pensée de son propre destin lui apportait un peu de paix. C'est très égoïste, se dit-il. Je n'avais pas le choix, mais j'aurais aimé pouvoir affronter Apopi en combat singulier avant de devenir un pauvre infirme.

Rê se leva sur le désert oriental et mit de l'or au bout des centaines de lances dressées vers le ciel ; il fit étinceler les roues des chars au gré des mouvements des chevaux qui, énervés, hennissaient et piaffaient d'impatience. De l'autre côté du Nil, il éclaira les hauts murs du domaine de Séqénenrê et la masse solide du temple. Sur les eaux basses du fleuve, la lumière se fragmenta sur les petites vaguelettes qui lapaient la rive, puis les falaises occidentales s'illuminèrent soudain, déchiquetées et magnifiques. Ah ! Oueset, se dit Séqénenrê. Paisible, brûlante et somnolente. Un homme pourrait y passer sa vie à rêver dans le plus parfait bonheur.

La douleur de te perdre me transperce le cœur comme un couteau. Adieu !

Amonmosé s'était tu. Si-Amon quitta l'estrade pour aider son père, qui s'avança à sa rencontre. Soutenu par son fils, Séqénenrê monta les quelques marches. Kamosé commença sa harangue, mais, appuyé sur sa béquille, en équilibre précaire, Séqénenrê ne prêta qu'une oreille distraite au discours vibrant de son fils. Il observait l'armée : les Braves du Roi aux visages sévères qui, l'arc à l'épaule, se tenaient juste au pied de l'estrade ; les chars dont les chevaux portaient un panache du même bleu que la coiffe des conducteurs et, au-delà, les soldats d'infanterie, attentifs et calmes.

On remarquait tout de suite les Medjaï, noirs, dépassant d'une tête leurs camarades égyptiens, les cheveux longs et tressés comme ceux de Hor-Aha. Les recrues égyptiennes s'étaient également laissé pousser les cheveux, qui leur tombaient aux épaules : une superstition de soldat et le désir de se protéger. Plus d'archers que je n'en espérais, pensa Séqénenrê. C'est bien. Et ils ont fière allure ! Mais comme ils sont peu nombreux ! Oh ! Amon aux deux plumes, soit avec nous dans les jours qui viennent et protège-nous de ta puissance !

Kamosé s'était tu. Hor-Aha lança un ordre rauque et les hommes commencèrent à défiler devant l'estrade, où Amonmosé les aspergeait au passage de sang de taureau. Leurs yeux allaient du prêtre au prince, qui regardait chacun d'eux recevoir cette bénédiction et aller se mettre en rangs le long du chemin du fleuve. Si-Amon lui effleura le bras et, docilement, il descendit de l'estrade et attendit que l'on amenât son char. On avait installé sur celui-ci un dais et un fauteuil à haut dossier pour que Séqénenrê pût s'y appuyer. Quand Ahhotep et ses filles l'eurent serré une dernière fois dans leurs bras, Si-Amon l'aida à monter et l'attacha solidement au fauteuil. En le voyant ainsi, immobile, la lance à la main, Ahhotep s'élança et l'étreignit avec violence. « Je t'aime, Séqénenrê ! s'écria-t-elle, le visage pressé contre son cou. C'est terrible de te voir partir comme cela ! »

Un instant, le cœur déchiré, il respira son odeur, puis il la repoussa avec douceur. « Ahmosis va avoir besoin de toi, dit-il d'un ton posé. Et il te faut consoler nos filles. Veille à ce que le tabernacle de Montou reste ouvert dans la maison et que les sacrifices soient faits. Le dieu de la guerre écoutera. »

Ahhotep se ressaisit et descendit du char. Ses filles l'entourèrent. L'ordre de marche retentit. Aussitôt, Si-Amon monta devant son père et prit les rênes.

Le char s'ébranla. Le jeune homme salua sa mère de la main et leva son fouet. Non sans difficulté, Séqénenrê se retourna. Les femmes étaient toujours là, debout dans la poussière soulevée par les pieds des soldats. Ahhotep avait passé un bras autour de chacune de ses filles. Tétishéri, qui se tenait en retrait, entourée de ses serviteurs, s'était levée. Elles paraissaient si petites sur la toile de fond des montagnes et du fleuve. Sur l'autre rive, les habitants d'Oueset s'étaient massés pour voir leur prince partir en guerre. Ils ne poussaient ni vivats ni cris de joie. Leurs visages étaient inquiets et graves.

Après les avoir longuement contemplés, Séqénenrê se retourna. Devant lui, il y avait son fils, jambes écartées et dos musclé, et les chevaux dont les petits sabots martelaient le sable tassé. Certains des soldats s'étaient mis à chanter. Il jeta encore un regard en arrière, mais un bouquet d'arbres lui masquait la vue. Seule l'extrémité des mâts plantés devant les temples était encore visible, et elle se confondit bientôt avec les feuilles ondoyantes des palmiers. Oueset avait disparu.

8

Ils marchèrent bien, ce jour-là. Le moral des troupes était excellent en dépit de la chaleur brûlante et, trois heures après que Rê eut été avalé par Nout, ils installèrent le camp à Qift, au bord du fleuve. Séqénenrê était épuisé. Ils s'étaient arrêtés un court moment pour manger, mais il avait grignoté son pain et bu son eau sans descendre du char. En dépit de la protection du dais, il avait la tête qui tournait et se sentait faible quand Hor-Aha l'aida enfin à quitter son siège. « Une bonne journée, prince, remarqua le général, lorsqu'ils entrèrent sous la tente. Si nous continuions à progresser à cette allure, nous serions à Qès dans dix ou onze jours, mais naturellement il faut compter que nous aurons des chevaux blessés, des hommes malades et d'autres contretemps. Tablons plutôt sur douze. »

Séqénenrê lui sourit et se laissa tomber avec reconnaissance sur son lit de camp.

« Il me faudra bien ce temps-là pour m'endurcir, déclara-t-il avec tristesse. Va t'occuper des hommes, Hor-Aha, et quand tu auras mangé, envoie-moi mes fils. Aux termes des accords qui me liaient à Het-Ouaret, Qès marque la limite de mon gouvernorat. Nous devons décider de ce que nous ferons lorsque nous l'aurons dépassée. »

Lorsque le général se fut retiré, le serviteur du prince lui ôta sa coiffe trempée de sueur et son pagne froissé afin de le laver. Etendu les yeux fermés pour se défendre contre la douleur qui lui taraudait le crâne au moindre mouvement, Séqénenrê sentit ses muscles contractés et endoloris se détendre sous les filets d'eau fraîche. Il entendit son garde toussoter et prononcer un ou deux mots à voix basse en prenant son poste devant sa tente. Dehors, les soldats continuaient d'arriver ; ils rompaient les rangs et se dirigeaient vers les feux de camp qui leur avaient été assignés en riant et en s'interpellant. Après avoir couvert son maître d'un drap et allumé la lampe accrochée au mât central de la tente, le serviteur sortit lui chercher à manger. Séqénenrê s'assoupit. Il fut réveillé par le retour de l'homme, qui posa près de lui un plateau contenant du poisson fumé, du pain et des fruits secs. Soudain affamé, Séqénenrê se redressa et attaqua le repas.

Il buvait une coupe de vin lorsque Kamosé, Si-Amon et Hor-Aha entrèrent dans la tente. Il renvoya son serviteur et les pria de s'asseoir. Si-Amon était enveloppé dans une tunique blanche et pieds nus. Il avait le visage rouge et le nez brûlé par les longues heures passées au soleil. Kamosé s'était changé, lui aussi, mais pour mettre un pagne et une coiffe propres. Hor-Aha portait son manteau de laine habituel. Séqénenrê leur servit du vin, qu'ils burent avec plaisir, puis déclara : « Tu dicteras un message à la famille, Kamosé. Dis-leur que tout va bien. Avez-vous remarqué du mouvement sur le fleuve ?

— Ni esquifs, ni barques royales, répondit Hor-Aha. J'ai envoyé des hommes en reconnaissance. La situation doit être calme au pays de Koush et, naturellement, maintenant qu'Apopi a décidé de faire construire ce temple à Oueset, il n'a plus de raison de t'écrire avant l'arrivée des architectes et des maçons.

— Si vous interceptez des hérauts, il faudra les tuer, dit Séqénenrê. Notre avance doit rester secrète le plus longtemps possible. Tant que nous serons dans mes nomes, nous ne devrions rien avoir à craindre.

— Que comptes-tu faire lorsque nous aurons dépassé Qès ? demanda Si-Amon. Marcher sur Het-Ouaret le plus rapidement possible ou soumettre les endroits par lesquels nous passerons ?

— Il nous faudra les soumettre, dit Séqénenrê, dont la fatigue rendait les paroles plus inintelligibles qu'à l'ordinaire. Nous ne pouvons rester une île au milieu d'un océan d'ennemis. Je souhaite m'adjoindre tous les maires ou les gouverneurs que nous pourrons convaincre de se rallier à nous et qui ont des guerriers à leur disposition.

— Cela sera difficile après Qès, intervint Kamosé. Plus au nord, tous les hommes de pouvoir seront des Sétiou.

— Mais pas leurs sujets, ni les petits dignitaires. Les villages sont isolés le long du fleuve. Nous y enrôlerons les hommes au fur et à mesure de notre progression. Dans les villes importantes, nous rencontrerons les dignitaires et tâcherons de les convaincre. Si c'est impossible, nous les tuerons et emmènerons leurs subordonnés.» Il se tut pour reprendre un peu de force. Sa paupière gauche était douloureuse. «Avons-nous perdu des ânes? reprit-il.

– Non, prince, répondit Hor-Aha. Les vivres sont arrivés. On les distribue aux hommes, et les sentinelles ont pris leur poste. Nous passerons une nuit paisible.»

Ces paroles furent un baume aux oreilles de Séqénenrê.

«Dans ce cas, vous pouvez vous retirer. Tu m'enverras le médecin, Si-Amon. Il me faut quelque chose pour apaiser mes maux de tête.»

Le regard des trois hommes glissa sur son visage contracté par la douleur, et ils lui souhaitèrent bonne nuit. Le médecin arriva peu après, l'examina et, sans faire de commentaire, lui prépara une infusion de pavot que Séqénenrê but avec reconnaissance. Il pensa un instant à Ahhotep, à Ahmosis et Tétishéri qui devaient encore travailler ensemble devant une montagne de rouleaux administratifs, à Tani qui cherchait peut-être vainement le sommeil... Mais, très vite, ses pensées devinrent confuses, cédèrent la place à des images, et il s'endormit.

À Iounet et Qênâ, il fut reçu par les administrateurs de la ville, des hommes nerveux et inquiets qui avaient déjà fourni des recrues à Kamosé. Ils n'avaient rien à apprendre à Séqénenrê. Pour autant qu'ils sachent, tout était tranquille sur le territoire dont ils avaient la charge. Les campagnes étaient plongées dans la somnolence de l'été.

Séqénenrê les remercia et reprit son avance. Il se sentait plus faible de jour en jour et savait que ce voyage éprouvait même des soldats aguerris, habitués à l'entraînement énergique d'Hor-Aha. Les petits exercices auxquels lui-même s'était astreint lui évitaient de s'effondrer complètement, mais il se mit à avoir de la fièvre, une fièvre qui montait le soir, le faisant frissonner et transpirer jusqu'au matin. Son médecin l'implorait de rebrousser chemin, de confier l'armée à ses fils, mais Séqénenrê savait que, tout infirme qu'il était, les soldats continuaient à le considérer comme leur talisman et qu'ils perdraient courage s'ils le voyaient rentrer à Oueset la queue entre les jambes. Il ignorait comment il ferait pour atteindre

Het-Ouaret, qui était encore à des semaines de route. Il essayait de ne pas y penser. Il se concentrait sur Qès.

A Abdjou, l'armée tout entière pénétra dans le temple où était enterrée la tête d'Osiris et rendit hommage à la divinité la plus vénérée d'Egypte. Ankhmahor, le prince de la ville, avait envoyé de nombreux soldats à Séqénenrê et il en avait réuni deux cents autres. «Mais ce sont de bons paysans, Altesse, dit-il à Séqénenrê. Nous en aurons besoin dans ce nome lorsque les eaux de l'Inondation reflueront. Renvoie-les-nous dès que tu auras pris Het-Ouaret, je t'en prie.»

Plein de reconnaissance et affaibli par la fièvre, Séqénenrê promit. Ils étaient à cinq jours d'Oueset.

Les jours suivants passèrent comme les eaux lentes et boueuses du fleuve. Pendant la journée, il supportait stoïquement la chaleur et la poussière, les mouches omniprésentes, les cahots du char. Le soir, il y avait les feux, les tentes, une courte réunion, puis, grâce au pavot, l'oubli béni du sommeil.

Il avait fait ce trajet d'innombrables fois – This, où les premiers rois d'Egypte avaient bâti leurs palais ; Akhmîm, où il possédait des terres cultivées ; Badari, et ses palmiers doum –, mais il voyait alors ces villes défiler lentement, allongé à l'ombre d'une tente, un pot de bière à la main, sur la barque qui emmenait Ahhotep et lui à Khmounou. Les traverser en char après avoir roulé des heures dans des champs brûlés, le long de canaux à sec, entre des arbres et des buissons dénudés, c'était faire l'expérience d'une Egypte différente, un pays impitoyable où tout n'était que laideur et stérilité. Il savait que ce n'était que les effets de l'été, la souffrance d'une terre altérée qui attendait sa renaissance miraculeuse, mais il se demanda plus d'une fois si c'était pour cela qu'il risquait ses titres, son domaine et sa vie, pour cette bande de terre aride cuite de soleil et ce mince ruban d'eau puante. Il lui fallait tout son orgueil pour garder la tête droite derrière le dos suant de son fils pendant ces interminables journées de marche.

Ils arrivèrent sans incident à Qès. Aucune forteresse, aucune borne ne marquait la limite du territoire contrôlé par Séqénenrê. Il n'y avait même pas de ville digne de ce nom. Les terres cultivées de la rive occidentale cédaient la place à une vaste étendue de désert, interrompue par des montagnes. On franchissait celles-ci par un étroit défilé, au sortir duquel se trouvait un petit village.

C'était là aussi que se dressait un temple consacré à Hathor. Avec ses cornes de vache dorées et son sourire énigmatique, la déesse présidait un silence rompu seulement par les rares villageois qui venaient déposer pain et fleurs à ses pieds. Avec l'arrivée des Sétiou, son culte avait décliné. Ses prêtres avaient dû aller chercher ailleurs des moyens d'existence, et Hathor continuait à rêver seule. Séqénenrê avait promis à Ahhotep de se rendre dans son temple et d'y prier la déesse à sa place. Par une soirée venteuse et dorée, tandis que l'armée se répandait dans la plaine et se réunissait par groupes pour polir ses armes, avaler ses rations ou dormir, il se fit transporter en litière de l'autre côté du défilé et dans l'avant-cour d'Hathor.

Les signes d'abandon se remarquaient partout. Des mauvaises herbes, sèches et mortes en cette saison, avaient poussé entre les pavés. Des chiens du désert avaient laissé entrailles desséchées et ossements sur le sol de la cour intérieure. Un mur et une partie du toit du sanctuaire s'affaissaient, mais Hathor était toujours à l'intérieur, le cou orné de lapis-lazuli et d'or, son corps gracieux moulé par un fourreau blanc.

Si-Amon avait accompagné Séqénenrê et, ensemble, le père debout et le fils prosterné sur le sol fissuré, ils prièrent pour la santé et la longévité des femmes de leur famille. Comme il n'y avait pas de prêtres pour recevoir leurs offrandes de vin et de nourriture, ils les déposèrent aux pieds de la statue et sortirent à reculons du sanctuaire. Puis Si-Amon referma tant bien que mal les portes de la petite pièce. D'ici peu, la terrasse s'effondrerait, permettant aux visiteurs de se couler jusqu'à la déesse, mais il était mal qu'elle fût exposée jour après jour à la curiosité et peut-être aux outrages de tous ceux qui s'aventureraient dans l'enceinte sacrée.

Ce fut le cœur lourd que Séqénenrê remonta dans sa litière et se fit ramener au camp. Aucune destruction violente ne peut égaler la tristesse de cette lente désintégration, se dit-il, en remarquant que Si-Amon semblait partager son abattement. Les Sétiou nous ont conquis sans se servir de leurs lances ni de leurs arcs; ils n'ont pas brûlé nos temples et n'ont pas tué nos prêtres, et pourtant, insensiblement, l'Egypte change. L'abandon accomplit avec le temps plus que ne peuvent faire les armes.

Quand ils descendirent de leur litière, la nuit était tombée. Séqénenrê fit installer son lit dehors et, appuyé contre des coussins, mangea son maigre repas en écoutant le brouhaha qui s'élevait du camp. Il finissait juste lorsque Hor-Aha vint s'accroupir près de lui. «J'ai décidé de doubler la garde, ce soir, déclara-t-il. Il se peut que le roi ait appris notre avance, à présent, et qu'il ait envoyé des éclaireurs. Il est évidemment trop tôt pour qu'ils aient atteint Qès. La grande ville la plus proche est Khmounou, où un petit corps de troupes est caserné. Mieux vaut cependant être prêts à toute éventualité.»

Séqénenrê s'assombrit. Demain, les choses sérieuses commenceraient.

«Tous ces "peut-être", Hor-Aha! soupira-t-il. Demain, tu réuniras les officiers à l'aube. Nous ouvrirons le tabernacle d'Amon et ferons un sacrifice avant de repartir. Combien de jours nous reste-t-il avant que les forces d'Apopi n'essaient de nous arrêter, à ton avis?»

Hor-Aha fronça les sourcils.

«Trois jours pour organiser ses troupes, dit-il. Pas plus, étant donné qu'il a une armée permanente à Het-Ouaret et qu'elle est importante. Deux semaines pour gagner Khmounou, et nous nous avançons à sa rencontre. C'est très difficile à dire, prince, conclut-il avec un sourire sans joie. Mais nous devrions nous attendre à livrer bataille dans cinq jours environ.

— Que disent les éclaireurs?

— Jusqu'à hier, tout était calme. Mais aujourd'hui, ils ne sont pas encore revenus. Ils auraient dû être rentrés au coucher du soleil, ajouta-t-il en rabattant son manteau sur ses mains, ce qui était chez lui un geste d'inquiétude.

— As-tu envoyé des hommes à leur recherche? demanda aussitôt Séqénenrê.

— Oui, prince, mais nous n'aurons peut-être aucune nouvelle d'eux avant le matin. Il ne me paraît pas prudent de nous mettre en marche avant leur retour.

— Tu as dit toi-même qu'il était impossible que l'armée d'Apopi soit si près de nous, objecta Séqénenrê. Nous ne pouvons nous permettre de nourrir quatre mille bouches à ne rien faire.»

Hor-Aha lui jeta un regard surpris, et les deux hommes éclatèrent de rire.

«Il n'empêche qu'il serait stupide de courir inutilement à notre perte», déclara le général, en reprenant aussitôt son sérieux.

Lorsqu'il fut parti, Séqénenrê dicta sa lettre quotidienne à Ahmosis et à sa famille, puis il donna ses instructions à ses deux fils et aux officiers. Ils se mettraient en marche de bon matin, les chars et les Braves du Roi en première ligne, prêts à faire face à une éventuelle attaque. Il n'y avait pas grand-chose de plus à ajouter, pas de stratégie compliquée à élaborer. Ma campagne est d'une simplicité grossière, se dit Séqénenrê un peu plus tard, en buvant l'infusion préparée par son médecin.

Dans la nuit, il fut réveillé par un bruit de voix à l'extérieur de sa tente. Luttant contre les vapeurs de la drogue qui embrumaient son cerveau, il se redressa. Son serviteur avait déjà quitté sa natte sur le sol et remettait de l'huile dans la lampe. «Je ne peux pas troubler le repos du prince, disait une sentinelle. Si tu le souhaites, je peux te faire conduire auprès du général Hor-Aha.

— Non! Il faut que je voie le prince sur-le-champ.

— C'est la voix de Ramosé! s'exclama Séqénenrê. Fais-le entrer», ajouta-t-il à l'adresse de son serviteur.

Il se lécha les lèvres, desséchées par le pavot. Sa langue lui semblait avoir doublé de volume. Il se servit de l'eau et but avidement, reposant sa coupe à l'instant où l'on introduisait le jeune homme. Le garde entra avec lui, une main sur le couteau passé à sa ceinture.

«Merci de ta vigilance, dit Séqénenrê. Je suis parfaitement en sécurité avec cet homme. Tu peux te retirer.»

Ramosé s'avança. Il avait l'air épuisé. Il s'inclina sans dire un mot et, dès que Séqénenrê l'y autorisa, s'assit sur le sol près de son lit. Celui-ci était stupéfait de le voir dans sa tente. «D'où viens-tu, Ramosé? demanda-t-il. Et où vas-tu? Es-tu tombé sur mon armée alors que tu te rendais dans le Sud?»

Le jeune homme fit signe que non.

«Pardonne-moi, prince, mais j'aimerais boire un peu de vin, fit-il d'une voix tremblante. Je ne me sens pas très bien. Je ne devrais pas être ici. J'ai quitté ma tente il y a près de deux heures en ordonnant à mon serviteur de dire à quiconque me demanderait que je ne voulais pas être dérangé avant le matin. Ce pauvre homme était terrifié, mais il est loyal. Si l'on découvre mon absence, je serai exécuté.»

Le serviteur de Séqénenrê s'était déjà esquivé. Il revint un instant plus tard avec une cruche de vin et une coupe. Ramosé le remercia, se servit et but. Il était plus calme lorsqu'il s'essuya la bouche d'un revers de main.

«Que fais-tu à Qès? demanda Séqénenrê, bien qu'un horrible soupçon commençât à se former dans son esprit. Tu chassais dans le désert?»

Ramosé secoua la tête. «Tu as été trahi, prince, dit-il d'une voix rauque. Pédjédkhou, le général d'Apopi, campe juste en lisière de Qès. Il a une division et demie sous ses ordres. Apopi ignorait combien de soldats marcheraient avec toi, vois-tu, et il a donc envoyé une armée assez nombreuse pour écraser les troupes que tu aurais pu rassembler. Si tu dépasses la limite de tes nomes, tu seras mis en déroute. Si tu lèves le camp et rentres sur-le-champ à Oueset, tu éviteras le carnage.»

Séqénenrê le dévisagea, sentant le sang se glacer dans ses veines.

«Mais c'est impossible! s'exclama-t-il, si bouleversé qu'il arrivait à peine à parler. A moins que...

— A moins que quelqu'un n'ait prévenu Apopi il y a longtemps, avant même que tu ne commences à rassembler ton armée, acheva Ramosé à sa place. Je suis navré, prince, mais c'est ce qui s'est produit. Père a appris tes intentions il y a plus d'un mois, et il en a informé Apopi. Je te jure que je n'en ai rien su avant que mon père ne reçoive une lettre du roi lui disant qu'une armée était en route vers le Sud pour t'anéantir. La nouvelle m'a consterné. Je n'arrivais pas à croire que mon père t'avait dénoncé, toi, un parent par alliance, un ami! Mais notre famille a souffert autrefois, poursuivit-il en jetant un regard implorant à Séqénenrê. Si Téti ne t'avait pas vendu à Apopi, celui-ci aurait trouvé son silence suspect. Il aurait cru que mon père t'aidait, même si celui-ci l'avait nié. J'ai honte, prince.

— Je comprends la perfidie de ton père, répondit Séqénenrê avec tristesse. Tant de fidélités contradictoires, Ramosé, tant de souffrances privées. Mais comment Téti était-il au courant de ce qui se décidait chez moi? Avons-nous toujours un traître à Oueset?»

Ramosé acquiesça d'un air malheureux.

«Il s'agit aussi de l'homme qui t'a attaqué. C'est Mersou qui informait mon père.

— Mersou! s'écria Séqénenrê, interloqué. Impossible! Ma mère lui fait une entière confiance. Il la sert avec dévouement depuis des années. Il est... il est... Es-tu certain de ce que tu avances?

– Oui, mon père me l'a dit. Aucune traîtrise n'est impossible dans l'Egypte d'aujourd'hui, prince. Pardonne-moi, mais il faut que je parte, ajouta-t-il en se levant. Demain, je devrai livrer bataille aux côtés de mon père, mais je jure de ne m'en prendre ni à toi, ni à tes fils. Vous êtes mes amis, murmura-t-il avec angoisse. Comment pourrais-je nuire à la famille de Tani ?

– Je sais ce qu'il t'en a coûté de venir ici, ce soir, déclara Séqénenrê. Je te remercie, Ramosé. Je ne sais pas encore ce que je vais faire, mais je te serai éternellement reconnaissant de ta loyauté. »

La main sur le rabat de la tente, le jeune homme hésita.

« Une chose encore, prince. Tes éclaireurs ont été capturés par Pédjédkhou hier matin. Ils ont été exécutés, mais pas avant que l'un d'entre eux ne lui eût révélé l'importance de tes forces et le fait que deux de tes fils et toi-même prendriez part au combat.

– Ce Pédjédkhou, à quoi ressemble-t-il ? demanda Séqénenrê.

– Jeune, athlétique, bon tacticien. Il rit beaucoup, mais ce n'est qu'une pose. En réalité, c'est un homme froid. Bonne nuit, prince, et puisse Amon te guider. »

Après le départ de Ramosé, Séqénenrê demeura longtemps immobile. Assis au bord de son lit, étreignant son bras mort de son bras valide, il se balançait légèrement d'avant en arrière, la respiration difficile. Mersou ! Il lui fallait faire un immense effort pour considérer cet homme taciturne et digne comme un traître, comme son ennemi, comme l'assassin qui s'était glissé derrière lui dans l'obscurité armé d'une hache sétiou !

En frissonnant, Séqénenrê se dit que Mersou n'avait pas trahi par peur des conséquences d'une révolte. Il avait trop de sang-froid pour cela. Il ne pensait pas non plus qu'il ait été déchiré entre la loyauté qu'il devait à ses maîtres et celle qu'il devait à Apopi. Non. Mersou était sétiou de la pointe de ses cheveux châtains au bout de ses ongles de pied soigneusement taillés, et il n'éprouvait probablement que du mépris, et peut-être même de la haine, pour la maison des Taâ. Suis-je trop dur ? se demanda Séqénenrê. Qui d'autre que les dieux peut voir dans le cœur d'un homme en ces jours terribles ? Il faut que je convoque Hor-Aha et mes hommes, mais cela ne change pas grand-chose, en fin de compte. L'affrontement inévitable aura simplement lieu plus tôt. Nous n'aurions pas été mieux préparés dans une ou deux semaines...

Difficilement, avec des gestes raides, il prit sa béquille et se dirigea en boitant vers l'entrée de la tente. « Va chercher les princes Kamosé et Si-Amon, et le général Hor-Aha », ordonna-t-il au garde. Son serviteur, accroupi à proximité, se leva en lui jetant un regard interrogateur, mais Séqénenrê lui fit signe de ne pas bouger et rentra dans la tente.

Lorsque les trois hommes l'eurent rejoint, il les mit rapidement au courant de la visite clandestine de Ramosé et de ce qu'il lui avait appris. Kamosé soupira et ses épaules s'affaissèrent. Hor-Aha se remit vite de son étonnement, et Séqénenrê vit qu'il réfléchissait intensément.

Quant à Si-Amon, il ne manifesta pas la moindre surprise. Il devint livide et jeta des regards fous autour de lui, cherchant du vin, supposa Séqénenrê, bien qu'il ne fît pas mine de prendre la cruche apportée pour Ramosé. Puis, au prix d'un visible effort, il croisa les bras et fixa le sol. « Si nous avions des barques, nous pourrions faire passer les hommes de l'autre côté du fleuve pendant la nuit, déclara Kamosé d'un ton morne. Nous poursuivrions notre marche sur le Delta en laissant Pédjédkhou sur cette rive. Il lui faudrait beaucoup de temps pour faire traverser ses troupes.

– Mais nous n'avons pas de barques, intervint Hor-Aha. Et même si nous en avions, la nuit est trop avancée pour une entreprise de ce genre. Il y a ce défilé, près de Qès, poursuivit-il en se tournant vers Séqénenrê. Pourrions-nous le franchir et continuer notre route par le désert ? »

Séqénenrê réfléchit. « Il est à trois kilomètres d'ici, et nous ne pourrons revenir au bord du Nil que par un autre défilé, qui se trouve à la hauteur de Dashlout. Nous parviendrons peut-être à gagner le premier sans être remarqués, mais ne risquons-nous pas de tomber dans une embuscade lorsque nous voudrons regagner le fleuve ? » Il regarda le visage tendu des trois hommes. « C'est en tout cas la seule chance que nous ayons d'aller de l'avant. Nous n'avons pas le temps de faire autre chose, car nous sommes pris au piège. La seule autre route qui nous soit ouverte est celle du sud, et je ne rebrousserai pas chemin. Si je battais en retraite, le châtiment serait peut-être retardé, mais il viendrait tôt ou tard, et nous n'avons pas fait cette immense effort pour nous débander sans qu'une seule flèche ait été tirée. Donnez leurs ordres aux officiers : nous levons le camp sur-le-champ et en silence. Pas de bruit, pas de feux, pas de torches.

Direction le défilé, et prions que nous l'ayons tous franchi avant l'aube. »

Ils discutèrent encore quelques instants, mais il n'y avait pas grand-chose à ajouter, et ils se séparèrent bientôt pour aller réveiller les soldats et faire charger les vivres sur les ânes. Après avoir appelé son serviteur, Séqénenrê attendit, assis sur son lit, partagé entre l'inquiétude et un certain soulagement. Il s'écoula quelque temps avant qu'il ne se rende compte que Si-Amon n'avait pas prononcé une seule parole.

Précédés par les éclaireurs, les chars et les Braves du Roi ouvrant et fermant la marche, ils traversèrent les champs desséchés et s'enfoncèrent dans les ténèbres du défilé rocheux. Kamosé avait ordonné d'assourdir le harnachement des chevaux, et l'on n'entendait que le bruit sourd des sabots sur le sol durci. La plaine se vidait lentement. Attaché à son siège derrière Si-Amon, Séqénenrê sentait l'appréhension nouer chacun de ses muscles. Le soleil allait bientôt se lever. L'air était lourd, immobile, et il frissonnait sans savoir si c'était de chaud ou de froid. De temps à autre, des étincelles jaillissaient sous les pieds des chevaux au contact des petites pierres tranchantes qui jonchaient le sol entre les hautes montagnes invisibles. Puis Séqénenrê entendit Hor-Aha donner un ordre à voix basse, et Si-Amon fit obliquer les chevaux vers la droite.

Le désert s'ouvrait devant eux, une étendue de sable pâle courant à la rencontre d'un ciel noir semé d'étoiles. Séqénenrê prit une profonde inspiration. Le village de Qès, un désordre de huttes obscures, se trouvait sur sa gauche, ainsi que le petit temple d'Hathor. Le char vacilla lorsque les roues s'enfoncèrent dans le sable. Puis les chevaux trouvèrent un sol plus ferme au pied des montagnes et accélérèrent l'allure. Ils allaient de nouveau vers le nord, et les limites de sa principauté étaient derrière lui.

L'obscurité commençait à se dissiper. Séqénenrê distingua bientôt le contour déchiqueté des rochers sur sa droite. Le désert cessa d'être indistinct pour laisser voir des dunes d'un gris encore morne, mais qui commençaient à jeter des ombres ténues. Laborieusement, Séqénenrê se retourna. Son armée s'étirait derrière lui ; les hommes avançaient la tête baissée, car le sable alternait avec une terre dure et croûtée. Leurs silhouettes imprécises, leur silence inhabituel, lui donnèrent l'impression de voir des spectres, comme si la bataille avait déjà eu lieu, que les soldats eussent péri et qu'il conduisît une armée de fantômes vers l'éternité. Ce n'était que l'approche de la lumière-sans-Rê, naturellement, mais il ne parvint pas à chasser cette prémonition de son esprit.

Le ciel prit une couleur nacrée. Les étoiles s'éteignirent. S'il bravait le nuage de sable soulevé par les chevaux et se penchait sur le côté, il verrait les chars des Braves rouler dans le désert, devant eux. Le défilé de Dashlout était à quinze kilomètres. Ils progressaient lentement et ne l'atteindraient probablement qu'en début d'après-midi. Séqénenrê se demanda quand les éclaireurs reviendraient. Sans doute pas avant que l'armée elle-même ralentît pour emprunter le chemin sinueux qui la ramènerait vers le fleuve. Il se força au calme.

Le soleil s'était levé, à présent. L'armée marchait le long du versant occidental des montagnes, dans une ombre fraîche qui diminuerait au fil des heures. Pour l'instant, cependant, les soldats étaient de bonne humeur ; ils n'étaient plus tenus au silence et chantaient en faisant étinceler leurs dents blanches. De temps à autre, un officier passait en char inspecter les troupes et saluait Séqénenrê.

Juste avant que l'ombre ne disparût tout à fait, il ordonna une halte. Les hommes rompirent les rangs et s'assirent, attendant la distribution d'eau et de pain. Son char rangé contre la falaise, Séqénenrê mangea et but, attaché à son siège. Il commençait à s'inquiéter pour les chevaux. Sans eau, ils se fatiguaient vite. Ce n'étaient pas des animaux du désert. Avec un peu de chance, on pourrait les conduire au bord du fleuve à la fin de la journée.

Le temps qu'il avalât sa ration d'eau saumâtre et son pain sec, l'ombre s'évanouit. Des ordres retentirent, et les hommes s'étirèrent, ramassèrent leurs lances et reformèrent les rangs. Séqénenrê fit installer son dais. Le soleil avait franchi le sommet des montagnes et tombait sur eux à la verticale. Plus personne ne chantait. Les hommes marchaient avec obstination, suants et assoiffés. Oh ! Amon, fais que nous n'ayons pas à nous battre par cette chaleur ! pria Séqénenrê, en regardant le dos de bronze de Si-Amon luire de transpiration et son pagne lui coller à la peau. Si nous y sommes obligés, ce sera Rê plus que Pédjédkhou qui nous décimera.

Quatre heures plus tard, ce fut avec un immense soulagement qu'il vit les chars ralentir enfin, puis s'immobiliser. Les chevaux haletaient et tremblaient, les flancs trempés et blancs d'écume.

Si-Amon s'accroupit, les rênes à la main, et appuya le front contre le métal poli. Kamosé s'arrêta à leur hauteur et descendit de son char. «Le défilé de Dashlout est devant nous, dit-il. Les éclaireurs sont revenus il y a environ une heure en annonçant que la voie semblait libre entre la sortie du défilé et le fleuve, mais cela ne me dit rien qui vaille. Ils ont déclaré n'avoir même pas vu de paysans.

– Les hommes de Pédjédkhou ont sans doute découvert notre campement de Qès à l'aube, fit Séqénenrê, réfléchissant à voix haute. A-t-il cru que nous étions repartis pour Oueset ou a-t-il deviné la vérité? A sa place, j'aurais envoyé des éclaireurs s'assurer que nous avions bien pris la fuite, mais j'aurais également conduit mes troupes à Dashlout pour parer à toutes les éventualités. Il a pu se déplacer plus vite que nous. Il n'avait pas à se battre contre le sable. Qu'en penses-tu? demanda-t-il en regardant Kamosé, la main en visière sur les yeux.

– Je pense que pour devenir général du roi, il faut être aussi rusé que bon guerrier. Nous devons supposer qu'il nous talonne. Pouvons-nous continuer notre progression de ce côté-ci des montagnes?

– Je ne crois pas, répondit Séqénenrê. Les chevaux ont besoin d'eau. Le prochain passage se trouve à Hor, au-delà de Khmounou, et nous ne pourrions y arriver qu'en faisant un grand détour, car il faudrait contourner les montagnes qui avancent de longs éperons dans le désert. Téti y chasse souvent. Les rochers offrent de bons refuges aux lions.» Il réprima l'envie de gratter sa vieille blessure qui le démangeait furieusement. «Les hommes ont besoin de repos, reprit-il. Nous pouvons camper ici et garder l'entrée du défilé, ce qui laisserait à Pédjédkhou le temps d'arriver et de nous couper l'accès au fleuve. Ou nous pouvons franchir le défilé, faire une brève halte au bord du Nil, juste le temps de dormir une heure, et reprendre notre route. Mais dans l'un et l'autre cas, nous n'avons pas assez d'avance pour distancer vraiment le général.

– Alors allons jusqu'au fleuve, dit Kamosé. Nous avons toute la nourriture qu'il nous faut, mais l'eau s'évapore à un rythme terrifiant et si l'accès au fleuve nous est coupé, nous mourrons de soif très rapidement. Mieux vaut livrer bataille que de donner à Apopi la satisfaction de nous avoir tués sans coup férir.»

Séqénenrê acquiesça de la tête. «Ainsi soit-il.» Il regarda son fils remonter d'un bond dans son char, secouer le sable de ses sandales et, brusquement, il eut envie de courir jusqu'à lui et de le serrer dans ses bras, de sentir sa chair chaude et ferme contre la sienne. Kamosé leva son fouet et disparut dans un tourbillon de poussière. Si-Amon bougea. «Le soleil t'a-t-il rendu malade?» lui demanda son père avec inquiétude. Le jeune homme se releva et lui adressa un étrange sourire. «Non, répondit-il. Il faut plus que le puissant Rê pour m'abattre. Si je suis malade, c'est du désir de tuer.»

A cela, Séqénenrê n'avait rien à répondre. Si-Amon siffla, et les chevaux partirent au trot. L'avant-garde des Braves s'était déjà engagée dans le défilé.

L'étendue de terre séparant les montagnes du fleuve, qui était détrempée et couverte de cultures en hiver mais qui ressemblait à présent au lit d'un lac depuis longtemps à sec, était plus vaste à Dashlout qu'à Qès. En débouchant du défilé, où régnait une fraîcheur bienfaisante, Séqénenrê regarda avec inquiétude vers le fleuve. Il semblait terriblement loin, et la brume de chaleur qui faisait miroiter l'air renforçait encore cette impression.

Dès qu'ils sentirent l'eau, les chevaux relevèrent leur tête lasse et accélérèrent l'allure. Les hommes suivirent, reprenant courage maintenant que la menace du désert était derrière eux. Séqénenrê entendit Hor-Aha élever la voix pour se faire entendre au milieu du brouhaha. «Que fais-tu, imbécile? Ne les dételle pas! Où sont les valets d'écurie avec leurs seaux?» Des serviteurs se mirent à circuler entre les chars, les uns pour abreuver les bêtes, les autres pour vérifier les harnais. Les charriers étaient réunis autour de Hor-Aha et l'écoutaient, en penchant vers lui leur tête coiffée de bleu. Des sentinelles prenaient déjà position sur le pourtour du camp. Les soldats plongeaient des cuillers à pot dans les outres qui passaient de groupe en groupe. Le serviteur de Séqénenrê rapporta de l'eau, que Si-Amon et lui burent avec avidité.

Les charriers se dispersèrent. Kamosé se dirigea vers son père à grandes enjambées. «Quels sont tes ordres?» demanda-t-il. Séqénenrê regarda vers le nord, puis vers le sud. Il était inquiet, bien que tout fût paisible autour de lui. Il n'y avait personne sur le fleuve, dont les eaux basses coulaient avec lenteur. Les arbres ployaient, fatigués, sous le poids du soleil. Le terrain occupé par l'armée était dépourvu de la moindre ombre.

«Préviens les officiers que les hommes peuvent dormir une heure s'ils le souhaitent, répondit-il enfin, en reportant son regard sur

Kamosé. Mais qu'ils le fassent en formation de combat, armes à la main, et que les charriers restent dans leurs chars, chevaux attelés. Que la moitié des Braves prennent position sur notre flanc sud et l'autre, sur notre flanc nord. Je n'aime pas cet après-midi, Kamosé. Il me donne des frissons dans le dos.»

Lorsque son frère se fut éloigné, Si-Amon s'assit au fond du char.

«Laisse-moi te détacher, père, implora-t-il. Tu pourrais au moins t'allonger un moment. Et j'aimerais aussi que le médecin t'examine.» Séqénenrê hésita. Son dos lui faisait mal, sans parler de sa tête. Ce serait un soulagement que de s'étendre. Il regarda de nouveau la campagne, endormie sous le soleil. De nombreux soldats s'étaient jetés sur le sol, en se protégeant la tête de leur pagne.

«Entendu, dit-il finalement. Mais pas de médecin, Si-Amon. Il ne peut rien pour moi.» Si-Amon le détacha et l'aida à s'allonger dans le char, à l'abri des rayons du soleil. Séqénenrê poussa un soupir d'aise. «Je sais que je te fais courir de graves dangers, Si-Amon, dit-il au bout d'un moment. Tu devrais avoir à tes côtés un guerrier capable de combattre pendant que tu conduis le char. J'ai demandé à un des Braves de nous suivre de près et de prendre ma place, le cas échéant. Tu ne dois pas essayer de me protéger en risquant ta vie. Promis?»

Si-Amon tourna la tête. Il était couché près de son père, son bras frôlant le sien. Il sourit, et leurs haleines sèches et brûlantes se mêlèrent.

«Promis, assura-t-il. Je suis là où je souhaite être, prince. Je suis un bon aurige et un bon guerrier. Ne t'inquiète pas.»

Séqénenrê répondit par un grognement, trop fatigué pour ajouter quoi que ce fût. Il s'assoupit et dormit d'un sommeil agité.

Il fut réveillé par un hennissement aigu. Un instant, il se dit avec irritation qu'Ahmosis devrait comprendre qu'à certaines saisons, il ne fallait pas mettre les étalons dans des stalles contiguës. Puis il s'efforça de se redresser, tandis que Si-Amon empoignait les rênes. Autour de son armée, qui se remettait debout et cherchait ses lances, il y avait un océan de chars, dont les chevaux portaient les plumes bleues et blanches de la royauté. Et derrière les chars, il y avait l'infanterie, des hommes frais et redoutables, armés de lances et de solides boucliers, la hache pendue à la ceinture.

Si-Amon chercha à aider son père d'une main, tout en maîtrisant les chevaux effrayés de l'autre, mais Séqénenrê le repoussa. «Ne t'occupe pas de moi! cria-t-il. Nous devons prendre l'offensive! Roule, Si-Amon!» Son fils fouetta l'attelage et, à l'instant même où le char s'ébranlait, Séqénenrê entendit claquer une série d'ordres qui galvanisèrent l'armée.

Il vit Kamosé sortir un couteau et couper la gorge d'un cheval atteint par une flèche, puis remonter d'un bond derrière son aurige et disparaître dans le tourbillon de poussière soulevé par les autres chars. Derrière eux, les soldats avaient commencé à courir en rangs ordonnés, la lance sous le bras, le bouclier levé. Les dents serrées, agrippé de sa main valide au bord du char, Séqénenrê jeta un regard en arrière.

Ce qu'il vit lui fit remercier Amon d'avoir décidé de diviser les Braves, car, prévoyant sa manœuvre, Pédjédkhou avait laissé la moitié de sa division au sud et envoyé l'autre au nord de Dashlout. Nous sommes pris au piège, se dit Séqénenrê. A moins que nous ne parvenions à repasser le défilé et à nous reformer dans le désert. Une charge pour les repousser, puis nous nous replions. Mais en aurons-nous le temps?

Hor-Aha commandait les troupes du nord. Sa voix résonnait, forte et assurée, au-dessus du vacarme du premier engagement. Les chars se lancèrent contre l'adversaire. Si-Amon jeta un avertissement à son père quelques instants avant de tirer sur les rênes, si brutalement que Séqénenrê faillit se déboîter l'épaule. «Ordonne une retraite vers le défilé! cria-t-il. Les Braves et les chars couvriront notre repli.» Si-Amon acquiesça de la tête et hurla aussitôt des ordres aux estafettes. Des flèches frappèrent le char, et Séqénenrê baissa instinctivement la tête, puis se pencha avec difficulté pour ramasser sa lance. Il lui fallait maintenant s'appuyer contre le char pour garder l'équilibre. Autour d'eux, les autres auriges manœuvraient leurs engins de façon à permettre aux combattants de décocher leurs flèches contre l'ennemi. Les hommes de Pédjédkhou faisaient de même. Les lances du premier assaut jonchaient le sol et, déjà, les fantassins se taillaient en pièces à coups de hache et de couteau.

Séqénenrê remarqua un homme qui venait de retirer son poignard du ventre d'un de ses Medjaï. Haletant, il regardait autour de lui, cherchant une autre victime. La lance de Séqénenrê fendit les airs. Mais les mouvements du char lui firent manquer sa cible et le déséquilibrèrent. Poussant un juron, Si-Amon lâcha les rênes et se retourna. Le soldat se ruait sur eux, hache au poing. Sans perdre son sang-froid, le jeune homme tira de sa ceinture un poignard, qui décrivit un arc scintillant et alla s'enfoncer dans la poitrine de l'assaillant. Celui-ci s'écroula à quelques pas de Séqénenrê, une expression d'étonnement sur le visage. «Reste au fond du char, père, je t'en prie! cria Si-Amon. Le combat est trop rude pour que nous puissions battre en retraite.»

Un Brave avait assisté à la scène. Il sauta dans le char, l'arc tendu et, debout au-dessus de son prince, décocha des flèches dans la masse des combattants. Séqénenrê regarda autour de lui. Son cœur battit plus vite. Ses hommes semblaient tenir bon sur le flanc nord. Les lignes n'avaient pas été enfoncées. Certains des chars s'étaient dégagés de la mêlée et roulaient le long du fleuve, en tirant sur l'ennemi.

L'ennemi! pensa Séqénenrê avec amertume. Il y a peu de Sétiou parmi eux. Ce sont de bons Egyptiens qui en tuent d'autres. Comme nous nous sommes éloignés de Maât! Sous l'effet de la chaleur et de l'anxiété, son œil gauche s'était entièrement fermé, et la paupière se convulsait. Une douleur lancinante lui martelait le crâne. Il entendit le Brave crier: «Ils cèdent sur le front sud, prince!» et, un instant, délirant de joie, il crut qu'il parlait de Pédjédkhou. Puis il entendit le gémissement que poussait Si-Amon.

Le char fit demi-tour et se mit à rouler, en passant sur le corps des morts. Le champ de vision de Séqénenrê changea. Il vit au loin un char resplendissant dont les roues flamboyaient dans le soleil brûlant de l'après-midi. Il ne fit pas attention à l'aurige, car derrière lui se tenait un jeune homme de haute taille qui portait aux bras les bracelets d'argent du commandement et dont la coiffe blanche et bleue était cerclée d'or. C'était Pédjédkhou, entouré de ses Braves et de fantassins qui avançaient avec ordre et discipline.

Devant eux, les soldats de Séqénenrê reculaient, tombaient, se battaient avec désespoir, en fermant l'accès au défilé. Leur courage était pathétique, et Séqénenrê en avait des larmes de rage aux yeux, mais ils étaient trop peu nombreux. Il chercha partout Kamosé et finit par le voir. Ses deux chevaux avaient été tués, et il se battait au corps à corps sur son char, le visage et les bras trempés de sang.

Puis, brusquement, il se rendit compte de ce que Si-Amon cherchait à faire: contourner la bataille pour se glisser entre les montagnes. «Je te l'interdis! voulut-il crier. Je ne veux pas être sauvé, Si-Amon. Je ne veux pas connaître cette honte!» Mais il n'émit que des grognements incompréhensibles. Sa bouche déformée ne lui obéissait plus.

Longtemps, Si-Amon s'efforça de se frayer un passage à travers les groupes de soldats haletants, ensanglantés, qui se taillaient en pièces avec zèle, mais il dut finalement renoncer. C'était impossible. Toujours recroquevillé entre les jambes robustes du Brave qui le défendait, Séqénenrê l'entendait marmonner, sentait qu'il regardait vers le nord, vers le sud, cherchant désespérément un endroit où le cacher.

Le char s'immobilisa. Si-Amon s'accroupit près de son père. «Nous sommes cernés, père, dit-il, le visage ruisselant de sueur. Je ne peux pas te sortir d'ici. Nous allons mourir, prince.» Séqénenrê hocha la tête. Il n'essaya pas de parler. «Tout est ma faute, reprit Si-Amon, en se penchant pour l'embrasser. Puis-je te prendre ta hache et tes poignards?» Et sans attendre sa réponse, il souleva la lourde arme de bronze et passa les courtes lames à sa ceinture. Puis il se redressa. Séqénenrê essaya de prier mais sans y parvenir. Autour de lui, le vacarme devenait assourdissant, et l'on y entendait monter la panique. La déroute était imminente. Brusquement, le Brave eut un hoquet. Du sang éclaboussa Séqénenrê, une pluie chaude et rouge, et l'homme bascula. De sa main valide, Séqénenrê s'essuya le visage sur son pagne.

Si-Amon hurla quelque chose. Le char fit une grande embardée et se mit à rouler à tombeau ouvert. Séqénenrê glissa vers le bord. Il essaya de s'arc-bouter et poussa un cri, mais son fils ne pouvait l'aider, il n'était plus là. Rassemblant toutes ses forces, Séqénenrê essaya d'attraper les rênes, en se maintenant grâce à sa bonne jambe, mais les chevaux étaient lancés à fond de train et les rênes voltigeaient hors de portée de ses doigts.

Puis le char heurta un obstacle et se renversa, en projetant Séqénenrê à terre. Étourdi, il sentit une douleur aiguë dans sa jambe saine. Il était couché dans l'ombre du char qui pesait en partie sur lui. Il entendit Si-Amon crier : «J'arrive, père, j'arrive!» Où est Kamosé? se demanda-t-il. Et Hor-Aha? Sont-ils morts? J'espère que tu reprendras le flambeau, Ahmosis, que tu veilleras sur ce qui reste de la famille, même si tu dois fuir...

Il eut soudain la vision de son jardin, silencieux et paisible, par une fraîche soirée d'hiver. Assise au bord du bassin, Ahhotep y trempait un pied brun en disant : «La saison a été magnifique,

Séqénenrê, si généreuse, si belle ! Il n'y en aura jamais plus de pareille. » Ahhotep ! pensa-t-il avec détresse, les dents serrées pour ne pas crier de douleur. C'est vrai que ma vie a été magnifique, et terrible, et étrange... Je regrette pourtant de n'être pas né à une autre époque, en des temps plus simples, où accepter mon destin aurait été moins douloureux.

Sa main, qui tâtonnait convulsivement dans la poussière, rencontra la garde d'un poignard, et il l'étreignit farouchement. Un homme surgit, les pieds nus, le pagne déchiré, armé d'une hache souillée de sang. En constatant l'impuissance de Séqénenrê, il eut un sourire las qui lui découvrit les dents. Prenant la hache à deux mains, il l'éleva au-dessus de sa tête. Séqénenrê lança le poignard vers ses chevilles, mais l'homme l'évita sans mal. Accorde-moi une pesée favorable, ô Amon ! pensa Séqénenrê dans l'instant qui précéda sa mort.

La dernière chose qu'il vit fut l'éclat rouge sombre du soleil couchant sur la lame qui s'abattait.

La hache l'atteignit au dessus de l'œil droit, rebondit en lui fracassant la joue droite, puis ricocha sur l'arête de son nez. Le soldat était fatigué et n'avait pas frappé avec autant de force qu'il l'avait cru. Poussant un juron, il abattit de nouveau son arme qui, cette fois, fendit l'os sous l'œil gauche de Séqénenrê. Haletant, l'homme la dégagea maladroitement et examina son ennemi. Sa poitrine se soulevait encore faiblement. Ramassant une lance abandonnée sur le sol, il tourna la tête de Séqénenrê du pied et l'enfonça dans le crâne, derrière l'oreille gauche. Le corps se convulsa, puis retomba, inerte. Le soldat s'éloigna.

Si-Amon avait vu l'homme s'approcher de son père, la hache levée. Avec un cri, il s'était élancé, mais un des charriers démontés de Pédjédkhou lui avait barré la route, poignard à la main, et Si-Amon avait été contraint de l'affronter. Le temps qu'il vînt à bout de l'homme, il était trop tard. Horrifié, Si-Amon vit la hampe de la lance plantée dans le cou de son père. Une fois encore, il essaya de le rejoindre et, une fois encore, on lui barra la route. Fou de douleur et de colère, il se mit à distribuer les coups, sans avoir conscience des larmes qui ruisselaient sur ses joues sales. Il fut entraîné de plus en plus loin du corps de son père, toujours pris sous le char.

9

Lorsque le soleil disparut derrière les montagnes occidentales, Pédjédkhou était maître du champ de bataille. Les soldats de l'armée pitoyable de Séqénenrê qui n'avaient pas été tués ou qui ne gisaient pas, blessés, sur le sol brûlant, avaient couru se réfugier au pied des montagnes, dans un chaos rocheux, et ce fut là, près du défilé qu'ils avaient franchi si peu de temps auparavant, que Si-Amon trouva Kamosé, Hor-Aha et quelques officiers. Ils étaient cachés dans une petite cavité sablonneuse, dans le flanc de la montagne. Ils pouvaient regarder le champ de bataille sans être vus et défendre quelque temps leur position, si nécessaire. Si-Amon, qui errait sans but parmi les rochers, tomba presque sur eux. Il les salua sans enthousiasme. Kamosé était blessé au côté, et un coup de poignard lui avait ouvert la joue. Hor-Aha, toujours aussi taciturne, avait une épaule brisée. « Où est père ? demanda Kamosé, lorsque son frère s'assit près d'eux et ferma les yeux. Tu étais censé le protéger, Si-Amon.

– Ne dis pas de bêtises, murmura celui-ci d'une voix rauque. J'ai essayé, et les Braves aussi, mais que pouvions-nous faire ? Les chevaux se sont affolés et m'ont jeté à bas du char, qui s'est renversé sur père. Il ne pouvait plus bouger. J'ai aussitôt essayé de retourner auprès de lui, mais je suis arrivé trop tard.

– Il est mort ? » demanda Hor-Aha.

Le jeune homme acquiesça de la tête. Kamosé remarqua le sang dont il était couvert, les sillons laissés par les larmes dans la poussière qui lui collait au visage.

« Y a-t-il de l'eau ? s'enquit Si-Amon d'une voix faible.

— Ni eau, ni nourriture, répondit Hor-Aha. Nous avons besoin des deux, et du médecin. Si Amon a été miséricordieux et que les ânes nous attendent toujours, nous trouverons tout cela lorsque nous pourrons retraverser le défilé et les rejoindre. Il faut espérer que les âniers ont eu l'intelligence de se cacher dans le désert et que les hommes de Pédjédkhou sont trop fatigués pour s'aventurer très loin, surtout de nuit.»

Si-Amon rampa jusqu'à la fine fente verticale de l'ouverture et regarda vers le fleuve. Une lueur rougeâtre éclairait encore la plaine. L'air était plein de poussière, et il faisait encore très chaud. Les soldats de Pédjédkhou s'affairaient parmi les morts qui jonchaient le champ de bataille. Certains redressaient les chars renversés pour les emporter, d'autres ramassaient les arcs précieux, mais la plupart allaient méthodiquement de corps en corps et coupaient à chacun une main. Si-Amon se recula. «Ils prennent les mains pour faire le compte des morts, déclara-t-il. Je me demande combien il y en a. Il faut que nous retrouvions père le plus vite possible. Fasse Amon qu'ils ne le mutilent pas!»

Personne ne répondit. Appuyé contre une pierre, l'épaule horriblement broyée, Hor-Aha avait du mal à garder les yeux ouverts. Kamosé était étendu la tête sur un manteau et pressait contre son flanc un pagne sale roulé en boule. Les officiers, blessés et épuisés, se taisaient. La gorge desséchée et gonflée par la soif, Si-Amon se pelotonna dans un creux de sable. Aucun d'eux ne pouvait faire quoi que ce fût.

Ils dormirent par intermittence. De temps à autre, l'un d'eux se levait et allait regarder la plaine, éclairée par les feux de camp de l'ennemi. Il n'y observait pas beaucoup de mouvement. Les soldats de Pédjédkhou aussi étaient fatigués.

L'aube arriva. Pour ces hommes torturés par la soif et la douleur, Rê sembla monter dans le ciel avec une rapidité malveillante, et il fit bientôt aussi chaud dans leur refuge que dans un creuset. Dans la plaine, l'activité reprit. Il restait peu de chars. Les cadavres étaient enterrés vite et avec efficacité. «Il faut que nous trouvions père, murmura Kamosé. Il doit être embaumé et ramené dans la Maison des Morts. Sinon, par cette chaleur...» Il ne finit pas sa phrase. Hor-Aha délirait, en proie à la fièvre.

La journée s'écoula avec une effrayante lenteur. Si-Amon alla s'étendre près de son frère, qui lui adressa un faible sourire. «Nous n'avons pas pu combattre côte à côte comme je l'espérais, murmura-t-il. Nous nous sommes éloignés l'un de l'autre depuis quelque temps, Si-Amon. Cela me tourmentait.

– Tu n'y es pour rien, lui assura son frère. Essaie de dormir. Le temps passera plus vite. »

Avec un manque de hâte insolent, Rê atteignit le zénith, puis descendit lentement vers l'ouest. Dans la plaine, les soldats victorieux chantaient et riaient en préparant tranquillement le repas du soir, nettoyaient leurs armes souillées et soignaient leurs plaies. Dans leur cachette, sentant approcher l'obscurité bénie, les hommes sortirent de leur torpeur. Hor-Aha était faible mais lucide.

Les feux s'éteignirent enfin, on attela les chars, les hommes formèrent les rangs. Puis le silence se fit dans la plaine. Dans les dernières lueurs du couchant, un char roula vers les montagnes et s'immobilisa. Il était d'or martelé, et l'on y voyait l'image de Soutekh avec ses grandes oreilles, son long museau, son sourire de loup et ses rubans sétiou. A côté du char courait un trompette. Sur un geste du conducteur, il emboucha son instrument et sonna. Les rochers répercutèrent un son lugubre et dur. Pédjédkhou leva un bras, et Si-Amon vit son regard parcourir la paroi des rochers.

« Fiers princes d'Oueset! lança-t-il d'un ton railleur et triomphant. Le Seigneur des Deux Terres a répondu à votre trahison par la mort. Il est puissant! Il est invincible! Il est l'aimé de Seth! Rentrez vous terrer chez vous, si vous le pouvez, et léchez-y vos plaies dans la honte et le déshonneur. Méditez sur votre folie et sur sa miséricorde, car il vous a épargnés. Vie, santé et prospérité à lui qui, comme Rê, vit éternellement! »

Kamosé poussa un grognement. Si-Amon écoutait, le cœur battant. Le bras du général retomba. Le char s'éloigna. A sa suite, l'armée se mit lentement en marche dans le crépuscule. Si-Amon la regarda s'éloigner. Cela mit longtemps. Il faisait nuit noire quand la plaine retrouva enfin son silence habituel, rompu de loin en loin par le cri strident d'un oiseau de nuit.

Dans les rochers, les hommes n'osèrent pas bouger tout de suite. Puis, finalement, Si-Amon se leva et s'étira. Il avait les lèvres crevassées, la langue enflée. « Je vais essayer de trouver le train des vivres et le médecin, déclara-t-il. Toi, descends au fleuve chercher de l'eau, ordonna-t-il à l'un des officiers. Tu as une outre? Oui? Parfait. Mais sois prudent, il est possible que Pédjédkhou ait laissé des hommes en embuscade. Je suis toutefois à peu près certain qu'il ne sait pas vraiment qui a survécu et qu'il ne faisait qu'obéir aux instructions du roi en s'adressant à nous avec tant de magnanimité. Kamosé ? Tu m'as entendu ? »

Son frère répondit d'une voix faible. Si-Amon jeta un regard vers le ciel. Bientôt, la lune se lèverait et il trouverait plus facilement son chemin. Avec précaution, il sortit de leur refuge et descendit dans la plaine.

Le défilé n'était pas loin et, alors qu'il avançait avec précaution parmi les débris dédaignés par les soldats de Pédjédkhou, la lune se leva à l'est et allongea ses doigts pâles vers le fleuve. Si-Amon murmura une prière de remerciement et s'enfonça bientôt dans les ténèbres du défilé.

Il marcha plus d'une heure, trébuchant sur des pierres acérées, glissant sur des couches de gravier, conscient seulement de sa soif et de ses muscles douloureux, jusqu'à ce qu'enfin, loin devant lui, il entendît braire un âne. Peu après, il distingua une lueur jaune sur sa gauche, au bout d'un étroit sentier adjacent. Trop fatigué pour se montrer prudent, il s'y précipita et tomba presque dans les bras d'un des soldats chargés de garder les vivres. « Il me faut de la nourriture, des litières et le médecin, dit-il dans un souffle, après s'être fait reconnaître. Il est ici ? Tu as de l'eau ? »

Le soldat lui tendit une outre, et il la lui arracha presque des mains. Jamais l'eau ne lui avait paru si bonne.

« Le médecin est arrivé hier soir, dit le soldat. Il nous a dit que nous avions perdu la bataille. Je vais aller le chercher et apporter des vivres.

– Que les ânes restent cachés ici, ordonna Si-Amon, un peu revigoré. Tâche aussi de nous trouver une torche. »

L'homme s'éloigna, et Si-Amon écouta le silence de la nuit, conscient de la masse oppressante des montagnes autour de lui, de l'étroite bande de ciel obscur au-dessus de sa tête. Puis, brusquement, avec un sentiment d'horreur, il pensa à son père qui gisait dans la plaine, une lance plantée dans le crâne. O grand Amon ! se dit-il. Je suis gouverneur et prince d'Oueset désormais. Et je suis aussi le roi légitime d'Egypte. Dès que nous serons rentrés chez nous, il faut que j'envoie un message à Apopi, des excuses, une promesse d'obéissance. Notre famille ne doit plus souffrir.

Mais il se rappela aussi Mersou, Téti et le courageux Ramosé, et il ferma les yeux, pris de nausée. Je n'ai vu ni Téti, ni son fils pendant la bataille, mais je suis certain qu'ils étaient là. Puissent les dieux avoir accordé à Téti une mort rapide ! Comment m'y prendre pour faire tuer Mersou sans procès ? Car il faut qu'il meure. Il rouvrit les yeux. Non ! J'en ai fini avec les mensonges, les duperies, la honte… Sur le champ de bataille, je me suis senti propre pour la première fois depuis des mois. J'avouerai tout à Kamosé et j'accepterai son jugement.

Il conduisit le médecin et les serviteurs jusqu'à l'endroit où attendaient les blessés. Tandis que le premier sortait des herbes médicinales de son sac et se mettait au travail, un des serviteurs alluma un feu pour qu'il ait de l'eau chaude. Un autre posa une lampe dans le sable. Les mouvements sûrs et précis du praticien, les gestes efficaces des serviteurs, la flamme claire de la lampe, donnèrent le sentiment à Si-Amon que la vie reprenait son cours normal. L'épaule de Hor-Aha fut lavée et immobilisée. Le médecin appliqua des herbes sur la plaie de Kamosé et la banda, puis il lui recousit la joue. Les deux hommes somnolèrent bientôt sous l'effet du pavot. Le médecin s'assit sur les talons en poussant un soupir. « Où est mon principal malade, prince ? demanda-t-il à Si-Amon.

– Il est mort, répondit celui-ci d'une voix blanche. Il est tombé au combat. Nous chercherons son corps au matin. »

Sans faire de commentaire, le médecin retourna veiller ses patients. Bientôt, la lampe s'éteignit et les étoiles redevinrent visibles, plus scintillantes maintenant que la lune déclinait. Si-Amon s'enveloppa dans un manteau et s'endormit.

Dès que l'on y vit assez, il demanda à deux serviteurs de l'accompagner avec une litière et descendit dans la plaine. Il chercha longtemps, tâchant désespérément de se souvenir de l'endroit où le char avait versé. Pédjédkhou les avait tous fait emporter. Si-Amon et ses hommes trébuchaient sur des lances brisées, des têtes de hache souillées, des lambeaux de tissu qui avaient été des pagnes, des harnais entaillés. De temps à autre, ils tombaient sur un membre coupé, noir et grotesque dans la poussière, et détournaient les yeux. Le visage sombre, Si-Amon se disait qu'ils devraient peut-être ouvrir les fosses communes où l'on avait jeté les combattants. Il fallait qu'ils trouvent le prince. Il était déjà assez terrible qu'il eût été mutilé, puis tué alors qu'il était sans défense. Allait-il se voir refuser une place dans le paradis d'Osiris parce que son corps ne pourrait être embaumé ?

Puis un serviteur poussa un cri, et Si-Amon courut le rejoindre. Debout dans un creux de terrain, il chassait à coups de mottes de terre une hyène, qui s'enfuit en gémissant, l'échine basse. Furieux et terrifié à l'idée de ce qu'elle avait pu faire au corps de son père, Si-Amon se précipita. Séqénenrê gisait comme il l'avait laissé. Les soldats qui avaient redressé et emporté le char ne s'étaient pas intéressés à lui. Rien ne leur avait permis de reconnaître le prince d'Oueset. Pour une raison quelconque, la lance qui l'avait transpercé s'était brisée près de la pointe, et le cadavre avait glissé dans ce creux de terrain, échappant ainsi à l'attention des hommes chargés de couper les mains des morts.

Si-Amon s'agenouilla et retira avec précaution les restes de la lance. Les yeux de Séqénenrê étaient pleins de sable. Un rictus d'agonie découvrait ses dents. D'un geste plein de tendresse, Si-Amon effleura le visage mutilé, puis submergé par l'émotion, il prit le corps de son père dans ses bras et se balança d'avant en arrière en pleurant. Ses hommes attendirent en silence, en détournant le regard.

La chaleur augmentait. Des vautours commençaient à se rassembler sur les montagnes, derrière eux. Finalement, Si-Amon reposa le corps et se leva. « Il est déjà en train de se putréfier, dit-il d'une voix mal assurée. Comment allons-nous réussir à le ramener jusqu'à Oueset ? »

Le temps que les hommes étendent Séqénenrê sur la litière et le couvrent d'un linge, il avait pris sa décision. « Emmenez-le dans le défilé, déclara-t-il. Trouvez une boîte assez longue pour servir temporairement de cercueil. Vous la remplirez de sable et y coucherez le prince. Nous devons rentrer le plus vite possible. » Il chassa de son esprit la pensée de sa mère et de sa grand-mère et, avec un juron, se dirigea en courant vers les montagnes.

Après un repas rapide, Si-Amon fit conduire les ânes au bord du Nil. Kamosé et Hor-Aha furent couchés sur des litières. Ils prirent le chemin du retour à la tombée du soir et suivirent la route du fleuve. Le cercueil de fortune de Séqénenrê était en tête du cortège, gardé par Si-Amon qui marchait à côté de lui. Au fur et à mesure de leur progression, ils furent rejoints par d'autres survivants qui, comme eux, s'étaient réfugiés dans les montagnes. Si-Amon répondait à peine à leur salut, mais Hor-Aha les regardait avec attention lorsqu'ils passaient, abattus, devant sa litière et, quand ils laissèrent enfin la sinistre plaine de Dashlout derrière eux, il avait compté plus de deux cents soldats.

Le triste cortège mit la nuit et presque toute la journée du lendemain pour atteindre Qès. Beaucoup des soldats étaient blessés et les hommes qui portaient Kamosé et Hor-Aha devaient avancer lentement pour leur éviter les cahots. Ne pensant qu'au corps de son père qui se décomposait lentement, Si-Amon voulait absolument accélérer l'allure. Pendant que les serviteurs installaient le camp et que le médecin examinait ses patients, il partit à la recherche d'embarcations. Les ânes chargés des provisions laborieusement rassemblés par Séqénenrê pour la marche vers le Nord pouvaient regagner Oueset par petites étapes, mais Séqénenrê lui-même devait être convenablement embaumé, afin que les dieux et son ka puissent reconnaître le prince et lui redonner vie dans l'autre monde. Sa mort pesait terriblement sur la conscience de Si-Amon. Il savait qu'il deviendrait fou si son père arrivait trop tard dans la Maison des Morts. Qès n'avait toutefois à offrir que quelques minuscules bateaux de pêche en tiges de papyrus, et il dut donc attendre le lendemain en rongeant son frein.

Au matin, Hor-Aha refusa de s'étendre dans la litière. « C'est mon épaule qui est blessée, pas mes jambes, déclara-t-il au médecin. Je me suis assez reposé. Je marcherai. »

Il rejoignit Si-Amon en tête de la colonne, et le prince trouva un certain réconfort dans les paroles brèves et le regard franc du général, dans ses longues enjambées, qui faisaient danser ses nattes noires sur son manteau de laine crasseux.

Trois jours plus tard, dans la ville de Djaouati, Si-Amon trouva enfin ce qu'il cherchait. Pendant que les dignitaires se pressaient autour de Kamosé, bouleversés et incrédules, et que beaucoup se prosternaient devant le cercueil de Séqénenrê en se lamentant, Si-Amon alla sur le quai et réquisitionna deux barques plates utilisées pour acheminer les céréales dans le Delta, ainsi que leurs pilotes et leurs rameurs. Il fit transporter Kamosé et son père dans l'une, les soldats blessés et les provisions nécessaires dans l'autre. Le fleuve était presque à l'étiage et coulait à peine.

Laissant deux officiers surveiller la lente progression des ânes le long de la route du fleuve, Si-Amon prit place à bord avec soulagement et ordonna que l'on tendît des dais. Lorsqu'ils s'éloignèrent de la rive, il put enfin s'abandonner à sa fatigue. Des serviteurs avaient commencé à distribuer de l'eau. Si-Amon les regarda approcher mais il s'endormit avant qu'ils n'arrivent à lui.

Le dixième jour à midi, ils tournèrent le dernier coude du fleuve, et Oueset apparut. Etendus côte à côte, Si-Amon et Kamosé la contemplèrent en silence. Des embarcations de toutes sortes se balançaient toujours le long des quais ; maisons et cabanes se pressaient toujours au petit bonheur parmi les palmiers, où l'on voyait des chiens errants se prélasser à l'ombre et des enfants nus jouer dans la poussière. Devant le pylône du temple, dont les pierres polies brillaient au soleil de midi, les hauts mâts arboraient toujours des drapeaux triangulaires et, derrière, les lignes majestueuses de l'édifice se découpaient avec netteté sur le bleu du ciel. Sur la rive occidentale, les crêtes irrégulières des montagnes, un horizon aussi familier et cher à Si-Amon que les contours de son propre corps, vibraient dans la brume de chaleur.

La barque ralentit et, sur l'ordre du pilote, vira vers le débarcadère des Taâ. L'ancien palais dressait toujours sa masse somnolente et mystérieuse derrière son enceinte en ruine et, à côté, si chéris, si fragiles et précieux, il y avait les arbustes en fleurs, les sycomores et la treille qui couvrait de son ombre l'allée conduisant du fleuve au jardin. La gorge serrée, Si-Amon dévorait des yeux le moindre détail. «On dirait que nous sommes partis des années et que nous avons vieilli au-delà de toute imagination», dit Kamosé, à côté de lui. Si-Amon acquiesça de la tête, muet d'émotion.

Bientôt, il vit une silhouette près du débarcadère, quelqu'un qui agitait frénétiquement les bras en signe de bienvenue. C'était Tani, dans un long fourreau blanc que le vent plaquait contre ses jambes, les bras nus et ornés de bracelets de bronze. Si-Amon souhaita mourir sur-le-champ pour ne pas avoir à affronter le regard interrogateur de sa sœur.

La barque toucha les marches du débarcadère. Des serviteurs accoururent et l'amarrèrent. Dès que la passerelle fut installée, Tani se précipita dans les bras de son frère. «Je fais le guet ici tous les jours depuis que vos rouleaux ont cessé d'arriver, s'écria-t-elle. Grand-mère s'est installée sur la terrasse pour mieux voir le fleuve. Mère a passé ses après-midi à prier. Oh! Si-Amon!»

Au bout de quelques instants, il se dégagea de son étreinte en demandant : «Où est Ahmosis, Tani?»

La gravité de son ton n'échappa pas à sa sœur. Elle parcourut la barque du regard, vit Kamosé et alla s'agenouiller près de lui. En pâlissant, elle effleura le pansement sanglant sous son bras, les points de suture enflés sur sa joue.

« Nous avons perdu, n'est-ce pas ? murmura-t-elle. Où est père ?

– Oui, nous avons perdu, répondit Kamosé avec calme. Nous aurions probablement perdu de toute façon, ma chère Tani, mais nous avons été trahis. Père est mort. Son corps est là. »

Il désigna le grossier cercueil de bois, et Tani se serait précipitée s'il ne l'avait retenue. « Non ! ce n'est pas un spectacle pour toi. Va chercher Ahmosis. »

Hébétée, elle se leva et quitta la barque en marchant comme une somnambule. Si-Amon savait qu'elle n'avait pas encore véritablement pris conscience de la mort de son père. Sans perdre de temps, il ordonna aux serviteurs qui attendaient sur la rive d'aller chercher les prêtres-sem à la Maison des Morts et de porter son frère à terre.

Le temps que l'on étende délicatement Kamosé à l'ombre, près du débarcadère, et que Hor-Aha aille s'occuper des soldats survivants, Ahmosis, Tétishéri et Ahhotep étaient arrivés. Si-Amon ne les remarqua pas tout de suite, car ils s'étaient arrêtés un peu en retrait, sous la treille.

Il aida les serviteurs à décharger le cercueil et à le déposer avec précaution sous un arbre, puis il donna un ordre. La barque fut détachée, le pilote monta empoigner le gouvernail, et l'embarcation se dirigea lourdement vers la rive occidentale. Alors seulement Si-Amon se retourna et vit les membres de sa famille. Il courut vers eux, et leurs bras s'ouvrirent. Pendant un instant, le contact familier de leur corps, leur odeur, le ramenèrent aux jours heureux de son enfance, puis il s'écarta. « Il vous faut être courageux, dit-il d'une voix mal assurée. L'entreprise était vouée à l'échec dès le début, nous le savions tous. Mais j'espérais que père reviendrait sain et sauf. Nous avons tellement prié… J'ai fait de mon mieux pour le ramener intact…, termina-t-il dans un murmure.

– Fais ouvrir le cercueil », dit Tétishéri d'une voix blanche.

Si-Amon hésita.

« Il a été grièvement blessé à la tête », objecta-t-il. Mais Tétishéri l'ignora. Ahhotep lui prit le bras et, ensemble, elles s'avancèrent sous le soleil aveuglant. Sur un geste de Si-Amon, l'homme qui gardait le cercueil sortit son couteau et fit sauter le couvercle. Ahmosis suivit les deux femmes, mais Si-Amon alla s'accroupir près de Kamosé et, quand il se retourna, sa mère, à genoux, écartait le sable qui recouvrait le cadavre. Elle ne cria pas comme il s'y attendait. Lorsqu'elle découvrit les terribles plaies qui défiguraient Séqénenrê, ses mains s'immobilisèrent. Ce fut Ahmosis qui poussa un gémissement.

Un long moment, Ahhotep resta à genoux, les doigts légèrement posés sur la chair noire et gonflée, puis elle se pencha et pressa les lèvres sur le visage supplicié de son époux. Lorsqu'elle se releva, ses mains tremblantes agrippèrent l'encolure de sa robe ; elle la déchira jusqu'à la taille, puis se laissa tomber sur le sol et se couvrit la tête de poussière.

Tétishéri, qui n'avait pas fait un mouvement, ni prononcé une parole, pivota sur les talons et se dirigea vers les deux jeunes gens, suivie par Ahmosis. Elle avait le visage blême de colère. Derrière elle, Si-Amon vit deux prêtres-sem qui accouraient, la tête baissée, serrant leur robe contre eux de peur de contaminer ceux qui auraient été assez imprudents pour les frôler.

« Tes blessures sont-elles graves ? demanda Tétishéri à Kamosé.
— Non, grand-mère. Un coup de lance dans le côté et un coup de couteau dans la joue, c'est tout. Je serai remis d'ici une quinzaine de jours. »

Elle hocha la tête, puis braqua son regard terrifiant sur Si-Amon.
« Ahmès-Néfertari est encore alitée, dit-elle. Elle a donné naissance à un fils hier, au coucher du soleil. Va la voir dès que tu le pourras. Elle ne sait pas encore que tu es revenu. »

Elle s'éloigna sans ajouter un mot, le dos droit et le pas ferme. Si-Amon savait que personne ne la verrait pleurer. Il se leva et rejoignit les prêtres-sem qui examinaient le corps.

« Peut-il être embaumé ? » demanda-t-il d'un ton tranchant.

L'un des prêtres répondit en détournant le visage pour ne pas souiller Si-Amon de son haleine.

« Il n'est pas trop tard, prince. Le sable a ralenti la décomposition. Mais nous ne pourrons rien faire pour ses blessures. La peau est déjà trop sèche pour être recousue.
— C'est sans importance, dit Si-Amon, avec un immense soulagement. Travaillez de votre mieux. Emportez-le. »

Il ne pouvait plus supporter la vue du visage meurtri et noirci de son père. Ahhotep était toujours agenouillée sur le sol. De la poussière couvrait ses cheveux et collait à son maquillage. Il alla s'accroupir près d'elle, mais elle se détourna.

«Laisse-moi, Si-Amon, murmura-t-elle. Va voir ta femme. Tu ne peux rien pour moi.»

Il obéit. Elle était forte, sa magnifique mère. Elle garderait son chagrin pour elle, elle pleurerait son époux pendant les soixante-dix jours de deuil, mais elle survivrait.

Ahmosis et Ouni accompagnèrent Kamosé, que l'on emportait en litière dans le jardin. Karès, l'intendant d'Ahhotep, s'inclina devant Si-Amon et alla se poster à quelques pas de sa maîtresse, les bras croisés. Le jeune homme se demanda avec inquiétude où Tani était allée lécher ses plaies et, brusquement, comme si on lui jetait de l'eau froide à la figure, il se rappela Mersou et ce qui devait être fait. Repoussant la panique qui menaçait de le gagner, il se dirigea vers les appartements des femmes. Chaque chose en son temps, se dit-il. D'abord, Ahmès-Néfertari et mon fils.

La chambre de la jeune femme était plus fraîche que les mains brûlantes du soleil qui martelaient les murs. Des bouffées d'air chaud entraient par la fenêtre, percée sous la terrasse, agitant les nattes de joncs tressés et les cheveux d'Ahmès-Néfertari, qui somnolait, adossée à des oreillers. Si-Amon fit un signe à Raa, assise sur un tabouret à côté de sa maîtresse et, après lui avoir adressé un sourire de bienvenue, elle se glissa hors de la pièce. Si-Amon s'approcha de son épouse et posa un baiser sur ses lèvres pâles. Elle se réveilla en sursaut, poussa un cri de joie et noua ses bras autour de son cou. «Si-Amon! Je n'arrive pas à y croire! Nous étions si inquiets depuis que vos lettres ont cessé d'arriver. Tu l'as vu? Il est si fort, si vigoureux! Que s'est-il passé? Père est-il déjà à Het-Ouaret?»

Il lui ferma la bouche en l'embrassant avec une brusque violence, dans le vain espoir de se libérer de la douleur et du chagrin qui lui coupaient le souffle et lui perçaient le cœur. «Si-Amon! s'exclama Ahmès-Néfertari, en se dégageant. Tu pleures!»

Il acquiesça muettement et posa la tête sur sa poitrine, sans essayer plus longtemps de retenir ses sanglots. Elle le tint dans ses bras jusqu'à ce que ses pleurs s'apaisent, puis lui tendit un coin de drap pour qu'il s'y essuie le visage. «Une victoire était trop demander», dit-elle.

Il n'avait pas honte de ce moment de faiblesse, pas avec elle. Elle posait sur lui des yeux interrogateurs, pleins d'appréhension, et il sut qu'il devait tout lui dire. Son sentiment de culpabilité avait élevé un mur entre eux bien avant qu'il ne quittât Oueset, et il avait lentement empoisonné leurs rapports. A présent, il lui fallait corriger tout cela.

Il parla d'abord de façon incohérente, ne sachant par où commencer – son ennui et le mépris qu'il avait pour Oueset, la visite chez Téti au cours de laquelle il avait succombé –, mais peu à peu son récit devint compréhensible, froid et terrible.

Ahmès-Néfertari ne le quitta pas un instant des yeux. Il lut de l'incrédulité, de la stupéfaction, de la compassion et de la douleur dans son regard, mais jamais ce qu'il redoutait le plus d'y voir : une condamnation méprisante de ses actes. Lorsqu'il se tut enfin, elle se rejeta en arrière et fixa le plafond. «Père est mort? demanda-t-elle d'une voix tremblante. Les prêtres-sem...

– Oui, murmura-t-il, la gorge serrée.

– Mais il serait mort de toute façon, Si-Amon, tu le sais, n'est-ce pas? Dans la plaine de Dashlout ou dans les canaux qui entourent Het-Ouaret, quelle différence?» Elle se redressa et poursuivit d'un ton pressant : «Sa révolte était vouée à l'échec dès le début, et ce que tu as fait en secret n'y a rien changé. Je ne veux pas te perdre, mon frère. Ne parle pas! Fais tuer Mersou. Persuade les autres qu'un procès n'est pas nécessaire. Ramosé ne savait rien à ton sujet, n'est-ce pas? Alors, il est inutile que les autres sachent. Je ne veux pas te perdre!» répéta-t-elle d'une voix aiguë.

Si-Amon garda le silence. Elle parlait sans réfléchir, guidée par son instinct de femme qui lui commandait de préserver son enfant et elle-même sans se soucier des conséquences ni de l'aspect moral des choses.

Lorsqu'elle se tut, il se pencha vers elle et emprisonna ses deux mains dans les siennes. «Je ne peux pas, dit-il. Je dois tout avouer et payer pour ce que j'ai fait. Comment pourrions-nous continuer à vivre comme avant? Ce secret pèserait sur notre conscience, et tu en viendrais peut-être à me haïr. Quant à moi, je perdrais peu à peu ma fierté et ma virilité. Elles s'en vont goutte à goutte, Ahmès-Néfertari, jusqu'à ce que ne restent plus que le secret et la culpabilité. Je ne peux pas vivre ainsi.

– Mais si tu te livres à la justice, la famille t'exécutera! Elle n'aura pas le choix! s'écria-t-elle en frappant de ses poings ses genoux repliés. Cela ne ramènera pas père et ne nous épargnera pas non plus le châtiment du roi.»

Une idée lui vint soudain à l'esprit, et elle se tourna vers lui, le regard flamboyant. « Puisque tu es l'aîné, tu es désormais prince d'Oueset et gouverneur des Cinq Nomes. Oh ! Si-Amon, c'est à toi qu'il appartient de rendre la justice, à toi seul ! Pardonne-toi !

– Comment pourrais-je me respecter, Ahmès-Néfertari ? Comment oserais-je rendre la justice ? Combien de temps conserverais-je ton estime ?

– Et que fais-tu de moi ? De ton fils ? Raa ! »

La servante ouvrit la porte et s'inclina.

« Apporte-nous l'enfant ! ordonna Ahmès-Néfertari. Si tu insistes pour te détruire, qu'allons-nous devenir ? reprit-elle d'une voix tendue. Je t'aime, j'ai besoin de toi, ton fils a besoin d'un père. Ne nous quitte pas, Si-Amon ! »

Elle avait à peine fini de parler que Raa revenait avec le nouveau-né. La gorge serrée, Si-Amon se leva et tendit les bras. Son fils ouvrit les yeux et le regarda d'un air endormi. Une minuscule main rouge agrippait le coin du tissu qui l'emmaillotait. Bouleversé, Si-Amon reconnut les pommettes saillantes et les yeux légèrement en amande de Séqénenrê. Le bébé sentait le natron et la jeune chair tiède. « Il est si vulnérable ! murmura Ahmès-Néfertari, qui les enveloppait d'un regard douloureusement intense. Et moi aussi, Si-Amon. Je t'en prie ! »

Le jeune homme embrassa le front humide de son fils et le rendit à Raa. « Je regrette, ma sœur, je ne peux pas. » Il voulut la prendre dans ses bras, mais elle le repoussa avec violence et enfouit son visage dans les oreillers. Elle sanglotait lorsqu'il arriva à la porte. *C'est à moi seul qu'il appartient de rendre la justice*, pensa-t-il avec désespoir. Ahmès-Néfertari disait plus juste qu'elle ne le croyait. A moi seul.

Après avoir quitté sa femme, Si-Amon se mit à la recherche de Tani. Il la trouva sur la terrasse du vieux palais, à l'endroit où Séqénenrê avait été attaqué. Silencieuse, les vêtements en lambeaux, elle se balançait d'avant en arrière. En le voyant, elle se jeta dans ses bras et, après l'avoir consolée de son mieux, il la convainquit de regagner ses appartements.

En revenant du palais, il vit sa mère toujours prostrée dans la poussière, mais protégée maintenant du soleil par un dais et veillée par Karès et Hétépet, qui attendaient un peu à l'écart que son chagrin s'apaisât. Si-Amon ne la dérangea pas. Ahmosis avait disparu, sans doute pour aller donner libre cours à sa douleur dans les marais. Beaucoup des serviteurs que croisait Si-Amon étaient en larmes.

Lui-même ne souhaitait rien tant que s'enfermer dans sa chambre et économiser le peu d'énergie qui lui restait, mais il se força à aller prendre des nouvelles de Tétishéri. Par bonheur, Mersou resta invisible. Ce fut Isis qui lui ouvrit. Elle lui dit que sa maîtresse se reposait et ne souhaitait pas être dérangée. Une odeur d'encens s'échappait par la porte ouverte, et Si-Amon crut entendre le prêtre de sa grand-mère psalmodier des prières.

Il repartit, soulagé, et se rendit auprès de Kamosé, qui avait demandé que sa litière fût déposée près du bassin. «C'est si paisible, ici, remarqua celui-ci lorsque son jumeau s'assit près de lui. Après le désert, je ne connais pas de meilleur endroit pour guérir et retrouver une vision juste des choses.» Comme Si-Amon gardait le silence, il ajouta : «Comment réagissent-ils ? Comment va Tani ?

— Je l'ai confiée à Hèqet. Elle est très affectée.

— Elle pleure deux êtres chers.» Kamosé fit un mouvement qui lui arracha une grimace et porta la main au pansement sous son bras. «Elle a plus besoin de Ramosé que d'aucun d'entre nous. Dis-moi, Si-Amon, que comptes-tu faire ?

— Faire ? répéta celui-ci, en sursautant.

— Tu es l'héritier de père. C'est à toi de prendre les décisions, désormais.

— Je te trouve bien solennel !

— Pardonne-moi, s'excusa aussitôt Kamosé. Mais il faut que nous nous occupions de Mersou. S'il soupçonne que nous savons, il disparaîtra purement et simplement.

— Je sais, répondit son frère à contrecœur. Je compte le faire arrêter avant le coucher du soleil. Mais nous sommes en deuil, Kamosé. Il ne peut être ni jugé ni exécuté avant que père ne soit enterré. Il serait plus simple de lui trancher la gorge.

— Plus simple mais contraire à toutes les lois de Maât. Que cela nous plaise ou non, Mersou doit être jugé dans les règles en présence de la famille, du maire d'Oueset et du premier intendant du domaine, à savoir Ouni. Ah ! Apopi doit bien rire !»

Je le savais, pensa Si-Amon, en regardant les ombres jouer sur les jambes nues de Kamosé, mais cela valait la peine de m'en assurer.

Kamosé aurait peut-être accepté de se débarrasser discrètement de Mersou s'il avait jugé un procès trop humiliant et trop douloureux pour la famille.

« Que va faire le roi, maintenant ? se demanda-t-il à haute voix.

– Il peut prendre son temps, puis nous punir à sa guise, dit Kamosé. Si j'étais à sa place, je nous ferais tous exécuter pour servir d'exemple à d'autres agitateurs en puissance, mais cela lui vaudrait sans doute l'hostilité des nobles héréditaires d'Egypte. Les Sétiou ont rarement agi de la sorte, et Apopi ne fait pas exception. Je pense que nous aurons la vie sauve mais que nous perdrons tout le reste. »

Il se tourna vers le serviteur qui attendait à quelques pas, prêt à le servir. L'homme lui apporta aussitôt de l'eau, qu'il but avidement.

« Je donnerais cher pour mettre la main sur Téti, reprit-il dans un grognement. Je lui infligerais moi-même les cinq plaies avant d'enfoncer mon couteau dans sa panse bien nourrie ! »

La dureté de son ton fit frémir Si-Amon. Si seulement tu savais ! pensa-t-il.

« Je comprends tout de même ce qui l'a poussé à agir de la sorte, dit-il. Bien des gens ont du mal à discerner où se trouve la vraie Maât de nos jours. J'éprouve de la pitié pour Téti. »

Kamosé ne daigna pas répondre et, après un moment de silence, il changea de sujet.

« Quel nom vas-tu donner à ton fils ? demanda-t-il.

– Les astrologues se concertent encore. Je me conformerai à leur décision. »

A condition qu'ils ne choisissent pas de l'appeler Séqénenrê, se dit-il. Ce nom est devenu synonyme de souffrance et de mort. Oh ! mon père, si pur, si implacable !

« Apopi respectera la période de deuil, déclara-t-il en se levant. Mais nous pouvons nous attendre à être châtiés immédiatement après. Jusque-là, il nous faut profiter de chaque journée. »

Kamosé avait fermé les yeux, sombrant dans le brusque sommeil du convalescent.

« Oui, murmura-t-il. Oui... »

Ce soir-là, à l'heure du dîner, la famille se réunit dans la salle de réception, les yeux gonflés et l'estomac noué. Si-Amon avait invité Amonmosé et le maire d'Oueset et, après que le repas eut été avalé en silence et que les serviteurs se furent retirés, il se prépara à prendre la parole. Il avait vivement conscience de la présence de Mersou, debout à sa place habituelle derrière Tétishéri, prêt à satisfaire le moindre de ses désirs. Ouni, Karès, Isis et les autres serviteurs importants de la maison étaient également là, indifférents en apparence, bien que Si-Amon sût que ce n'était qu'une façade.

Trop faible encore pour se lever, Ahmès-Néfertari n'était pas venue. Hor-Aha se tenait à côté de Kamosé, qui était étendu sur un lit de camp. Ahhotep s'était lavée et avait changé de robe, mais elle ne portait aucun de ses bijoux. Ahmosis mâchait son oie rôtie d'un air pensif, le visage ravagé par le chagrin. Seule Tétishéri était habillée, maquillée et parée.

Elle ressemble aux reines de l'ancien temps, se dit Si-Amon en la regardant. Sa fierté consolide chaque os de son corps. Elle aimait son fils avec passion et voulait le voir sur le trône d'Horus. Sa souffrance est immense et pourtant, seuls ses inférieurs la verront pleurer. Qu'as-tu éprouvé aujourd'hui en voyant devant toi une femme brisée et désespérée, Mersou ? As-tu regretté ce que tu avais fait ? Son regard se posa ensuite sur Tani, assise elle aussi à côté de Kamosé, dont elle tenait la main ; il lui sourit et obtint une petite grimace en retour.

Tous les yeux étaient tournés vers lui. Le silence était si total qu'il entendait le murmure du vent sec de la nuit entre les colonnes. Prenant une profonde inspiration, il se mit à parler.

Il leur raconta la marche de l'armée, l'arrivée à Qès, la visite de Ramosé en pleine nuit et ce qu'il leur avait appris. Du coin de l'œil, il vit Tani sursauter. Mersou, lui, n'eut pas un mouvement, et Si-Amon s'émerveilla de son sang-froid. La gorge de plus en plus sèche, il décrivit la bataille, leur résistance désespérée et la mort terrible de Séqénenrê. Personne ne bougeait. Seule la flamme vacillante des lampes d'albâtre mettait un peu de vie dans la pièce en faisant danser des ombres sur les murs.

Finalement, Si-Amon fit un signe à Hor-Aha, qui se leva. « L'homme qui a lâchement attaqué Séqénenrê, qui n'a cessé d'informer Téti et par conséquent Apopi, est parmi nous ce soir, termina-t-il d'une voix rauque. Mersou, tu es en état d'arrestation. Nous déciderons de ton sort après l'enterrement de mon père. »

Il aurait voulu continuer, s'étendre sur la nature odieuse du crime de l'intendant, le condamner avec force, mais son propre sentiment de culpabilité lui ferma la bouche.

Hor-Aha s'avança vers l'intendant, s'inclina devant Tétishéri et attendit. Toujours impassible et plein de dignité, Mersou suivit le général et quitta la pièce sans regarder qui que ce fût.

« Il n'est pas vraiment égyptien, déclara le maire avec un soulagement manifeste. C'est un Sétiou.

– C'est Ramosé qui vous a prévenus ? s'écria Tani. Il a risqué sa vie pour vous avertir ? »

Si-Amon acquiesça de la tête, heureux de voir une autre émotion que le chagrin sur le visage de sa sœur. Ahmosis se rinça les doigts dans le bol que son serviteur lui tendait.

« Qui d'autre a entendu Ramosé parler ? demanda-t-il d'un ton brusque. Il faut des témoins, Si-Amon. L'accusation est trop grave pour être prise en considération si nous n'en avons pas. »

Si-Amon dévisagea son frère avec étonnement. Son indifférence habituelle avait disparu, et il posait sur lui un regard interrogateur, brillant d'intelligence.

« Seul notre père a entendu Ramosé, répondit-il. Mais il nous a convoqués, Kamosé, Hor-Aha et moi, quelques instants après que Ramosé fut reparti dans le camp ennemi. Nous pouvons témoigner tous les trois.

– Cela ne suffit tout de même pas, déclara Ahmosis en se levant. Il faudra que Mersou avoue.

– Traiterais-tu père de menteur ? s'écria Si-Amon, à bout de patience.

– Bien sûr que non. Père était un homme intègre, qui n'avait en outre pas la moindre raison de mentir. Mais la vie d'un homme est en jeu, et nous devons être prudents. Puis-je me retirer, prince ? »

Lorsqu'il fut parti, Tani s'approcha de Si-Amon et lui demanda tout bas à l'oreille : « Ramosé ne vous a pas confié un message pour moi ? »

Dans un moment pareil ! Ne sois pas ridicule ! faillit s'exclamer Si-Amon, mais il ravala ces paroles et répondit avec douceur : « Non, Tani, il voulait parler à père et repartir le plus rapidement possible. S'il avait été surpris par les siens, il aurait été exécuté, tu sais.

– Oh ! bien sûr, c'est stupide de ma part. C'est juste...

– Tu sais qu'il t'aime, dit Si-Amon, en la prenant par les épaules. Il nous aurait sans doute avertis de toute manière parce que c'est un homme d'honneur, mais il pensait certainement à toi lorsqu'il s'est glissé jusqu'à la tente de père, cette nuit-là. Sois courageuse, Tani.

– J'en ai assez d'être courageuse, riposta-t-elle. J'aimerais être autre chose. Heureuse par exemple.»

Elle fit volte-face et se précipita hors de la pièce. Ahhotep, qui n'avait pas prononcé une parole, se leva et la suivit.

J'ai l'impression d'être une bonne d'enfants, une mère entourée de cinq enfants en pleurs…, se dit Si-Amon dans un accès de désespoir. Pourquoi est-ce à moi qu'ils viennent tous demander du réconfort, des décisions ? La réponse lui apparut alors qu'il s'asseyait près de Tétishéri, immobile et resplendissante de bijoux : parce que, désormais, c'est toi le chef de famille, toi le prince et le gouverneur.

«Grand-mère?»

Elle lui tendit une main tremblante, qu'il serra dans la sienne. Sa peau était aussi froide que celle d'un serpent.

«Je lui faisais confiance, dit-elle d'une voix grinçante. Dieux! J'avais même de l'affection pour lui! C'est une honte dont le poids m'écrase. Faut-il vraiment attendre la fin du deuil?»

Son visage était pareil à un masque. Le contrôle surhumain qu'elle exerçait sur elle-même était plus terrible et plus pathétique que l'accès de désespoir d'Ahhotep dans le jardin ou les larmes de Tani. Si-Amon sut brusquement ce qu'il devait faire. Soixante-dix jours de deuil, des funérailles et un procès qui deviendrait inévitablement public soumettraient sa famille à une épreuve insupportable, qui minerait leur unité et leurs forces, déjà fragiles. S'ajoutait à cela la perspective des représailles royales. C'était trop. Ils seraient marqués, mais pas défigurés. Si-Amon se jura d'y veiller.

«Peut-être pas, dit-il tout bas. Va te reposer, grand-mère. Ouni ! Accompagne la princesse dans ses appartements. Tu remplaceras son serviteur à ses côtés.»

Tétishéri se leva avec difficulté, paraissant brusquement chacune de ses soixante-deux années, et elle s'éloigna en s'appuyant sur le bras de l'intendant.

Si-Amon jeta un regard vers le maire, mais Kamosé et lui discutaient avec animation. Il appela donc le grand prêtre et l'entraîna à l'écart, près de la colonnade. Dehors, au-delà du faible halo des lampes, une obscurité étouffante enveloppait les parterres vides et l'herbe brûlée. Pris au filet des étoiles, un mince croissant de lune brillait, trop pâle pour faire brasiller la surface trouble du bassin. Les arbustes se réduisaient à des taches noires à peine discernables contre le mur du vieux palais.

Si-Amon descendit les marches de pierre tièdes entre les colonnes et s'arrêta à la lisière de la nuit. « Nous ne nous connaissons guère tous les deux, commença-t-il avec calme. Nous nous parlions aux fêtes d'Amon et pendant les banquets, mais les affaires divines ne concernaient que mon père et toi. » Il hésita un instant, cherchant ses mots et, se méprenant sur ce qui le préoccupait, Amonmosé déclara avec précipitation :

« Tu peux être certain que je m'acquitterai de mes devoirs envers toi avec autant de zèle que je le faisais avec ton père, prince. Tu es notre gouverneur, à présent. C'est désormais de toi que dépend le bien-être des serviteurs d'Amon et à toi que revient le privilège de communier directement avec le dieu. »

Si-Amon se força à sourire. Le visage du grand prêtre était pâle et anxieux dans l'obscurité.

« Je ne doute pas de ton zèle, assura-t-il. Le dieu que nous servons avec la plus grande dévotion ici, à Oueset, a beau être quasiment inconnu dans les villes d'Égypte où se tient le pouvoir, aucune autre divinité n'a de prêtres plus loyaux que toi et tes aides. Non. J'ai une faveur à te demander. »

Il s'interrompit. Une voix intérieure lui murmurait : « Tu peux encore reculer. C'est ton ultime chance. Demande-lui quelque chose d'anodin. Tu es si jeune, prince. Tu as tant à perdre. Pense à ta femme et à ton fils. » La brise nocturne le fit brusquement frissonner. Amonmosé attendait qu'il poursuive. Il prit une profonde inspiration.

« J'aimerais que tu me prépares un poison, dit-il avec lenteur. Je sais que c'est plutôt une spécialité des prêtres de Seth, mais je ne veux pas que mes intentions filtrent dans le Nord.

– Il me faut savoir à quoi tu le destines, murmura Amonmosé d'une voix rauque. Je suis prêtre d'Amon. Je ne peux enfreindre une loi de Maât, ni risquer une pesée défavorable dans la Salle du Jugement sous le regard d'Anubis. »

Les lignes de son visage s'étaient creusées. Il semblait cadavérique dans la lumière blafarde de la lune.

« Tu sais que Mersou doit être jugé pour sa trahison, expliqua Si-Amon. Tu sais aussi qu'il ne pourra être mis à mort avant les funérailles de mon père. Je souhaite exécuter moi-même la sentence pour deux raisons. Non…, poursuivit-il, en voyant que le grand prêtre s'apprêtait à protester. Ecoute-moi avant de refuser. Père ne sera enterré que dans deux mois. Jusque-là, Mersou devra rester ici, emprisonné. Ce sera une source permanente de douleur et de colère pour ma famille, dont les souffrances sont déjà à la limite du supportable. C'était ma première raison. La seconde, la voici : je ne veux pas laisser au roi le temps de m'ordonner de libérer Mersou. Je pense que c'est ce qu'il fera s'il apprend que son espion a été découvert. N'importe quel prétexte fera l'affaire. Il décidera de le nommer dans le Nord ou le fera convoquer à Het-Ouaret par son propre intendant… et il me faudra obéir. Mersou ne doit pas échapper à sa punition. Je le tuerai de mes mains. »

Amonmosé garda le silence. Il avait baissé la tête. Si-Amon ne voyait plus que son crâne rasé, qui luisait faiblement. Il attendit avec fatalisme. Tu seras mon juge, toi aussi, pensait-il. Si tu refuses, je chercherai comment continuer à vivre, mais si tu acceptes, j'estimerai que c'est un message des dieux et que je dois également mourir. Il était parfaitement calme. Le frisson d'angoisse qui l'avait étreint s'était dissipé.

Amonmosé leva enfin vers lui un visage tourmenté. «Ce que tu me demandes est à la frontière de Maât, déclara-t-il. Et tout dépend du caractère et de la moralité des personnes concernées. Cela étant, tu veux plus qu'une coupe de poison, prince. Tu cherches aussi à t'assurer de ma loyauté, en général.»

C'est bien possible, en effet, se dit Si-Amon avec étonnement. Je suis heureux de ne pas lui avoir offert d'or en échange de ce service. Il hocha la tête.

«Je n'y avais pas pensé, répondit-il. En ce qui me concerne, je n'ai jamais eu le moindre doute quant à ta loyauté envers ma famille. Puis-je avoir une réponse, Amonmosé ?

– Je me fie à toi pour faire ce qui est juste, comme ton père, dit le grand prêtre avec un soupir. Je te préparerai du poison. Mersou mérite la mort.

– Merci.»

Amonmosé s'inclina et s'en fut vers le débarcadère, où ses porteurs l'attendaient en somnolant. Si-Amon le suivit des yeux jusqu'à ce que l'obscurité l'engloutît. Puis il rentra dans la maison, les jambes molles.

Avant de se réfugier dans ses appartements, il se força à aller jusqu'à la cellule de Mersou. L'intendant était emprisonné dans sa propre chambre et, en approchant de sa porte, Si-Amon vit Hor-Aha se lever avec raideur. Deux gardes le saluèrent.

«Ta présence ici est inutile, déclara Si-Amon, en remarquant la pâleur du général. Fais changer ton pansement et va dormir. Tu es épuisé.

– Je sais, répondit Hor-Aha, en s'inclinant. Après avoir fermé la porte à clé, je me suis assis pour attendre les gardes et je n'ai plus éprouvé le désir de me relever. La journée a été rude.

– Mersou a-t-il parlé?

– Non, répondit Hor-Aha. Il est si maître de lui que j'en ai des soupçons, bien que je sache qu'il lui est absolument impossible de s'évader.

– Je veux le voir, déclara Si-Amon. Tu peux disposer, général. Dors bien. Demain matin, tu me feras un rapport sur ce que nous avons sauvé de la campagne désastreuse de mon père. Mais pas trop tôt, surtout!»

Hor-Aha s'inclina de nouveau et s'éloigna à la lueur des torches, serrant son manteau autour de son épaule enflée. Si-Amon ordonna à un garde d'ouvrir la porte.

Il entra et la referma du pied. Mersou le salua avec respect. Il était en train de jouer avec des osselets, qu'il posa sur le couvercle de son coffre et, momentanément pris au dépourvu par le calme de l'intendant, Si-Amon remarqua combien ils étaient polis à force d'être maniés. Tout le monde aimait jouer aux osselets, mais il n'avait pas imaginé Mersou se livrant à un passe-temps aussi frivole. Cette idée le déconcerta un instant et, du coup, le mit en colère. Il fit un effort sur lui-même pour retrouver son sang-froid.

«Tu es d'une remarquable placidité, Mersou», remarqua-t-il.

L'homme haussa légèrement les épaules.

«Pourquoi perdre mon énergie et ma dignité à invectiver le destin? répondit-il. J'ai fait mon devoir. J'ai la conscience nette. Je dormirai du sommeil des justes, prince.»

Si-Amon chercha de l'insolence sur son visage, mais il n'y en avait que dans l'assurance de ses propos.

«Tu penses que le roi te fera libérer avant l'enterrement de Séqénenrê, dit-il avec lenteur. C'est pour cela que ton arrestation ne t'émeut guère.

– Peut-être, reconnut Mersou avec un sourire. Mais j'ai aussi confiance en ta clémence, prince.

– Quoi ? s'exclama Si-Amon, furieux.

– Si tu ne me juges pas innocent ou si, du moins, tu ne classes pas l'affaire faute de preuves directes, je révélerai à tes frères et à tous ceux qui veulent bien m'écouter le rôle que tu as joué dans la chute de Séqénenrê. Es-tu assez courageux pour affronter les juges à mes côtés, ô prince d'Oueset ? D'ici deux mois, je compte bien être en route pour Het-Ouaret. Etre emprisonné dans l'intervalle ne me dérange pas. J'ai travaillé dur et longtemps pour ta grand-mère. Je mérite un peu de repos. »

Si-Amon resta sans voix, sidéré par le cynisme et la grossièreté de l'intendant. Ses paroles indiquaient un mépris total pour son rang et sa condition. Nous ne sommes que des noblaillons de province pour lui, se dit-il avec fureur. Il a honte de nous avoir servis. Il estime n'être digne que d'un roi, et que nous prétendions à ce titre l'embarrasse. Eh bien, nous allons voir qui exerce le pouvoir dans cette partie de l'Egypte, vermine sétiou !

Faisant un pas en avant, il gifla Mersou. «Comment oses-tu me parler de cette façon ! Paysan ! En attendant ton procès, tu t'occuperas à tresser des nattes de joncs pour les chambres des serviteurs. Cela te remettra à ta véritable place. Tétishéri t'a gâté. Tu as moins de noblesse d'esprit que le plus humble des paysans suant à manier le *chadouf*.

– Et toi ? riposta Mersou, sans faire un mouvement pour se frotter la joue, où les doigts de Si-Amon avaient laissé une marque blanche. Et toi, fier Taâ ? »

Le jeune homme soutint son regard, douloureusement conscient en même temps de l'odeur forte de la lampe fumante, du sol de terre battue, irrégulier et frais sous ses pieds, et du drap de lin grossier sur le lit, derrière la silhouette droite de Mersou.

«Ainsi soit-il», murmura-t-il, les dents serrées. Et pivotant sur les talons, il s'en fut.

10

Cette nuit-là, seul dans son lit et incapable de dormir, il écouta le chagrin des habitants d'Oueset. Les femmes pleuraient Séqénenrê dans les rues, et leurs lamentations aiguës portaient loin par-dessus le fleuve, se répercutaient contre les murs de l'ancien palais... Les soixante-dix jours de deuil avaient commencé. Dans la Maison des Morts, vidé de ses entrailles et rempli de natron, le corps de Séqénenrê était veillé par des prêtres-sem qui, à intervalles réguliers, récitaient les prières obligatoires avant de reprendre leurs étranges méditations.

Deux jours plus tard, Amonmosé revint. Adossé contre une des colonnes du bureau de son père, Si-Amon écoutait Hor-Aha lui rapporter d'une voix sèche l'état d'esprit des soldats survivants quand il vit le grand prêtre traverser le jardin. Il était vêtu d'un long pagne blanc amidonné et plissé. Ses sandales étaient de cuir rouge, son pectoral d'or et de jaspe, et un khôl épais soulignait ses yeux. Il avait sur l'épaule sa peau de léopard, dont la gueule frôlait presque le sol. Deux aides l'accompagnaient, l'un portant le bâton blanc orné des plumes d'or d'Amon, l'autre une petite boîte en bois.

Si-Amon leva une main, et Hor-Aha se tut. «Nous reprendrons plus tard, dit-il au général. Amonmosé vient en visite officielle, sans doute pour m'apprendre le nom de mon fils. Fais dire à Ahmès-Néfertari de se préparer à recevoir le grand prêtre.»

Les yeux rivés sur le coffret de bois porté par le jeune garçon, il s'aperçut à peine du départ du général, et il lui fallut faire un effort sur lui-même pour saluer le prêtre et l'inviter à s'asseoir dans la fraîcheur relative de la véranda.

Amonmosé monta les marches, le front perlé de sueur. «Courage, mon ami! dit Si-Amon en lui souriant. L'Inondation est pour bientôt. M'apportes-tu le nom de mon fils?»

Mais tout en parlant, son regard glissait malgré lui vers l'assistant, qui attendait patiemment au soleil. Sa distraction n'échappa pas à Amonmosé.

«Oui, prince, répondit-il, en s'inclinant. Et j'ai également ce que tu m'as demandé. Manie-le avec précaution. Une goutte suffit à brûler la peau.
– D'abord, la vie, déclara Si-Amon avec calme, bien qu'un frisson d'horreur le parcourût. Qu'ont décidé les astrologues?»

Il attendit avec anxiété, en pensant à son premier-né, qui avait à peine vécu et gisait dans une tombe inachevée.

«Je crois que tu seras satisfait, dit Amonmosé en souriant. Ils ont choisi le nom d'Ahmosis-onkh.»

Si-Amon respira plus librement. C'était un bon nom, classique, familier et rassurant comme le lent passage du temps à Oueset. Il était bien que l'enfant portât le nom d'Ahmosis, le seul des hommes de la famille à ne pas avoir été touché directement par la guerre et la destruction. Et le suffixe «onkh», dérivé d'«ankh», le signe de vie, en renforçait encore la vitalité. Si-Amon rendit son sourire au prêtre.

«C'est tout à fait acceptable, dit-il. Va prévenir Ahmès-Néfertari.»

Mais Amonmosé appela d'abord son jeune assistant, qui monta les marches en courant et tendit le coffret à Si-Amon en s'inclinant.

«Un présent pour ton fils, déclara le grand prêtre, avec un regard d'avertissement. Il a beaucoup de valeur. Fais-y bien attention, prince.»

Celui-ci tapota la tête du jeune garçon, parvint à prendre congé du prêtre en souriant, puis emporta le coffret dans le bureau vide. Le bois était tiède et sentait le cèdre. Il souleva le couvercle en tremblant et découvrit un pot d'albâtre, soigneusement cacheté. Il le contempla un instant, puis referma résolument la boîte et alla la cacher dans ses appartements, sous son lit. Il se mit ensuite en quête de son épouse.

Il la trouva sur la terrasse, à l'ombre d'un dais. Le bébé dormait dans un panier, à côté d'elle. Raa, qui parfumait d'essence de lotus un bol d'eau dans lequel trempait un linge, se retira à l'arrivée du prince. Ahmès-Néfertari lui ouvrit les bras en souriant. Elle était nue, et sa robe froissée reposait près d'elle, sur la natte. «Es-tu content? demanda-t-elle. C'est un beau nom, je trouve. Amonmosé vient de partir, et j'ai décidé de monter ici et de me faire baigner par Raa. Il fait si chaud, cet après-midi!»

Si-Amon s'agenouilla et la serra dans ses bras. Sa peau, chaude et sèche, sentait légèrement le kaki. Les cheveux qui lui frôlaient le visage étaient tièdes, eux aussi, aussi doux et légers qu'une brume sur le fleuve. Il embrassa ses lèvres sans maquillage.

«Oui, c'est un beau nom, dit-il en souriant. Ahmosis sera ravi.»

Il tourna son attention vers l'enfant. Ahmosis-onkh était l'image de la béatitude. Gorgé de lait, ses petits membres bruns abandonnés dans le sommeil, il avait la bouche entrouverte, pareille à un petit bourgeon de lotus, et ses cils noirs frôlaient ses joues potelées. Si-Amon caressa avec émerveillement sa peau satinée. «Comme il est parfait!» s'exclama-t-il. Et son émotion aiguisa la perception qu'il avait de tout ce qui l'entourait.

La peau du bébé semblait perlée de rosée, le drap sur lequel il dormait était d'un blanc éblouissant. Stupéfait, Si-Amon s'aperçut qu'il pouvait en compter chaque fil. Une des mains d'Ahmès-Néfertari reposait sur un coussin bleu. Fasciné, il remarqua la marque légèrement plus pâle laissée par ses bagues, la saillie des tendons, les poils fins, presque invisibles, entre les articulations. Ses yeux descendirent le long de sa jambe brune satinée, s'attardèrent sur sa cheville, sur ses orteils robustes et calleux, puis allèrent se perdre au loin. Il se sentait essoufflé, comme s'il avait longtemps couru.

Les glands qui garnissaient le dais mettaient une note rouge sur le bleu-vert profond du ciel. Au-delà, les lignes du désert et du temple, celles, enchevêtrées, des bâtiments d'Oueset, l'entrelacement compliqué des buissons dénudés le long des courbes argentées du fleuve, faisaient à Si-Amon l'effet d'un paysage exotique et étranger, comme s'il en était déjà détaché. De ses yeux à son cœur circulaient des messages pleins d'intensité, quoique inintelligibles pour son cerveau. Les couleurs de l'été, brun, beige, argent, se détachant sur un bleu ardent, le brûlaient comme une épée incandescente.

«Restons ici jusqu'au soir, Ahmès-Néfertari, dit-il d'une voix qu'il reconnut à peine. Renvoie Raa. Je te baignerai. Nous bavarderons, et nous nous ferons servir à dîner ici au lieu d'aller dans la salle de réception.»

Elle se tourna vers lui, étonnée, prête à le taquiner, mais quelque chose dans son expression l'en dissuada.

« Très bien, dit-elle. Raa s'occupera du bébé.
– Non, gardons-le avec nous. »

Elle se laissa aller contre les coussins et lui adressa un large sourire.

« Le soleil t'a tourné la tête, Si-Amon ! Nous paresserons donc ensemble. Parfait ! Baigne-moi ! »

Ils dirent à Raa de se retirer et, tandis que le soleil descendait lentement vers l'ouest, ils bavardèrent. Par deux fois, ils s'assoupirent, étendus l'un contre l'autre sur les coussins en désordre. Si-Amon frotta d'eau parfumée le corps souple d'Ahmès-Néfertari. Il la regarda allaiter leur fils. Ils parlèrent de leur père, de leur enfance, mais évitèrent tacitement d'évoquer le futur. Si-Amon aurait aimé lui faire l'amour sur cette terrasse, dans la lumière douce du couchant, mais elle n'était pas encore remise de la naissance d'Ahmosis-onkh.

Vers le soir, des serviteurs leur apportèrent de la bière d'orge et du vin rouge, des raisins et des figues, du pain et des gâteaux au miel. Lorsque la bouche de Nout avala lentement Rê et que le sang de sa lutte inonda la terre, ils se turent enfin et, tendrement enlacés, le regardèrent disparaître.

Quand les premières étoiles commencèrent à palpiter dans un ciel encore légèrement bleu, Si-Amon prit son enfant dans ses bras et raccompagna sa femme dans ses appartements. Dans la chambre, Raa allumait les lampes, servait de l'eau fraîche pour la nuit et préparait le lit de sa maîtresse.

« Nous avons passé un après-midi merveilleux, dit Ahmès-Néfertari en l'embrassant. Si nous ne pleurions pas père, s'il n'y avait pas cette tristesse en nous, ces heures auraient été parfaites. Mais tu n'es pas toi-même, Si-Amon. »

Il lui rendit son baiser, puis laissa Raa lui prendre son fils pour l'emmener dans la chambre d'enfants. « Aucun de nous n'est lui-même, répondit-il. Nous ne vivrons peut-être plus jamais comme avant, Ahmès-Néfertari. Comment le pourrions-nous ? L'avenir est très sombre. Mais je t'aime, et rien d'autre ne compte. »

Il contempla un instant son visage, sa peau ferme presque noire, ses yeux marron pleins de douceur, ses belles lèvres mobiles à peine plus pâles que le reste de sa personne. « Bonne nuit », dit-il simplement.

Elle sourit, hocha la tête et ferma la porte derrière lui.

Si-Amon ne rencontra que des gardes dans les couloirs, lorsqu'il regagna sa chambre. La maison était silencieuse et ses habitants, épuisés par la chaleur de la journée. Il se demanda soudain ce que faisaient les autres membres de la famille et eut envie d'aller les voir, mais il comprit que son ka cherchait ainsi à le détourner de son but. Il savait parfaitement où se trouvait chacun des siens. Ils étaient de sa chair et de son sang ; il connaissait leur caractère et leurs habitudes. Tétishéri devait être en train de prier ou de se faire lire des histoires dans sa chambre. Sa mère était sans doute en train d'évoquer Séqénenrê et ses souvenirs, avec Isis. Ahmès-Néfertari... mieux valait ne pas l'imaginer levant les bras pour permettre à Raa de lui passer une chemise de nuit diaphane, puis allant se pencher une dernière fois au-dessus du berceau de leur enfant. Rétabli mais encore raide, Kamosé devait être assis dans le jardin, avec des pensées qu'aucun membre de la famille ne partageait, peu pressé d'aller se coucher. Ahmosis se promenait probablement le long du fleuve en compagnie d'un garde. Quant à Tani, elle devait dormir.

Si-Amon répondit au salut de la sentinelle postée devant sa porte et entra. La pièce était vide, mais son serviteur avait allumé une lampe près de son lit, ouvert son petit tabernacle d'Amon et rempli l'encensoir qui se trouvait à côté. Si-Amon récita ses prières du soir. Avant la mort de son père, il s'était rarement soucié d'accomplir ce rituel, mais à présent, conscient des responsabilités qui lui incombaient, il s'adressait chaque soir au dieu, ainsi qu'il le devait à sa famille et aux nomes dont il était désormais le gouverneur. Il pria avec ferveur, puis referma le tabernacle. Il ne savait pas si ce qu'il s'apprêtait à faire était conforme aux lois des dieux qui avaient gouverné l'Égypte, ou s'il serait anéanti par Sobek, le terrible monstre qui attendait toujours près de la balance. Mais *je ne vois pas d'autre façon de me purifier*, se dit-il, alors qu'il sortait le coffret de sous son lit et le posait sur la table. *Je dois leur épargner à tous l'épreuve de mon jugement.*

Il sortit dans le couloir demander à un serviteur d'aller lui chercher une palette. Il y avait des années qu'il n'avait rien écrit de sa main, mais il avait été bon élève, avait appris à tracer les hiéroglyphes d'abord sur des tessons de poterie, et plus tard, sous l'œil sévère de son maître, sur des feuilles de papyrus. Il n'avait pas oublié. Lorsque l'homme revint, Si-Amon s'assit en tailleur sur le sol, posa la palette sur ses genoux et, après avoir récité la prière à Thot, commença à écrire.

Il ne lui fallut pas longtemps pour expliquer à sa famille, en caractères hiératiques soignés, sa culpabilité et sa honte. Il résista à l'envie de se justifier, car là au moins il savait que rien n'excusait son acte. Il avait mal agi et devait payer. Il signa : « Si-Amon, prince et gouverneur d'Oueset ». Le papyrus but très vite l'encre noire. Si-Amon le roula et alla chercher dans son coffre son couteau favori, un poignard en bronze au manche d'ivoire que lui avait donné son père bien des années plus tôt. Il passa lentement la lame sur le dos de sa main pour en tester le tranchant. Le sang jaillit aussitôt. Après avoir pris le pot d'albâtre, il sortit de sa chambre et tendit le rouleau à la sentinelle.

« Tu iras remettre ceci au prince Kamosé à la fin de ton tour de garde », dit-il, avant de s'éloigner.

La cellule de Mersou se trouvait près des appartements des femmes. Si-Amon s'y dirigea d'un pas ferme, la tête baissée. Des images de sa courte vie défilèrent dans son esprit, mais il en chassa délibérément toute émotion pour ne se concentrer que sur leur futilité.

Il était presque arrivé à la porte de l'intendant lorsque quelqu'un lui effleura le bras. Il sursauta, et Tani se matérialisa devant lui. Elle était pieds nus et serrait un manteau autour d'elle. Si-Amon faillit lâcher le récipient d'albâtre, et son cœur s'arrêta de battre. « Tani ! s'exclama-t-il. Que fais-tu ici ?

— Je n'arrive pas à dormir, répondit-elle. Hèqet ronfle sur sa natte, et mes autres serviteurs sont dans leur chambre. J'ai bavardé un moment avec la sentinelle qui garde ma porte, mais comme cela mettait ce pauvre homme mal à l'aise, j'ai décidé d'aller faire un tour. Je me sens seule, Si-Amon, ajouta-t-elle, en se mordant la lèvre. Je n'ai personne à qui me confier. Grand-mère ne veut voir personne. Mère est enfermée dans son chagrin, et je ne veux pas l'importuner avec le mien. Kamosé est encore blessé, et tu sais comment il est... Même quand il te parle, tu as l'impression qu'il se trouve dans un autre monde. Ramosé me manque. »

Elle remarqua brusquement ce qu'il avait à la main. Ses yeux volèrent du poignard et du flacon à son visage. « Qu'est-ce que tu fais avec ça ? »

Si-Amon resta sans voix. La soudaine apparition de sa sœur l'avait désorienté. Tandis qu'il cherchait une réponse plausible, elle s'approcha plus près de lui, le sourcil froncé. « Où vas-tu, Si-Amon ? demanda-t-elle d'un ton où perçait la peur. Pourquoi as-tu besoin d'un poignard à l'intérieur de la maison ? »

Puis, brusquement, elle lui agrippa le poignet des deux mains. « Tu vas tuer Mersou, n'est-ce pas ? C'est ça ? »

Il faillit lui dire de s'occuper de ses affaires et la renvoyer dans sa chambre, mais son expression, intense, farouche, n'avait rien d'enfantin. Ce n'est plus une petite fille, constata Si-Amon avec stupeur. Elle a quinze ans. Deux ans de moins seulement qu'Ahmès-Néfertari. J'étais si replié sur moi-même que je ne l'ai pas vue mûrir.

« Oui, répondit-il, sentant toujours ses ongles dans sa chair. Je vais tuer Mersou. C'est plus propre et moins éprouvant qu'un procès, Tani, et Amon sait qu'il mérite la mort ! »

Il s'attendait à un mouvement de recul, à des protestations indignées, mais elle le regarda avec calme. Puis une étrange lueur brilla dans son regard, quelque chose de froid et d'approbateur. Elle lui lâcha le poignet.

« Tu as raison, dit-elle. Qu'il paye pour la mort de père. Frappe juste, Si-Amon. »

Avec une dignité qu'il ne lui avait jamais vue, elle pivota et s'éloigna sans jeter un regard en arrière.

Cette rencontre laissa à Si-Amon un sentiment d'angoisse. Tu pourrais tuer Mersou et choisir de vivre, se dit-il. Tani change et qui d'autre que toi s'en est aperçu ? La famille a besoin de toi. Oueset a besoin de toi ! Avec un grognement, il repoussa la tentation. Un instant plus tard, il était devant la porte de Mersou.

Le garde salua. « Une nuit paisible, soldat ? demanda Si-Amon, en lui souriant.

– Oui, prince.

– Et le prisonnier ?

– Il a mangé de la soupe et du pain, il y a deux heures. Le général Hor-Aha est passé au coucher du soleil s'assurer que tout était en ordre, et Ouni lui a fait apporter des joncs pour l'occuper. »

En dépit de son état d'esprit, Si-Amon eut un moment d'amusement en imaginant le fier intendant assis sur le sol au milieu d'un tas de joncs.

« Très bien. Je vais entrer le voir. Quoi que tu puisses entendre, tu restes à ton poste et tu n'interviens sous aucun prétexte, compris ?

– Oui, prince. Je suis à tes ordres. »

Lorsque le garde referma la porte derrière Si-Amon, une aura d'irréalité enveloppa le jeune homme. Il se pencha pour poser le pot d'albâtre sur le sol de terre battue, en ayant l'impression que chacun de ses muscles répondait aux commandements d'un rite religieux obscur et mystérieux. Il n'aurait pas été surpris de se retrouver vêtu de l'habit des prêtres et coiffé du masque cérémonial de Seth. Il faillit même toucher son visage pour le vérifier.

Mersou était étendu sur le lit, les jambes croisées et les bras derrière la tête. Des joncs étaient entassés dans un coin de la pièce mal éclairée. Les restes du repas frugal de l'intendant reposaient par terre, sur un plateau. En reconnaissant son visiteur, il se leva et Si-Amon, qui l'observait avec attention, décela pour la première fois de l'incertitude sur son visage indéchiffrable. Cette fois, ce fut plus fort que lui, il passa une main devant sa face, certain de sentir le museau gris et les crocs acérés de Seth, car l'expression de l'intendant le faisait frémir de plaisir, le remplissait de l'excitation froide du bourreau.

« Oui, dit-il posément. J'ai décidé de nous épargner à tous les deux l'épreuve d'un procès, Mersou. Tu ne croyais pas que j'en aurais le courage, n'est-ce pas ? Voici ta condamnation, et voilà la mienne, fit-il, en désignant successivement le couteau et le poison. Si par hasard, la Pesée du cœur ne t'était pas défavorable, tu ne serais pas admis en présence d'Osiris pour autant, car j'ai laissé à ma famille une lettre qui empêchera que l'on ne t'embaume. Je connaîtrai peut-être le même sort. »

Mersou avait pâli. Si-Amon vit qu'il s'appuyait contre le rebord du lit.

« Ton nom survivra-t-il quelque part ? poursuivit-il. Seras-tu sauvé et récompensé de ta loyauté envers Apopi par Soutekh, votre dieu sétiou ? »

Son fiel et sa haine remontaient à la surface, mais il était de sang royal, il était prince et, au prix d'un immense effort sur lui-même, il se rappela qu'il ne pouvait reprocher ses propres manquements à Mersou.

« Souhaites-tu dire quelque chose avant que je ne te tue ? »

Mersou avala sa salive, puis sembla retrouver un certain sang-froid. Son visage était toujours d'une pâleur cadavérique, mais il se tenait plus droit.

« Il n'y a rien à dire, fit-il d'une voix rauque. C'est peut-être mieux ainsi, prince. Tu m'évites l'humiliation d'une exécution publique, et tu t'épargnes la honte et la réprobation des tiens. Quant au sort de mon ka, nous verrons. Les dieux d'Egypte ne sont plus aussi puissants que les divinités sétiou. Je survivrai. De toute manière, j'aurais fait un piètre tresseur de nattes de joncs», conclut-il, avec un haussement d'épaules qui se voulait plein de bravade et qui parut pathétique à Si-Amon.

Il se tut, et les deux hommes se dévisagèrent en silence. Il sembla à Si-Amon que chaque instant qui passait rendait à l'intendant son assurance et son insolence, alors qu'il affaiblissait sa résolution. Son excitation tombait, le laissant frissonnant et hésitant. Il savait que, s'il ne frappait pas rapidement, il battrait en retraite, déshonoré à tout jamais. La garde d'ivoire du poignard était chaude dans sa paume.

L'étreignant plus fermement, il s'avança. Mersou ne le quittait pas des yeux. Seuls les tendons saillant sur son cou et la contraction d'un muscle près de sa bouche trahissaient sa terreur grandissante. Si-Amon prit une inspiration et plongea son arme dans le ventre de Mersou. Avec un râle, celui-ci referma les mains sur la lame et se plia en deux. Le sang trempa aussitôt son pagne et coula sur ses jambes. Si-Amon le sentit, chaud et humide, sur ses propres doigts. «Voilà pour moi», murmura-t-il. S'appuyant contre le torse de l'intendant, il dégagea le poignard, agrippa Mersou par la nuque et lui enfonça la lame de bronze derrière l'oreille. Mersou se convulsa et s'écroula. «Et voilà pour mon père», souffla Si-Amon.

Il se laissa tomber sur le lit, haletant, et contempla ses mains. Elles étaient couvertes de sang, de même que ses bras, son torse, son pagne... Mersou gisait à ses pieds, recroquevillé sur lui-même, les yeux ouverts et aveugles. Si-Amon attendit que les battements de son cœur s'apaisent, se forçant à ne penser à rien d'autre. Lorsqu'ils reprirent peu à peu leur rythme normal, il se surprit à avoir pitié de son cœur et cette pensée idiote le fit sourire.

Le pot d'albâtre se trouvait là où il l'avait laissé, des éternités plus tôt. Il alla le chercher et le rapporta près du lit. Kamosé fera un meilleur gouverneur que moi, se dit-il en débouchant le récipient. Il se soucie peu des apparences et beaucoup du bien de nos nomes. Je n'ai jamais rêvé que des splendeurs d'Het-Ouaret et d'un poste auprès du roi. Qu'il soit maudit! Kamosé épousera Ahmès-Néfertari, ainsi que le veut la Maât dans notre famille. Et il adoptera mon fils. A la pensée de sa femme et de son bébé, nus et somnolents dans la chaleur de l'après-midi, il ferma un instant les yeux. Puis il examina avec curiosité le contenu du pot : un liquide noir et inodore. Avec précaution, en veillant à ne pas en renverser sur ses mains, il l'avala en grimaçant à cause de son goût amer.

Sa gorge se mit aussitôt à le brûler, et tout son corps se couvrit de sueur. Les dents serrées pour ne pas crier sous l'effet du feu qui se répandait dans son estomac, il reboucha le pot et le posa sur la table de Mersou. Il s'aperçut alors qu'il ne pouvait se redresser. Les bras noués autour du corps, il se balança d'avant en arrière en gémissant et fut bientôt incapable de retenir ses plaintes. Il souffrait trop pour penser, mais son dernier sentiment fut celui d'une incommensurable solitude.

Kamosé rêvait. Il avait fait ce rêve si souvent que, même au fond de son sommeil, il avait conscience d'un sentiment de bien-être et d'attente. Le début pouvait avoir pour cadre ses appartements, le jardin, les bords du fleuve, la salle de réception, mais où qu'il fût, le même sentiment agréable d'attente l'envahissait. Cette nuit-là, il rêvait qu'il était dans le jardin. C'était le crépuscule. Rê venait de disparaître dans la bouche de Nout, et le bassin reflétait un ciel calme d'un rouge profond. L'obscurité commençait à rendre indistincts les parterres de fleurs, les arbustes, et quelques lumières s'allumaient dans la maison. Avec l'irrationalité propre aux rêves, Kamosé voyait cependant parfaitement bien. Assis sur une natte au bord du bassin, il laissait pendre sa main dans l'eau tiède. Des feuilles de lotus frôlaient ses doigts, et leurs fleurs dégageaient un parfum capiteux.

Un temps, il se satisfit de la douceur du soir, puis l'excitation familière lui mit des picotements par tout le corps et aiguisa ses sens. Il était face au chemin qui menait au débarcadère. Bien que la luxuriance de la végétation indiquât l'hiver et une inondation récente, des grappes de raisin lourdes et noires pendaient de la treille. Elle arrive ! pensait-il dans son rêve, l'estomac noué. Elle arrive ! Il y avait des nuits où elle s'éloignait lentement de lui et où il courait pour la rattraper ; d'autres où elle apparaissait brusquement, le visage toujours détourné, et où il se précipitait pour essayer de la voir avant que le rêve ne se dissipât. Mais jamais, depuis que le rêve le plongeait dans une délicieuse langueur, il n'avait réussi à apercevoir plus que son dos.

A présent, il regardait l'allée, à l'endroit où elle s'enfonçait sous la treille et, oui, elle était là, un bras levé, s'apprêtant à cueillir une grappe. Sous la robe blanche transparente qui lui arrivait aux chevilles, on devinait un corps brun à la taille fine et aux hanches pleines. Elle était grande. Entre ses épaules, sur sa peau satinée, le contrepoids en or d'un pectoral reposait au bout d'une chaîne en argent. Elle tenait haut la tête. Ses cheveux épais, noirs et raides, avaient l'éclat des ailes de corbeau, et Kamosé voyait le serre-tête en or orné d'ankhs minuscules qui les retenait. Au-dessus, on devinait un cobra dressé. Des bracelets d'électrum incrustés de lapis-lazuli enserraient ses bras, et les longs doigts qu'elle tendait vers le raisin étaient chargés de bagues.

Kamosé vibrait de désir et d'une émotion plus profonde, car il s'agissait de bien autre chose que d'un rêve érotique d'adolescent. Cette inconnue représentait tout ce après quoi il soupirait. Elle prit un raisin entre le pouce et l'index en se tournant légèrement vers lui, et il retint son souffle. Lentement, sans un bruit, il se leva et s'avança vers elle. Dans d'autres rêves, il l'avait appelée, avait couru après elle en criant, mais dès qu'il faisait le moindre bruit, elle s'évanouissait. Il se montrait donc plus discret. Elle avait baissé le bras, et Kamosé vit frissonner l'étoffe tissée de fils d'argent de sa robe. Les lèvres entrouvertes, les poings serrés, il s'approcha encore. Il l'avait presque rejointe. Elle était immobile, comme si elle écoutait. Il sentait son parfum, à présent, une odeur de myrrhe qui lui donnait le vertige. C'était la première fois qu'il parvenait aussi près d'elle. Son cœur battait à tout rompre. Il tendit le bras vers son épaule et, un court instant, éperdu de bonheur, il la toucha. Elle était fraîche, et ses doigts glissèrent sur sa peau comme sur une huile parfumée.

Mais quelqu'un lui agrippa brutalement le poignet, et le jardin disparut. Il se retrouva dans son lit, dans l'obscurité d'une nuit d'été étouffante. Etreint par un insupportable sentiment de perte, l'esprit confus, il se redressa. « Kamosé! souffla une voix à son oreille. Oh! réveille-toi, je t'en prie! Je suis inquiète. »

Son chevet de bois était tombé par terre, et il avait dormi la tête sur le matelas. Il se frotta les épaules.

« Tani! fit-il avec étonnement, cherchant encore à retenir son rêve. Que se passe-t-il?

– C'est Si-Amon, dit-elle d'un ton angoissé. Je ne pouvais pas dormir et je me promenais dans la maison. Je l'ai rencontré dans le couloir, non loin de la cellule de Mersou. Il avait un couteau et un pot à la main. Il a reconnu qu'il allait tuer Mersou et ses raisons m'ont paru bonnes. Mais ce pot... » Elle lui étreignit le bras. « J'ai peur, Kamosé. Il avait l'air si détaché, si calme, mais il y avait quelque chose d'étrange dans son regard. Cela ne m'a frappée qu'ensuite. Que contenait ce pot ? »

Kamosé lui caressa les cheveux.

« Ne t'en fais pas, dit-il, malgré le malaise qui le gagnait, lui aussi. Il n'aurait pas dû décider de faire justice lui-même, même si Mersou méritait de mourir. Ce n'est pas facile de tuer un homme, Tani, même dans le feu de la bataille. Il n'est pas étonnant que Si-Amon ait eu l'air étrange. Attends-moi dehors. Je m'habille, et nous allons le chercher.

– Merci, Kamosé. Tu es un frère très réconfortant. »

Quand elle fut sortie, le jeune homme se leva et alla prendre un pagne dans un coffre. Réconfortant, vraiment ? se dit-il. Oh ! Tani, si tu me voyais dans mes rêves ! J'aurais préféré que Si-Amon ne perde pas la tête de la sorte. Un procès et une exécution en bonne et due forme auraient été plus conformes à la Maât. Grand-mère ne va pas lui mâcher ses mots.

Il rejoignit Tani. L'obscurité régnait encore dans la maison, et les torches gouttaient. Ils se dirigèrent ensemble vers les appartements de Si-Amon. Tani glissa sa main dans celle de son frère. Lorsqu'ils passèrent devant la porte d'Ahmosis, son garde les salua, et ils allaient poursuivre leur chemin quand la porte s'ouvrit, révélant le visage ensommeillé de leur frère. « Que se passe-t-il ? demanda-t-il. C'est la deuxième fois cette nuit que j'entends le garde saluer quelqu'un.

– Ce devait être Si-Amon ! s'exclama Tani. Est-il repassé par ici ? demanda-t-elle au soldat.

– Non, princesse. Je ne l'ai pas revu.

– Allons tout de même voir s'il est dans sa chambre, déclara Kamosé. Viens avec nous, Ahmosis. Nous pensons qu'il a décidé de tuer Mersou. »

Il était étreint par une anxiété vague qu'il ne s'expliquait pas. Ahmosis noua autour de sa taille le drap dont il s'était couvert.

« Si-Amon tuer Mersou ? dit-il. Comme c'est étrange ! Lui qui tient toujours à faire les choses selon les règles. J'ai du mal à y croire. »

Il a raison, pensa Kamosé avec un sursaut. Si-Amon a toujours été si respectueux de l'étiquette et du protocole ! Ils arrivèrent devant la porte de ses appartements. Elle était fermée. Kamosé salua le garde.

« Mon frère est-il chez lui ? demanda-t-il.

– Non, prince, répondit l'homme. Il est sorti, il y a environ une heure. Il m'a dit de te remettre ceci lorsque mon tour de garde prendrait fin. »

Kamosé prit le rouleau. Son angoisse n'avait cessé de croître et lui criait à présent de rejoindre son frère au plus vite, sans qu'il sût pourquoi. Le message n'était pas cacheté. Il le déroula et le parcourut rapidement à la lueur d'une torche, puis il poussa un cri.

« Reste ici ! ordonna-t-il à Tani. Tu ne bouges pas, compris ? Attends-moi. Je te la confie, lança-t-il à l'adresse du soldat, en s'élançant au pas de course dans le couloir. Ahmosis ! Suis-moi !

– Que disait le message ? demanda Ahmosis. C'est une histoire de fous !

– Oui, répondit Kamosé, le visage sombre. C'était Mersou qui nous espionnait, mais Si-Amon lui fournissait des informations. Il a l'intention de tuer l'intendant, puis de se donner la mort. Dépêche-toi !

– Dieux ! » s'exclama Ahmosis.

Ils furent bientôt devant la cellule de Mersou. Pâle et visiblement soulagée de les voir, la sentinelle les salua, la voix tremblante.

« Oh ! prince Kamosé, je suis si content que vous soyez ici ! Le prince Si-Amon est à l'intérieur. Il m'a interdit d'entrer quoi que j'entende, et je ne peux lui désobéir, mais il s'est passé quelque chose de terrible et il n'est pas ressorti.

– Imbécile ! jeta Kamosé. Un bon soldat doit parfois faire marcher sa cervelle. Ouvre cette porte ! »

L'homme obéit maladroitement, puis, son poignard à la main, il entra avec prudence dans la pièce, suivi par Kamosé et Ahmosis. Il y faisait très sombre. La lampe, presque vide, crachotait près du lit et projetait des ombres tournoyantes sur les murs. Kamosé trébucha sur le cadavre de Mersou. Il s'agenouilla, et son œil exercé remarqua aussitôt la blessure mortelle sous l'oreille. Il le retourna. Le ventre de l'intendant était horrible à voir.

Ahmosis s'était élancé vers le corps étendu sur le lit. Il se figea, comme sous l'effet d'un charme. « Kamosé », murmura-t-il d'une voix étranglée. Celui-ci se releva lentement, écrasé par le poids d'une terrible certitude. Il se contraignit à regarder son frère. Si-Amon avait les traits convulsés par l'agonie. Une écume noire couvrait ses lèvres. Son visage exprimait tant de douleur et de résignation que Kamosé sut qu'il resterait à jamais gravé dans sa mémoire.

« Si-Amon ! » Soulevant le corps encore tiède de son frère, il le serra dans ses bras et se mit à se balancer d'avant en arrière, la joue pressée contre ses cheveux. Ahmosis le regardait, immobile, comme assommé. Kamosé avait envie de lui crier de s'en aller pour pouvoir donner libre cours à son chagrin, mais il se força à réfléchir aux mesures à prendre.

« Va réveiller les femmes et dis-leur de venir, Ahmosis. Mais ne les laisse pas entrer, surtout. Quant à toi, ajouta-t-il à l'adresse du soldat, va chercher de l'aide et fais transporter le corps de Mersou dans l'écurie. Préviens les serviteurs. Je veux que cette chambre soit nettoyée sur-le-champ. »

Les deux hommes partirent et pendant quelques précieuses minutes, Kamosé se retrouva seul avec son jumeau. Il continua à le bercer, à lui caresser les cheveux, en s'adressant mentalement à lui. En d'autres circonstances, ta faiblesse aurait été sans importance, Si-Amon. Si père avait été roi, si tu n'avais pas préféré ce qui est correct à ce qui est juste… Et alors qu'il appuyait ses lèvres sur son front sans vie, il sentit germer en lui une haine véritable, une pousse noire et mauvaise qui s'enracina profondément dans son être. Tout est ta faute, Apopi, pensa-t-il avec férocité. Père d'abord, Si-Amon aujourd'hui. Ma famille est décimée, et c'est toi qui en portes la responsabilité. Porc de Sétiou ! Peste étrangère ! Les injures dont il couvrait le roi soulageait sa douleur, mais elles étaient davantage qu'un réconfort. Elles nourrissaient et renforçaient sa haine toute neuve.

Des serviteurs accoururent. Dans un silence épouvanté, obéissant aux ordres murmurés par Ouni, ils épongèrent le sang et jetèrent du sable sur le sol. Le corps de Mersou fut emporté. Ouni et Kamosé soulevèrent Si-Amon pour que l'on puisse remplacer le drap couvrant le lit. Une cuvette d'eau chaude apparut et, en levant les yeux, Kamosé vit Tani en train de tordre un linge, le visage ruisselant de larmes. « Ahmosis ! s'exclama-t-il avec colère. Je t'avais dit de ne pas laisser entrer les femmes !

– Elle a insisté, répondit celui-ci de la porte. Grand-mère et mère sont ici. Ahmès-Néfertari ne va pas tarder. Je les retiendrai jusqu'à ce que tu me le dises.

– Ce n'est pas un spectacle pour toi, Tani ! déclara Kamosé avec brusquerie.

– C'est ma faute, fit-elle d'une voix étranglée. J'ai été trop stupide pour comprendre ce qui se passait lorsque je l'ai rencontré dans le couloir. Si j'avais discuté avec lui… Si j'étais aussitôt allée te trouver… Laisse-moi le laver, Kamosé.

– Tu n'y es pour rien, dit-il. C'était une décision que Si-Amon avait prise depuis longtemps. »

Elle resta silencieuse. Kamosé se recula et la regarda laver avec des gestes sûrs le visage torturé de leur frère, nettoyer le sang qui souillait ses mains et son torse. Il sut qu'il ne considérerait plus jamais Tani du même œil.

Quand Kamosé permit enfin aux femmes d'entrer, Si-Amon reposait les bras le long du corps, couvert d'un drap blanc. Il était toutefois impossible de dissimuler la souffrance et la terreur de son agonie, gravées de façon indélébile sur son visage. Ahmès-Néfertari se précipita vers lui et posa la tête sur son torse. « Je ne savais pas qu'il souffrait à ce point ! s'écria-t-elle en sanglotant. Il m'avait tout avoué, et je n'ai rien fait ! Je voulais qu'il tue Mersou et qu'il garde le silence ! »

Ahhotep s'assit sans mot dire sur le lit et posa une main sur la cuisse de son fils. Elle semblait assommée. Tétishéri resta debout, pâle, les cheveux en désordre. Sa tâche accomplie, Tani s'était accroupie dans un coin, la tête sur les genoux.

« J'ai lu le rouleau, dit enfin Tétishéri. Il a agi comme il convenait. Il était faible, mais le sang de ses ancêtres a fini par triompher. »

Kamosé lui jeta un coup d'œil. Elle semblait calme mais se pinçait inconsciemment les bras, si fort qu'ils bleuissaient déjà. Il s'apprêtait à aller vers elle quand Ahhotep se leva d'un bond, les yeux flamboyants.

« C'est tout ce que tu trouves à dire ? s'écria-t-elle. C'est mon fils, c'est ton petit-fils ! Pas un mot d'amour, Tétishéri, pas une larme pour la chair de ta chair ? Comment peux-tu être si froide ? Je lui aurais épargné ce sort, j'aurais pris sa place si j'avais pu, et pourtant il trahissait son propre père ! Seth emporte ton orgueil, ton adhésion cruelle à un code de conduite impitoyable ! » Elle tâcha de maîtriser son agitation et reprit d'une voix tremblante : « Il n'est pas seulement coupable de trahison, il s'est aussi suicidé. Comment allons-nous pouvoir l'embaumer et l'enterrer ? Quel dieu voudra le recevoir ? »

Tétishéri avait écouté, le visage impassible. Lorsque Ahhotep se tut, elle répondit d'une voix dure : «Je n'ai pas dit que je ne l'aimais pas. Ce n'était pas nécessaire. Cette famille est ma vie. Ma vie! J'ai dit qu'il avait agi comme il convenait. C'est le plus grand compliment que je pouvais faire à mon pauvre petit-fils! Oueset est le seul endroit d'Egypte où les hommes savent encore ce qui est juste.»

Sa volonté de fer l'abandonna soudain; son visage se contracta, elle tendit aveuglément les bras, et Ahhotep l'étreignit.

«C'est à toi de prendre les décisions maintenant, Kamosé, intervint Ahmosis. Mersou mérite évidemment l'annihilation totale, et tu ordonneras que son corps soit jeté dans le fleuve, mais qu'allons-nous faire concernant Si-Amon? Il a expié avec courage, n'est-ce pas? Il ne s'est pas suicidé pour fuir ses responsabilités ou les épreuves de l'existence.

— Je sais, répondit Kamosé, en allant écarter sa sœur du corps de Si-Amon. Cela suffit! lui dit-il avec rudesse. Tu vas te rendre malade. Pense à ton fils, Ahmès-Néfertari. Si-Amon aurait honte de toi.»

Elle cessa de pleurer et acquiesça de la tête, en se serrant contre lui.

«Il ne peut être embaumé dans les règles, poursuivit le jeune homme. Le permettre serait pardonner tout ce qu'il a fait. Mais je ne veux pas qu'il perde son âme. Que les prêtres-sem préservent son corps, mais sans enlever les organes, sans réciter de prières, sans cérémonie. Il sera ensuite enveloppé dans des peaux de mouton et enterré rapidement.

— Des peaux de mouton? gémit Ahmès-Néfertari. Pas ça, Kamosé! C'est déshonorant, honteux!

— C'est ce qu'il mérite, rien de plus, déclara Kamosé d'un ton sans réplique. Il approuverait s'il le pouvait.

— Tu as raison, intervint tristement Ahhotep. Ta décision est juste, Kamosé.»

Celui-ci appela Ouni, qui attendait près de la porte.

«Va prévenir les prêtres-sem et donne-leur leurs instructions, dit-il. Ahmosis, voudrais-tu aller chercher Raa et Isis? Mère, grand-mère, vous avez besoin de repos. Ahmès-Néfertari, je t'enverrai le médecin.»

Il les renvoya l'un après l'autre, chargea un serviteur d'aller chercher le médecin. Quand les prêtres-sem arrivèrent enfin et emmenèrent Si-Amon, il se sentait nauséeux, si fatigué qu'il avait du mal à coordonner ses mouvements. Aucun d'entre eux n'avait eu le temps d'évoquer des souvenirs. Cela viendrait plus tard, pendant les longues heures de paix, quand ils pourraient apprendre à parler de Si-Amon sans douleur et exorciser la honte qu'il avait introduite dans la maison.

Il s'apprêtait à quitter la pièce quand il se souvint de Tani. Il l'appela et lui tendit la main. Elle la prit avec reconnaissance. « Merci de ne pas m'oublier, dit-elle.

– Viens, dit-il, en parvenant à lui sourire. Je vais te raccompagner dans tes appartements. »

Ses yeux dévorés par la pupille, ses cernes violets, sa peau cireuse ne lui disaient rien qui vaille. Elle avait les mains glacées.

« Kamosé, fit-elle d'une voix hésitante. Est-ce que je pourrais dormir dans ta chambre, ce soir ? Je ne veux pas rester seule.

– Tu ne préfères pas être avec mère ?

– Non, répondit-elle avec énergie. Je me sens en sécurité auprès de toi. »

Il fit installer un lit dans sa chambre et, pendant que Hèqet le préparait, il força Tani à boire un verre de vin. Elle claquait des dents. « J'ai si froid, dit-elle.

– C'est le choc. Voilà ! Tu peux te coucher. Hèqet a apporté des couvertures, et elle va dormir devant la porte. Il n'y a rien à craindre.

– Si, murmura-t-elle, alors qu'il se penchait pour l'embrasser. L'avenir est à craindre. Regarde ce que la vie a fait à Si-Amon. »

Il aurait voulu la rassurer, lui dire que les choix de Si-Amon avaient entraîné leurs inévitables conséquences, mais il n'en eut pas le courage. Les paupières de sa sœur se fermaient déjà. Il souffla la lampe et se coucha, sachant qu'il avait vécu une vie entière en l'espace des quelques heures qui s'étaient écoulées depuis que Tani l'avait réveillé. Il était désormais un très vieil homme. Apopi paiera, se dit-il en sombrant dans le sommeil. Justice te sera rendue, Séqénenrê, et à toi aussi, mon frère. J'y veillerai.

11

Il se réveilla juste avant l'aube et, les mains derrière la tête, écouta la respiration régulière de Tani tandis qu'une lumière grise éclairait peu à peu la pièce. Il savait que les serviteurs des cuisines et de la maison devaient déjà s'affairer, car ils commençaient généralement à travailler bien avant que la famille ne se levât, mais on n'entendait aucun bruit, aucune bribe de chansons, pas le moindre claquement de sandales dans le couloir. Il faut que je me lève et affronte cette journée, se dit-il. Mère, Tétishéri, tout le monde va vouloir parler aujourd'hui, et pleurer, et ils se tourneront vers moi parce que je suis désormais le chef de la famille. Ils attendront de moi que je sois fort, que je prenne des décisions, même s'il n'y en a aucune à prendre. Quand la nouvelle du suicide de Si-Amon atteindra-t-elle Het-Ouaret? Comment réagira Apopi?

Le cœur serré, il quitta son lit et se dirigea vers la porte. Son intendant attendait patiemment, assis sur un tabouret. «Envoie quelqu'un au temple, Akhtoy, ordonna Kamosé. Qu'il dise à Amonmosé de célébrer le culte à ma place, ce matin. Et préviens Ipi de m'attendre dans le bureau de père.»

En rentrant dans la chambre, il vit que Tani était réveillée. Il lui sourit. «Tu te sens mieux, ce matin?

— Oui, répondit-elle, le visage grave. Mais j'ai fait de mauvais rêves, Kamosé. Qu'allons-nous devenir?»

On frappa discrètement à la porte. Kamosé posa un baiser sur le bout de son nez.

«C'est mon serviteur, dit-il. Il faut que j'aille aux bains. Tu ne dois pas te préoccuper de l'avenir, Tani. Les dieux seuls le connaissent, et il dépend aussi en partie de moi. Tu n'as pas confiance en ton grand frère ?

– Bien sûr que si, répondit-elle, en étouffant un bâillement. C'est juste que...

– Chut ! fit-il. Je vais t'envoyer Hèqet, et je veux que tu ailles réconforter mère, aujourd'hui. Tu es plus forte que tu ne penses, ma petite Tani. Te rappelles-tu la façon dont tu bavardais avec père quand il se remettait de sa blessure ? Personne ne parvenait à le faire sourire comme toi !

– Je ne suis plus la petite Tani, riposta-t-elle, contrariée. J'aurai bientôt seize ans. Est-on tellement plus vieux à vingt et un ans, Kamosé ? Et puis, père n'était que blessé. C'était différent. Je ne saurai pas quoi dire à mère. »

Sa voix trembla. Kamosé s'assit au bord de son lit et lui prit les mains.

« Pas de larmes, dit-il avec sévérité. Sois forte pour moi, Tani, s'il te plaît. J'ai besoin de ton aide, aujourd'hui. Essaie d'aller voir Ahmès-Néfertari aussi. C'est elle qui a reçu le coup le plus terrible.

– C'est vrai, répondit-elle, en se ressaisissant. Mais tu l'épouseras parce que tu es désormais le prince et qu'elle est la sœur aînée. Elle pourra compter sur toi pour la protéger et la réconforter. »

Ses paroles prirent Kamosé au dépourvu. Il n'avait pas pensé à cet aspect de ses devoirs.

« Je ferai de mon mieux pour vous protéger et vous réconforter tous, dit-il. Allez, lève-toi, Tani. Ni père ni Si-Amon ne nous pardonneraient de nous abandonner à notre chagrin. »

Alors qu'il sortait appeler un serviteur, il l'entendit quitter son lit.

Une fois lavé et vêtu, il se dirigea vers le bureau. Il n'avait pas faim, malgré l'odeur de pain frais qui flottait dans la maison. L'idée de la nourriture lui nouait l'estomac et lui donnait la nausée. Il avait besoin de s'échapper, de partir seul en char dans le désert, comme il le faisait souvent, afin d'y retrouver son équilibre dans la chaleur et le silence. Mais il lui faudrait remettre cela à plus tard.

Lorsqu'il entra dans la pièce, Ipi se leva pour le saluer. Les premiers rayons du soleil se glissaient entre les colonnes et éclairaient le sol carrelé. Kamosé hésita sur le seuil, perdant un instant courage en voyant le fauteuil de cèdre de son père et, sur le couvercle d'un coffre, une pile de rouleaux laissée là par Si-Amon, si peu de temps auparavant. Puis il se reprit et alla s'appuyer contre le bureau. Ipi s'était déjà installé en tailleur sur le sol, sa palette sur les genoux.

Comment commencer? pensa Kamosé sombrement. Que dire? Il poussa un soupir. «Essayons», fit-il à haute voix. Le scribe inclina la tête, et Kamosé l'entendit murmurer la prière à Thot en prenant son pinceau. «A Ramosé, mon frère, salut. Tu connais les malheurs qui nous ont frappés ici, à Oueset, et, si le silence seul répond à cette lettre, je comprendrai. Mais avant de te détourner de nous, rappelle-toi les rapports étroits entretenus par nos deux familles pendant des années et pense aussi, je t'en prie, aux liens qui t'unissent à ma sœur Tani. Si tu l'aimes véritablement, ne l'abandonne pas maintenant. Que tu comptes encore l'épouser ou non, viens lui rendre visite. Elle a perdu un père et...»

Il s'interrompit. Fallait-il qu'il révèle tout à Ramosé? Non. Son père lirait certainement le rouleau. La nouvelle de la mort de Si-Amon voyageait certainement déjà vers le Nord, et il était inutile de donner à cette canaille de Téti la satisfaction de l'apprendre de première main et de se réjouir de leurs malheurs. «... Elle a besoin de toi en ce moment, reprit-il. Mets à ta visite les conditions de ton choix, j'accepterai toutes tes exigences. Mais viens!» Il réfléchit, puis hocha la tête. «C'est tout. Tu dateras la lettre, et je la signerai lorsque tu l'auras mise au propre.

– Qui la portera, prince?

– Remets-la à Ouni. Je lui donnerai des instructions. Nous pouvons nous passer de lui une semaine ou deux.»

Il renvoya le scribe et fut tenté d'aller dans le jardin, mais il y renonça. Le chagrin régnait dans Oueset, et il devait y participer, le partager, quel que fût son désir de s'échapper pour aller donner libre cours à sa douleur personnelle. A contrecœur, il prit le couloir menant aux appartements des femmes.

Les semaines de deuil passèrent avec lenteur, les jours se fondaient l'un dans l'autre, tous semblables, au point que Kamosé en arriva à croire qu'ils pleuraient depuis toujours, que Séqénenrê et Si-Amon étaient morts des hentis auparavant et qu'avec leur disparition, le temps lui-même avait cessé de couler. Il se rendait tous les matins dans le temple modeste d'Amon pour s'y prosterner devant le dieu, prier et écouter Amonmosé psalmodier les Admonitions. Il s'occupait des problèmes administratifs qu'on lui soumettait. Il priait avec les autres membres de la famille devant le tabernacle d'Anubis, dieu de l'embaumement et des funérailles, afin que Séqénenrê fût correctement momifié et bénéficiât d'une pesée favorable – et il incluait secrètement Si-Amon dans ses prières, en sachant que les autres en faisaient autant. Jour après jour, ils parlaient de leurs morts en pleurant et, peu à peu, leurs larmes séchèrent et leurs souvenirs devinrent moins douloureux. L'inondation fut tardive. La chaleur torride de l'été perdura et, dans sa détresse, la famille de Séqénenrê avait du mal à imaginer que le fleuve grossirait de nouveau un jour pour fertiliser la terre. Il lui semblait que l'Egypte était morte avec son fils le plus fidèle.

Mais Rê se levait et se couchait en dépit du deuil dans lequel la famille était plongée et, un jour, un héraut arriva du Delta. Il ne daigna pas débarquer. Jetant son rouleau à Ouni, qui était revenu de Khmounou et passait par hasard sur la route du fleuve, il le salua avec hauteur et repartit aussitôt. L'intendant courut trouver Kamosé. Ahmosis et lui s'étaient rendus dans les écuries en compagnie d'Hor-Aha. Plusieurs juments devaient bientôt mettre bas, et le prince s'inquiétait de leur santé. Les trois hommes avaient traversé le terrain d'entraînement et franchissaient la porte donnant dans le jardin lorsque Ouni les rejoignit, le souffle court. « Un message du Nord, prince. » Les hommes échangèrent un regard et, l'espace d'un instant, Kamosé fut incapable de prendre le rouleau. L'oasis de tristesse et de deuil que formait la maison était brutalement envahie. Le monde extérieur s'engouffrait dans la brèche.

« Merci, Ouni, dit-il enfin. Tu peux disposer. »

L'intendant s'inclina et s'en fut.

« On ne nous a pas demandé d'impôt, cette année, remarqua Ahmosis, le visage tendu. Je n'y pensais plus. Crois-tu que... »

Kamosé regarda son frère d'un air songeur. Ses cheveux bruns étaient couverts de poussière, et sa bouche entrouverte découvrait ses dents blanches, légèrement saillantes.

« Je n'avais pas oublié, répondit Kamosé. Mais cela me paraissait sans importance.

– Congédiez-moi, prince, intervint Hor-Aha.

– Non, reste, général, répondit Kamosé. Nous n'avons pas de secrets pour toi. Je prie que ce soit notre imposition, poursuivit-il, en frottant sur sa joue la cicatrice rouge laissée par sa blessure. Mais j'en doute. »

Il brisa le cachet et déroula le papyrus, qu'il lut avec attention. «J'avais raison, dit-il enfin. Apopi va venir à Oueset. Il y apportera le trône d'Horus pour pouvoir juger notre famille. Voici ce qu'il écrit : "Par égard pour le chagrin de dame Tétishéri, nous attendrons que son fils soit enseveli, mais nous entendons être reçu aussitôt après avec la pompe et l'obéissance voulues. Si Isis a commencé à pleurer, nous voyagerons par les routes du désert."

– Nous ne pouvons donc même pas compter sur l'inondation pour gagner du temps, murmura Ahmosis, en faisant la grimace. Père aura au moins évité cette humiliation!»

Hor-Aha observait Kamosé avec attention.

«Quel accueil réserveras-tu au roi, ô prince? demanda-t-il d'une voix douce.

– Rien ne me plairait plus que de faire à notre dieu une réception digne d'Oueset, répondit Kamosé, les dents serrées. Mais comment le pourrions-nous? Notre armée est dispersée; les conscrits sont rentrés dans leurs fermes; les Medjaï campent à plusieurs nuits d'ici… Et puis notre famille n'a plus le cœur à se battre, poursuivit-il, en adressant un sourire sans gaieté à Ahmosis. Pas pour le moment, en tout cas. C'est trop tôt.

– Nous devons accepter notre punition, approuva Ahmosis. Même Apopi comprendra qu'il est absurde d'exécuter des princes du sang. Je me demande ce qu'il nous réserve.

– Je me refuse à y penser, répliqua Kamosé. A quoi cela servirait-il? Il faut que tu partes pour le pays d'Ouaouat avec tous tes officiers, Hor-Aha. Ne reviens pas avant d'en avoir reçu l'ordre. Apopi nous laissera peut-être la vie, mais il tiendra à vous voir morts.

– Est-il assez intelligent pour cela? grogna Hor-Aha.

– Je ne sais pas, répondit Kamosé d'un air pensif. Il a toujours été une présence invisible pour nous, une présence parfois menaçante, toujours détestée, mais plutôt mystérieuse. Père le connaissait. Il est venu à Oueset une fois, lorsque j'étais enfant. Tu ne t'en souviens certainement pas, Ahmosis, et moi non plus, pas très bien. Je veux le croire paresseux et stupide.

– Même cela n'a pas grande importance, intervint encore Hor-Aha. C'est le caractère de ses généraux et de ses conseillers qui compte.

– Nous devons le persuader que notre défaite et la mort de père nous ont servi de leçon, déclara Ahmosis. Est-ce le cas, Kamosé?»

Est-ce le cas ? pensa Kamosé, en regardant les deux hommes tour à tour. Je n'en suis pas sûr. Tout ce que je sais, c'est qu'Apopi a intérêt à nous courber assez bas pour que nous ne nous relevions pas.

La nouvelle de l'arrivée imminente du roi suscita ressentiment et appréhension dans la maison, des sentiments qui eurent pour résultat de distraire ses occupants de leur tristesse ; et la perspective de voir bientôt Apopi à Oueset en chair et en os finit de les arracher à leur contemplation du passé. En dépit de sa haine pour le roi, Tétishéri tenait à le recevoir avec toute la pompe dont Oueset était capable. Son orgueil l'exigeait, et elle s'attela avec Ahhotep aux indispensables préparatifs.

Tani passait une grande partie de son temps en compagnie de Kamosé, qui s'habitua à voir auprès de lui son joli visage impertinent. Il ne s'était pas vraiment attendu que Ramosé répondît et, le temps passant, il cessa de guetter sa lettre. Il s'irritait de l'inconstance du jeune homme, tout en comprenant que Téti régnait en maître dans sa maison, et il plaignait Tani, qui s'apitoyait rarement sur son sort et tâchait bravement de lui apporter son aide.

Lui-même se montrait de plus en plus tendu et renfermé à mesure que le jour des funérailles de Séqénenrê se rapprochait. Ensuite, en effet, Apopi arriverait, et Kamosé savait qu'en tant que principal administrateur de Oueset, il ferait l'objet de son attention toute particulière. Chacun de ses mots serait pesé, chaque geste remarqué. Il se sentait seul, de plus en plus à l'écart de la vie de la maison qui revenait lentement à la normale.

Le jour où il entendit Ahmès-Néfertari rire avec Tani en jouant avec le bébé, il sut que la souffrance qui les avait tous terrassés avait pris fin. Rien de ce qu'Apopi pourrait leur infliger ne serait aussi douloureux que ce qu'ils venaient de vivre. Lui seul se sentait changé à jamais, isolé des autres. C'est donc cela l'autorité, se disait-il souvent. Comment père faisait-il pour assumer son rôle avec autant de grâce ?

Lorsque l'heure des funérailles sonna, le fleuve était en pleine crue, ce qui apporta un certain soulagement à ceux qui se rassemblèrent pour escorter le cercueil jusqu'à son tombeau. Tandis qu'Ouni s'affairait à placer tout le monde sur les barques qui devaient les emmener sur la rive occidentale, Kamosé attendait avec son frère près du débarcadère, en contemplant d'un air sombre les eaux boueuses du Nil. Bien que, en ce jour, toutes ses pensées eussent dû être tournées vers Séqénenrê et les années d'amour et de sagesse qu'il lui avait données, elles ne cessaient de s'envoler vers le Nord. Apopi était-il déjà en route ? Dans combien de jours le héraut chargé d'annoncer son arrivée poserait-il le pied sur ce même débarcadère ?

Ahmosis bougea près de lui. « Les traîneaux sont prêts », dit-il en les montrant de la main.

Kamosé suivit la direction de son doigt. De l'autre côté du fleuve, quatre bœufs roux massifs attendaient patiemment, et l'on distinguait vaguement deux traîneaux rouges derrière eux. Tétishéri les rejoignit et demanda sans préambule :

« Comment se fait-il qu'il y ait deux traîneaux, Kamosé ?

– Les prêtres-sem m'ont appris que le corps de Si-Amon était prêt, lui aussi, répondit-il en lui adressant un petit sourire. Il m'a semblé que ce serait une perte de temps que d'envoyer des serviteurs l'enterrer demain alors qu'aujourd'hui, nous avons à notre disposition hommes, traîneaux et barques. Il peut aussi bien faire la traversée avec son père.

– J'essaie de ne pas pleurer ! dit-elle avec véhémence en battant des paupières. Mon maquillage serait à refaire. Tu es rusé, prince, et plein de compassion. Veille à ne pas compromettre le salut de ta propre âme en reconnaissant à voix haute ce qui se passe aujourd'hui. »

Elle se mit sur la pointe des pieds et l'embrassa avant de s'éloigner, suivie d'Isis.

« Voici les barques, annonça Ahmosis d'une voix tremblante. Et regarde ! L'une d'elles vient de quitter le débarcadère de la Maison des Morts. C'est père. »

Kamosé regarda l'embarcation se diriger lentement vers la rive occidentale, manœuvrée par un des serviteurs des morts. Deux cercueils y étaient posés. Sur l'un, grand et magnifiquement décoré, Kamosé aperçut l'œil noir d'Horus et des colonnes de hiéroglyphes, agrémentées par des ankhs dorés et par le symbole d'éternité. L'autre était plus petit, une simple boîte en bois. Le jeune homme n'eut pas le temps de se demander s'il avait bien fait de permettre à Si-Amon de partager les rites funéraires de Séqénenrê, car Ouni s'inclinait devant lui. « Montez à bord, prince, s'il vous plaît. Je ne voudrais pas faire attendre les princesses par cette chaleur. »

Kamosé avait déjà commencé à descendre les marches du débarcadère, lorsqu'il se fit un remue-ménage derrière lui. Sentant une main lui effleurer le bras, il se retourna et se retrouva face à face avec Ramosé, qu'il regarda d'un air stupide, incapable de prononcer une parole. «Je suis venu dès que j'ai pu, dit le jeune homme en s'inclinant. Mon père me l'a interdit, et nous avons eu quelques violentes querelles, mais je n'ai plus le même respect pour son autorité. Pardonne-moi d'arriver aujourd'hui, ajouta-t-il. Je ne savais pas...

– Tu n'en es pas moins le bienvenu, déclara Kamosé. Va te reposer dans la maison jusqu'à notre retour. Tu sais, pour Si-Amon?»

Le visage de Ramosé s'assombrit.

«Oui, répondit-il. La nouvelle a circulé de marché en marché, le long du fleuve. Les mots me manquent pour te dire ma tristesse.»

Kamosé aurait voulu lui demander quelle avait été la réaction de Téti, mais ce n'était pas le moment.

«Nous parlerons plus tard», déclara-t-il.

Ramosé acquiesça de la tête et s'éloigna, se frayant un passage à travers la foule qui attendait de monter dans les barques. Il ne chercha pas à parler à Tani, à qui il se contenta d'adresser un sourire, mais Kamosé vit le visage de sa sœur s'illuminer avant qu'elle ne baissât la tête et ne serrât ses vêtements de deuil autour d'elle. Voilà l'unique rayon d'espoir dans les ténèbres de notre situation, se dit Kamosé en sautant dans la barque. La graine de la renaissance enfouie dans les cendres de la mort qui nous environne. Il s'assit près d'Ahmès-Néfertari, silencieuse et repliée sur elle-même, et attendit que les autres les rejoignent.

La traversée n'était pas longue. Alors que les derniers serviteurs montaient dans la dernière barque, la famille marchait déjà vers l'endroit où attendaient les traîneaux et les bières. Kamosé entendit des lamentations et regarda en arrière. La rive orientale était couverte de villageois qui avaient commencé à pleurer Séqénenrê. Ouni s'activait de nouveau à ordonner la procession derrière les deux cercueils. Conduite en tête à côté d'Ahhotep, Ahmès-Néfertari comprit soudain pourquoi et éclata en sanglots. Kamosé et Ahmosis escortèrent Tétishéri, immédiatement suivis par Tani. Les prêtres et les serviteurs fermèrent la marche, et les femmes du cortège se mirent à déchirer leurs vêtements bleus et à répandre du sable sur leurs cheveux.

Kamosé donna le signal du départ. Les traîneaux s'ébranlèrent, accompagnés par les prêtres du temple d'Amon qui portaient les viscères de Séqénenrê dans quatre vases d'albâtre. Kamosé enlaça sa mère et s'abandonna à son chagrin.

Ils atteignirent le pied des montagnes, où Séqénenrê avait fait préparer sa tombe bien des années auparavant, et se rassemblèrent autour de l'entrée. Entouré de servants tenant des encensoirs fumants, Amonmosé commença le rituel funéraire. La foule se tut; seules les petites danseuses murmurèrent quelques mots en prenant leur place. Bien des regards furtifs se posaient sur le cercueil ordinaire de Si-Amon, mais personne n'osait attirer l'attention sur lui. Amonmosé fit comme s'il n'était pas là et le contourna pour s'approcher du sarcophage de Séqénenrê, que l'on appuyait contre la roche. Lorsque le couvercle fut ôté, il accomplit la cérémonie d'Ouverture de la Bouche, et Kamosé regarda le couteau sacré toucher la bouche, les yeux, le nez et les oreilles de la momie, afin que Séqénenrê puisse de nouveau avoir l'usage de ses sens.

Lorsque le grand prêtre eut terminé, il hésita et tourna un visage interrogateur vers Kamosé, indiquant l'autre cercueil d'un geste imperceptible. Le jeune homme réfléchit rapidement. Comment le mort pourrait-il sentir à nouveau, connaître le plaisir de l'eau fraîche, voir la splendeur du puissant sycomore qui gardait l'entrée du paradis d'Osiris, si le rite n'était pas accompli? Puis il secoua la tête. Il fallait continuer à prétendre que Si-Amon n'était enterré ce jour-là que par hasard et pour des raisons de commodité, même si toutes les personnes présentes comprenaient ses véritables intentions.

Amonmosé donna le signal du rite suivant. Un par un, les membres de la famille s'agenouillèrent pour embrasser les pieds du cadavre, si rigide dans sa gangue de bandelettes, si différent de l'homme dont la présence avait empli la maison pendant tant d'années. Puis les danseuses commencèrent leurs lentes évolutions afin de le protéger contre les dangers de son voyage. Comme ces gens sont remarquables! se dit Kamosé en regardant une danseuse effleurer le cercueil de Si-Amon d'une main délicate, une autre se pencher de côté afin que sa chevelure parfumée en frôlât le couvercle. Leur loyauté est plus grande que leur crainte d'enfreindre les lois sur les suicidés, et leur compréhension ferait honte à bien des nobles.

Le début de l'après-midi arriva. Des dais furent tendus et des coussins jetés sur le sable, mais beaucoup préférèrent rester près de la tombe pour assister aux derniers rites. Finalement, des serviteurs descendirent Séqénenrê dans l'ombre fraîche du caveau, le déposèrent dans son cercueil de pierre et disposèrent ses biens autour de lui. Kamosé, qui regardait les femmes de la maison joncher de fleurs le couvercle du sarcophage en pleurant sans bruit, vit aussi les meubles, les plats de nourriture, les cruches de vin et d'huile, les bijoux de son père et son coffret de toilette. Des serviteurs de bois sculpté étaient prêts à s'occuper de leur maître, et l'on avait soigneusement rangé contre un mur son arc et son carquois. A quoi tout cela lui servira-t-il sans nous ? se dit Kamosé avec colère. Ces objets ne feront que lui rappeler sa famille, séparée de lui par un fossé que ni lui ni elle ne pourront franchir. Eprouvera-t-il vraiment du plaisir à les manier ?

Prenant la main de Tani, il remonta avec elle vers la lumière aveuglante du jour. Un instant, il regarda l'immensité glorieuse du ciel et de la terre en clignant les yeux, puis il se dirigea avec sa sœur vers les dais, où l'on servait le festin funèbre. Ahhotep et Tétishéri, silencieuses, étaient installées côte à côte. Ahmès-Néfertari mangeait déjà, assise sur une natte, aussi près du cercueil de Si-Amon qu'elle l'osait. Kamosé n'eut pas le cœur de la réprimander. C'était avec son époux plutôt qu'avec son père qu'elle partageait ce dernier repas. Ahmosis, Tani et lui rejoignirent les deux femmes, et Tétishéri fit un signe à Ouni. Les serviteurs apportèrent de nouveaux plats.

Rien ne pourrait remplacer cela, pensa Kamosé, tandis qu'il rompait une miche de pain et que l'on plaçait devant lui une tranche de pastèque luisante. Rien dans le paradis d'Osiris ne me dédommagerait de la perte de ce ciel, de cette lumière, de cet air qui sent la sécheresse du désert, de ces palmiers las s'inclinant sur le fleuve à l'étiage. Il pensa à Si-Amon, et mordit dans sa tranche de pastèque.

En début de soirée, tout était fini. Les serviteurs du temple avaient fermé la porte du tombeau de Séqénenrê, noué les cordes et imprimé sur le cachet de boue la marque de la Maison des Morts : le chacal et les neuf captifs. Amonmosé entonna des prières de protection et, finalement, dans le rougeoiement du soleil couchant, après que des serviteurs eurent enterré les reliefs du festin, tout le monde remonta dans les barques, qui se balançaient sur les petites vagues soulevées par une légère brise.

Toujours sur son traîneau, le cercueil de Si-Amon avait été discrètement emporté vers sa petite tombe, qui resterait à jamais inachevée. En le voyant tressauter sans cérémonie sur le sol cailouteux, Ahmès-Néfertari avait perdu son sang-froid et couru derrière lui, y jetant une brassée de joncs avant que Kamosé ne la rattrapât et ne l'entraînât vivement vers le fleuve. «Il ne faut pas», avait-il dit sèchement, incapable de la réprimander davantage.

Lui aussi pensait à son frère, qui allait reposer aveugle, sourd et muet au milieu des éclats de pierre laissés par les maçons. Les murs de sa tombe ne retraceraient rien de son existence, ni de celle de son enfant nouveau-né, et ses actes ne seraient jamais connus des dieux. C'était terrible, mais moins que le sort d'un cadavre qu'on laissait pourrir sans sépulture et dont l'âme plongeait dans le néant. «Il n'est pas seul, Ahmès-Néfertari, le petit Si-Amon est avec lui, dit-il à sa sœur. Je ferai graver son nom sur des rochers, dans le désert. Ne t'inquiète pas. Les dieux le trouveront.»

C'était une maigre consolation, il le savait, et, assis près de Tani, il regarda le sillage rougeâtre laissé par l'embarcation qui les ramenait vers la rive orientale. Au-delà de la végétation et des arbres du jardin, la maison se dressait comme un havre de sécurité et de normalité et, plus loin sur la rive, Rê éclairait de rose le fouillis des maisons d'Oueset.

Quelqu'un attendait sur le débarcadère, les bras croisés, l'attitude patiente. Tani appuya la tête contre la poitrine de Kamosé. «C'est fini, murmura-t-elle. Nous pouvons recommencer à vivre, maintenant, même si cela doit nous valoir de nouvelles souffrances. Cela vaut mieux que le calme de la mort, n'est-ce pas, Kamosé ?

– Bien sûr, approuva-t-il en la serrant contre lui, les yeux fixés sur Ramosé. Bien sûr.»

Kamosé dut remettre à plus tard la conversation qu'il souhaitait avoir avec le jeune homme. Tani implora la permission de voir son fiancé en tête à tête, et il n'eut pas le courage de le lui refuser.

«Ce n'est pas convenable», protesta Tétishéri avec irritation, lorsqu'elle voulut voir le jeune homme et apprit qu'il avait disparu dans les marais avec Tani. La vieille dame se mit alors en quête de Kamosé, qu'elle trouva dans la salle de réception, assis sur les marches menant dans le jardin. «Nous ne sommes pas des paysans, poursuivit-elle. Des règles strictes régissent la conduite de nos jeunes femmes.

– Tani a besoin de lui, elle a vécu des moments éprouvants, répondit Kamosé avec fermeté. Elle ne fera rien d'inconsidéré, tu le sais parfaitement. Et puis, je suis désormais le chef de cette maison, ma parole fait loi. »

Tétishéri poussa un grognement méprisant mais battit en retraite.

« Eh bien, puisque tu es le chef de cette maison et le prince d'Oueset, tu devrais t'acquitter de tes autres devoirs, reprit-elle d'un ton sec. La période de deuil est terminée. La vie reprend son cours habituel. Il te faut maintenant épouser Ahmès-Néfertari et faire tien son enfant. La pureté de notre lignée doit être préservée pour l'avenir.

– Quel avenir ? répliqua Kamosé avec exaspération. Dans quelques jours, nous n'en aurons sans doute plus le moindre. A quoi bon prétendre que nous reprendrons un jour la Double Couronne ? Ce rêve devient plus nébuleux, plus ridicule, à chaque génération qui passe. J'ai déjà décidé de ne pas épouser ma sœur. »

Il parlait pour mesurer la réaction de sa grand-mère, ou peut-être la sienne. Il pensait à la femme qui hantait ses nuits, qui lui faisait fermer les yeux chaque soir avec un sentiment d'attente mêlé d'anxiété et qui le détournait de toute autre femme.

Elle était encore venue à lui la nuit précédente. Debout sur un rocher dans le désert, vêtue d'une robe rouge tissée de fils d'or, elle avait les bras chargés de bracelets d'or et sa chevelure noire, piquée de fleurs de jaspe, flottait au vent. Il avait trouvé une beauté sauvage à son dos sinueux, sous la robe ondoyant comme une fumée autour de son corps, et une sorte de peur s'était mêlée à sa fascination.

Mais même si ce fantôme l'obsédait, Kamosé n'en était pas esclave au point d'oublier les obligations quotidiennes de la réalité. Non. Son refus d'épouser Ahmès-Néfertari venait du plus profond de lui-même ; il répugnait à s'approprier la personne que son frère avait aimée, à profiter de ce dont Si-Amon ne pourrait plus jamais tirer de plaisir. Il aurait eu le sentiment d'être le plus vil des voleurs, et il ne croyait pas assez dans son héritage pour passer outre à cette répugnance.

« Mais il le faut, Kamosé ! insista Tétishéri. Et avant l'arrivée d'Apopi. Peu importe alors ce qu'il décidera. S'il te condamne à l'exil, Ahmès-Néfertari pourra t'accompagner. S'il t'envoie assister le gouverneur d'un trou de province, vous ne pourrez être séparés. Quoi qu'il arrive, le sang de tes ancêtres restera pur !

– Ouest est déjà un trou de province, ma chère grand-mère, rétorqua Kamosé. Les courtisans d'Het-Ouaret frémissent en pensant à nos nomes et les qualifient de brasero de l'Egypte. N'oublie pas que ton propre fils a épousé une roturière.

– Parce qu'il n'avait pas de sœur, répondit Tétishéri en se redressant. Et puis Ahhotep n'est pas une roturière. Elle est issue d'une famille noble et ancienne.

– Une famille qui compte Téti parmi ses membres! riposta Kamosé. Attendons un peu, grand-mère. Je protégerai Ahmès-Néfertari du mieux que je le pourrai, naturellement. Mais pourquoi ne pas demander à Ahmosis s'il veut l'épouser?»

Tétishéri se pencha vers lui, les yeux brillants dans leur nid de rides.

«Parce que tu peux changer d'avis. Tu caches bien ton jeu, Kamosé. Cela ne m'étonnerait pas.

– J'ai dit que je ne me marierai jamais.

– Et je ne t'ai jamais cru!»

Ils s'affrontèrent un instant du regard, puis Tétishéri posa une main sur l'épaule du jeune homme, se mit debout et, après avoir appelé Isis, disparut dans l'obscurité. Kamosé resta assis, absorbé dans ses pensées. Il a fallu la langue acérée de grand-mère pour m'éclaircir les idées, se dit-il. La qualité de mon sang ne m'intéresse plus. Seule la vengeance m'importe, mais j'ignore comment l'exercer.

Ramosé resta une semaine et, s'il passa l'essentiel de son temps avec Tani, il s'intégra aussi remarquablement bien dans la famille. Kamosé s'aperçut avec un certain étonnement qu'il prenait plaisir à sa compagnie. Ils se voyaient peu le matin, car après avoir accompli ses devoirs religieux, Kamosé s'enfermait dans son bureau avec Ahmosis et Ipi. Mais l'après-midi, ils allaient parfois en char dans le désert pour y chasser ou faire la course. Le fleuve recouvrait peu à peu les champs desséchés, et la chaleur de l'été cédait lentement la place à la douceur hivernale. Les deux jeunes gens discutaient à l'ombre d'un dais en buvant de la bière, pendant que leurs chevaux se reposaient.

Ramosé parlait peu de la faille qui s'était creusée entre son père et lui, mais le chagrin qu'il éprouvait du suicide de Si-Amon et de la mort prématurée de Séqénenrê était sincère. Kamosé, qui avait remarqué la sérénité toute neuve de Tani, interrogea un jour le jeune homme sur les perspectives de mariage. Le regard de Ramosé alla se perdre dans l'or pâle du désert qui tremblait sous le soleil, et il ne répondit pas aussitôt.

«J'ai déjà défié l'autorité de mon père en venant ici, dit-il finalement avec un soupir. J'ai honte de lui, prince, mais il n'en est pas moins mon père et le chef de notre maison. Le mariage devra attendre que le roi ait décidé de votre sort. J'aime Tani, poursuivit-il avec émotion. Mais je ne peux risquer de perdre mon héritage ou mon avenir. Si je l'épouse maintenant, mon père me reniera de peur de déplaire à Apopi. Tani est une princesse et, qu'elle le veuille ou non, elle est habituée et a droit à un certain mode de vie. Je dois lui offrir plus que ma simple personne. Voilà où nous en sommes.

— Je comprends, dit Kamosé, étonné de n'éprouver aucun ressentiment à son égard. Je réagirais de la même façon si j'étais à ta place. Mais c'est difficile à accepter pour Tani. Vous en avez discuté?

— Bien sûr! Ce n'est plus l'innocente enfant d'Hathor à qui je faisais la cour. Elle attendra le jugement du roi, mais elle sait que cela ne suffira peut-être pas à père. Pour parler franchement, vous êtes tous en disgrâce. Père a déjà l'œil sur les filles de plusieurs courtisans d'Het-Ouaret. Je lui ai dit qu'il perdait son temps.» Il regarda de nouveau le désert. «Je peux attendre cinq ou six ans avant d'être obligé de prendre une femme pour perpétuer notre lignée. Beaucoup de choses peuvent arriver dans l'intervalle.»

Ses paroles firent frissonner Kamosé. Il aurait voulu courir détruire Apopi, prendre l'Egypte d'assaut, imposer par la force à l'avenir un cours qui assurerait le bonheur de Tani, de Ramosé, et de sa famille qui cherchait de plus en plus auprès de lui la sécurité et des assurances qu'il ne pouvait lui donner.

«Tu es un homme bien, Ramosé, fit-il d'une voix rauque. Je te fais confiance. Dis-moi, si le vent de la chance se mettait par miracle à souffler dans mon dos, te rangerais-tu de mon côté?»

Ramosé garda longtemps le silence, puis répondit: «J'ai du respect pour toi, moi aussi, prince, mais pardonne-moi... Il y a loin entre prévenir Séqénenrê d'une trahison et se battre pour lui. Je ne peux pas répondre à ta question.»

Lorsque Ramosé prit finalement congé de la famille sur le débarcadère, puis que, debout sur le pont de sa barque, il agita la main jusqu'à ce que le coude du fleuve le dissimulât à la vue, Kamosé en fut peiné. L'amabilité paisible du jeune homme lui manquerait. Il y avait chez lui une solidité qui avait contribué à calmer les peurs et à égaliser les humeurs dans la maison. Sa présence avait distrait la famille de ses préoccupations et l'avait sortie de son isolement.

Tani ne pleura pas lorsqu'elle quitta le débarcadère. Kamosé vit la résignation se peindre sur son visage et sut qu'elle était prête à accepter tout ce que le destin lui réserverait.

12

Deux jours après le départ de Ramosé, un héraut royal descendit de son char à la porte de derrière du domaine, tendit les rênes au serviteur qui était accouru et se dirigea vers la maison. Ahmosis le vit et, après l'avoir salué, lui proposa de prendre une boisson rafraîchissante près du bassin. L'homme refusa. « J'apporte un message au prince Kamosé et à sa famille, dit-il. Le roi honorera cette maison de sa divine présence demain à midi. Il a l'intention de traverser Oueset dans une litière aux rideaux ouverts afin que les habitants puissent le vénérer. Ensuite, étant donné qu'ici la route du fleuve n'est pas inondée, il compte que la famille s'y tiendra pour l'accueillir. Sa Majesté et son entourage immédiat dormiront dans votre maison, mais son escorte se fera dresser des tentes en dehors d'Oueset. C'est tout.

– C'est tout, qui ? » fit Ahmosis d'un ton sec.

L'homme eut la bonne grâce de rougir. Il s'inclina légèrement.

« C'est tout, Altesse.

– Merci. Tu peux disposer. »

Un point pour nous, se dit Ahmosis, en partant à la recherche de Kamosé. C'est très formaliste de ma part, je suppose, mais que nous soyons en disgrâce ne doit pas empêcher les serviteurs d'Apopi de nous montrer le respect qui nous est dû. Je me demande si Ramosé a rencontré le cortège royal ? Non, sans doute pas. L'inondation qui le ramène rapidement chez lui a contraint notre souverain à passer soit par le désert, soit au-dessus de la ligne des hautes eaux, par des pistes rarement empruntées, tantôt rocailleuses, tantôt fangeuses. Cela n'a sans doute pas amélioré son humeur, et nous risquons d'en subir les conséquences, mais je me réjouis tout de même à l'imaginer en train de pester contre l'inconfort du voyage.

Il rencontra Kamosé alors qu'il tournait le coin de la maison et il le mit rapidement au courant. « Je ne peux rien faire pour t'aider, ajouta-t-il. Et les femmes n'auront surtout pas envie que je sois dans leurs jambes. Mère et grand-mère vont s'affairer à tout préparer, et elles seront d'une humeur de chien. Avec ta permission, j'aimerais prendre mon esquif et aller rendre visite aux hippopotames. Tu ne veux pas venir avec moi ? »

Kamosé regarda son frère avec un peu de contrariété. Ahmosis attendait sa réponse en souriant, la tête penchée de côté, ses boucles brunes ébouriffées par la brise. Parfois, tu m'exaspères, se dit Kamosé. Tu te conduis comme si tu étais encore un gamin de douze ou treize ans, naïf et irréfléchi, et il me faut faire un effort pour me rappeler que tu peux aussi te montrer bien plus mûr que tes dix-neuf ans. Je t'envie peut-être tout bonnement d'être capable de ne pas te tourmenter avant l'heure. Pourquoi devrais-je rester ici, en fin de compte ? Tu as raison. Je n'ai aucune obligation, aujourd'hui. Je ne ferais que ressasser des idées noires. « Oui, je crois que je vais t'accompagner, dit-il à voix haute. Je préviens les autres et je te rejoins au bord du fleuve. »

Quelques minutes plus tard, Ahmosis et lui montaient dans l'esquif. Debout au-dessus de son frère, Ahmosis maniait la perche en bavardant. Au prix d'un effort sur lui-même, Kamosé se livra aux plaisirs de l'après-midi. Les hippopotames somnolaient au soleil, immobiles. Les deux frères les regardèrent quelque temps, et Kamosé leur envia leur abandon. « Baignons-nous, proposa Ahmosis. Ils n'ont pas l'air décidés à nous divertir, alors autant nous en charger nous-mêmes. »

Divertissement, se dit Kamosé avec anxiété. Qu'avons-nous d'autre que nos musiciens pour divertir le roi ? Puis il se rabroua mentalement et, imitant Ahmosis, se laissa glisser dans l'eau fraîche avec un soupir de plaisir.

Ils se baignèrent près d'une heure, se coulant entre les joncs, puis Ahmosis plongea et remonta avec une poignée de boue noire dont il bombarda Kamosé. Celui-ci allait protester, quand il fut pris d'un brusque accès de gaieté. Il ne se dit pas consciemment que c'était son dernier moment de liberté, ni qu'il cédait au désir irrésistible de se réfugier dans les années insouciantes de son enfance ; il savait seulement que le soleil était chaud, l'eau douce comme du satin, et qu'il était sérieux depuis bien trop longtemps. S'enfonçant dans l'eau, il prit deux poignées de boue au fond du fleuve, visa Ahmosis, puis s'élança vers lui pour lui en frotter le visage. Bientôt, noirs de vase, tous les deux poussaient des cris perçants et riaient comme des fous. C'était le défi qu'adressait Kamosé au roi, à l'avenir et à son destin, et il savoura pleinement ce moment. Son coup de folie cessa aussi vite qu'il était venu et, après s'être nettoyés du mieux qu'ils le pouvaient, Ahmosis et lui prirent le chemin du retour. Kamosé ne s'en sentait pas moins un homme neuf et débordait d'un nouveau courage.

Le lendemain, il se leva avant l'aube et gagna le temple, où il lava et vêtit le dieu, déposa devant lui nourriture et vin avec des gestes sûrs, alors qu'Amonmosé prononçait les paroles rituelles d'une voix trébuchante et que les sistres jouaient légèrement faux. Ce n'est qu'au moment des Admonitions que le prêtre retrouva son assurance. Il rappela à Amon la loyauté des princes d'Oueset et l'engagea à les récompenser de leurs années de fidélité. Ensuite, dans l'avant-cour, Kamosé l'invita à venir dîner avec eux tous les soirs jusqu'au départ du roi. « Nous sommes fiers de notre dieu aux deux plumes et nous souhaitons que le roi sache que nous honorons aussi ses serviteurs, dit-il. Tu nous as soutenus, Amonmosé, et, si tu ne crains pas le courroux royal, je te prie de venir représenter le protecteur d'Oueset. »

Amonmosé était craintif, mais ce n'était pas un lâche. Il accepta.

Satisfait, Kamosé envoya un serviteur guetter l'arrivée d'Apopi en ville, puis il alla rejoindre les siens, qui, en grande tenue et le visage sombre, étaient déjà réunis dans le jardin. Il savait qu'il était inutile d'essayer de leur remonter le moral. Murmurant un salut, il s'assit dans l'herbe et, comme eux, attendit en silence.

Longtemps, ils n'entendirent que le babil des oiseaux et le frémissement du vent dans les arbustes. Des lézards filaient d'une ombre à l'autre. Une grenouille sautilla jusqu'au bord du bassin, contempla l'eau et bondit vers une feuille de lotus. « Je me sens mal », dit Tani. Kamosé s'apprêtait à lui répondre lorsqu'un lointain brouhaha couvrit soudain le chant des oiseaux, enfla, puis se mua en une bruyante ovation. Au même moment, le serviteur arriva en courant, hors d'haleine, et s'inclina.

« Il arrive ! Il arrive ! » s'écria-t-il.

D'un seul mouvement, la famille se leva.

« Mon miroir ! » demanda Tétishéri d'un ton sec, et Isis lui tendit le disque de bronze. Tani porta les mains à son visage. Ahmosis s'approcha d'Ahmès-Néfertari et glissa son bras sous le sien. Ahhotep chercha le regard de Kamosé.

« Oueset l'acclame, dit-elle.

— Nos villageois sont réalistes, répondit-il en haussant les épaules. Ils savent que quelques clameurs ne signifient pas grand-chose et peuvent faire plaisir à l'homme contre qui ils ont marché avec nous. Sommes-nous prêts ? »

Il regarda chacun des membres de sa famille tour à tour. Ils étaient vêtus du lin le plus fin, portaient perruque, maquillage et bijoux scintillants. Nous ne pourrions pas passer pour des courtisans, se dit-il, la gorge serrée par l'émotion. Il y a bien trop longtemps que nous sommes éloignés des modes du Delta. Mais nous partageons quelque chose d'éternel et d'immédiatement reconnaissable, que je vois aujourd'hui dans le dos rigide de grand-mère, dans la dignité inconsciente d'Ahmès-Néfertari, dans les gestes à la fois pleins de majesté et parfaitement naturels de Tani. Les Sétiou ne peuvent imiter cela. C'est unique.

« Je suis si fier de vous tous, parvint-il à dire. Quoi qu'il arrive aujourd'hui, tâchons de ne pas faire honte à père. Nous y allons ? »

Ils s'avancèrent dans l'ombre mouchetée de la treille, précédés par Ouni et Akhtoy, qui avaient revêtu la longue robe plissée de leur charge. Derrière la famille, des serviteurs portaient le repas de bienvenue – pain, vin et fruits secs – sur un plateau en or. Après mûre délibération, Kamosé avait toutefois décidé de n'offrir aucun présent au roi. Celui-ci aurait pu y voir le désir lâche de l'amadouer ou, pis encore peut-être, une manifestation d'orgueil. D'ailleurs, que pouvaient offrir les princes d'Oueset à un dieu qui avait tout ? C'est ce que je lui dirai s'il s'étonne que nous ne lui donnions rien, se promit Kamosé, alors qu'il quittait la fraîcheur agréable de la treille pour le sentier pavé et l'esplanade du débarcadère. Nous n'avons rien à perdre.

Cette attitude pleine de défi dissimulait toutefois son appréhension, qui alla croissant lorsque, debout sous un grand dais, ils attendirent tous l'arrivée du roi. Les acclamations diminuèrent et, bientôt, ils aperçurent un petit nuage de poussière. Kamosé jeta un regard de l'autre côté du fleuve, où se trouvaient les demeures des morts, où Séqénenrê reposait dans l'obscurité froide de son tombeau. Ton ba volette-t-il près de nous, père ? se demanda-t-il. S'attriste-t-il de nous voir groupés ici comme des gazelles traquées ? Ahmosis lui donna un coup de coude et, se raidissant intérieurement, Kamosé se tourna vers l'avant-garde du roi.

Deux chars apparurent, tirés par des chevaux empanachés de bleu et de blanc, conduits par des auriges coiffés des mêmes couleurs. Les yeux plissés pour se protéger de la poussière soulevée par les sabots des bêtes, Kamosé vit que les deux hommes debout derrière les auriges étaient armés – lance à la main, arc en bandoulière, hache et poignard à la ceinture – et que des bracelets d'argent leur enserraient les bras. Il se demanda si l'un d'eux était le général Pédjédkhou. Venaient ensuite deux colonnes de fantassins, des Braves du Roi, une vingtaine peut-être, le visage solennel et la lance menaçante. Loin derrière, Kamosé aperçut une litière dont les rideaux fermés, tissés d'or, scintillaient au soleil. Son cœur s'arrêta de battre.

Les chars s'immobilisèrent. Les soldats s'alignèrent de part et d'autre de la route. Deux grandes litières dégorgèrent un troupeau de serviteurs. Ils bavardèrent un instant entre eux en secouant la poussière grise de leurs sandales, puis l'un d'eux se détacha du groupe et s'avança. C'était un homme de haute taille à l'expression affable et aux yeux vifs. Il posa les mains sur ses genoux et s'inclina très bas. « Prince Kamosé ? » fit-il, après avoir parcouru la famille du regard.

Kamosé hocha la tête. L'homme s'inclina de nouveau, cette fois uniquement devant lui. « Je suis Néhmen, le premier intendant de Sa Majesté. »

Sa voix était douce et déférente sans être obséquieuse, et Kamosé admira le travail et la maîtrise de soi que cela supposait.

« Je suis chargé de veiller à ce que les besoins de l'Unique soient satisfaits pendant son séjour chez toi, poursuivit l'homme. Si tu avais l'amabilité de me présenter ton premier intendant, j'aimerais m'entretenir avec lui. »

Kamosé fit signe à Ouni et à Akhtoy de s'approcher. « Voici Akhtoy, mon intendant, et Ouni, l'administrateur des affaires domestiques de ma grand-mère. Ils sont à ta disposition.

– Je te remercie, prince. »

Il aboya un ordre, claqua des doigts, et le petit groupe qui attendait toujours près des litières accourut, salua rapidement la famille au passage et disparut dans la direction de la maison. Néhmen, Akhtoy et Ouni leur emboîtèrent le pas.

La litière du roi approchait, portée haut sur les épaules de six soldats vigoureux et accompagnée par des servants, qui agitaient des encensoirs et aspergeaient le sol d'une eau provenant du lac sacré du temple de Soutekh. Devant eux marchait le grand prêtre. Son crâne rasé était ceint d'un ruban rouge, la patte dorée d'une peau de léopard lui griffait l'épaule, et il tenait à la main un bâton orné de la tête de loup de Soutekh. A ses côtés, des prêtres-ouab chantaient les louanges du dieu et du roi. Ceux-là ignorèrent la famille.

Les servants arrivèrent sur la grande esplanade pavée et se mirent à en asperger chaque pierre. Amonmosé, vêtu lui aussi de l'habit de sa charge, s'avança à la rencontre de son homologue. Puis la litière fut là. Autour de Kamosé, la tension devint palpable. Les porteurs s'arrêtèrent, déposèrent leur fardeau avec précaution et s'écartèrent. Des serviteurs coururent écarter les rideaux et, aussitôt, tout le monde se prosterna dans la poussière, exception faite d'un homme qui s'avança et s'immobilisa devant la famille. Son pagne, sa coiffe, ses sandales et le long bâton qu'il élevait, tout était blanc. Le premier héraut, se dit Kamosé, alors que parvenait à ses narines une odeur de jasmin. Comment s'appelait-il ? Il l'entendit prendre une profonde inspiration à l'instant où un pied brun, chaussé d'une sandale incrustée de joyaux, sortait de la litière et se posait sur le sol.

« Le Taureau puissant de Maât, aimé de Seth, aimé de Ptah, Celui-qui-fait-vivre-les-cœurs, le Glorieux du Double Diadème, Seigneur des Deux Terres, Aouserrê Aqenenrê Apopi, Vivant pour l'éternité ! »

La voix forte et vibrante du héraut se répercuta sur les murs de la maison et fut renvoyée vers le fleuve. Le roi était descendu de sa litière et marchait vers eux. Les flabellifères des mains droite et gauche l'avaient aussitôt encadré et tenaient haut au-dessus de sa tête les éventails en plumes d'autruche blanches, symboles de protection divine.

Juste avant de plier le genou, Kamosé observa Apopi. Plus grand que la plupart des hommes qui l'escortaient, il avait de longues jambes bien galbées et, sous son ample chemise blanche et son pectoral d'or et de lapis-lazuli, son torse semblait puissant. Son cou était toutefois légèrement trop long pour son visage mince, ce qui lui donnait un air fragile et semblait le déséquilibrer.

Kamosé n'eut pas le temps de l'étudier davantage. Alors qu'il s'agenouillait, puis se prosternait devant le souverain, une unique pensée occupait son esprit. Les racines étrangères du roi se lisaient sur toute sa personne, et rien, strictement rien, ne l'autorisait à porter du lapis-lazuli. Les cheveux des dieux étaient faits de cette précieuse pierre d'un bleu sombre strié d'or, et elle était réservée aux seuls rois divins et à leur famille.

Gardien de moutons! pensa Kamosé, lui adressant la pire insulte qui fût aux yeux d'un Egyptien. La pierre, encore mouillée d'eau bénite, était tiède et rugueuse contre sa joue. Il entendait la respiration entrecoupée de Tani à côté de lui et espérait que Tétishéri, qui enrageait certainement d'avoir à se prosterner devant quiconque, n'ouvrirait pas la bouche.

Le silence régnait. Kamosé sentit une ombre s'allonger au-dessus de lui mais n'osa pas bouger. Il ne voyait qu'une sandale de cuir doré et le pied royal, dont la voûte était rougie de henné et les orteils, ornés de turquoises et d'or. «Levez-vous», dit enfin Apopi. La famille se remit debout, sans oser épousseter ses vêtements. Kamosé, qui ne gardait aucun souvenir du souverain, hormis le fait qu'il portait une barbe, eut pourtant le sentiment de contempler un visage familier. Il aurait mieux fait de ne pas la raser, se dit-il, en étudiant ses pommettes hautes et ses joues creuses, qui promettaient un menton volontaire, malheureusement absent.

Le menton d'Apopi était en effet un peu trop pointu. La partie supérieure de son visage, en revanche, était digne d'un roi : de grands yeux noirs qui observaient Kamosé avec calme, un front haut, barré par le serre-tête en or qui retenait sa coiffe à rayures blanches et jaunes. Sa bouche s'incurvait vers le bas comme un arc, lui donnant un air maussade, mais les plis de son visage n'indiquaient pas une nature sombre. Ils avaient été tracés par le rire.

«Baisse les yeux, Kamosé Taâ», ordonna-t-il d'une voix unie. Le jeune homme obéit.

«Tétishéri! s'exclama alors le roi. Je garde un bon souvenir de ma dernière visite chez toi, l'année de mon Apparition, quand j'ai fait le tour de mon royaume. J'ai eu l'impression alors que tes enfants et toi meniez une vie facile et parfaitement heureuse. Mais nous étions tous beaucoup plus jeunes à cette époque. Et moins déraisonnables, peut-être...

– Sa Majesté est très aimable, répondit Tétishéri, en lui adressant un sourire glacial. Mais étant donné qu'elle n'a encore que quarante et un ans, nous pouvons prier qu'elle ait encore de nombreuses années devant elle et ne fasse que croître en sagesse.»

Sans répondre, Apopi se tourna vers Ahhotep, à qui il adressa ses condoléances comme si Séqénenrê était mort dans un banal accident plutôt que sous les coups, de son assassin d'abord, puis de ses soldats. Il adressa quelques mots à Ahmosis, demanda à Ahmès-Néfertari combien elle avait d'enfants, puis prit le menton de Tani dans sa longue main gracieuse. Celle-ci devint livide mais ne broncha pas. Elle regarda résolument droit devant elle.

«Ravissante, murmura Apopi. Je me souvenais de toi comme d'une gamine joufflue de cinq ans, ma chère Tani, mais je vois que tu as hérité de la beauté de tes deux parents. Tu es fiancée à Ramosé de Khmounou, il me semble?

– Oui, Majesté», répondit Tani dans un souffle.

Kamosé fit un geste, et un serviteur apporta le repas de bienvenue. Kamosé prit le plateau et s'agenouilla pour le présenter au roi, qui l'examina avec curiosité, poussa les différents mets du bout d'un doigt, puis choisit poliment un raisin sec qu'il porta à sa bouche.

«Pédjédkhou!» appela-t-il.

Aussitôt, celui-ci s'avança et s'inclina.

«Majesté?»

Kamosé regarda l'homme avec attention. Il était basané, avait le nez large et des traits grossiers. Il était aussi très jeune, moins de trente ans sans doute. Pour être déjà général, il faut que ce soit un génie militaire, se dit Kamosé.

«Je veux qu'aucun des soldats de cette maison ne sorte de sa caserne pendant la durée de mon séjour, ordonna Apopi. Tu posteras des sentinelles dans le désert aussi bien que le long des rives du fleuve. Tous les membres de la famille Taâ seront escortés d'un garde du corps.» Il se tourna vers Kamosé, qui tremblait d'indignation, et lui adressa le plus doux des sourires. «Si quelque chose vous arrivait pendant mon séjour, je ne me le pardonnerais pas, expliqua-t-il. Mes gardes sont parfaitement entraînés. Ils surveilleront vos portes la nuit et vous protégeront le jour. Ykou-Didi!» Le premier héraut s'approcha. «Veille à ce que j'aie la voie libre. Je veux manger, puis me retirer et dormir. Où est Itjou?

– Ici, Majesté, répondit le scribe.
– Note les instructions destinées à Néhmen. Que l'on fasse immédiatement installer mon lit de voyage dans les appartements les plus confortables. Le trône devra être placé dans la salle de réception et gardé en permanence. Le Gardien des insignes royaux dormira à côté, le coffret dans les bras. Que le Trésorier envoie ses assistants distribuer de l'or aux habitants de la ville, et que l'on ouvre mon tabernacle de voyage. Je prierai Soutekh avant d'aller dormir. » Il jeta un regard à son grand prêtre, en grande conversation avec Amonmosé. « Néhmen devra également aller voir s'il y a assez de place pour mes épouses dans les appartements des femmes. Si ce n'est pas le cas, il fera dresser des tentes dans le jardin pour ces dames, ajouta-t-il, en désignant Ahhotep et ses filles d'un geste languissant de la main. Mais que l'on ne dérange pas Tétishéri. C'est tout pour l'instant. »

Le scribe, qui avait écrit à une allure folle, prit sa palette et s'en fut.

« Tu as raison, ajouta Apopi, en se tournant vers Kamosé. Je ne vous fais pas confiance, et tu n'as pas à t'en offenser. Vous avez trop d'orgueil, vous autres les Taâ. »

Kamosé réprima un frisson, car les instructions données par le roi le faisaient effectivement bouillir de rage.

« J'espère bien manger et être convenablement diverti, ce soir, poursuivit Apopi. Nous ne parlerons que demain de l'affaire qui m'a obligé à quitter les agréables jardins de mon palais. Vous connaîtrez alors votre sort. »

Il n'attendit pas de réponse. Ykou-Didi lança un cri d'avertissement et brandit son bâton. Les serviteurs avaient déjà le visage contre terre lorsque Apopi commença à marcher vers la maison. Un long cortège de litières et de courtisans le suivit.

« Ce sont sans doute ses épouses », murmura Ahmès-Néfertari à Tani, lorsque les litières les dépassèrent.

Kamosé leur accorda à peine un regard, car derrière, gardé par une autre phalange de soldats, porté sur une civière, couvert d'un voile, venait ce qui ne pouvait être que le trône d'Horus. Il le regarda passer, le cœur serré, en pensant à son père. Le trône d'Horus, sur lequel ne pouvaient s'asseoir que les dieux d'Égypte ! A côté de lui marchait un petit homme chargé d'un énorme coffret. La Double Couronne, le Sceptre et le Fouet. Kamosé s'inclina avec respect et rejoignit le reste de la famille.

«Quelle foule ! s'exclama Ahhotep. La maison ne les contiendra jamais tous !

— Et nous ne pouvons pas nourrir tous ces parasites, renchérit Tétishéri. Je suis presque impatiente de connaître ma condamnation pour les voir repartir à Het-Ouaret avant qu'ils n'aient tout fait disparaître sur nos terres. Quelle bande de sauterelles !

— Il semble avoir de l'affection pour toi, grand-mère, intervint Ahmosis. Il te traite avec respect, en tout cas.

— J'espère bien ! Pour une raison ou une autre, nous nous sommes trouvé des points communs quand il est venu ici, il y a onze ans. Je crois que les fortes femmes le fascinent. A moins qu'il n'ait tout bonnement le respect des personnes âgées.

— Il est difficile de savoir ce qu'il respecte, dit Kamosé d'un air songeur. Je crois que sa morgue dissimule un sentiment d'insécurité, peut-être même de l'envie à notre égard. Cela le rend doublement dangereux.

— Il s'est rasé la barbe, pourtant, remarqua Ahhotep. Il connaît l'aversion des Egyptiens pour les poils. Il n'est pas aussi imperméable à l'opinion des autres qu'un roi devrait l'être.

— C'est parce qu'il n'est pas un vrai roi, fit Ahmosis avec hauteur. Si nous allions voir ce qui se passe dans la maison ? Vous avez entendu parler ces courtisans ? Ils avalent leurs mots comme s'ils avaient peur de se fatiguer la langue. Il faut que nous nous mêlions à eux, Kamosé. Il se peut que nous entendions des choses intéressantes.

— Je n'ai aucune envie de les voir, déclara Tani. J'espère vraiment que l'on nous installera des tentes dans le jardin.

— Nous devons faire bonne figure, dit Kamosé. Ne permettez pas que l'on vous manque d'égards. A côté des conseillers sétiou du roi, il y a aussi ici les représentants des plus nobles familles d'Egypte. Nous n'avons rien contre eux.»

Les derniers membres de l'entourage royal passaient près d'eux. La plupart les ignoraient. Certains les saluaient, avec dérision ou respect, Kamosé n'en savait rien. Il resta là, très droit, un bras passé autour des épaules de Tani, et eut brusquement envie d'entendre la voix de son père.

Néhmen réquisitionna pour le souverain les appartements de Kamosé, qui avaient été ceux de Séqénenrê et de son père avant lui. Décorées avec simplicité de peintures murales aux couleurs vives représentant des scènes de la vie quotidienne, les pièces étaient grandes et claires. Les vizirs furent logés dans les appartements de Si-Amon, et Ahmosis dut céder les siens à Néhmen et Ykou-Didi. Kamosé et lui voulurent aller dormir dans la caserne où étaient enfermés leurs soldats, mais un ordre du roi le leur interdit. Ils furent donc contraints de se partager une des chambres minuscules des serviteurs. Par chance, ce ne fut pas celle de Mersou.

Au ravissement de Tani, des tentes de lin grossier furent dressées près du bassin pour sa mère et elle. Tétishéri avait proposé à Ahmès-Néfertari de faire installer un lit de camp dans sa chambre à coucher, et celle-ci s'y réfugia avec le petit Ahmosis-onkh.

La vaste demeure devint soudain désagréablement encombrée. S'aventurant hors de leur chambre en fin d'après-midi, suivis par leurs gardes massifs et silencieux, Kamosé et son frère trébuchèrent à chaque pas sur des fonctionnaires et des courtisans qui, en attendant que le roi sorte de sa chambre à coucher, bavardaient, jouaient et pariaient. Leurs serviteurs se bousculaient dans les couloirs ou entre les tentes qui avaient poussé comme des champignons derrière la maison et où avaient été logés la plupart des courtisans. Des bouffées de parfums exotiques, des odeurs de pâtisseries chaudes et d'huiles précieuses venues du Retenou chatouillaient les narines de Kamosé. Ses yeux étaient attirés par le scintillement des bijoux qui ornaient des mains élégantes rougies de henné, la peau satinée et soignée des bras et des cous, les oreilles d'hommes et de femmes maquillés qui le regardaient passer avec curiosité. Même les serviteurs portaient des anneaux d'or et semblaient les dévisager avec un mépris hautain. «Essayons le bureau», murmura Ahmosis. Mais, lorsqu'ils poussèrent la porte, plusieurs paires d'yeux se braquèrent sur eux. Ykou-Didi et trois autres hérauts s'entretenaient avec le trésorier, et leurs scribes étaient assis en tailleur sur le sol au milieu d'un fatras de godets et de rouleaux de papyrus. Tous firent mine de se lever pour saluer les princes. Kamosé inclina la tête et battit en retraite. «Le jardin», suggéra-t-il. Les deux jeunes gens rebroussèrent chemin, en saisissant au passage des bribes de conversation.

«... l'impôt sur mes palmeraies. Mon intendant jure par Baal-Yam que ce n'est pas vrai.

«... mais elle les a surpris près des tamaris, tu sais, cet endroit si agréable et intime derrière le mur du temple. Il dit que ce n'est pas ce qu'il paraît, mais je sais...

«... les négociations ont duré si longtemps! Pour qui se prennent les Keftiou? Tout cela n'a abouti qu'à des montagnes de paperasseries. Le roi...

«... c'est un charme qui te fera te souvenir de l'endroit où tu l'as mis, mais cela coûte cher, dix outen, et tu préféreras peut-être commander un anneau identique en espérant qu'il sera prêt avant qu'elle ne te demande ce que tu en as fait...

«Oh! je suis tombé sur la Maison des Crachats. C'est bon et mauvais à la fois. Il me faut un cinq, un cinq!

– Chut! C'est eux. Comme ils sont beaux, malgré leur peau sombre! Si le roi veut les bannir, il peut les envoyer tout droit dans ma chambre à coucher...»

Il fallut un moment à Kamosé pour comprendre que la personne qui avait fait cette dernière remarque, une femme aux yeux en amande portant une perruque noire piquée de feuilles d'or, parlait d'Ahmosis et de lui-même. Avec un sourire contraint, il passa dans la salle de réception, suivi par son frère.

Là, un silence révérenciel régnait. Quelques courtisans bavardaient à voix basse, une coupe de vin à la main. A la droite de Kamosé, sous un dais en drap d'or, se dressait le trône d'Horus. D'un même mouvement, les deux frères s'en approchèrent. Sur les accoudoirs, terminés par la gueule grondante de lions, Isis et Neith, les sœurs d'Osiris, étendaient de belles ailes de turquoise et de lapis pour protéger et étreindre le dieu qui s'y asseyait. Le dossier était très ouvragé, l'or y était incrusté de jaspe et de cornaline, et l'on y voyait de nombreux ankhs, symboles de vie, suspendus au bâton d'éternité et au tabouret de richesse; de petits carreaux d'ivoire et d'ébène représentaient un roi marchant à grands pas, le Sceptre et le Fouet à la main, précédé de Rê et suivi d'Hapi, le dieu du Nil. Derrière, un grand œil d'Horus scintillait.

«Ne le touche pas, prince», dit une voix. Kamosé baissa les yeux. Le Gardien des Insignes royaux était assis au pied de l'estrade. Kamosé se força à sourire.

«Je n'en ai pas l'intention, répondit-il.

– Regarde, Kamosé, murmura Ahmosis. Là, sur le siège. C'est Horus sous sa forme de dieu faucon de l'horizon. Il est splendide!

– Et regarde le tabouret, chuchota son frère. Le roi pose les pieds sur les ennemis de l'Egypte, les Neuf Archers, mais les Sétiou ont été consciencieusement oubliés ! »

Ahmosis et lui échangèrent un sourire malicieux, oubliant un instant tout ce qui les entourait.

« Difficile de fouler aux pieds ses propres ancêtres, siffla Ahmosis en étouffant un rire. Oh ! Kamosé, j'ai presque pitié de notre petit roi parvenu !

– Chut ! fit Kamosé, en indiquant le Gardien des Insignes royaux. Partons d'ici, Ahmosis. Nos gardes commencent à être mal à l'aise. »

Les deux robustes soldats donnaient en effet des signes de nervosité. Alors que les deux frères se dirigeaient vers la porte, un homme se détacha d'un groupe de courtisans et les aborda, en s'inclinant à plusieurs reprises. « Je suis Sébek-nakht, prince héréditaire et erpa-ha de Mennéfer. Je suis honoré de vous rencontrer, Altesses. »

Son sourire était ouvert et amical. Ils lui rendirent son salut.

« Les princes de Memphis sont d'illustre lignage, remarqua Kamosé. Ma maison ne m'appartient pas en ce moment, Sébek-nakht, mais tu es le bienvenu à Oueset. Nous sommes à ton service.

– Merci, dit l'homme. Je suis prêtre de Sekhmet, la déesse-lionne de Mennéfer. Je suis également l'un des architectes du roi, et mon père est vizir du Nord. Si je puis t'être utile de quelque façon, je suis à ta disposition.

– Je t'en suis reconnaissant, répondit Kamosé, à la fois décontenancé et touché. Je ne suis pas en position de solliciter des faveurs, mais je suis sensible à ton offre.

– Les princes de Mennéfer ont toujours été des gens très puissants, commenta Ahmosis, lorsque son frère et lui eurent quitté la salle de réception. Penses-tu que nous ayons trouvé un ami ?

– Nous n'avons pas d'amis, répondit Kamosé en haussant les épaules. Nous n'avons pas besoin d'un prêtre ni d'un architecte, et le soutien d'un fils de vizir ne peut plus nous être d'aucune utilité. Il est trop tard. Où était le puissant prince erpa ha quand Séqénenrê était aux abois ? »

Mais en dépit de ces paroles amères, cette rencontre l'avait réconforté. Les nobles fils d'Egypte se reconnaissaient entre eux. Ils ne pouvaient guère faire davantage, mais Kamosé ne se sentait plus perdu au milieu d'une foule hostile. Une sympathie plus secrète et moins courageuse que celle du prince de Mennéfer existait peut-être derrière certains de ces visages maquillés d'hommes du Nord. Kamosé se demanda si, en fin de compte, le roi sétiou n'était pas le maître d'une fragile maison de roseaux.

Le banquet donné ce soir-là fut le plus somptueux que l'on eût jamais vu à Oueset. Le roi était installé sur l'estrade devant une table dorée entourée de fleurs de printemps vertes et roses. L'électrum étincelait lorsqu'il se penchait pour parler à sa reine, portait des mets à sa bouche ou observait les convives. Sur sa perruque le cobra en fureur – l'uraeus d'or – et le vautour se dressaient, vigilants et protecteurs. Au-dessous de lui, le premier héraut était debout, son bâton à la main. Ses flabellifères, ainsi que ses généraux et ses gardes du corps, se tenaient de chaque côté de l'estrade. La reine était une jeune femme brune et délicate, couverte de bijoux resplendissants et vêtue d'un fourreau tissé de fils d'argent. Derrière elle, trois autres épouses royales bavardaient et riaient, drapées de lin fin et ensevelies sous les fleurs.

Les dîneurs s'entassaient autour des minuscules tables éparpillées dans la pièce et débordaient sur la véranda et dans le jardin. Des dizaines de serviteurs en nage allaient et venaient, chargés de plats fumants et de cruches de vin. D'autres offraient aux courtisans des guirlandes de fleurs de lotus bleues et roses, des colliers de perles bleues et des cônes de parfum. Le brouhaha était assourdissant, le mélange des odeurs de nourriture, de fleurs et de parfums, suffocant. De temps à autre, un souffle de vent entrait par la véranda mais ne réussissait guère qu'à agiter vaguement l'air confiné. Les musiciens du roi jouaient sans que personne les entende.

Kamosé et sa famille étaient assis à l'écart, face à un océan tumultueux de courtisans qui buvaient, riaient et les ignoraient. Ils mangèrent en silence. Bien qu'ils eussent mis leurs plus beaux atours, ils se sentaient déplacés, démodés et lents. Leur repas fini, ils restèrent assis devant leur coupe de vin, dans les parfums mêlés de leurs guirlandes de lotus et de l'huile qui leur coulait lentement dans le cou. «Qu'est-ce que c'est que cet instrument bizarre? demanda Tani, en montrant les musiciens. Je reconnais les harpes, les tambours et les claquoirs, bien sûr.

– Cela s'appelle un luth, répondit Tétishéri. Les Sétiou l'ont apporté avec eux. Lorsque les danses commenceront, tu pourras l'entendre. Le son en est plus puissant que celui de la harpe mais pas aussi doux.

– Ce vin vient de Tcharou, déclara Ahmosis, en se léchant les lèvres avec révérence. C'est le meilleur au monde.

– Et c'est de la myrrhe qu'il y a dans ces cônes, intervint Ahhotep. Allons-nous nous laisser impressionner par tout cela, mes enfants ? L'or achète tout et ne signifie rien.

– Il est difficile de s'en convaincre, dit Ahmès-Néfertari, les yeux fixés sur la reine, qui écoutait son mari, le menton appuyé sur une main rougie de henné.

– Nous devons essayer, dit Kamosé. Nous ne sommes pas insignifiants, Ahmès-Néfertari. Si tous ces gens sont chez nous, si le roi est ici, à mille kilomètres d'Het-Ouaret, c'est parce que nous avons plus d'importance que n'importe quel noble présent dans cette pièce. Souviens-t'en.

– J'aurais préféré avoir la visite d'un simple héraut, remarqua Tétishéri. Ils mangent plus en un jour que nous en un an. Ouni est malade d'inquiétude. Il craint pour nos réserves de farine et de miel. La saison des moissons est encore loin. »

Personne n'eut le cœur de lui rappeler qu'ils n'auraient probablement guère à se préoccuper des moissons. Ils se turent, inquiets et sobres au milieu d'une assemblée de plus en plus tapageuse.

Finalement, le roi donna le signal des divertissements. Un murmure d'attente courut dans la salle. Les serviteurs emportèrent les tables, et les convives se rangèrent contre les murs. Les musiciens profitèrent de cette pause pour engloutir leur bière et s'essuyer le visage. Puis les danses commencèrent. Prisonnier de la foule, étourdi par le tournoiement des corps nus, les couleurs criardes, la musique exotique, Kamosé réprima un désir frénétique de courir dans le désert retrouver de l'air frais et la lumière des étoiles. Adossée contre ses coussins, les yeux fermés, Tétishéri somnolait. Ahhotep enlaçait Ahmès-Néfertari. Assise, les genoux repliés, Tani regardait le spectacle sans mot dire. Ahmosis avait disparu, mais Kamosé l'aperçut un peu plus tard en train de bavarder avec le prince de Mennéfer et ses compagnons. Tous souriaient.

Habitué aux délices et aux complexités de la danse, Kamosé n'y prêta guère attention. Tout le monde aimait la danse. La troupe du roi était excellente. La peau des danseuses luisait d'huile, leurs cheveux, lestés de boules d'argent, voltigeaient. Leur corps souple ployait et ondulait au rythme des tambours et des claquoirs. Mais les derniers danseurs étaient noirs. Les cheveux parés de plumes d'oiseaux inconnus, portant des pagnes faits de peaux de bête, ils agitaient des instruments étranges en poussant des cris rauques et en jetant des regards farouches sur l'assemblée. Des Koushites, se dit Kamosé. Sans doute un présent de Tétiân, le prince de Koush, ce gouverneur insinuant qui s'enorgueillit de son alliance avec les Sétiou et qui est lié à Het-Ouaret par de si nombreux traités qu'Apopi l'appelle son «frère».

Les danseurs furent remplacés par des magiciens, qui transformèrent des bâtons en serpents ondulant sur le sol, lesquels firent hurler les femmes jusqu'à ce que, attrapés par la queue, ils redeviennent bâtons. Ces hommes savaient aussi s'habiller de feu, sortir des oiseaux chanteurs de leur bouche et accomplir bien d'autres merveilles. Mais Kamosé les regarda avec indifférence. Dehors, la lune pâlissait à l'approche de l'aube. Les eaux du fleuve en crue, argentées, coulaient rapidement entre des rives couvertes d'une végétation luxuriante et noire.

Le jeune homme se sentit observé et leva la tête. Apopi le regardait, le visage indéchiffrable. Kamosé soutint son regard, se demandant quelles pensées traversaient l'esprit du roi sous la coiffe raide dont les pans lui frôlaient les épaules. Apopi était le pouvoir incarné et, lui, un simple criminel. Pourtant, au fond des yeux inexpressifs du roi, il lui sembla lire de la peur, et un défi aussi. C'est entre toi et moi, pensa-t-il, tandis que la reine effleurait la main d'Apopi et qu'il se tournait vers elle. Tu le sais, si irrationnel que cela puisse paraître. Toi et moi.

Le lendemain matin, Kamosé se leva de bonne heure et alla au temple, suivi par les soldats chargés de le garder. Il s'acquitta de ses devoirs envers Amon, échangea quelques mots avec Amonmosé, puis rentra chez lui dans l'air scintillant du matin. La crue était à son apogée. L'eau s'étendait jusqu'au pied des montagnes, reflétant un ciel pâle. Deux faucons planaient au-dessus de lui, immobiles, comme étourdis par l'intensité de la lumière et le miroir uni des eaux au-dessous d'eux. Leur présence réconforta Kamosé, et il les salua silencieusement. Dès qu'il quitta le bord du fleuve pour pénétrer dans son jardin, il retrouva le brouhaha et l'agitation des courtisans, et une forte odeur de pain frais lui parvint aux narines.

Il rencontra presque aussitôt Ykou-Didi. «Le roi ordonne que tu te présentes dans la salle de réception dans une heure, dit celui-ci en s'inclinant. Tu ne dois porter ni bijoux, ni sandales. Un simple pagne suffira. »

Kamosé combattit son appréhension. Les criminels comparaissaient devant leurs juges pieds nus et sans ornement, mais il avait cru que son rang lui éviterait cette humiliation. Après avoir acquiescé de la tête et congédié le héraut, il se dirigea vers les logements des serviteurs. Akhtoy était assis sur un tabouret devant sa porte.

« Va dire aux autres membres de la famille de me retrouver dans le jardin d'ici une heure, dit-il. Le roi est-il levé ?

– Oui, prince. Sa suite et lui ont achevé leurs prières à Soutekh, et ils déjeunent.

– Merci. Va. »

Pour la première fois de sa vie, Kamosé souhaita que le temps s'arrête, qu'un grand cataclysme les balaie tous avant que lui et les siens n'aient à affronter le jugement d'Apopi et la curiosité des gens du Nord. Il savait que ceux-ci les regarderaient en se réjouissant de ne pas être à leur place et en attendant avec avidité la sentence, qui nourrirait leurs conversations pendant des semaines.

Il entra dans sa chambre et, les yeux fermés, évoqua son père et Si-Amon pour se donner du courage. Leur souvenir ne fit toutefois que l'abattre davantage. Je leur en veux, songea-t-il avec étonnement. Ils m'ont laissé affronter cette épreuve seul, et je leur en veux. Il tourna ses pensées vers Amon aux belles plumes, dont la statue dorée souriait dans le temple. Amonmosé serait présent dans la salle de réception, lui aussi, et il prierait en silence pour ceux à qui le dieu devait fidélité. Les princes d'Oueset te servent loyalement depuis des générations, pensa Kamosé. Le moment est venu de nous montrer ta gratitude. Prends notre parti, *ton* parti, et écrase les Sétiou…

Mais il manquait de conviction. Ces mots avaient été répétés à Amon des centaines de fois, et il n'avait plus envie de prier. S'asseyant sur le lit défait, dont les serviteurs débordés n'avaient pas encore eu le temps de changer les draps, il croisa les bras et attendit.

Le moment venu, il se rendit dans le jardin, où le reste de la famille était déjà rassemblé, un petit groupe sombre, soutenant avec hauteur les regards curieux des courtisans désœuvrés qui attendaient le signal du héraut. Kamosé embrassa rapidement les femmes. Sa mère et ses sœurs portaient de longs fourreaux droits; elles n'avaient ni bijoux ni perruque. Les beaux cheveux brillants d'Ahhotep lui tombaient aux épaules. Tétishéri était la seule à être maquillée. Elle arborait en outre perruque, collier d'argent, boucles d'oreilles, bracelets, et avait les pieds chaussés de sandales de cuir blanc. Tani avait les yeux rouges et gonflés. «Où est Ahmosis? demanda Kamosé avec inquiétude, sans faire attention aux murmures provoqués par son apparition.

– Nous l'ignorons», répondit Tétishéri.

Kamosé la regarda, et son humeur changea, devint plus légère qu'elle ne l'avait été depuis longtemps. Sa grand-mère le considérait avec sa hauteur et sa froideur habituelles. Les autres avaient également les yeux fixés sur lui. Mais ils attendaient de lui qu'il les sauve par quelque tour de passe-passe, alors que Tétishéri ne compterait jamais que sur son sang et son rang, si peu reconnus fussent-ils. Elle était l'épouse d'un roi, la mère d'un roi, et cela lui suffisait. «Il arrivera certainement au dernier moment, ajouta-t-elle. Va me chercher un gâteau shat, Ouni. Cette attente m'a ouvert l'appétit.»

Ahmosis apparut soudain, les jambes mouillées, les cheveux perlés de gouttelettes. «J'ai décidé d'aller chasser le gibier d'eau avec le prince Sébek-nakht et ses amis, ce matin, expliqua-t-il. Les marais fourmillent de canards. Sébek-nakht est très adroit au bâton de jet, et nous nous sommes bien amusés. Mais je suis rentré couvert de boue.»

Ahhotep s'apprêtait à le tancer vertement, quand, sur le seuil de la salle de réception, Ykou-Didi frappa le sol de son bâton.

«Entrent ceux qui le souhaitent!» déclara-t-il.

Ce fut la bousculade. Ahmosis adressa un sourire d'encouragement aux siens; Kamosé serra la main de Tani, et ils suivirent la foule.

Les courtisans avaient été canalisés de chaque côté de la pièce, si bien qu'en franchissant les colonnes, Kamosé put voir le trône. Il était vide. Un garde lui barra bientôt le passage, et un autre prit position derrière la famille. Pendant quelques instants, la tension et l'attente furent à leur comble, puis Ykou-Didi réapparut, cette fois à l'autre bout de la salle, et il se mit à clamer les titres du souverain.

La suite du roi entra. Les femmes s'installèrent sur les marches de l'estrade. Puis Apopi arriva et s'apprêta à prendre place sur le trône. Retenant son souffle, Kamosé vit qu'il portait la Double Couronne, la mitre blanche de la Haute-Egypte et la coiffure rouge symbolisant la Basse-Egypte. Fixé au-dessus de son front se dressait l'uraeus. Aujourd'hui, le cobra avait un air prédateur, et ses yeux d'ébène semblaient affamés. Kamosé réprima un frisson. Apopi avait au menton la barbe royale, faite de lanières de cuir tressées. Il parcourait l'assistance d'un regard impassible. Lorsque Ykou-Didi eut fini sa litanie, il alla se poster à côté du flabellifère de la main droite. Itjou ouvrit son godet de peinture et inspecta ses pinceaux. Le silence se fit dans la salle, si profond que l'on entendit un oiseau s'égosiller entre les colonnes éclaboussées de soleil.

Apopi tendit un bras. Aussitôt, les gardes firent avancer Kamosé et les siens. La tête haute, ils traversèrent la salle, puis se prosternèrent devant le trône. «Lis les chefs d'accusation», ordonna Apopi, sans élever la voix. Ykou-Didi se racla la gorge. Kamosé entendit le bruissement du papyrus qu'il déroulait.

«Kamosé Taâ, prince héréditaire d'Egypte, erpa-ha et *smer*, gouverneur d'Oueset et de ses nomes, ta famille et toi êtes accusés d'avoir conspiré avec l'Osiris Séqénenrê Taâ, d'avoir pris les armes contre le Divin, Aoueserrê Aqenenrê Apopi, Seigneur des Deux Terres, et d'avoir rompu les traités d'aide et de confiance mutuelles passés entre votre grand-père Sénakhtenrê et le roi. Vous êtes accusés d'avoir essayé de troubler l'équilibre de Maât et d'avoir blasphémé contre Soutekh, le protecteur suprême de l'Egypte. Des copies de ces chefs d'accusation ont été remises à Soutekh, Rê et Thot pour qu'ils vous jugent. Votre culpabilité a été établie. Vie, santé et prospérité à l'Unique qui, comme Rê, règne éternellement!»

Il y eut un silence. Kamosé ferma les yeux, la joue pressée contre le sol tiède. «Vous pouvez vous relever», dit Apopi, d'une voix monocorde et inexpressive.

Lorsqu'ils furent debout, Ahmosis dévisagea franchement le roi. Celui-ci fit un geste impérieux, et le Gardien des Insignes royaux monta les marches, en tenant le coffret ouvert devant lui. Apopi se pencha et y prit le Sceptre et le Fouet. «L'un d'entre vous souhaite-t-il dire quelque chose avant que je ne prononce la sentence? demanda-t-il.

— Oui, répondit Kamosé, en cherchant le regard impénétrable du souverain. Il est indigne d'un fils d'Amon de chercher à justifier la rébellion à laquelle mon frère et moi avons pris part. Je ne le ferai donc pas. Mais j'implore ta clémence pour les femmes de ma famille, Majesté. Elles sont innocentes.

– Vraiment? dit poliment Apopi, en fixant son regard sur Tétishéri, splendide et droite comme un mât. Mais qui sait les paroles d'encouragement qui ont été prononcées en secret, prince, les idées séditieuses qui ont été agitées par les étouffants après-midi d'été? Rien n'est modéré ici, dans le Sud. Ni la puissance de Rê, ni l'aridité du désert, ni le caractère des habitants dont certains, paraît-il, ont plus que quelques gouttes de sang ouaouat dans les veines.»

Ahmosis réprima une exclamation indignée. «Le sang ouaouat fomente les guerres, c'est du moins sa réputation, poursuivit Apopi. Ta requête a été notée.» Il se pencha en avant, serrant fermement le Sceptre et le Fouet contre sa poitrine. «Où sont les officiers de ton père, Kamosé Taâ?

– Ils n'étaient pas nombreux, comme tu le sais certainement, Majesté. Ils sont morts au combat.»

Apopi jeta un regard à Pédjédkhou, debout contre le mur avec les autres généraux. Celui-ci secoua imperceptiblement la tête.

«Si les justifications sont indignes d'un fils d'Amon, il n'en va apparemment pas de même des mensonges, remarqua le souverain d'un ton sec. Je n'ai toutefois pas l'intention de gaspiller l'énergie de mes soldats à traquer ces scélérats. On ne peut d'ailleurs pas dire qu'ils aient fait des prouesses. Continuons.»

Il se leva. Toute l'assistance, les Taâ exceptés, se prosterna. Kamosé sentit la main de Tani étreindre la sienne lorsque le souverain étendit sur eux le Sceptre et le Fouet. «Entendez le jugement du roi dans sa sagesse, déclara-t-il d'une voix forte et vibrante. Kamosé Taâ, pour avoir commis le crime de trahison, tu as ordre de te présenter dans quatre mois au commandant de notre forteresse orientale de Silè, où tu défendras l'Egypte jusqu'à la fin de tes jours. Tes nomes te sont retirés. Tes terres et tous tes biens sont déclarés *khato*. Ils retournent à la Couronne. Ahmosis Taâ, tu te présenteras au prince et gouverneur de Koush, Tétiân, qui t'enverra combattre les tribus qui refusent d'accepter la juridiction de l'Egypte. Tétishéri, je t'ai fait préparer un appartement dans mon harem de Ta-shé. Tu t'y retireras et y accompliras les petits travaux que le Gardien de la Porte te confiera. Ahmès-Néfertari, tu es également bannie. Ton fils et toi vous rendrez dans le Delta où je me chargerai personnellement de te trouver un mari convenable, qui n'appartiendra pas à la noblesse égyptienne. Tani, tu m'accompagneras à Het-Ouaret. Tu y seras mon invitée et ne manqueras de rien. Je ne souhaite pas que tu sois malheureuse.»

Les ongles de la jeune fille s'enfoncèrent dans la paume de Kamosé, qui ne put réprimer une grimace.

Apopi se rassit. L'assistance s'agita. «Telle est ma sentence, poursuivit le souverain avec plus de douceur. J'ai été clément. Vous méritiez la mort mais, en considération de votre lignage, je vous laisse la vie sauve. Vous ne devrez toutefois ni vous voir ni communiquer entre vous, sous peine de mort. On m'enverra régulièrement des rapports sur votre conduite.

– Majesté, intervint Kamosé, qui sentait la main de Tani trembler violemment dans la sienne. Tu ne sais peut-être pas que ma sœur est fiancée à Ramosé de Khmounou. C'est un lien que même un roi ne peut briser.»

Apopi ne sembla pas s'émouvoir de la témérité du jeune homme. Il eut un léger sourire.

«Il y a longtemps qu'il n'est plus question de ce mariage, et tu le sais, dit-il. Ramosé est un fils d'Egypte loyal, qui ne souhaite pas s'allier à une famille de traîtres. Téti lui a trouvé une autre épouse. Pour le récompenser de sa loyauté à mon égard, j'ai donné à celui-ci le gouvernorat d'Oueset et de ses nomes, cette maison et vos terres. Dans quatre mois, sa maisonnée et lui quitteront Khmounou pour Oueset. Ahhotep restera ici pour servir son parent comme il lui semblera bon.»

Kamosé lâcha la main de Tani.

«Non! s'écria-t-il, en s'avançant. Ce n'est pas juste. Tue-nous si tu le dois, mais ne donne pas nos biens héréditaires à quelqu'un comme Téti. C'est une insulte à tous les nobles d'Egypte. Cette maison est à nous depuis que mes ancêtres ont quitté le vieux palais pour la bâtir!»

Il avait envie de hurler des injures à cet homme arrogant qui le regardait en haussant les sourcils, mais la prudence l'emporta. Haletant, montrant les dents, il se tut.

«Vous avez perdu tous vos droits, fit remarquer Apopi. Cela vaut aussi pour votre dieu protecteur. Je sais que le grand prêtre d'Amon vous a soutenus. Amon sera transféré dans un petit oratoire, au centre d'Oueset. Nous ne souhaitons pas priver les habitants de leur réconfort. Son temple sera re-consacré à Soutekh, dont il abritera la statue. L'audience est close. »

La foule se mit aussitôt à bavarder avec excitation, tandis que le roi quittait la salle, précédé et suivi de ses fonctionnaires. Ses épouses bâillaient et s'agitaient sur les marches, impatientes d'aller déjeuner et de se livrer à des passe-temps plus agréables. Kamosé regarda autour de lui. Les courtisans sortaient à flots dans le jardin, et Sébek-nakht fut le seul à venir vers eux. « Je suis navré, prince, déclara-t-il. Sois certain que j'œuvrerai tous les jours à faire réviser ce jugement. Il est scandaleux de traiter des princes de la sorte, quoi qu'ils aient fait ! »

Que pouvait dire Kamosé ? Il remercia avec grâce le jeune homme, qui se hâta de rejoindre ses compagnons. Bientôt, il ne resta plus dans la salle que la famille et les gardes.

Tani se jeta au cou de son frère, au bord de la crise de nerfs. « Tu ne vas pas le laisser m'emmener, Kamosé ? Tu vas l'en empêcher, n'est-ce pas ? *N'est-ce pas ?* »

Kamosé l'écarta rudement. Ahhotep échangea un regard avec son fils et la prit dans ses bras.

« Essaie de comprendre que je ne peux rien faire, Tani. Il est le roi. Son autorité est absolue. Emmène-la, mère, au nom d'Amon ! Va-t'en aussi, Ahmès-Néfertari. »

La jeune femme hésita, le visage pâle. Ahmosis alla aussitôt à elle et l'embrassa.

« Fais ce qu'il te dit, insista-t-il. Je te rejoindrai plus tard. Ne désespère pas ! »

Hochant la tête d'un air hébété, elle suivit sa mère et sa sœur.

« Apopi espère que nous nous suiciderons, commenta Tétishéri avec froideur, en suivant des yeux les trois femmes qui s'éloignaient, la tête baissée, escortées par les gardes. Il nous a laissé quatre mois pour que nous sentions toute l'humiliation de la sentence. Que nous nous donnions nous-mêmes la mort lui épargnerait bien des ennuis. Que vas-tu faire ? demanda-t-elle, en se tournant vers Kamosé. Il est impensable que Téti puisse vivre dans ma maison et gouverner nos nomes. Il faut trouver une solution.

– Qu'attends-tu de moi ? s'écria-t-il, furieux. Que je déchaîne le feu de Rê contre Apopi ? Réveille-toi, grand-mère ! Je ne suis pas un magicien, je ne connais pas de charmes capables de nous sauver ! Il n'y a rien à faire. Rien !

– Tu essaieras tout de même, répondit-elle, sans se laisser émouvoir par ses yeux flamboyants de colère. Je te connais, Kamosé Taâ. Je lis dans ton cœur mieux que quiconque. »

Et, majestueuse, elle quitta la pièce.

« Tani sera plus qu'une invitée à la cour d'Apopi, dit Kamosé, réfléchissant à voix haute sans s'en rendre compte. Elle sera son otage et garantira notre obéissance. Evidemment ! C'est pour cela qu'il l'emmène sans attendre.

– C'est ce que je me suis dit, moi aussi, intervint Ahmosis, en faisant sursauter son frère. Apopi est rusé ! Il a trouvé le plus sûr moyen de nous lier les mains. A présent, nous ne pouvons même plus fuir.

– Fuir ? répéta Kamosé, en fronçant les sourcils. Fuir où, Ahmosis ?

– N'importe où, pourvu que nous soyons ensemble. Où vas-tu ? » cria-t-il en voyant son frère s'éloigner.

Celui-ci haussa les épaules, comme si ce geste pouvait le soulager du poids de désespoir qui l'accablait.

« J'ai besoin de réfléchir, répondit-il. Va rassurer les femmes, Ahmosis. Tu es doué pour cela. Nous nous retrouverons plus tard. »

Le soleil de midi l'éblouit quand il sortit dans le jardin. L'herbe était douce sous ses pieds nus. Les arbustes et les parterres de fleurs bruissaient d'insectes. On entendait les cris des pilotes qui manœuvraient sur le fleuve. Assailli par la réalité de la journée, les yeux presque fermés, Kamosé se dirigea rapidement vers la porte ouvrant sur le terrain d'exercice, la caserne et les terres incultes s'étendant au pied des montagnes. Il allait la franchir, quand son garde l'arrêta. « Tu n'es pas autorisé à te rendre dans la caserne, prince. »

Kamosé regarda les soldats désœuvrés assis sur le terrain de manœuvres. Il chercha un instant Hor-Aha des yeux avant de se rappeler que le général était loin, en pays ouaouat.

« Je ne souhaite pas aller dans la caserne, mais seulement marcher un peu au pied des montagnes », déclara-t-il.

Il poussa la porte, mais l'homme lui barra fermement la route.

« Je regrette.

– Très bien. »

Kamosé fit demi-tour et se dirigea vers la brèche du mur sud. Le garde lui emboîta le pas.

Le vieux palais était vide, tranquille et frais. Kamosé inspira profondément en traversant les pièces délabrées. Il monta l'escalier menant à la terrasse des appartements des femmes et, délibérément, s'assit à l'endroit précis où son père s'était si souvent reposé et où il avait été lâchement attaqué. Il n'y avait pas encore d'ombre, mais le soleil hivernal était supportable. Par-dessus le mur, dans le jardin, il voyait les tenues colorées des courtisans, et leurs conversations lui parvenaient sous la forme d'un murmure assez agréable. Dans l'allée qui menait au débarcadère, des hérauts et des fonctionnaires allaient et venaient avec empressement.

Juste au-dessous de lui, dans un coin d'ombre, un jeune garçon vêtu d'un pagne et de sandales poussiéreuses mangeait son repas de midi sans se savoir observé. Kamosé sourit en le regardant et se sentit un peu moins abattu. J'ai besoin de ta sagesse, père, pensa-t-il, en s'adressant au fantôme de l'homme qui s'était si souvent assis là qu'un peu de sa présence semblait y demeurer. Montre-moi une issue. Allons-nous vivre désespérés, éparpillés aux quatre coins de l'Egypte ? Allons-nous mourir ? Quelles autres solutions avons-nous ? Il posa son menton dans ses paumes et ferma les yeux. Le garde du roi s'accroupit avec résignation dans les gravats et appuya le dos contre le mur en ruine. Sa mission ne lui plaisait pas du tout.

13

En fin d'après-midi, le roi envoya chercher Kamosé. Celui-ci avait passé de longues heures sur la terrasse, plongé dans ses pensées, pendant qu'au-dessous de lui le jardin se vidait et que les courtisans allaient dormir dans la maison et dans les tentes. Il se dirigeait vers la chambre qu'il partageait avec Ahmosis, quand Ykou-Didi l'aborda et le pria de le suivre. Kamosé obéit. Il était fatigué. Il avait espéré qu'Apopi repartirait pour Het-Ouaret sans demander à le voir en privé.

Il fut introduit dans ses propres appartements, où il trouva le roi assis à côté du lit défait. Il venait manifestement de se lever. Un carré de lin blanc dissimulait son crâne rasé, comme le voulait la loi. Il ne portait qu'un court pagne froissé et tendait son pied à un serviteur qui en teignait la plante de henné orange. Posés près de lui sur la table se trouvaient ses bagues et le sceau royal.

« Le prince Kamosé, Majesté », annonça le héraut, avant de se retirer.

Apopi fit un geste. Kamosé s'avança, dos ployé et mains sur les genoux, puis il se prosterna. Le roi lui permit de se relever.

« Je souhaite repartir demain pour le Delta, déclara-t-il. Le fleuve est encore trop haut pour être navigable, malheureusement, et il va me falloir subir ma litière et le désert, mais il n'est pas question que j'attende. Je t'ai convoqué pour m'assurer que tu avais bien compris ta situation. » Son maquilleur posa son pinceau et entreprit d'éventer le pied royal pour sécher le henné. Apopi regarda Kamosé d'un air moqueur, le visage plissé par un sourire. « Eh bien, as-tu des questions, prince ?

– Je t'implore de ne pas emmener Tani avec toi, Majesté. Elle est encore très jeune et n'a jamais été séparée des siens. Elle... »

Apopi l'interrompit d'un geste.

« Elle a seize ans, c'est une femme, et elle est tout à fait capable de comprendre quel est son devoir. » Son sourire s'élargit. Il sait parfaitement que j'ai compris quel sera son véritable statut, se dit Kamosé. « Mes conseillers m'avaient recommandé de vous faire exécuter, poursuivit le roi. Tu n'as pas l'air de m'être reconnaissant de ma clémence.

– Ce sont sans doute tes conseillers sétiou qui t'ont donné cet avis, répondit Kamosé avec douceur. Je suppose que tes administrateurs égyptiens ont été horrifiés et t'ont convaincu qu'une telle décision serait dangereuse. Ils ont bien fait. »

Le sourire d'Apopi s'effaça.

« Mes conseillers sont invités à me faire part de leur opinion parce que j'ai confiance en leur intelligence, déclara-t-il sèchement. Mais moi seul en Egypte détient la sagesse, et c'est moi qui ai pris la décision finale. » Il écarta le maquilleur avec brusquerie et se pencha en avant. « Tu as l'arrogance de croire que je te crains, Kamosé Taâ, qu'à la moindre menace de ta part, je vais courir prier Soutekh qu'il m'accorde sa protection. Tu te trompes. Ta famille et toi vivez dans un monde de rêves et de splendeurs passées où les Sétiou sont encore des ennemis et où vous êtes encore rois. »

Il tendit une main, et un serviteur s'approcha avec un pot d'onguent. Il en versa une goutte sur la paume royale et se retira. Apopi s'en frotta les mains, puis le visage, et l'odeur entêtante du lotus se répandit dans la pièce. « Je suis né dans ce pays, poursuivit-il avec lenteur. Mon père, mon grand-père et son père avant lui ont tous été dieux d'Egypte. J'aurais pu faire tuer le fils d'Ahmès-Néfertari, l'enfant de ton prétendu royal frère, mais je n'en ai pas besoin. Toute l'Egypte me vénère, Kamosé, car je suis le dieu. Vos illusions et votre pauvreté me font presque pitié. » Il ferma les yeux et inspira profondément le parfum capiteux, comme Kamosé lui-même avait envie de le faire. « Mes ancêtres ont reconnu la place privilégiée qui était la vôtre dans l'ancienne Egypte, et ils ont conclu des traités avec votre famille au lieu de l'éliminer. Aujourd'hui, je respecte moi aussi le passé en vous tapant sur les doigts au lieu de vous transpercer le cœur. » Ses yeux se posèrent soudain avec froideur sur Kamosé. « Tu ne reverras jamais Oueset, tu peux en être certain. En revanche, je te promets que Tani sera entourée du respect et du luxe auxquels son rang de princesse lui donne droit; et bien que je ne puisse permettre à ton autre sœur d'épouser un noble, je lui choisirai un mari qui la mettra à l'abri du besoin. Héraut!»

La porte s'ouvrit, et Ykou-Didi s'inclina. «Fais entrer le général», ordonna Apopi. Un homme chauve, puissamment bâti, franchit le seuil. «Je te présente le général Doudou, déclara le roi. Il va rester ici avec cinquante de ses soldats. Il évaluera l'ensemble de vos biens et m'enverra des rapports hebdomadaires jusqu'à l'expiration du délai de quatre mois. Il t'escortera ensuite dans le Nord avec les autres, pendant que son second emmènera Ahmosis au pays de Koush. Tu peux disposer. Nous ne nous reverrons pas.»

Les dents serrées, Kamosé se prosterna, se releva et sortit de la pièce à reculons. J'aurais dû me douter qu'il laisserait un chien de garde derrière lui, se dit-il avec fureur. Il a raison. Je ne suis qu'un pauvre idiot qui vit dans ses rêves. Mais ce ne sont pas encore des cauchemars, pas encore.

Alors qu'il s'éloignait à grands pas rageurs dans le couloir, il faillit heurter Ouni. L'intendant avait les bras chargés d'étoffes amidonnées, et un serviteur trottait derrière lui. Il s'inclina. Kamosé l'arrêta, puis jeta un coup d'œil autour de lui. Son garde restait discrètement à distance. «Envoie un messager au pays d'Ouaouat, murmura-t-il à l'oreille d'Ouni. Qu'il dise à Hor-Aha de revenir avec les autres officiers. Le roi part demain.» Ouni acquiesça de la tête et s'écarta. Kamosé poursuivit son chemin.

Dans le jardin, les courtisans se rassemblaient, en attendant l'heure du banquet. Kamosé regarda le ciel. La sphère rouge de Rê, aplatie et étirée, frôlait l'horizon. Mordu lentement par la bouche de Nout, il trempait l'herbe de son sang et en éclaboussait les murs de la maison. La foule bavarde baignait dans sa chaude lumière bronze. Kamosé se dirigea vers les deux tentes qui ondulaient dans la brise du soir, remarquant à peine les gens qui s'écartaient sur son passage. Parvenu devant la tente de Tani, il l'appela et entra, salué d'une brève inclination de tête par la sentinelle postée devant l'ouverture.

Tani était recroquevillée sur des coussins; les pièces d'un jeu de chien et chacal étaient éparpillées sur la natte, à côté d'elle. Plusieurs fourreaux étaient étalés sur son lit. Il n'y avait rien d'autre dans la pièce qu'un coffre où étaient posées une cruche et une coupe ainsi que deux lampes encore éteintes. Elle leva les yeux à l'entrée de Kamosé. Au moment où il s'asseyait près d'elle, un grand éclat de rire retentit au-dehors.

«Ecoute-les! fit Tani avec mépris. Ils n'ont pas d'autres préoccupations que de savoir si les oies seront convenablement rôties, ce soir, et s'il y aura assez de confiseries dans les melons. Qu'ils puissent gouverner l'Egypte me dépasse!

– Pourquoi es-tu seule, Tani? demanda Kamosé avec douceur. Ils n'auraient pas dû te laisser sans compagnie.

– Ils étaient tous là, répondit-elle, le visage impassible. Grand-mère parlait de vengeance; mère me serrait dans ses bras; Ahmosis était aux petits soins pour Ahmès-Néfertari, qui promettait de dissimuler sa peur et jurait qu'elle préférait mourir plutôt que d'épouser un homme du commun. Je les ai renvoyés.»

Kamosé la regarda avec étonnement. Elle était toujours d'une pâleur mortelle, mais il n'y avait plus trace de la crise de nerfs qui avait menacé de la submerger dans la salle de réception.

«Renvoyés?

– Oui. Il ne sert à rien de pleurer et de maudire, n'est-ce pas, Kamosé? Mieux vaut accepter notre sort, *mon* sort.» Elle lui sourit avec un cynisme qu'il ne lui avait jamais vu et qui le choqua. «J'ai toujours aimé ce vieux serment que nous utilisons à tout propos: "Aussi vrai que j'aime la vie et déteste la mort." Il ne veut quasiment plus rien dire. Pourtant nous sommes effectivement un peuple qui aime la vie et déteste la mort, plus passionnément que les Sétiou ne le comprendront jamais. J'ai réfléchi à ces mots, Kamosé. J'aime la vie. Aussi longtemps que je suis en vie, je peux espérer que les dieux m'accorderont un sort plus doux, tu ne crois pas?»

Le jeune homme acquiesça gravement, impressionné par son calme.

«Oui, Tani.

– Mais ce qu'il a dit à propos de Ramosé...» Elle se pencha en avant, les mains sur les genoux. «Ramosé m'a promis qu'il refuserait les partis que lui proposerait son père, qu'il attendrait de voir ce que l'avenir nous réservait. Il n'a pas besoin d'attendre plus longtemps, n'est-ce pas?»

Kamosé sentit sa souffrance mais admira son implacable lucidité.

«Non, Tani. Khmounou connaîtra très bientôt le jugement du roi. Mais je crois qu'il attendra tout de même.

— Moi aussi », dit-elle, en lui adressant un petit sourire crispé.

Ils restèrent un instant silencieux, puis Kamosé prit ses deux mains dans les siennes et les caressa doucement. L'ombre de la sentinelle s'allongeait sur la toile de la tente. « Je veux que tu comprennes quelque chose, Tani », reprit-il à voix basse. Le vacarme des courtisans couvrait probablement le bruit de leur conversation, mais il ne voulait pas prendre de risque. « Tu ne vas pas dans le Nord simplement parce que tu as plu au roi. Tu vas servir d'otage et lui assurer que nous ne lui créerons plus d'ennuis. »

Elle n'eut pas l'air étonnée. Elle haussa simplement les sourcils d'un air las.

« Je m'en doutais, répondit-elle. A la place d'Apopi, je n'agirais pas autrement. Est-il trop prudent, Kamosé ?

— Non, répondit-il avec franchise. Je ne peux permettre que nous soyons séparés et que nous sombrions dans l'oubli sans faire une dernière tentative.

— Quels sont tes plans ?

— Je n'en sais rien encore. J'attends le retour d'Hor-Aha. Nous avons quatre mois de grâce, Tani, un don d'Amon, et je ne peux les perdre à tâcher d'accepter mon sort. » Il prit son visage entre ses mains et sentit ses cils palpiter contre ses pouces. « Mais c'est toi qui en souffriras, poursuivit-il. C'est sur toi que retombera la colère du roi, si Ahmosis et moi fomentons une nouvelle révolte. Si tu me le demandes, Tani, j'attendrai tranquillement l'heure de mon départ pour Silè. C'est ta vie que je mettrai en danger, et je ne le ferai pas sans ton autorisation. »

Les mains de Tani se refermèrent sur ses poignets, mais elle ne le regardait pas ; elle scrutait la pénombre, les sourcils froncés.

« Crois-tu Apopi capable de me faire exécuter par représailles ? demanda-t-elle finalement.

— Je n'en sais rien. Sous son arrogance, il est peu sûr de lui, et ce genre d'homme est imprévisible. Mais il est aussi excessivement sensible à l'opinion de ses sujets.

— De sorte qu'il y a une chance pour qu'il hésite, pour qu'il craigne la désapprobation des nobles ?

— Je le pense. »

Ses mains glissèrent presque voluptueusement le long des bras de son frère, et elle posa sur sa joue un baiser tremblant avant de le repousser.

« Alors, tente ce coup de dés, mon frère. Je préférerais te savoir mort que de t'imaginer au milieu d'inconnus, menant la vie d'un simple soldat, souffrant de la faim et de la soif, et tâchant de retenir le souvenir de nos visages à mesure que les années passeront... »

Elle se tut, la voix étranglée par l'émotion.

« Je pense à vous, à vous tous, de la même façon, dit Kamosé. Ahmosis brûlé par le soleil de Koush; grand-mère obligée de faire du pain ou de tisser; Ahmès-Néfertari et son fils forcés de partager la vie d'un marchand, et mère réduite au rang de servante ou, au mieux, méprisée par ses parents et à peine tolérée dans sa propre maison. Nous pourrions survivre, Tani, tous autant que nous sommes. Mais penser que nos souvenirs s'effaceraient, que nous nous habituerions chaque jour un peu plus facilement à notre nouvelle vie jusqu'à prendre les couleurs de notre environnement, à oublier, à accepter... Non. Ce n'est pas une fin pour nous. La mort est préférable.

— Quand le roi part-il ? demanda Tani.

— Demain matin. Il te faut être courageuse, Tani. Es-tu sûre de ta décision ?

— Oui, répondit-elle, avec une détermination touchante. Repars en guerre, Kamosé. Peut-être le roi se prendra-t-il sincèrement d'affection pour moi et répugnera-t-il à me voir morte. Peut-être gagneras-tu. »

Kamosé se dit qu'en dépit de son désir proclamé de vivre, l'avenir lui paraissait lugubre et insupportable sans Ramosé, et que ses projets n'avaient guère de signification pour elle. Elle a déjà souffert autant que nous tous, et peut-être davantage, pensa-t-il avec résignation. Son sort n'est pas juste.

« C'est la dernière nuit que je passe avec vous, disait-elle. Je veux que nous mangions ensemble, ici, dans ma tente. Laissons la salle de réception à ces hommes du Nord. Une tente convient mieux aux enfants du désert que nous sommes.

— Je m'en occupe, promit-il en se levant gauchement. Il ne faut pas que tu parles de mes projets aux autres, Tani. Tu es la seule qui soit au courant, pour le moment. »

Elle acquiesça de la tête et se mit à jouer avec les pièces du jeu de chien et chacal. Kamosé quitta la tente.

Il ne demanda pas l'autorisation de manger à part. Il expliqua simplement à Néhmen ce que ferait sa famille et, après un instant d'hésitation, celui-ci accepta. Ouni s'occupa du repas et, une heure après le coucher du soleil, un petit cortège de serviteurs quitta les cuisines pour la tente de Tani. Le jardin était désert, à présent. Le bruit des festivités leur parvenait par intervalles, tandis qu'Ouni, Isis, Hétépet, Hèqet et d'autres serviteurs de la famille apportaient des plats aux odeurs épicées et se penchaient pour les servir. Dehors, le harpiste jouait doucement, assis dans l'herbe.

Tani avait demandé que Béhek soit de la fête. Couché près d'elle, la langue pendante, il acceptait les morceaux qu'elle lui tendait et, de temps à autre, elle jetait les bras autour de son cou massif et l'étreignait. Bien qu'elle ne prît pas part à la conversation et se contentât d'écouter en souriant, Kamosé savait qu'elle gravait chacun des instants de la soirée dans sa mémoire. Une musique stridente, venue de la salle de réception, couvrit un instant les sons plus doux de la harpe. Tétishéri donna un ordre, et les serviteurs débarrassèrent les tables. Puis Kamosé les renvoya, et la famille se retrouva seule.

Pendant un long moment, personne ne dit rien. Tani fixait la lumière hypnotisante d'une lampe, un bras posé sur le dos de Béhek. Ahmosis buvait sans plaisir, les jambes étendues devant lui. Assise près de sa mère, Ahmès-Néfertari jouait avec les ornements de sa ceinture. « Ce soir, nous disons au revoir à Tani, dit-elle brusquement. Le reste d'entre nous doit patienter ici encore quelque temps. C'est insupportable. Insupportable ! Tout est la faute de père. Il est mort et en paix, alors que nous devons subir les conséquences de sa folie. Oh ! comme je lui en veux ! »

Personne ne lui fit de reproche, malgré l'amertume de ses propos.

« Tu oublies ce que père avait à affronter, déclara Tani avec calme. Tu oublies qu'Apopi l'a provoqué jusqu'à ce qu'il n'ait plus le choix. Ce n'est pas contre lui que tu dois être en colère, Ahmès-Néfertari. »

Béhek remua les oreilles en l'entendant parler mais sans se réveiller.

« Que va devenir mon fils ? insista Ahmès-Néfertari. Comment un homme à qui le roi aura déjà imposé de m'épouser pourra-t-il vouloir du fils d'un noble mort en disgrâce ? Ahmosis-onkh est un enfant innocent. Il ne mérite pas ce sort.

– Cela dépend de la façon dont on regarde les choses, intervint Ahmosis. D'un certain point de vue, nous sommes tous des traîtres et nous nous en tirons à bon compte. Je peux le comprendre.

– Moi aussi, approuva Kamosé. Récriminer ne sert à rien. Peut-être ne sommes-nous pas dans la Maât, après tout, et nous sommes-nous bercés d'illusions. »

Tous le regardèrent d'un air soupçonneux.

« Nous ne devons pas gâcher cette soirée à retourner un sol aussi stérile, poursuivit-il avec un grand sourire. Nous allons être joyeux. Nous allons boire et rire, partager nos souvenirs, nous étreindre. Les dieux attendent des princes comme des paysans qu'ils agissent bien et fassent preuve de courage, Ahmès-Néfertari. Ne les décevons pas.

– On croirait entendre ton père, grogna Tétishéri. Trop d'orgueil, beaucoup trop d'orgueil ! »

Une telle remarque venant de la plus orgueilleuse des Taâ dissipa la tension. Ils éclatèrent tous de rire et, après avoir pris un air offensé, Tétishéri elle-même se dérida.

La nuit s'approfondit. Le vin passa de main en main ; les souvenirs et les vieilles plaisanteries familiales circulèrent de bouche en bouche. La séparation ne peut pas vraiment détruire notre cohésion, se dit Kamosé, en regardant Tani pouffer à une remarque d'Ahmosis. Elle est plus profonde que cela. Sous notre gaieté apparente, nous sommes tous tristes, effrayés et seuls, nous avons tous la nostalgie de notre ancienne vie, mais nous savons que nous sommes simplement des éléments d'un ensemble qui perdurera et que ne pourront détruire l'exil et la mort.

Beaucoup plus tard, alors qu'ils se tenaient enlacés, à demi ivres, n'ayant plus rien à se dire, Kamosé sut qu'il avait raison. Séqénenrê et Si-Amon étaient à leurs côtés, eux aussi. Peut-être voltigeaient-ils, invisibles, dans la tente, mais ils coulaient en tout cas certainement dans leurs veines et se régénéraient dans la nuit rouge de leur cœur, où vivaient aussi l'Osiris Mentouhotep Nebhépetrê et leurs autres ancêtres. C'était un réconfort bien mince, mais ils n'en avaient pas d'autre.

Après bien des étreintes et des larmes, ils se dispersèrent. Ahmosis alla faire sa promenade habituelle le long du fleuve. Ahmès-Néfertari partit rejoindre son fils. Laissant Ahhotep auprès de Tani, Tétishéri et Kamosé traversèrent le jardin parfumé, suivis comme toujours par leurs gardes, somnolents et las. « Je n'arrive pas à croire que tu la laisses partir sans rien faire, sans protester publiquement, déclara Tétishéri d'un ton accusateur. On dirait presque que tu ne souhaites rien d'autre. Et Ahmès-Néfertari ?

Pourquoi ne l'épouses-tu pas afin d'adoucir son sort? Je ne te comprends pas, Kamosé.

– J'ai protesté, grand-mère, tu ne t'en souviens pas? répondit-il, en ravalant sa colère.

– Oui, mais pas très vigoureusement! Essaie de gagner du temps, parle-lui d'une dot... n'importe quoi...»

Kamosé lui fit face et, s'approchant d'elle à la toucher, siffla: «Ecoute-moi, Tétishéri, je ne te le répéterai pas! J'ai besoin de temps. Il faut que Tani aille dans le Nord, et il faut que nous nous montrions dociles. Apopi doit être persuadé que nous allons enfin nous tenir tranquilles. J'ai besoin de temps!

– Elle est sacrifiée?

– Si tu veux l'exprimer ainsi... oui. Elle le sait.»

Sa grand-mère garda le silence. Bien qu'il discernât à peine son visage dans l'obscurité, Kamosé savait qu'elle réfléchissait avec fureur.

«Lorsque nous nous emparerons d'Het-Ouaret, nous la reprendrons, murmura Tétishéri. Et le général Doudou?»

Kamosé réprima un accès de fou rire. S'emparer d'Het-Ouaret? Reprendre Tani? Il était vain d'en vouloir à Tétishéri, de se moquer de ses projets grandioses. Elle était ainsi faite.

«Je m'occuperai de Doudou dès que le roi sera parti, répondit-il en se remettant en marche. Tu comprends, naturellement, que c'est sans espoir?

– Ce que je pense n'a pas d'importance. Ce qui compte, c'est ce que nous faisons et ce que nous disons. Nous devons toujours nous conduire comme si certains événements allaient se produire. Bonne nuit, Kamosé.

– Bonne nuit, grand-mère.»

Elle est un peu folle, se dit-il, en gagnant sa chambre à la lueur des torches. Je l'envie.

Ahmosis le rejoignit une heure plus tard. «On s'agite beaucoup à l'extérieur de l'enceinte, apprit-il à Kamosé. On démonte déjà les tentes, et les ânes sont chargés. Le roi tient à partir de bonne heure.

– Parfait, murmura son frère. Je vais pouvoir récupérer mes appartements, s'ils ne puent pas trop l'encens sétiou.»

Deux heures après l'aube, la famille se réunit pour assister au départ de Tani. Hèqet, qui avait spontanément offert de l'accompagner, s'assurait qu'il y avait assez de coussins dans la litière qui attendait déjà sur le sable, entourée de porteurs silencieux. Le général Pédjédkhou en personne avait été chargé d'escorter la jeune fille, et il regarda sa famille l'étreindre une dernière fois tandis que, derrière lui, ses soldats se mettaient en rangs. Autour d'eux, dans la plaine où avaient été dressées la plupart des tentes, le sol était jonché de fleurs mortes, de pots cassés, et quelques lambeaux de lin coloré claquaient tristement dans la brise du matin.

La caravane s'étirait vers le nord. Les ânes attendaient patiemment, la tête baissée. Des chiens couraient entre leurs sabots et reniflaient les litières aux rideaux déjà fermés. Soldats et serviteurs vérifiaient leur bagage et échangeaient quelques paroles. Il n'y avait pas trace du roi, ni de son entourage immédiat. Personne n'avait pris congé des Taâ, ni ne les avait remerciés de leur hospitalité. Le jugement rendu, on les avait oubliés.

Sur un signe de Pédjédkhou, les porteurs de Tani se redressèrent et s'apprêtèrent à soulever la litière. L'un après l'autre, ses parents baisèrent ses lèvres froides et, en se forçant à sourire, prononcèrent la formule d'adieu séculaire : « Que la plante de tes pieds soit ferme. » Chacun d'eux lui remit également des présents avant qu'elle ne prenne enfin place dans sa litière. Lorsque Hèqet voulut la suivre, Pédjédkhou s'interposa. « Non ! fit-il avec rudesse. Toi, tu marches.

– Elle monte avec moi, dit Tani d'un ton catégorique. Sinon je hurle et je fais un tel tapage que vous serez obligés de m'enchaîner à la litière. »

Les lèvres serrées, le général s'écarta, et Hèqet grimpa à côté de sa maîtresse. Les porteurs les soulevèrent, tandis que des soldats s'élançaient pour leur faire une place dans la caravane. La main de Tani apparut, et la dernière chose qu'ils virent avant qu'elle ne tirât les rideaux, fut son petit visage pâle et fermé et le scintillement du soleil sur ses bagues.

« Prie, Tani ! cria Ahmosis. Prie chaque jour Amon qu'il te délivre ! »

Les autres restèrent silencieux. La poussière soulevée par les sabots des animaux et les pieds des marcheurs leur dissimula bientôt la litière, et Ahhotep se protégea le visage de son manteau.

Tétishéri émit un petit bruit, mi-gémissement, mi-exclamation, et fit volte-face. Kamosé aperçut Doudou, qui traversait le terrain d'exercice dans leur direction. Il se détourna aussitôt. Pas aujourd'hui ! pensa-t-il, en voyant Ahmosis entourer de son bras les épaules de sa sœur. Aujourd'hui, nous pleurons Tani. « Ouni ! appela-t-il. Arrange-toi pour tenir le général à distance jusqu'à demain. »

Toute cette journée-là, les Taâ restèrent dans leurs chambres, tandis que les serviteurs rangeaient et nettoyaient la maison. Etendu sur son lit, les mains derrière la tête, Kamosé les écouta s'affairer en pensant avec appréhension aux quatre mois à venir. Capituler était hors de question, mais où allait-il pouvoir trouver hommes, chevaux, chars, armes et nourriture ?

A midi, Akhtoy lui apporta un repas léger, qu'il ne put avaler. Il se demanda comment allait Tani, où la caravane s'était-elle arrêtée pour déjeuner, à quoi pensait Apopi. Il va falloir que je me débarrasse du général Doudou et que j'envoie de faux rapports dans le Nord, se dit-il. Il ne fait que son devoir et je n'ai aucune envie de le tuer, mais je ne peux courir le risque qu'il informe le roi de mes plans. Je lui laisserai envoyer le premier rapport pour savoir comment il cachette le rouleau, comment il s'adresse à Apopi.

Mais ses pensées revinrent vite au problème des troupes fraîches à trouver et de l'or nécessaire à leur équipement. Puis, finalement, il se détendit. Apopi était parti. Les voix et les bruits de la maison étaient familiers. On pouvait faire beaucoup de choses en quatre mois. Il s'endormit.

Il y avait longtemps qu'il n'avait pas rêvé de la femme qui hantait ses nuits, mais pendant les heures lentes et brûlantes de l'après-midi, l'esprit encore inconsciemment préoccupé des soldats à recruter, tourmenté par la perte de Tani et par les accusations de sa grand-mère, il se retrouva en train de marcher derrière elle sur le chemin qui menait d'Oueset au temple d'Amon, puis à son débarcadère. C'était l'été. Le fleuve coulait avec une lente détermination et un soleil de plomb lui martelait le crâne, mais il était indifférent à ce qui l'entourait, car elle était là, à une dizaine de pas à peine, presque à la hauteur du pylône du temple. Ses longues jambes se mouvaient avec souplesse sur le chemin poussiéreux.

Elle ne portait qu'un court pagne de lin grossier qui dansait autour de ses cuisses. Ses pieds étaient nus. Des perles de sueur scintillaient sur son dos, et ses épaules disparaissaient sous une cascade de cheveux noirs. Kamosé fut étreint d'un désir si violent qu'il cria dans son rêve, mais il savait maintenant qu'il était inutile de chercher à la rattraper. S'il courait, elle ne ferait que s'éloigner plus rapidement et le rêve n'en prendrait fin que plus vite. Il souhaitait prolonger cette souffrance délicieuse. Il s'avança donc à pas de loup.

L'inconnue entra dans l'ombre du pylône, puis, soudain, elle ralentit le pas et se tourna vers le temple. Pris au dépourvu, Kamosé n'eut pas le temps d'apercevoir son profil. Jurant à voix basse, il voulut avancer mais s'aperçut qu'il ne pouvait faire un mouvement. Elle s'était arrêtée, elle aussi, et attendait tranquillement, une jambe brune fléchie.

Puis Kamosé retint son souffle, car une immense silhouette venait d'apparaître entre les deux môles massifs du pylône. Elle avait autour du cou une guirlande de fleurs hivernales humides de rosée – lotus, persea, tamaris –, bien que l'on fût au cœur de l'été. Et elle portait aussi une couronne faite d'or rouge, cet alliage plus que précieux, et surmontée de deux plumes blanches frémissantes.

Kamosé eut soudain peur. Fasciné, redoutant et espérant tout à la fois que le dieu se tournât et le transperçât de son regard pénétrant, il le regarda s'avancer vers la femme en admirant le jeu de ses muscles parfaits. Va-t-elle se prosterner devant lui? se demanda-t-il. Vais-je voir son visage? Le dieu s'immobilisa. La femme le salua d'une inclination de tête respectueuse et fière, et tendit les mains. Kamosé remarqua alors pour la première fois l'arc et le poignard que tenait le dieu : c'était l'arc dont il s'était servi pour défendre Séqénenrê, et le poignard à garde d'or avec lequel il avait déjà fait couler le sang sétiou.

La femme les prit, passa l'arc à son épaule et se remit en marche. Libéré de sa paralysie, Kamosé la suivit en trébuchant mais, quand il arriva à la hauteur du pylône, le dieu avait disparu. Il crut entr'apercevoir le scintillement doré d'un pagne et d'une sandale entre les colonnes conduisant à la cour intérieure. L'inconnue avançait toujours, et son poignard étincelait dans sa main droite.

Parvenue au débarcadère, elle s'arrêta et tendit le bras gauche. Kamosé remarqua avec un frisson d'excitation les bracelets de commandement qui l'enserraient. Il regarda dans la direction qu'elle indiquait. Le fleuve était couvert d'embarcations de toutes sortes : esquifs de hérauts, petites barques de pêche et de chasse, chalands... Toutes vides, elles glissaient doucement au fil du courant.

La femme commença à se tourner, et Kamosé se sentit défaillir. Incapable de respirer, il eut l'impression de basculer, de tomber vers elle. Il se réveilla en sursaut, trempé de sueur, les pieds entortillés dans son drap humide. Il haletait. Quelqu'un frappait à la porte, et il reconnut la voix d'Akhtoy. «Le général souhaite te voir le plus tôt possible, prince. Il a attendu tout l'après-midi.»

Kamosé eut envie de démolir la porte à coups de poing. Si Akhtoy ne l'avait pas réveillé, il l'aurait peut-être vue. Enfin!

«Dis au général que je serai dans mon bureau dans une heure, parvint-il à articuler. Fais-moi apporter de l'eau, Akhtoy, et envoie-moi un des serviteurs des bains.

– Oui, Altesse.»

Hébété, le cerveau engourdi, Kamosé se leva. On frappa de nouveau à la porte, et il répondit, en ayant l'impression que sa langue lui obéissait mal. Son serviteur personnel apportait une cruche de terre. L'eau qu'elle contenait était fraîche; il venait de la puiser dans la grande jarre installée dans le couloir pour profiter des courants d'air. Kamosé le savait à la façon dont le récipient suait. Il le contempla fixement.

«De l'eau, prince, dit le serviteur. Dois-je te servir?»

Kamosé regarda le liquide transparent couler dans la coupe et, brusquement, il n'y eut rien de plus important au monde. Il se raidit, priant que le serviteur demeurât immobile, qu'aucun bruit ne vînt chasser la révélation qui était sur le point de monter à sa conscience. De l'eau... Son arc, son poignard... Le fleuve... Des bateaux, beaucoup de bateaux, et un geste aussi gracieux et provocant que celui d'une danseuse. Le fleuve et des bateaux...

Il se mit à trembler. Bien sûr! Des bateaux. «Amon! s'écria-t-il d'une voix rauque. Tu as ouvert la porte. Qui est-elle donc pour ne s'incliner qu'à peine devant toi? Hathor? Ton épouse Isis? Un aspect de Sekhmet? Elle, qui prend mon arc, mon poignard... Des bateaux!

– Prince? dit le serviteur

– Tu peux disposer», fit Kamosé, en lui souriant.

L'homme lui jeta un regard inquiet et sortit. Kamosé voulut boire, mais ses mains tremblaient si violemment qu'il répandit l'eau sur le sol.

Une heure plus tard, lavé et vêtu d'un pagne fraîchement amidonné, le front ceint d'un serre-tête en or, il reçut le général dans son bureau. Il sentait encore les effets de son rêve et avait les yeux bouffis par ce sommeil qui avait été plus que du sommeil, mais il était heureux et il sourit à Doudou.

« Pourquoi souhaites-tu me voir ? » demanda-t-il.

L'homme eut l'air embarrassé.

« J'ai malheureusement le devoir d'insister pour que tu m'informes de toute décision concernant ta famille et les nomes pendant les quatre mois à venir. Tout doit être rapporté à l'Unique.

– C'est malheureux, en effet, répondit Kamosé d'un ton sec. Je ne prends pas de décision aujourd'hui, Doudou.

– C'est possible, prince, fit le général, en s'inclinant. Mais j'ai également le devoir de t'accompagner partout. Je vais être ton ombre, je le crains.

– Souhaites-tu que je te fasse installer un lit de camp dans ma chambre ? demanda Kamosé d'un air faussement innocent.

– Non, prince, ce ne sera pas nécessaire, répondit le général, offensé. Un de mes soldats veillera sur ton sommeil, la nuit et l'après-midi. En ce qui concerne tes soldats, je leur ai permis de quitter leur caserne. Chacun d'eux fera équipe avec un de mes cinquante hommes. Les garder enfermés quatre mois n'aurait pas été pratique. »

Kamosé ne put s'empêcher d'admirer sa décision.

« Non, pas pratique du tout, en effet, approuva-t-il. Je vais me rendre au temple, Doudou. Tu peux m'accompagner si tu le souhaites.

– Maintenant ? »

Kamosé lut sur le visage franc du général comme sur un papyrus. Le sanctuaire lui était interdit. Des messages pourraient y être transmis par l'intermédiaire du grand prêtre sans qu'il pût rien y faire, sinon poster des gardes à toutes les sorties du temple et interroger tous ceux qui passaient. Quelle absurdité ! Et puis avait-on idée d'aller prier à cette heure de la journée ?

« Maintenant, confirma Kamosé, en se levant. Nous sommes pieux ici, dans le Sud. Amon reçoit régulièrement nos hommages, de même qu'Osiris, Hapi et Ptah. J'espère que tu as de bonnes jambes, général, car tu auras à faire de longues stations dans les avant-cours. »

Doudou s'inclina sans répondre, et Kamosé appela son garde.

Il aurait pu prendre une litière, mais il préféra marcher, non pour contrarier son ombre mais pour refaire le parcours qu'il avait suivi en rêve si peu de temps auparavant. Il lui revint en mémoire avec vivacité, tandis qu'il passait sous l'ombre épaisse et verte d'un feuillage résonnant de chants d'oiseaux. Le fleuve coulait le long du chemin, puissant et trouble. Le soleil était chaud, mais agréable. Kamosé avait envie de chanter. Son escorte, composée d'un de ses gardes du corps et d'un soldat sétiou, marchait devant. Doudou le suivait à trois pas de distance, accompagné de ses propres gardes. Une femme d'Oueset, qui tenait un petit garçon d'une main et la longe d'un âne de l'autre, s'écarta pour les laisser passer. Elle s'inclina en souriant, et Kamosé la salua.

Arrivé devant le pylône, il eut un instant d'hésitation en se rappelant la figure majestueuse d'Amon. Puis il ordonna aux soldats d'attendre à l'ombre des môles et pénétra dans l'avant-cour avec Doudou. «Où est le grand prêtre? demanda-t-il à un jeune garçon, qui se dirigeait vers les magasins du temple. Dis-lui de me retrouver devant le sanctuaire. Je désire prier.»

L'enfant s'inclina et s'en fut. D'un geste impérieux, Kamosé ordonna au général de l'attendre, et celui-ci n'osa pas le suivre dans la cour intérieure.

Un serviteur s'avança aussitôt vers le prince avec un linge et un bol contenant l'eau du lac sacré. Le temps qu'il lui lave les pieds, les mains et le visage en murmurant les prières de purification, Amonmosé l'avait rejoint. Ils entrèrent ensemble dans le saint des saints.

Il y faisait sombre et frais. Amon luisait doucement, et il sembla à Kamosé que son sourire était triomphant et complice. Tu es un grand dieu, dit-il mentalement. Tu mérites d'avoir toute l'Egypte dans tes paumes ouvertes, et tu l'auras. Je te le promets. Il s'agenouilla devant le dieu et embrassa l'or lisse de ses pieds, puis, fermant les yeux, il commença à prier, le remerciant de la solution qu'il lui avait suggérée en rêve, si évidente et à laquelle pourtant aucun d'eux n'avait pensé, pas même Séqénenrê, qui avait conduit ses troupes dans le désert. Les chances de succès étaient minces, mais c'était mieux que de n'en avoir aucune, et puisque l'idée venait du dieu lui-même, il y avait forcément de l'espoir. Plein d'amour pour le protecteur d'Oueset, pour celui dont les yeux éclairaient le désert et qui avait tourné son regard auguste vers son fils, Kamosé éprouvait un mépris correspondant pour le sauvage Soutekh et son royal adepte. Nous vaincrons, dit-il au dieu. Toi et moi.

Lorsqu'il se releva enfin, il déclara sans préambule au grand prêtre : «Je sais comment vaincre Apopi, Amonmosé, mais cela nécessitera beaucoup d'organisation et beaucoup d'or. Amon m'a montré en rêve ce que je devais faire, mais j'ai besoin de ton aide. Envoie des prêtres dans tous les temples consacrés à Amon que tu connais. Qu'ils rapportent à Oueset offrandes, or, argent, bijoux... tout ce qui peut servir à payer les marchands de céréales et de légumes. Qu'ils le fassent secrètement et qu'ils les cachent ici, dans le temple.»

Le grand prêtre acquiesça de la tête.

«Le représentant du roi ne me quitte pas d'une semelle, poursuivit Kamosé. Ce sanctuaire est le seul endroit où il ne puisse entrer. Avec ta permission, je souhaite donc m'en servir pour transmettre et recevoir des messages. Cela ne durera pas longtemps, ajouta-t-il devant l'expression hésitante d'Amonmosé. Et aucun sacrilège ne sera commis, je te le promets. Je me débarrasserai du général Doudou d'ici une ou deux semaines. En attendant, c'est à toi que parviendront les nouvelles, et je viendrai au temple deux fois par jour pour les connaître. J'ai déjà envoyé chercher Hor-Aha, reprit-il après une pause. Il faut qu'un prêtre plante une tente dans le désert afin de l'intercepter au cas, improbable, où il arriverait avant que je n'aie eu le temps de m'occuper de Doudou. Ouni viendra te voir demain. Tu lui diras que je veux la liste de toutes les embarcations de la région – barques de pêche, esquifs, navires, etc. – et de tous les artisans d'Oueset capables d'en construire.

– C'est tout, prince? demanda le grand prêtre, avec un sourire moqueur.

– C'est tout pour aujourd'hui, répondit Kamosé en lui rendant son sourire. Je te remercie, Amonmosé.»

Le grand prêtre inclina la tête. «Je suis heureux qu'Amon t'ait accordé cette vision. Je pense qu'il a de grands projets pour cette ville. Qui sait? Oueset sera peut-être un jour la ville la plus importante et la plus sainte d'Egypte!»

Le rire de Kamosé se répercuta sur les murs de pierre. «Qui sait, en effet? dit-il, en pensant aux maisons de boue d'Oueset, à son marché bruyant et à son quai assoupi. Il faut que j'aille retrouver mon geôlier.»

Après s'être prosterné devant le dieu et avoir salué Amonmosé, il ressortit sous le soleil éblouissant en ravalant la chanson qui lui montait aux lèvres.

Le général Doudou dicta son rapport à Apopi une semaine plus tard, et il fit appel à son scribe personnel. Kamosé se trouvait avec sa mère, qui inspectait des parterres de fleurs récemment ensemencés, lorsque Ipi vint lui apprendre la nouvelle. «Il a dicté son message en privé dans ses appartements, déclara-t-il. Je l'ai su parce que j'étais en train de discuter avec son scribe, quand il l'a fait appeler. Je l'ai suivi, mais je n'ai rien pu entendre, car le général fait garder sa porte.

– Où se trouve le rouleau, maintenant?

– Son scribe est en train de mettre le message au propre dans sa chambre», répondit Ipi.

Kamosé réfléchit rapidement. Il fallait absolument qu'il lise cette lettre, moins pour son contenu que pour avoir une idée du style de Doudou et des formules de politesse qu'il employait.

«Pourrais-tu le distraire quelques instants de son travail? demanda-t-il à Ipi. Est-il prévu qu'un héraut emporte immédiatement ce rapport dans le Nord?

– Non, prince. Le héraut est parti porter au pays de Koush des rouleaux laissés par le roi. Il devrait être de retour ce soir, et il ne se remettra pas en route avant demain.

– Bien. Maintenant qu'il a accompli son devoir, Doudou ne devrait pas tarder à me rejoindre. Cours dire à Ouni que je souhaite qu'il examine attentivement ce message et qu'il n'a pas beaucoup de temps pour le faire. Emmène le scribe se baigner dans le fleuve, offre-lui mon meilleur vin… n'importe quoi, mais éloigne-le, Ipi.»

Celui-ci s'en alla, et Kamosé le vit s'incliner devant le général, qui sortait de la maison.

«Que fais-tu, Kamosé? murmura Ahhotep.

– Je ne peux rien te dire encore, c'est trop dangereux, répondit-il en lui serrant le bras. Dans quelques jours, mère.»

Elle hocha la tête et se remit à examiner les jeunes plants. Non loin d'eux, accroupi dans la terre noire détrempée, un paysan repiquait des semis.

«Nous devons continuer à planter, bien entendu, dit Ahhotep, en élevant la voix. Et il nous faut aussi veiller à ce que les semailles soient faites dans les champs. Nous en avons le temps avant de partir d'ici pour toujours.» Elle adressa un sourire froid au général. «Bien que le roi se soit approprié notre prochaine récolte, il n'est pas question que nos paysans souffrent, eux aussi. Viens, Kamosé.»

Elle lui prit le bras et l'entraîna vers la treille. Le général leur emboîta le pas.

Le lendemain matin, quand Kamosé alla au temple célébrer le culte, Ouni avait déjà rendu visite au grand prêtre. Tandis qu'assis dans l'ombre d'une colonne de l'avant-cour, Doudou suivait d'un œil morne les allées et venues des danseuses et des suppliants, Amonmosé transmettait à Kamosé le message de l'intendant. «Le général emploie les formules de politesse habituelles, dit-il. Les titres du roi après les salutations et avant la signature du général.

— Une signature ?

— Oui. Le général aime gribouiller lui-même son nom et omet la formule «par la main du scribe Untel».

— Mauvaise nouvelle, remarqua Kamosé, le sourcil froncé. Un cachet ?

— Le général préfère la cire incolore, et il se sert d'un sceau-cylindre, qu'il garde sans doute sur lui. Selon Ouni, la signature n'est pas difficile à imiter, car elle ne comporte en fait qu'une syllabe. Il a eu le temps de faire deux essais.»

Kamosé s'émerveilla un instant des nombreux dons que devait posséder un bon intendant.

«Autre chose ?» C'est la seule chance que nous avons, pensa-t-il. Si nous attendons la prochaine missive, le temps nous manquera. Je dois me fier aux talents d'imitation d'Ouni.

«Oui, répondit Amonmosé. Les rouleaux du général sont toujours entourés trois fois d'une cordelette de lin nouée par un seul nœud. La cire à cacheter est apposée sur celui-ci.»

Si nous réussissons, je nommerai Ouni vizir, se promit Kamosé. «Merci, Amonmosé, fit-il à voix haute. Tu diras à Ouni que je vais m'arranger pour faire venir Ahmosis dans mes appartements ce soir, très tard. Les chambres des serviteurs ne sont gardées que par deux soldats, postés dans le couloir. Je feindrai peut-être d'être malade. Qu'il tâche de persuader l'un des gardes, de préférence le Sétiou, de rester devant la porte d'Ahmosis pendant que l'autre l'escorte jusque chez moi. J'attendrai. Si ce n'est pas possible aujourd'hui, qu'il essaie demain. Tu peux faire cela pour moi ?

— Certainement, Altesse.»

Kamosé regagna la maison, tendu et plein d'appréhension. Il avait déjà tué, mais seulement dans le feu de la bataille. Il ignorait s'il saurait se faire assez implacable pour exécuter un homme de sang-froid. Mais il le faut, se dit-il, en évoquant délibérément le visage dédaigneux du roi. Il le faut. C'est le premier pas, et le plus important. Doudou doit mourir. Et en lui-même, pour renforcer sa détermination, il murmurait : « Apopi doit mourir. »

Deux heures avant l'aube, alors que le sommeil est le plus lourd et que la vigilance s'épuise, Kamosé quitta son lit et alla ouvrir la porte. Il était plié en deux et avait le visage convulsé de douleur. « Je suis malade, dit-il aux gardes d'une voix défaillante. Allez chercher mon intendant. Dites-lui de venir avec mon frère. »

Les deux hommes se regardèrent.

« Faut-il également prévenir le médecin, prince ? » demanda avec sollicitude le garde personnel de Kamosé.

Kamosé s'insulta intérieurement. Il n'avait pas prévu cette question. « Entendu, dit-il, mais je ne veux pas mettre toute la maison sens dessus dessous pour ce qui n'est peut-être qu'une simple indigestion.

J'y vais », dit le garde.

Le Sétiou reprit son poste. Kamosé referma la porte et écouta les pas décroître dans le couloir. Il était certain que son garde sétiou avait été sur le point de proposer que le général Doudou fût averti. Mais à présent, il n'oserait pas s'éloigner.

Quelques instants plus tard, des voix se firent entendre. La porte s'ouvrit, et Ouni apparut, les yeux troubles. Ahmosis le suivait. Dans l'ombre derrière lui, Kamosé distingua vaguement trois hommes et, par chance, deux d'entre eux étaient d'Oueset. Le cœur battant, il fit signe à son garde personnel d'entrer et le pria de refermer la porte.

« M'es-tu fidèle ? demanda-t-il, en se redressant. M'obéiras-tu, quelles que soient les conséquences ?

— Tu sais que je le ferai, prince, répondit l'homme d'un ton offensé. N'y a-t-il pas des années que je garde ta porte et ta personne ?

— Bien, dit Kamosé. Je veux que tu tues le Sétiou qui est à l'extérieur. Ensuite ton compagnon et toi accompagnerez mon intendant. Vous vous rendrez immédiatement dans les chambres où dorment les serviteurs de Doudou, et vous les ferez garder. Aucun d'eux ne doit en sortir. Si vous avez la malchance de rencontrer d'autres Sétiou en chemin, tuez-les sur-le-champ. »

Tout en parlant, il fouillait avec impatience dans son coffre, et il finit par en sortir un poignard. Il pensa fugitivement que la dernière fois qu'il l'avait vu, il était dans la main délicate de la femme de ses rêves.

« Nous allons tuer Doudou, continua-t-il à l'adresse de son frère. Dans son sommeil, si tout se passe bien. Je ne te demande pas de frapper, seulement de le maîtriser s'il se débat. Tout doit être fait en silence. Je ne peux pas annoncer mes intentions avant de m'être rendu maître des soldats. Ouni ! Le héraut est bien parti hier matin ?

– Oui, prince. »

Kamosé brûlait d'impatience et dissimulait sa peur.

« Alors, allons-y. »

D'un mouvement de tête, il désigna la porte au soldat, qui sortit son poignard et se glissa dans le couloir. Ouni, Ahmosis et lui attendirent avec anxiété. Il y eut un bref échange de paroles, une exclamation de surprise, puis une courte bagarre. Kamosé se tendit. La porte s'ouvrit en grand, révélant son garde, son compagnon abasourdi et un corps sans vie recroquevillé sur le seuil.

« Traînez-le à l'intérieur et partez. Vite ! ordonna Kamosé. Viens, Ahmosis. »

Il savait qu'il pouvait compter sur Ouni pour respecter ses instructions. Le cœur battant, il s'élança dans le couloir, suivi de son frère. Parvenus aux appartements des invités, ils ralentirent le pas, car Doudou avait posté trois gardes devant sa porte, et aucun n'était d'Oueset.

« C'est de la folie ! murmura Ahmosis. Nous ne pourrons jamais en venir à bout.

– Pas tout de suite, dit Kamosé, en s'efforçant de maîtriser sa respiration et les battements de son cœur. Mais ils ne refuseront pas de nous laisser entrer. Ensuite, ce sera une question de chance. »

Se rappelant soudain le poignard qu'il tenait à la main, il le dissimula dans son pagne. En les voyant, les gardes, surpris, se mirent au garde-à-vous et présentèrent leurs lances.

« Nous devons parler au général, dit Kamosé. Laissez-nous passer. »

Les trois hommes le dévisagèrent avec stupéfaction, puis l'un d'eux s'avança.

«Où sont tes gardes, prince ? demanda-t-il poliment, mais d'un ton légèrement soupçonneux.

– Au bout du couloir. Va vérifier, si tu veux, mais fais vite. L'aube sera bientôt là, et nous ne pouvons attendre.»

La méfiance se lisait sur leurs visages. Ils n'étaient pas stupides. Ils hésitaient pourtant, craignant d'offenser un prince d'Egypte, fût-il en disgrâce. Il s'était exprimé avec une autorité naturelle qu'il était difficile de défier. D'un autre côté, le général avait donné des ordres stricts pour qu'aucun des deux jeunes gens ne se déplace sans escorte... Et que pouvaient-ils bien avoir à discuter d'urgent avec lui, une heure avant l'aube ?

Je les ai sous-estimés, se dit Kamosé avec colère. Je suis un imbécile. Il jeta un coup d'œil à Ahmosis et, l'espace d'un éclair, leurs regards se rencontrèrent. Ahmosis inclina légèrement la tête. Les deux frères bondirent. Kamosé saisit une lance et la tira violemment à lui. Pris au dépourvu, le garde perdit l'équilibre, et le genou de Kamosé vola vers son entrejambe. Au moment où l'homme se pliait en deux, il l'envoya à terre d'un coup de poing. Pivotant sur lui-même, il vit le pied de son frère s'enfoncer dans l'estomac de son adversaire, puis son bras s'enrouler autour de son cou. Un couteau à la main, le troisième soldat s'apprêtait à bondir sur lui. Plus rapide, Kamosé lui sauta sur le dos et lui enfonça ses pouces dans les yeux. L'homme hurla et laissa tomber son arme. Ses doigts se refermèrent comme un étau sur les poignets de Kamosé, mais leur étreinte se desserra vite. Il s'effondra, et Ahmosis s'écarta d'un bond, lâchant la garde du couteau qu'il avait enfoncé dans son torse. Il était trempé de sueur. «Pas mal pour deux hommes qui ont négligé de s'entraîner à la lutte, ces derniers temps, fit-il d'une voix rauque. Un mort, peut-être deux. Je crois avoir brisé le cou de celui-ci, Kamosé.

– Je regrette. S'ils n'avaient pas été si obstinés...»

La porte s'ouvrit et la tête ébouriffée de Doudou apparut.

«Que se passe-t-il...?»

Mais Kamosé vit ses yeux s'écarquiller et retrouver instantanément toute leur vivacité. Avant qu'il pût réagir, il se jeta sur lui et le déséquilibra. Le général roula à terre, mais se releva avec une agilité surprenante. Pas assez vite toutefois pour Ahmosis, qui lui immobilisa les bras dans le dos. Kamosé referma la porte et sortit son poignard, se sentant brusquement épuisé et glacé.

Doudou avait immédiatement compris la situation, cela se lisait dans son regard. Il ne montrait toutefois pas la moindre peur, et Kamosé en éprouva pour lui un nouveau respect. Il aurait aimé lui offrir la vie sauve en échange de sa coopération, mais il savait que Doudou le trahirait à la première occasion. Il était sétiou.

« Cela ne t'apportera qu'un répit de courte durée, déclara le général. Ce n'est qu'une petite bataille. Tu ne peux gagner la guerre, prince. »

Je suis las de m'entendre dire que je ne « peux pas », pensa Kamosé avec irritation. « Un répit de courte durée », « une petite bataille », comme si j'étais un enfant jouant à la guerre avec des roseaux en guise de couteaux et de haches.

« Je ne suis pas prince, Doudou, dit-il, en s'approchant de lui et en cherchant du regard le meilleur endroit où enfoncer son arme. Je suis roi. »

Il vit le général prendre une profonde inspiration avant que la lame ne pénètre entre la troisième et la quatrième côte. D'un seul coup, il eut la main et le poignet trempés de sang. Il retira le poignard, et Doudou s'effondra.

« Ces obligations sont terribles, dit Ahmosis, qui alla aussitôt prendre un drap sur le lit. Tiens, essuie-toi, Kamosé. »

Celui-ci nettoya la lame du poignard, puis ses mains. Son frère se pencha et ferma les yeux vitreux de Doudou.

« A présent, nous sommes engagés, ajouta-t-il. Même si nous le voulions, nous ne pourrions revenir en arrière. Cette fois, si nous perdons, ce sera la mort pour nous tous.

– Je sais, répondit Kamosé. Mais je ne peux croire, je refuse de croire, que nous puissions disparaître du cours de l'histoire sans y laisser une trace ! Partons, Ahmosis. Rê va se lever, et il faut que nous ayons maîtrisé les soldats avant que le reste de la maison ne s'éveille. J'aimerais qu'Hor-Aha soit avec nous. »

Dans la lumière grise de l'aube, les soldats qui dormaient côte à côte dans la caserne furent réveillés par un ordre tranchant. Ils se retrouvèrent face aux princes et à deux gardes du corps, qui, jambes écartées, les menaçaient de leurs arcs.

« Les soldats de la maison, à droite ! Ceux de Doudou, à gauche ! ordonna Kamosé. Vite ! »

Encore à moitié endormis, les hommes obéirent et s'alignèrent contre les murs de brique. Apparemment de glace, Kamosé les observait avec anxiété. Si un officier sétiou donnait l'ordre de les attaquer, ils seraient submergés en un instant. Ahmosis et les deux gardes bougèrent imperceptiblement, braquant leurs armes sur le groupe de gauche. Kamosé parcourut du regard ses cinquante soldats et il ne reprit la parole que lorsqu'il fut sûr de les avoir tous reconnus.

« Asseyez-vous ! » leur ordonna-t-il. Puis, se tournant vers les autres : « Vous allez me donner vos nom, lieu de naissance, condition et histoire familiale. Toi ! Commence ! »

Les hommes de Doudou le regardèrent comme s'il était devenu fou, mais ses gardes devinèrent ce qu'il avait en tête. Un murmure courut dans leurs rangs comme une brise hivernale.

Le soldat qu'avait désigné Kamosé se leva et salua. « Ptahmosé de Mennéfer, prince, fantassin de la division de Seth. Mon père et ses ancêtres avant lui étaient scribes dans l'école du village, juste à la lisière de la ville.

– Assieds-toi, fit Kamosé d'un ton sec. Suivant. »

Un par un, les cinquante hommes se présentèrent. A ceux qui avaient un nom sétiou et dont la famille habitait l'est du Delta, Kamosé ordonna de rester debout. A la fin, ils étaient au nombre de vingt.

« Si tu comptes faire ce que je pense que tu vas faire, ne pourrais-tu au moins leur donner une sorte de choix ? murmura Ahmosis à l'oreille de son frère. C'est barbare !

– Nous ne pouvons courir de risque, pas avec des soldats, répondit Kamosé. Cela ne me plaît pas plus qu'à toi, Ahmosis. S'il s'agissait de paysans ou de simples villageois, cela aurait moins d'importance, mais je ne peux laisser des soldats aguerris en liberté, qu'ils m'aient ou non juré fidélité. Ils nous croient tous vaincus d'avance. »

Il choisit rapidement une vingtaine de ses propres hommes. « Emmenez ces vingt Sétiou dans le désert et exécutez-les, ordonna-t-il. Vous les enterrerez dans le sable. Je ne veux pas qu'ils soient jetés à l'eau et que l'on apprenne ce qui s'est passé ici en voyant leurs corps flotter sur le fleuve. »

Les victimes le regardaient, muets de stupeur, incapables de croire à ce qui leur arrivait si brutalement. Certains ramassèrent leurs pagnes et leurs affaires personnelles, comme si on allait les transférer dans une autre caserne. Ahmosis leur dit de tout laisser.

Sur un signe de tête de Kamosé, son garde du corps prit le commandement du peloton d'exécution et fit sortir les Sétiou.

Dans la caserne, le silence régnait. Au-dehors, l'ordre de former les rangs retentit, puis l'on entendit les pieds nus des soldats sur la terre tassée. Ahmosis ne s'en rend pas encore compte, se dit Kamosé en examinant le visage pâle des soldats épargnés. Mais ce n'est que le début, et nous serons parfois incapables de distinguer entre amis et ennemis. Puisse Amon me pardonner! Il se sentait glacé.

« Je vous ai laissé la vie sauve parce que, bien que servant dans l'armée d'Apopi, vous êtes égyptiens de naissance, déclara-t-il aux trente hommes restants. Vous devez maintenant me jurer fidélité. Si vous le faites, vous serez les bienvenus à Oueset. Si vous trahissez ce serment, vous recevrez les cinq plaies et serez immédiatement exécutés pour trahison. Avancez! »

Avec un soulagement visible, ses trente hommes regardèrent les trente soldats embrasser l'un après l'autre les mains et les pieds de Kamosé en signe d'allégeance.

Celui-ci s'adressa ensuite au capitaine des Cinquante: « Chacun de ces hommes doit faire équipe avec un soldat dont la loyauté ne fait pas de doute. Ils ne doivent pas quitter les limites du domaine, ni monter la garde dans la maison. Fais-les travailler dur au maniement des armes et dans les écuries. Tu me rendras régulièrement compte. »

L'homme s'inclina et, avant même qu'il ne se fût redressé, Kamosé était sorti et respirait à pleins poumons l'air frais du matin.

« Tu n'as pas l'air bien, dit Ahmosis, en le rattrapant. Que faisons-nous, maintenant? »

Son frère se passa une main lasse sur le visage. Il avait la peau flasque et rêche.

« Nous procéderons de la même façon avec les serviteurs de Doudou. J'aimerais les tuer tous. Ce sont les domestiques et les serviteurs personnels qui montrent le plus de fidélité à leurs maîtres. Mais il ne faut pas que le bruit se répande que j'abats sans pitié d'innocents Egyptiens. Il faut que j'apparaisse comme un libérateur, Ahmosis, comme un Egyptien combattant avec d'autres Egyptiens pour chasser les oppresseurs étrangers de ce pays. Si les bonnes rumeurs me précèdent dans les villes et les villages, la moitié du travail sera faite.

« – Et c'est ainsi que tu te vois ? demanda Ahmosis avec curiosité.
– Non, répondit son frère, en tournant vers lui des yeux cernés de noir. Je suis le vengeur de Séqénenrê et le dieu de l'Egypte. »

Avant le repas de midi, neuf des serviteurs de Doudou avaient été exécutés. Les autres avaient été placés sous la surveillance vigilante d'Ouni. Le garde du corps de Kamosé vint l'informer qu'il s'était acquitté de sa mission et que les vingt soldats sétiou étaient morts. Ahmosis avait appris au reste de la famille que la maison était de nouveau à eux, mais Kamosé refusa de voir Tétishéri, qui accourut aussitôt.

« Ne laisse entrer personne, ordonna-t-il à Akhtoy. Je ne suis pas en état de discuter de quoi que ce soit. J'ai besoin de sommeil. »

Poliment mais fermement, Akhtoy renvoya Tétishéri dans ses appartements.

Kamosé fit ensuite appeler Ouni à qui il demanda sèchement s'il avait les informations qu'il lui fallait sur les bateaux et les constructeurs de bateaux. Lorsque Ouni lui fit calmement remarquer qu'il n'avait eu ni le temps, ni l'occasion de faire davantage que de mettre son subordonné au courant et d'envoyer des serviteurs à Oueset, Kamosé s'emporta. Ouni ne se laissa pas impressionner.

« Tu as besoin de sommeil, prince, et tu as également besoin d'un bain. Tu as encore du sang sur ton pagne.

– Tu as raison », reconnut le jeune homme, en regardant les traînées de sang séché qui maculaient son vêtement et ses bras.

Anxieux, se demandant s'il avait pensé à tout, si les siens étaient en sécurité, il alla aux bains, puis dans sa chambre. Etendu sur son lit, il revit avec netteté son poignard s'enfoncer entre les côtes du général, le visage livide et abasourdi des soldats. Du sang sur les mains, pensa-t-il vaguement. Trop pour oublier. Trop pour revenir en arrière. Il s'endormit.

Kamosé eut ses informations quelques jours plus tard. La plupart des embarcations d'Oueset et de ses environs étaient trop petites pour transporter plus que quelques pêcheurs, mais Kamosé réquisitionna des chalands marchands. Il chargea en outre Ouni de commander cent barques en roseaux, capables de contenir cinquante hommes chacune. La construction devait commencer sur-le-champ.

« Mais la dépense, prince ! s'écria l'intendant, épouvanté. Comment allons-nous payer les constructeurs ?

« – Ils recevront chacun une portion de mes terres lorsqu'ils auront achevé leur travail.

– Mais tu en as besoin pour entretenir ta famille et nourrir tes serviteurs, prince ! »

Kamosé regarda dans le jardin. Ahhotep et Tétishéri étaient assises sur des nattes. Elles ne parlaient pas. Ahhotep, qui enfilait des perles, s'était interrompue en plein travail et contemplait fixement ses mains. Appuyée sur un coude, une expression pensive et triste sur le visage, Tétishéri suivait des yeux le vol de libellules bleues sur la surface paisible du bassin. Kamosé devinait leur peur.

« De toute façon, le roi s'est approprié tous mes biens, Ouni, répondit-il avec lassitude. Si je ne donne pas mes terres, ou elles tomberont entre les mains infâmes de Téti, ou elles seront administrées par un surveillant royal. Dans l'un et l'autre cas, elles ne m'appartiennent plus que pour un peu moins de quatre mois. Doudou était censé m'empêcher de faire ce genre de choses, naturellement, mais puisqu'il est mort, je compte établir des actes de cession en bonne et due forme qui ne pourront être contestés ni par Téti, ni par Apopi. Si je vaincs, toute l'Egypte me paiera tribut. Si je perds, nous mourrons tous. Cela n'a plus d'importance.

– Très bien, dit Ouni. Tu es mon maître, et il en sera comme tu le désires. Mais où trouveras-tu assez d'hommes pour ces cent navires ? Tu vas avoir de quoi transporter une division ! »

Kamosé prit une profonde inspiration, puis il rentra dans la pièce et se jeta dans un fauteuil.

« Je vais commencer par les hommes d'Oueset et des nomes, mais je ne me contenterai pas d'une partie de la population. Je vais lever tous les individus mâles de quatorze ans et plus. Au lieu de marcher comme mon père, je remonterai rapidement le fleuve de village en village. Je les conquerrai pacifiquement ou par la force, peu m'importe, et j'emmènerai leurs hommes. Transportés en bateaux, les soldats ne se fatigueront pas. Ils seront toujours frais. S'il le faut, j'exécuterai les chefs des villages et les maires des villes, mais je ne pense pas que ce sera nécessaire. Ils me jureront allégeance et m'apporteront leur aide. C'est ce que mon père aurait dû faire, conclut-il.

– Les bateaux pourront être prêts d'ici deux mois, mais la présence des hommes que tu comptes enrôler va être indispensable dans les champs, objecta Ouni, qui rongeait son frein. Les semailles sont pour bientôt. Et puis comment les paieras-tu?

— Ils ne recevront rien avant la fin de la campagne. Je leur promettrai du butin dans le Delta, et nous réquisitionnerons céréales et vivres à mesure de notre progression. Pour notre approvisionnement de départ, je prendrai les bijoux de mes femmes, tout ce qui a de la valeur dans la maison. Je ne laisserai rien à Téti, ni au roi. Quant aux semailles, que les femmes et les enfants s'en occupent.

— Prince!»

L'intendant en restait sans voix.

«C'est tout?» demanda Kamosé, amusé malgré lui par cette indignation. Ouni s'inclina. «Parfait. Ipi?» Le scribe vint s'asseoir aux pieds de Kamosé, palette et pinceau prêts. «Envoie un message à Nékheb, dans le Sud. J'ai besoin de navigateurs, et cette ville produit de bons marins. Emploie les termes que tu veux, mais qu'ils comprennent que c'est un ordre. Tu as le sceau de Doudou, Ouni?» L'intendant acquiesça. «Alors il est temps que le général envoie à Apopi un rapport lui assurant que les sauvages d'Oueset sont devenus sages, et que leurs femmes sont pleines de résignation.»

Ipi trempa son pinceau dans l'encre noire et attendit, mais les pensées de Kamosé avaient pris une autre direction.

«Est-il difficile de se procurer du lapis-lazuli? demanda-t-il au bout d'un moment.

— Ma foi, oui, répondit Ouni. Il provient de mines dans le désert, et il est assez rare. Même le roi le paie très cher, mais il paraît que sa reine et lui en possèdent de grandes quantités, et qu'ils le font incruster dans leurs fauteuils, leurs coffres, etc.

— Envoie quelqu'un demander à Amonmosé si les magasins du temple en contiennent. Si oui, qu'il les fasse apporter à mon bijoutier. J'ai envie d'un pectoral en lapis.

— Mais, pr...»

Kamosé abattit sa main sur le bureau.

«Je suis un roi, dit-il d'un ton impérieux. Je suis le fils d'Amon, son Incarnation. Le peuple me verra couvert de lapis et se souviendra. Faut-il que je t'explique chacun de mes ordres, Ouni?

— Non, prince, répondit celui-ci, en s'inclinant avec raideur. Pardonne-moi.

— Va les exécuter, alors. Et n'oublie pas de trouver un messager entièrement digne de confiance pour porter le rouleau dans le Nord. Si le véritable héraut était bien connu à Het-Ouaret, il pourra dire qu'il l'accompagnait et que celui-ci est tombé malade à Abdjou. Choisis quelqu'un de raisonnablement cultivé, Ouni. Apopi lui posera certainement des questions. Envoie-le-moi avant qu'il parte. Maintenant à toi, Ipi, je vais dicter.»

Il fut bref mais ne put s'empêcher de mentionner Tani, en mettant sous la plume du général qu'il espérait qu'elle était bien traitée. Il n'osa pas demander de ses nouvelles. Cette nuit-là, le cou posé sur son chevet d'ivoire, suivant des yeux les ombres projetées par la lampe sur les murs de sa chambre, il pensa à elle avec douleur. Je ne lui ai pas consacré assez de temps, se dit-il. Aucun d'entre nous ne l'a fait. Elle a toujours été la petite Tani, celle que l'on choyait de temps à autre, mais à qui le plus souvent on ne faisait pas attention. Prends soin d'elle, Amon, et donne-lui du courage. Il commençait à s'endormir quand, après un coup léger frappé à la porte, Ouni risqua une tête dans la pièce.

«Je suis réveillé, dit Kamosé, en se redressant.

— Le général Hor-Aha est arrivé et souhaite te parler, prince.

— Fais-le entrer», répondit-il, en se sentant aussitôt le cœur plus léger.

Hor-Aha s'avança et il s'apprêtait à s'incliner quand, cédant à une impulsion qui lui ressemblait peu, Kamosé le serra dans ses bras. Le Medjaï sentait le sable et les pierres. Ses longs cheveux nattés et son manteau blanc étaient couverts de poussière.

«Sois le bienvenu, dit Kamosé. Je suis plus heureux de te revoir que je ne saurais le dire. As-tu entendu les nouvelles?

— Oui, prince.» Hor-Aha se débarrassa de son manteau. En dessous, il portait un pagne sale et, passés à une ceinture de cuir, son poignard et sa hache. Kamosé avait le sentiment qu'il n'était jamais parti. «Le prêtre qui me guettait dans le désert m'a tout appris. Je regrette l'exécution des soldats sétiou.

— Y avait-il une autre solution?»

Les dents blanches d'Hor-Aha étincelèrent un court instant. «Non, mais je n'aime pas voir perdre de bons soldats.

— Tu as faim? Soif?

— Je suis très fatigué, prince, rien d'autre. J'ai partagé le repas du prêtre avant que son serviteur n'emballe ses affaires et qu'ils ne regagnent le temple. Nous repartons donc en guerre ? »

Kamosé lui indiqua un tabouret. Hor-Aha s'y laissa tomber avec un soupir de soulagement.

« Oui, et je vais t'expliquer comment. »

Il lui décrivit rapidement sa stratégie, en cherchant sur son visage des signes d'approbation ou de doute. Lorsqu'il se tut, le général réfléchit en silence. Puis il hocha la tête.

« Tu n'as pas le choix, dit-il. Le moment décisif approche. Beaucoup de Medjaï ont été tués dans la bataille de Séqénenrê, mais si un des hommes de ma tribu accompagne un officier égyptien, il devrait être possible d'en recruter d'autres. Ouaouat a besoin de la protection de l'Egypte contre la menace permanente d'une invasion koushite, et Apopi a ignoré les Medjaï pour traiter avec Tétiân de Koush. Ta victoire signifierait la sécurité pour le pays d'Ouaouat. As-tu commencé la conscription ?

— Pas encore. Je t'attendais. »

Ils se turent un instant, et Kamosé se rendit compte que, pour la première fois depuis longtemps, il était complètement détendu.

« Je regrette l'exil de la princesse Tani. J'aurais fait la même chose à la place d'Apopi, mais c'est cruel tout de même. »

Kamosé se leva, et le général l'imita aussitôt.

« Va te reposer, dit le prince. Nous aurons beaucoup à faire demain. »

Hor-Aha ramassa son manteau et le secoua vigoureusement avant de le jeter sur ses épaules.

« Je vais d'abord faire un tour à la caserne, dit-il. Le village que ton père a fait bâtir sur la rive occidentale est toujours là, prince ?

— Oui.

— Bien. A demain, donc. »

Après le départ du général, Kamosé se recoucha. Demain ! se répétait-il, partagé entre l'excitation et l'appréhension. Demain !

Deux mois plus tard, les cent navires se balançaient à l'ancre le long de la rive orientale du fleuve, si légers qu'ils avaient un faible tirant d'eau et pourraient naviguer sur le Nil en décrue jusqu'avant dans l'été. Kamosé avait fait don de ses terres aux constructeurs, malgré les protestations désespérées de sa mère.

Tétishéri, Ahmès-Néfertari et elle avaient rassemblé leurs bijoux et les lui avaient donnés, résignées à un sort qu'ils acceptaient tous. Kamosé les fit échanger contre des céréales et des oignons, de la bière et du lin.

Armés de l'ordre de levée en masse, ses officiers se rendirent dans des dizaines de villages, dont ils emmenèrent les paysans, en laissant aux femmes le soin de s'occuper des semailles. Il y eut peu de protestations. Des flots d'hommes traversèrent à nouveau le fleuve, s'entassèrent dans le village de soldats de la rive ouest, puis finirent par déborder dans le désert, où les tentes se multiplièrent. Kamosé ne chercha pas à se procurer chars et chevaux. Son plan de campagne reposait presque exclusivement sur les bateaux, autour desquels les constructeurs s'affairaient encore, attachant les dernières bottes de roseaux aux hautes proues, ou surveillant le montage des avirons de queue et des cabines.

Les Medjaï arrivèrent, plus nombreux qu'à l'époque de Séqénenrê, et Kamosé soupçonna Hor-Aha d'avoir conclu des traités avec d'autres tribus d'Ouaouat sans l'en avertir. Il lui en fut reconnaissant. Ces fils sauvages du désert n'aimaient guère l'eau et s'embarqueraient sans doute avec méfiance, mais ils retrouveraient sûrement leur assurance et leurs capacités dès que les combats commenceraient.

Kamosé continuait à envoyer régulièrement ses rapports dans le Nord, en appréhendant de recevoir un jour une réponse, apportée par un héraut ou un officier sétiou qu'il lui faudrait emprisonner ou exécuter. Mais Het-Ouaret gardait le silence. Ramosé ne se manifestait pas non plus. Kamosé n'y comptait pas. Il se demandait si Téti et son fils recevaient des nouvelles indirectes de Tani. Il se demandait aussi, aux petites heures du matin, lorsqu'il arpentait sa chambre en réfléchissant aux mille éventualités dont son succès dépendait, ce qu'il ferait lorsqu'il arriverait à Khmounou. Téti devait mourir, cela ne faisait aucun doute, mais il ne voulait pas combattre Ramosé pour le tuer. Il savait qu'il se tourmentait inutilement. La question ne se poserait que dans un avenir éloigné et il aurait dû l'écarter.

Kamosé s'apercevait toutefois qu'il ne pouvait imposer à ses pensées un ordre raisonnable. De la nécessité d'organiser un entraînement intensif au tir pour habituer les hommes au maniement des arcs que les artisans fabriquaient avec frénésie, son esprit fiévreux passait à de nébuleux projets concernant le lointain siège d'Het-Ouaret, et il n'arrivait pas toujours à en maîtriser l'emballement. Fuir les fardeaux qui menaçaient sa raison n'était pas dans sa nature, mais il lui arriva à plusieurs reprises de se coucher soûl et, plus d'une fois, il invita une servante à partager sa couche avant de se détourner d'elle avec une sorte de dégoût parce qu'elle n'avait pas la peau satinée de la femme de ses rêves, ni les longues jambes gracieuses qu'il connaissait désormais aussi bien que les siennes.

Elle m'a perdu pour les autres, pensait-il sans émotion, en regardant le dos nu de la servante disparaître par la porte. Elle m'obsède, cette inconnue adorée qui ne s'incline pas devant les dieux, qui tient mon poignard et mon arc comme s'ils lui appartenaient. Mon corps n'a faim que d'elle, que d'elle seule.

Sans faire de commentaire, Amonmosé lui envoya les lapis-lazuli que contenaient les magasins du temple. Kamosé contempla longuement les pierres bleues striées d'or avant de les envoyer à son bijoutier. Il savait qu'il avait entre les mains la valeur d'un navire et de tous ses hommes, mais il ne regretta pas sa décision. Le lapis était le symbole de son droit à la vengeance et au trône divin.

Au cours du troisième mois, il invita les nobles égyptiens de ses nomes à le rejoindre à Oueset et à prendre eux-mêmes le commandement des troupes qu'il avait levées dans leurs villes. Il le faisait à contrecœur. Il était habituel qu'un roi réunît un conseil de guerre composé de ses généraux et de deux vizirs, mais Séqenenrê n'avait pas eu d'officiers supérieurs, et Kamosé aurait préféré continuer à s'appuyer uniquement sur Hor-Aha et Ahmosis. Il détestait déléguer responsabilités et autorité, mais il savait que sa maison s'était dangereusement repliée sur elle-même. Si la campagne prenait de l'ampleur, il deviendrait indispensable de pouvoir compter sur des hommes capables d'initiative.

Kamosé avait l'intention de conserver aux officiers qu'il connaissait le commandement de sa garde personnelle et celle des troupes de choc, les Braves du Roi. Il offrirait aux princes de bons commandements sous les ordres d'Hor-Aha. L'entraînement militaire faisait partie de l'éducation de tous les jeunes nobles, et ils s'acquitteraient convenablement de leur mission. En échange, Kamosé leur promettrait des postes à la cour : Yeux et Oreilles du Roi, Flabellifères des mains droite et gauche, vizir du Sud, du Nord…

Ils vinrent, pleins de respect et de méfiance : Mésehti de Djaouati, aux yeux clairs et au visage buriné ; Intef de Qebt, qui avait été le grand centre commercial du Sud au temps des anciens rois ; Iasen de Badari ; Mékhou d'Akhmîm et le hautain Ankhmahor d'Abdjou, dont le sang était presque aussi bleu que celui de Kamosé. Au même moment, Pahéri, le maire de Nékheb, arriva, accompagné des marins demandés par Kamosé. Parmi eux se trouvaient Abana, qui avait servi Séqénenrê en qualité de Gardien des navires, et son fils Kay. Kamosé les envoya aussitôt de l'autre côté du fleuve.

Tétishéri accueillit les princes avec la pompe dont elle avait le secret, et Ahhotep s'occupa de les loger. Kamosé les fêta aussi splendidement qu'il le pût, car il savait que leur orgueil se froissait aussi facilement que le sien. Ils lui parlèrent avec politesse, regardèrent Hor-Aha avec méfiance, inspectèrent les navires et l'armée sans mot dire.

Le quatrième jour, Kamosé les convoqua dans son bureau, les installa autour de l'immense table de Séqénenrê et leur exposa ses plans, en les étudiant avec attention. Lorsqu'il eut terminé, ils restèrent longtemps silencieux. Le visage impassible, Mésehti fixait le feuillage agité par le vent, au-delà des colonnes de la véranda. Intef tapotait la table d'un doigt bagué. Le prince Ankhmahor dévisageait ouvertement Kamosé par-dessus le bord de sa coupe de vin. Ahmosis, présent lui aussi, était carré dans son fauteuil, apparemment indifférent, mais Kamosé sentait sa tension.

Finalement, Ankhmahor posa sa coupe et se passa lentement la langue sur les lèvres. «Nous sommes tous nobles, ici, commença-t-il. Je suis moi-même, comme chacun sait, prince héréditaire et erpa-ha d'Egypte. Aucun de nous ne conteste ton autorité de gouverneur des nomes d'Oueset, Kamosé, ni tes prétentions au trône divin en tant que descendant de l'Osiris Mentouhotep Nebhépetrê Glorifié. Le mois prochain, pourtant, tu seras déchu de ton autorité et banni d'Oueset.» Il entoura sa coupe de ses mains soignées et se pencha en avant. «Pendant quelques semaines encore, tu as le droit de lever nos paysans et de réquisitionner nos vivres sans qu'Apopi puisse nous reprocher d'avoir obéi. Tu es le gouverneur. Mais tu nous demandes plus que cela. Beaucoup plus.» Autour de la table, ses compagnons hochèrent la tête. «Tu veux que nous coopérions activement à ta révolte. Tu veux que nous formions de nouvelles divisions à mesure que tu enrôles des hommes pendant ta progression vers le Nord. En d'autres termes, tu nous demandes de choisir entre le roi et toi. N'est-ce pas trop exiger de nous, prince ? »

Kamosé étudia son visage lisse, exquisément maquillé. Il est entièrement maître de lui, pensa-t-il. Selon toutes probabilités, il connaît déjà exactement son camp, et ce sera celui du sang et de l'histoire. Néanmoins, avec l'élégance d'un courtisan, il conteste moins ma révolte que mes capacités à tenir le Sceptre et le Fouet après tant d'années. Ankhmahor n'a pas oublié que mes ancêtres ont eu la faiblesse de céder les emblèmes de la divinité à une puissance étrangère, quelles qu'aient pu être leurs raisons. Comme c'est agréable de se comprendre à demi-mot !

« Je pense que mon père vous a insultés en ne vous reconnaissant pas le droit d'être associés à ses projets, répondit-il avec calme. Je m'excuse de son manque d'égards. J'exige beaucoup de vous, en effet. Je le fais parce que je suis votre dieu, mais aussi et surtout, je crois, parce que vous et moi sommes égyptiens.

— Tu as raison, intervint Mésehti. Séqénenrê se comportait comme s'il était le seul prince égyptien du Sud. C'est son manque de confiance qui nous a offensés, Kamosé. Il ne s'est pas confié à nous, ne nous a pas fait le compliment de remettre sa sécurité entre nos mains, des mains qui ont toujours œuvré pour notre pays et nos dieux, ajouta-t-il, en étendant les siennes d'un geste théâtral.

— Je ne peux que vous répéter que je le regrette, déclara Kamosé. La révolte de mon père était la première depuis longtemps. Je n'excuse pas son silence. Il lui était impossible de se fier à quiconque ; l'agression brutale dont il a été victime l'a prouvé.

— Il aurait pu se demander pourquoi nous choisissions de végéter dans le Sud, loin de la Cour, alors qu'en notre qualité de nobles nous aurions pu user de notre influence et accroître nos richesses à Het-Ouaret ! lança Intef d'un ton sec. Mon grand-père était Porteur de sandales du roi, il était toujours à ses côtés. Aujourd'hui, quel que soit mon amour pour le Sud, je moisis dans ces provinces.

— Je ne nie pas que vos talents pourraient être mieux employés. Si mon père n'a pas su les reconnaître, eh bien, moi, je le fais ! déclara Kamosé avec force. J'en ai besoin, princes ! Liez votre sort au mien, je vous en conjure.

— Tu demandes trop, je te le répète, dit doucement Ankhmahor. En dehors des terres que nous possédons ici, nous avons des pâturages dans le Delta, comme toi. Si nous sommes vaincus, Apopi confisquera tout. Il n'est pas convenable pour des princes d'Egypte de perdre les terres de leurs ancêtres, car leurs fils les maudiront et sombreront dans l'obscurité.»

Le «nous» d'Ankhmahor n'échappa pas à Kamosé.

«Nous sombrons déjà dans l'obscurité, souligna-t-il. Lentement mais sûrement, les ministres étrangers et les membres de l'aristocratie égyptienne qui respirent l'haleine des Sétiou accaparent le pouvoir qui était autrefois nôtre. Vous n'avez rien à perdre à combattre avec moi et, si je vaincs, vous ne serez pas oubliés.

— Nos nobles frères ont juré fidélité à Apopi, c'est vrai, déclara Iasen. Mais nous, nous n'avons jamais fait plus qu'accepter de lui payer tribut. Je suppose que, si nous t'accordions notre soutien, on ne pourrait nous accuser de manquer à l'honneur.»

Ton honneur consiste à rendre l'Egypte à Maât, pensa Kamosé.

«Si je connais bien mes compatriotes, ils ne se sentent que superficiellement engagés par un serment fait à un étranger. Tant que les Sétiou les enrichissent, ils se croient satisfaits, mais je suis certain que sous cette satisfaction de surface, leur malaise est grand. Pour vous parler sans détour, princes, si je peux les affronter en vous ayant à mes côtés, en me prévalant de l'obéissance et de la loyauté des plus anciennes familles d'Egypte, j'arriverai à leur faire retrouver le chemin de la vraie Maât et à gagner leur soutien.»

Le compliment était sincère, et ils le comprirent. Convaincus qu'il avait pour eux un respect authentique, ils se détendirent. Le prince Mékhou renifla avec délicatesse. Intef jeta un regard en biais à Mésehti, puis désigna Hor-Aha de la main. «Cet homme est peut-être un Medjaï, mais il n'est pas égyptien. Les princes du sang n'ont pas l'habitude d'être aux ordres d'un inférieur, au combat ou ailleurs.

— Nous ne sommes pas en mesure de nous montrer pointilleux sur les questions de protocole et de préséance, intervint Ahmosis en riant. Ce sont les compétences qui comptent, Intef. Néanmoins, si quelqu'un mérite d'être élevé à la noblesse pour ses services, sa loyauté et son astuce, c'est bien Hor-Aha. Qu'en dis-tu, Kamosé?»

Celui-ci poussa un grognement. J'aurais dû le faire depuis longtemps, pensa-t-il. Ahmosis a raison. Hor-Aha n'a pas été assez ambitieux, et je me suis montré trop égoïste. Il se tourna vers son général, dont les yeux brillaient d'amusement.

« Souhaites-tu porter un titre, Hor-Aha ? demanda-t-il doucement. Cela t'engage définitivement envers moi et envers ce pays ; c'est plus contraignant que tes serments tribaux.

– Je n'ai pas besoin d'un titre pour te servir, prince, répondit le Medjaï. Mais Ahmosis a raison. Je le mérite. Plus tard, je prendrai les domaines, les serviteurs et les privilèges qui vont avec.

– Très bien. Lève-toi, je te prie. »

Hor-Aha obéit, et Kamosé lui toucha avec solennité le front, les épaules et le cœur.

« Moi, Kamosé, roi d'Egypte, aimé d'Amon, fils du Soleil, je te fais erpa-ha, prince héréditaire d'Oueset et de toute l'Egypte, toi et tes fils après toi. »

Hor-Aha s'agenouilla et lui baisa les pieds.

« Je tâcherai d'être digne de cet honneur, Majesté.

Relève toi, répondit Kamosé. Tu en es déjà digne. »

Ils se rassirent tous les deux. Les autres princes avaient assisté à la scène sans manifester d'émotion.

« Eh bien ? fit Kamosé. A quoi me sert ma force alors qu'un usurpateur règne à Het-Ouaret et un autre au pays de Koush, et que, placé entre un Sétiou et un Koushite qui possèdent chacun leur part d'Egypte, je ne peux même pas me rendre à Mennéfer sans autorisation ? Mon nouvel erpa-ha est de taille à affronter Pédjédkhou. Etes-vous avec moi ? »

Ankhmahor poussa un soupir ostentatoire.

« Hélas pour mon bétail ! dit-il. Oui, nous sommes avec toi, Majesté. Mais nous nous montrerons très exigeants à ton égard, lorsque nous l'aurons emporté. »

Kamosé ne les remercia pas, cela aurait été inconvenant. Il passa aussitôt au plan de campagne.

« Avant de nous mettre en route, il nous faut régler la question de Pi-Hathor, déclara-t-il. Comme vous le savez tous, bien que cette ville se trouve à trente-sept kilomètres au sud d'Oueset, Apopi la considère comme sienne. Les Sétiou ont toujours eu besoin de son calcaire et, surtout, de ses navires. Elle leur est utile dans leurs échanges commerciaux avec le pays de Koush, car elle se trouve à mi-parcours, et elle représente la limite sud de leur présence. C'est une menace sur nos arrières. Ses habitants sont majoritairement égyptiens, et je ne souhaite pas dépenser troupes, énergie et temps à la conquérir : deux raisons qui m'incitent à tenter de négocier avec son maire. Je ne lui demanderai pas son soutien actif, ce serait dangereux. Tout ce dont j'ai besoin, c'est qu'il me promette de ne pas attaquer Oueset et de laisser circuler mes embarcations... sa neutralité, en somme. Je pense qu'il se laissera convaincre. En conséquence, je vous demande de m'accompagner dans le Sud, afin que Pi-Hathor puisse juger du sérieux de notre entreprise. Nous partirons demain à l'aube. Vous êtes d'accord ? »

Ils acquiescèrent sans commenter, et Kamosé se cala dans son fauteuil, laissant la parole à Hor-Aha, qui ne se montra absolument pas intimidé par son auditoire. Ahmosis et lui écoutèrent en silence, en sirotant leur vin, jusqu'à ce que la lumière du jour se teintât de rouge et que des serviteurs apportent des lampes.

« Cela fait-il bizarre d'être appelé Majesté ? » demanda Ahmosis plus tard, alors qu'ils se promenaient au bord du fleuve, fatigués mais satisfaits. Le soleil s'était couché depuis longtemps, la lune pleine mettait des brasillements argentés à la surface paisible du fleuve. Devant et derrière eux, leurs gardes, attentifs, scrutaient l'ombre.

Les navires vides dressaient leur masse sombre au-dessus de la végétation de la rive, et les hommes postés sur le pont pour les garder étaient invisibles de la terre. Kamosé respira à pleins poumons l'odeur sèche et douceâtre des roseaux.

« Non, répondit-il enfin. En fait, cela m'a paru parfaitement naturel, et je ne m'en suis rendu compte qu'après.
– Moi, cela m'a frappé tout de suite, dit doucement Ahmosis. Pendant un instant, cela t'a séparé de moi, Kamosé. Mais pendant un instant seulement. Nous nous aimons, n'est-ce pas ? Cela m'a aussi rappelé que, s'il t'arrivait quelque chose, ce serait moi que l'on appellerait Majesté. »

Quelque chose dans son ton alerta Kamosé, qui s'immobilisa sur le sentier et chercha son regard.

« Il ne va rien m'arriver, dit-il, en lui prenant le bras. Amon en personne a décrété que j'arriverais victorieux à Het-Ouaret. As-tu peur pour moi, Ahmosis ?
– Non, pas pour toi, répondit-il, l'air sombre. Tu es l'être le plus autonome que je connaisse, Kamosé. Tu n'as besoin de personne. Ta

divinité te distingue des autres depuis longtemps, mais autrement que père, en te faisant paraître froid et inapprochable à ceux qui te connaissent mal. Tu ne redouteras pas de mourir seul si tel est ton destin, et je ne le redouterai pas pour toi. Non, c'est pour moi que j'ai peur. Je ne veux pas être roi. La qualité de prince me convient beaucoup mieux. »

Il essaya de sourire à Kamosé, qui se demanda si son frère avait là une prémonition.

« Tu devrais avoir un fils ! continua Ahmosis avec véhémence. Un Horus-dans-le-nid, afin que je sois régent si nécessaire, mais jamais roi !

– Je voulais justement aborder ce sujet avec toi, dit Kamosé. Je voudrais que tu épouses Ahmès-Néfertari. Tu sais pour quelles raisons. Tu passes beaucoup de temps avec elle, et elle semble se confier à toi. Cela te serait-il pénible ?

– Non, au contraire, répondit Ahmosis, en se remettant à marcher. Mais c'est à toi qu'elle revient de droit, et je ne voulais pas en parler avant que tu aies décidé si tu accomplirais ou non ton devoir dynastique. Puisque c'est non, je le ferai à ta place. »

Il comprend tout, pensa Kamosé avec soulagement. Je n'ai pas besoin d'en dire davantage. S'abandonnant à la beauté de la nuit, les deux frères marchèrent coude à coude jusqu'à ce qu'apparaissent les faibles lueurs orangées d'Oueset.

14

Dans le silence et la fraîcheur de l'aube, ils partirent sur la barque de Kamosé, accompagnés d'Ipi et d'un contingent de gardes du corps. Le courant était fort, et les rameurs durent d'abord lutter contre le fleuve impétueux mais, avec le jour, le vent du nord se mit à souffler et ils avancèrent plus facilement. Mésehti, Intef et les autres étaient assis sur des coussins à l'ombre d'une tente : personne ne disait mot. Appuyé à la lisse, les yeux fixés sur la rive mais l'esprit occupé par ses compagnons de voyage, Kamosé n'attribuait pas leur silence et leur immobilité au vin qu'ils avaient bu la veille, lors du modeste banquet préparé par Ahhotep. Ils avaient peur, et chacun d'eux réfléchissait à sa situation, en pensant sans doute davantage à ce qu'il risquait de perdre qu'aux récompenses encore incertaines que lui vaudrait sa nouvelle allégeance. Kamosé aussi avait peur, mais sa peur était une vieille compagne, il pouvait la saluer et s'en détourner.

Hor-Aha était près de lui, et le soutien silencieux du Medjaï lui était un réconfort. « As-tu envoyé un homme prévenir le maire de Pi-Hathor de notre arrivée, Majesté ? » demanda finalement celui-ci.

Kamosé secoua la tête, sentant bouger légèrement sur son torse nu le lourd pectoral en lapis-lazuli que son bijoutier lui avait fabriqué. Ses doigts caressèrent la pierre lisse. A la base du bijou, Heh, le dieu de l'Eternité, était agenouillé sur le signe *heb*. Dans ses mains tendues, il tenait les longues nervures de palme encochées qui composaient les côtés du pectoral et représentaient des années innombrables. Au-dessus de la tête du dieu, les ailes de la déesse Nekhbet, la dame de l'Effroi, le vautour tutélaire du Sud, encerclaient le cartouche royal de Kamosé et, autour d'elle, s'enroulait Ouadjyt, la dame des flammes, la déesse serpent du Nord, celle qui cracherait son venin contre quiconque oserait menacer la sainteté de la personne du roi. L'ensemble était fait d'or incrusté de lapis. Entre les omoplates de Kamosé, au seul endroit vulnérable où des démons pouvaient frapper, reposait le contrepoids d'or massif du pectoral, un rectangle sur lequel Amon et Montou se tenaient côte à côte, prêts à repousser victorieusement toute attaque des grossiers dieux sétiou.

«Non, répondit-il, refermant la main sur les symboles de son espoir. Je ne veux pas qu'il devine la raison de ma visite. Il est préférable que nous fondions sur lui à l'improviste et que nous lui en imposions. Nous ne devons pas échouer à Pi Hathor. Si c'était le cas, mes princes ne tarderaient pas à me servir avec encore plus d'hésitation qu'ils n'en éprouvent à l'heure actuelle et, pis encore, dans notre marche sur le Nord, nous laisserions un ennemi potentiellement menaçant derrière nous. Peu menaçant certes, mais l'on s'égratigne à la plus minuscule des épines.

– Pi-Hathor me préoccupe, moi aussi, déclara Hor-Aha. Elle est trop proche d'Oueset. Que se passerait-il si le maire décidait d'attaquer ta ville pendant que tu te trouves plus au nord? Tu ne laisses que les princesses pour veiller sur ton domaine.

– Je sais. C'est un risque calculé, mon ami. Pi-Hathor n'a pas de garnison. Les hommes dont elle dispose sont carriers ou charpentiers. Si le maire souhaite marcher sur Oueset, il lui faudra leur apprendre à combattre, et cela prend du temps, nous sommes bien placés pour le savoir. Je laisserai un espion en ville. Il enverra des rapports à ma mère en mon absence. Il faudra que cela suffise.»

Hor-Aha fit la moue, puis hocha la tête.

«Tout est entre les mains des dieux, Majesté. S'ils désirent ton succès, aucun malheur ne t'arrivera.»

Il salua et alla s'asseoir à l'avant du bateau, dans l'ombre mince de la proue. Kamosé resta où il était et regarda défiler l'Egypte.

Les deux collines qui formaient la toile de fond de Pi-Hathor apparurent juste après le coucher du soleil, alors que les derniers lambeaux du vêtement flamboyant de Rê étaient entraînés sous l'horizon. Elles se détachèrent, noires et déchiquetées sur le bleu sombre du ciel. La ville se lovait entre le fleuve et elles, un désordre hétéroclite de constructions de briques crues séparées par des ruelles étroites. Au centre, se dressait le temple d'Hathor, dont les pylônes de pierre et les colonnes jetaient d'immenses ombres vers la rive du Nil où les débarcadères se succédaient d'un bout à l'autre de la ville. Assis avec les autres au milieu des reliefs du dîner, Kamosé voyait nettement l'île et sa baie profonde, qui s'ouvrait en face de Pi-Hathor.

Là, régnait une confusion d'un autre genre. Les quais s'allongeaient dans le fleuve comme les rayons d'une roue de char, et des embarcations de toutes sortes y étaient amarrées. Certaines étaient en cèdre, d'autres en roseaux, il y en avait qui attendaient que l'on revêtît leur carcasse, d'autres qui exposaient leur flanc blessé, échouées comme des monstres sur le sable de la baie. La fumée de feux domestiques voilait d'une légère brume cette scène paisible.

«Trouve-nous un mouillage au nord, à l'écart des esquifs qui débarquent les ouvriers de l'île, ordonna Kamosé à son capitaine. Choisis les quatre soldats qui nous escorteront, Hor-Aha. Tu affecteras les autres à la garde de notre barque. Ni eux ni les marins ne doivent adresser la parole aux curieux. Visiter l'administrateur de Pi-Hathor est une chose, ajouta-t-il à l'adresse d'Ahmosis. Déclencher une rumeur prématurée qui pourrait ruiner nos efforts en est une autre. Si les princes ont fini de dîner, nous pouvons descendre à terre.»

L'embarcation heurta doucement le débarcadère et, dès que le capitaine en donna l'ordre, un marin sauta dans l'eau, cordage à la main, pour l'attacher à un des piquets enfoncés dans le fleuve. D'autres soulevèrent la passerelle. Kamosé parcourut du regard ses compagnons assemblés. Il n'y avait rien à dire. Il descendit la passerelle, et ils le suivirent en silence.

Précédés et suivis de deux gardes, ils prirent la rue qui menait directement du Nil à l'enceinte du temple. Les gens qu'ils rencontrèrent rentraient chez eux après une journée de labeur et bavardaient gaiement. La plupart se contentèrent de jeter un coup d'œil amical à Kamosé et à ses compagnons. Pi-Hathor recevait fréquemment la visite de voyageurs de Koush ou du Delta, envoyés pour affaires par les surveillants du roi.

Kamosé savait que les bureaux du maire et de ses assistants se trouvaient derrière le domaine d'Hathor, en lisière de la place où se déroulaient les réunions publiques et les fêtes de la ville. Il espérait que l'homme n'était pas encore rentré chez lui, car on allumait déjà des torches, et l'on voyait vaciller la flamme des lampes par les portes ouvertes des maisons. L'obscurité s'épaississait. Parvenus dans l'ombre noire du pylône, ils tournèrent à gauche, longèrent le mur du temple et parvinrent enfin à la place de terre battue. Kamosé constata avec soulagement qu'il y avait de la lumière dans le bureau du maire et qu'un serviteur était assis sur un tabouret devant la porte. Celui-ci s'inclina gauchement quand le petit groupe s'arrêta devant lui.

« Ton maître est-il là ? demanda Kamosé.

– Oui, seigneur, répondit le serviteur avec hésitation. Mais il ne reçoit plus aujourd'hui.

– Emmène cet homme à la taverne la plus proche, ordonna Kamosé à un soldat. Paie-lui à boire et à manger. Surveille-le jusqu'à ce que l'on t'envoie chercher.

– Mais je n'ai pas le droit de quitter mon poste, protesta le serviteur. Qui es-tu, seigneur ? Laisse-moi t'annoncer.

– Ce n'est pas nécessaire. »

Sur un geste de Kamosé, le garde s'avança et, saisissant l'homme par le bras poliment mais avec fermeté, il l'entraîna en dépit de ses protestations.

« Nous voilà débarrassés d'une paire d'oreilles, murmura Kamosé. Entrons. »

Le maire de Pi-Hathor était assis derrière un imposant bureau qui remplissait presque la petite pièce. C'était un petit homme voûté au visage ridé et au crâne pâle. Son scribe se relevait, sa palette dans une main et un rouleau de papyrus dans l'autre. Il venait apparemment de prendre sous la dictée. Les deux hommes avaient l'air préoccupé et las et, juste avant qu'ils ne se tournent vers lui, étonnés, Kamosé se dit qu'avec la double activité de la ville, les responsabilités du maire étaient lourdes. Ce n'était sûrement pas un ignorant, et il ne serait pas facile à amadouer.

« Het-oui, maire de Pi-Hathor ? » demanda-t-il.

L'homme acquiesça de la tête, regardant avec perplexité les trois gardes et les hommes à la mine sévère qu'il avait devant lui.

« C'est moi, dit-il avec lenteur. Mais qui êtes-vous et que me voulez-vous ? Où est le serviteur qui aurait dû vous annoncer ?... Mais tu es le prince d'Oueset, n'est-ce pas ? ajouta-t-il d'un air soupçonneux.

– En effet, confirma aussitôt celui-ci. Je suis Kamosé Taâ. Mon frère Ahmosis et les princes Mésehti, Intef, Iasen, Mékhou et Ankhmahor m'accompagnent. Voici mon scribe Ipi. Renvoie le tien, Het-oui. Nous avons à discuter d'une affaire urgente et privée.»

Il remarqua que les mains du maire ne tremblaient pas, et ce fut d'une voix ferme que celui-ci répondit :

«Mon scribe est discret, prince, comme tous les bons scribes. Tu me pardonneras d'insister pour qu'il reste, mais étant donné que tu as été déchu de tes prérogatives et condamné au bannissement, il serait sage de ma part d'avoir un témoin de notre conversation. Que tu arrives ici sans te faire annoncer officiellement par un héraut…, totalement à l'improviste, en fait, indique qu'il ne s'agit pas d'une simple visite de courtoisie.

– Ce que tu as de plus sage à faire est de m'obéir, répliqua Kamosé avec une irritation qu'il n'éprouvait pas. Le jugement du roi concernant ma personne ne prend effet que dans deux semaines. Jusque-là, je suis toujours prince d'Egypte et toi, Het-oui, un simple maire. Renvoie ce scribe. Gardes ! appela-t-il. Que l'un d'entre vous aille chercher des chaises pour tout le monde.»

Se tournant de nouveau vers le maire, il haussa les sourcils et, à contrecœur, celui-ci fit signe à son scribe de se retirer. Dès que son collègue fut parti, Ipi s'assit par terre, posa sa palette sur ses genoux et se prépara à écrire. Les petits bruits qu'il fit en ouvrant son étui à pinceaux et en déroulant son papyrus furent les seuls que l'on entendit dans la pièce. Les mains posées sur son bureau, le visage indéchiffrable, le maire étudiait les individus qui se trouvaient devant lui. J'aimerais pouvoir compter sur la loyauté de cet homme, se disait Kamosé. Il possède une grande force intérieure, mais elle est toute dévouée à Apopi. Voilà bien ce qu'il y a de regrettable et de triste à notre époque : que des êtres tels que lui, intelligents, honnêtes, incorruptibles, soient devenus les ennemis du pays qu'ils croient défendre. Ils sont en dehors de la Maât sans même le savoir.

Le garde revint avec les chaises demandées et, une fois le petit groupe assis, l'atmosphère se détendit. Kamosé tapota l'épaule d'Ipi et, prenant une lampe sur le bureau, il la lui tendit en disant : «Récite la prière à Thot, puis tu pourras commencer à noter nos propos.»

Il croisa les jambes et regarda le maire droit dans les yeux. «Je suis venu te demander de signer un pacte de non-intervention avec moi, déclara-t-il sans préambule. Les membres de ma famille ont effectivement été frappés de bannissement, mais j'ai décidé que je ne pouvais les laisser partir, ni accepter que mes terres deviennent khato. Le sang des Taâ est ancien et honorable : il ne peut finir outragé de la sorte. Je compte rentrer à Oueset ce soir et partir en campagne contre les envahisseurs dans deux jours. Avant la prochaine inondation, j'aurai mis le siège devant Het-Ouaret. »

Il avait au moins réussi à triompher de l'impassibilité du maire, qui le regardait, les yeux écarquillés, en agrippant le bord de son bureau.

« Tu es fou, prince, dit Het-oui d'une voix rauque. Vas-tu persister dans l'erreur de ton père ? Séqénenrê a fomenté la révolte et péri. L'Unique s'est montré plus clément envers toi que la plupart des Egyptiens ne le jugeaient bon pour la stabilité de la Double Couronne et du pays. Tout ce que tu y gagneras sera la défaite et l'exécution de tous les membres de ta maison ! Que peux-tu bien vouloir dire par non-intervention ?

— Tout ce que je te demande, c'est de me jurer de rester à Pi-Hathor et de vaquer aux affaires de la ville, sans t'attaquer à Oueset en mon absence, ni arrêter les messagers qui pourraient passer par ici.

— C'est ridicule ! s'écria Het-oui. Mon devoir est de prévenir immédiatement mon roi, puis d'attendre ta mort. Nous regrettons tous l'éclipse de ta maison, prince, poursuivit-il avec plus de calme. Les racines de ta famille s'enfoncent dans la terre d'Egypte depuis d'innombrables générations. Ton père s'est néanmoins rendu coupable de trahison, et tu menaces d'en faire autant. Au nom de tes ancêtres, de tes descendants encore à naître, ne permets pas qu'un sang aussi illustre se perde dans les sables de l'ignominie !

— Mes ancêtres étaient dieux d'Egypte, objecta doucement Kamosé. Ils étaient rois. Pourquoi ne le suis-je pas, Het-oui ? Réponds-moi ! »

Il décroisa les jambes et se pencha à toucher le maire.

« Tu te tais, parce qu'il te faudrait employer ce mot même de trahison dont tu as accusé mon père, reprit-il. Il te faudrait dire que je ne suis pas roi parce que de vils étrangers ont envahi ce pays et que leurs chefs se sont proclamés rois. Nie-le si tu peux ! »

Mais Het-oui se contenta de le dévisager en silence.

« Très bien, fit Kamosé avec un soupir. J'ai à Oueset cent navires prêts à appareiller. Une division de soldats attend d'y embarquer. Si tu me refuses cet accord, je serai obligé de venir ici avec mon armée et de raser Pi-Hathor avant de marcher sur le Nord. Je n'ai pas perdu le temps qu'Apopi m'a si obligeamment et si naïvement accordé, Het-oui, et je n'ai pas l'intention d'en gaspiller davantage ici. C'est oui ou non?» Le maire pâlit, et ses yeux se posèrent sur Mésehti, assis à la gauche de Kamosé. «Ces princes m'ont déjà juré fidélité, et ils ont mis leurs hommes à ma disposition, insista celui-ci. Interroge-les si tu en doutes. Vas-y!»

Mais le maire secoua la tête.

«Tu es brave mais stupide, prince, dit-il finalement. Et ces nobles qui t'accompagnent paieront cher leur prétendue fidélité. Apopi vous écrasera tous. Tu ne sembles pas comprendre qu'en acceptant un accord que tu m'imposerais, j'encourrais moi-même une partie de la colère justifiée de l'Unique.»

J'ai gagné! pensa Kamosé avec exultation. Mais il se garda de montrer son soulagement.

«Pas du tout, répondit-il. Je ne te demande pas le soutien actif de ta ville. Tout ce que je veux, c'est l'assurance que tu ne tenteras rien contre Oueset. Cela te serait de toute façon difficile, car tu n'as pas de soldats, seulement des carriers et des charpentiers. Si Apopi me bat, il ne pourra rien te reprocher, pour cette raison même. En revanche, si j'atteins Het-Ouaret et que je m'empare de la Double Couronne, je saurai me montrer reconnaissant envers l'homme et la ville qui n'ont pas fait obstacle à ma victoire. Dans l'un et l'autre cas, Pi-Hathor n'aura commis aucune faute.»

Le silence tomba de nouveau. Het-oui cligna les yeux, regarda le plafond, puis ses genoux. Le pinceau d'Ipi s'immobilisa. Les ombres cessèrent de tournoyer sur les murs de la pièce. «Très bien, prince, dit finalement le maire, en poussant un profond soupir. Tu auras ton pacte. Deux exemplaires, un pour toi et un que je cacherai. Mais je ne le fais pas de gaieté de cœur!

– Bien sûr que non, dit Kamosé, en souriant. Merci, Het-oui. Prévoyant ta coopération, j'ai déjà dicté le document, et Ipi en a fait une copie.»

Il fit un signe à son scribe, qui prit deux minces rouleaux dans le sac de cuir posé près de lui et les lui tendit. «Comme tu vas le voir, reprit-il, en en donnant un au maire, il ne contient rien que nous n'ayons discuté. Le texte en est très simple.»

Het-oui déroula le papyrus et le parcourut.

«Rien ne te garantit que je ne vais pas immédiatement briser ce pacte en l'envoyant au roi, remarqua-t-il. Après tout, tu m'as menacé et associé de force à une trahison. Ma conscience ne me tourmenterait pas, si je te dénonçais.

– Mais tu ne le feras pas, dit doucement Kamosé en le regardant dans les yeux. Contre ton gré ou pas, tu as donné ta parole et tu es un homme d'honneur. Tu la respecteras aussi longtemps que tu pourras le faire sans en pâtir, et c'est tout ce que je t'ai demandé, Het-oui. Cela étant, tous les messagers et hérauts venant du Sud seront arrêtés et interrogés à Ouest. En ces jours sombres, je pense que l'on me pardonnera de ne pas me fier uniquement à des assurances orales ou écrites. Donne au maire de quoi écrire, Ipi.»

Sans ajouter un mot, le visage crispé, Het-oui prit le pinceau que lui tendait le scribe, mais à présent sa main tremblait, et une goutte d'encre noire tomba sur le bureau. Kamosé le regarda signer les deux rouleaux, puis se leva en déclarant : «Voici celui que tu dois garder. Nous ne te ferons pas l'insulte d'accepter ton hospitalité. Longue vie, Het-oui.»

Ses compagnons s'étaient également levés. Le maire s'inclina avec raideur mais sans lui rendre son souhait.

Après avoir envoyé un des gardes chercher son camarade dans les tavernes, Kamosé sortit dans la rue. La nuit était tombée. Les lampes mettaient des ronds de lumière jaunâtre devant les portes ouvertes des maisons, d'où s'échappaient des rires et des conversations animées. Des psalmodies leur parvinrent faiblement de l'enceinte sacrée du temple d'Hathor, mais les voix douces et aiguës des femmes rappelèrent seulement à Kamosé qu'il lui faudrait demander à sa mère de surveiller les embarcations circulant sur le fleuve et de prêter la plus grande attention aux rapports de l'espion qu'il enverrait dans la ville d'Hathor.

«Crois-tu qu'il nous trahira?» demanda Iasen.

Il exprimait à voix haute les pensées de Kamosé, mais ce fut Ahmosis qui répondit.

«Non, dit-il. Het-oui verra dans ce dilemme une affaire de morale et non d'intérêt personnel. Il sera donc déchiré entre ses obligations envers Apopi et l'engagement qu'il a pris en signant le papyrus. Il en perdra le sommeil, mais il ne fera rien. Un homme capable de décider vite lorsqu'il s'agit de choisir entre ce qui est juste et ce qui est interdit devient impuissant lorsque les plateaux de la balance s'équilibrent.

– C'est un homme bien», remarqua Intef, alors qu'ils arrivaient au débarcadère qu'éclairait la lumière des torches. Kamosé regarda la masse indistincte de l'île et au-delà la ligne incertaine de la rive orientale. Un homme bien, pensa-t-il. Il y a tant de gens bien parmi mes adversaires. Combien va-t-il me falloir en tuer au nom d'un bien supérieur? L'abattement le gagna, un sentiment de futilité qu'il était trop las pour combattre. Répondant au qui-vive de son capitaine, il gravit la passerelle. «Ramène-nous à Oueset, ordonna-t-il. Nous n'avons rien à gagner à rester ici, à moins qu'il ne fasse trop sombre pour que le pilote puisse gouverner.

– La lune est aux trois quarts pleine, et nous serons portés par le courant, répondit l'homme. Je pense que nous pouvons larguer les amarres, prince.»

Kamosé approuva de la tête. Déjà installés sur des coussins, sous la lampe accrochée à l'arrière, ses compagnons buvaient avec un plaisir manifeste le vin qui leur était offert tandis que, accroupi à une distance respectable, le cuisinier se penchait sur son brasero. Une odeur appétissante de poisson grillé parvenait aux narines de Kamosé. Un des marins avait commencé à chanter, et sa voix fut couverte par les ordres brefs du capitaine et le choc sourd de la passerelle que l'on rangeait. Bientôt, Kamosé sentit la barque trembler sous ses pieds.

Il gagna sa cabine et laissa retomber le rideau derrière lui. Ce qu'il avait été obligé de faire au maire de Pi-Hathor ne lui plaisait pas, mais ce n'était rien comparé à ce qu'il lui faudrait accomplir au nom de la liberté dans les mois à venir. O Amon! pria-t-il. Accorde-moi d'être impitoyable sans risquer la destruction de mon ka! Accorde-moi de savoir distinguer l'ami de l'ennemi lorsque tous deux me parleront avec la voix de mon Egypte bien-aimée! S'asseyant sur le sol, les genoux repliés, il appuya la tête contre la paroi et ferma les yeux. Il entendait la conversation animée de ses amis et de ses alliés, le choc des cruches de vin contre les coupes, les rames qui frappaient l'eau en cadence, des bribes de chansons... et ces bruits caractéristiques de la douceur des nuits égyptiennes emplissaient son ka d'une nostalgie poignante pour tout ce qui n'était plus. Il ne s'était jamais senti si seul.

Juste après minuit, le capitaine fit arrêter l'embarcation dans une petite baie pour permettre aux marins de se reposer. Ils ne repartirent qu'à l'aube, et la barque toucha le débarcadère d'Oueset le même jour, en fin d'après-midi. Kamosé ordonna aussitôt aux princes de se rendre de l'autre côté du fleuve pour inspecter les troupes en compagnie d'Hor-Aha et d'Ahmosis. «Le général et mon frère les ont entraînées, mais je veux que vous me donniez votre avis sur leur état de préparation, dit-il. Trouve Baba Abana, Hor-Aha. C'est un marin expérimenté, et il nous conseillera sur la manière de répartir les hommes sur les différents navires. Il doit s'occuper de tout ce qui a trait à notre efficacité sur l'eau. Le temps joue maintenant contre nous. Quoi qu'il arrive, nous devons lancer notre offensive après-demain.»

Il les quitta pour se diriger vers la maison, escorté de ses gardes, et, avant même qu'il n'eût atteint l'entrée, son intendant s'avança à sa rencontre.

«Va prévenir ma mère et Tétishéri, déclara-t-il. Je me rendrai dans leurs appartements avant le dîner. Je veux que le scribe du Ravitaillement me rejoigne immédiatement dans mon bureau. Et apporte de la bière, Akhtoy. Je meurs de soif.»

Le bureau était frais et silencieux. Kamosé s'assit dans le fauteuil de son père et s'imprégna un moment de l'atmosphère de calme et d'ordre qui avait été si inséparable du caractère de Séqénenrê, mais il résista à la tentation de fermer les yeux. Dois-je envoyer les princes dans leurs nomes pour qu'ils y regroupent leurs recrues ou vaut-il mieux que je les garde auprès de moi? se demanda-t-il avec lassitude. Puis-je leur faire une confiance absolue ou m'abandonneront-ils au premier revers? Obéiront-ils avec humilité à Hor-Aha, ou leur orgueil les poussera-t-il à contester les ordres d'un simple Medjaï? Les cinq mille hommes qu'Hor-Aha a amenés sont de féroces guerriers, mais ils n'ont pas l'habitude de la discipline militaire. Hor-Aha sait leur parler, mais sera-t-il capable de commander à des soldats égyptiens? Je dois lui rappeler de ne pas mettre ceux-ci sous les ordres d'officiers Medjaï, quelles que puissent être leurs qualités. Mais j'ai peut-être tort? Peut-être est-il plus important de promouvoir des hommes capables de mener les soldats au combat que de se préoccuper du ressentiment que cela pourrait susciter?

Il commençait à avoir mal à la tête lorsque Akhtoy revint avec une cruche de bière. Le scribe du Ravitaillement arriva peu après. Kamosé l'invita à s'asseoir et poussa vers lui la cruche et un pot. «Je suppose que tu as maintenant une idée précise des provisions que nous pouvons charger sur les navires et du temps qu'elles dureront», dit-il.

L'homme finit de se servir et but une petite gorgée.

«Conformément à tes ordres, prince, j'ai fait vider les greniers et emballer les réserves de fruits secs et de légumes. J'ai procédé à des calculs sur la base de cinq mille Medjaï et vingt-cinq officiers supérieurs qui, naturellement, auront droit à de meilleures rations que les soldats du rang. Les hommes du désert peuvent tenir avec moins de nourriture que les Egyptiens, mais je n'ai pas jugé sage de supposer que tu leur demanderais de le faire.»

Il sourit à Kamosé, qui lui rendit son sourire.

«Tu as eu raison, dit celui-ci. Et je ne veux pas non plus que mes officiers et moi-même banquetions, alors que les hommes se contentent d'un peu de pain et d'oignons.

— Mais tout de même, prince, un peu de vin, une petite assiette de gâteaux shat...

— Un peu de vin, peut-être, coupa Kamosé. Mais il ne s'agit pas d'une expédition punitive contre le pays de Koush, rappelle-t'en. Les vieilles règles ne s'appliquent pas.

— C'est un détail, Altesse, fit le scribe avec un soupir. D'après mes calculs, nous serons en mesure de donner aux soldats du pain, du fromage de chèvre et quelques figues sèches tous les matins et, le soir, du pain, des radis, de l'ail, un oignon, une poignée de pois chiches et un peu de miel. Les rameurs pourront pêcher au coucher du soleil et enrichir cet ordinaire de leurs prises. Nous avons toute l'huile voulue et de la bière en suffisance. A l'exception du poisson, rien n'a besoin d'être cuit, si bien que la progression de l'armée n'en sera pas ralentie.

— Combien de temps dureront les provisions?» demanda Kamosé.

Le scribe eut un haussement d'épaules éloquent. «J'ai envisagé le pire, répondit-il. Deux semaines dans le cas où nous ne pourrions pas nous réapprovisionner dans les nomes de tes princes. J'ai dit à mes hommes de ne prendre à tes paysans que leurs réserves de céréales et de fruits, afin que les femmes et les enfants puissent tenir pendant les deux mois qui les séparent des récoltes.

— Deux semaines, répéta Kamosé. Et le surlendemain de notre départ d'Oueset, nous serons à Qebt, puis à Qift, deux villes du nome d'Héroui qui sont gouvernées par Intef. Veille à emmener assez de subordonnés pour y organiser rapidement l'approvisionnement de l'armée. C'est bien. Très bien. Va trouver Pahéri, le maire de Nékheb. Il est sur la rive occidentale avec l'armée. Tu lui demanderas de faire expédier par sa ville tout le natron dont elle peut se passer. Comme c'est là qu'on le produit, il devrait pouvoir nous en fournir beaucoup. Nous en aurons besoin pour nous laver. » Il croisa le regard du scribe et sut qu'il pensait comme lui : et pour enterrer nos morts...

« C'est tout, dit-il enfin. Tu peux commencer le chargement des navires. Tu disposes d'une journée pour le faire. Je te remercie. »

L'homme se leva aussitôt, s'inclina et sortit. Kamosé s'étira à faire craquer sa colonne vertébrale. Dans la pièce, la lumière se teintait de rouge. Rê tombait lentement dans la bouche impatiente de Nout. Il était temps d'affronter les femmes et d'envoyer chercher les princes sur l'autre rive. Kamosé aurait aimé se faire laver et changer de tenue, mais il lui faudrait remettre ces plaisirs à plus tard. Il vida le pot de bière du scribe avant de quitter la pièce.

Trois paires d'yeux se tournèrent vers lui lorsqu'il pénétra dans les appartements de sa grand-mère. Celle-ci était assise sur un fauteuil, le dos droit, les mains croisées sur ses genoux serrés. Ahhotep avait pris place sur un tabouret devant la table de toilette de Tétishéri. Elle portait un ample peignoir de lin blanc. Debout derrière elle, la bouche pleine d'épingles, Isis torsadait ses cheveux épais. Ahmès-Néfertari était étendue sur des coussins qu'elle avait arrangés par terre. A l'entrée de son frère, elle se releva et le regarda d'un air inquiet.

« Je vous aime beaucoup, commença Kamosé avec gravité. Et je sais que vous m'aimez. Non, Isis... » Il se tourna vers la servante, qui s'apprêtait à se retirer. « Tu peux rester. Vous connaissez mes projets, reprit-il. Après-demain, je quitte Oueset avec mon armée. Aucun d'entre nous ne doit regarder en arrière. Ce mois-ci, on fête l'anniversaire de la naissance d'Apopi et celui de son Apparition. Il y aura des célébrations partout en Egypte, mais surtout dans le Delta. On ne saurait choisir meilleur moment pour se mettre en campagne. J'ignore combien de temps je serai absent. Tout est entre les mains d'Amon, et nous devons nous en remettre à lui.

« Je vous laisse l'écrasante responsabilité de vous occuper d'Oueset et de ce nome. Vous devrez organiser les paysannes afin qu'elles fassent les récoltes dans les champs et les vignobles. Il faudra aussi que vous surveilliez le fleuve en permanence. Toutes les embarcations venant du Sud doivent être interceptées. Tous les rouleaux doivent être ouverts et lus. Rappelez-vous que Pi-Hathor soutient les Sétiou et que, en dépit de notre traité, son maire pourrait essayer de faire parvenir des messages à Het-Ouaret. Il pourrait même vous attaquer. Je vous laisse donc une centaine de soldats. C'est peu mais, bien utilisés, ils devraient vous permettre de tenir à distance une bande de charpentiers et de carriers. »

Il vit un éclair de panique passer dans les yeux de sa sœur, mais sa mère l'écoutait d'un air concentré et Tétishéri demeurait impassible.

« Le grand prêtre et ses auxiliaires se battront s'il le faut, déclara-t-elle avec calme. Et les jardiniers ont de bons muscles. Il n'y a pas si loin que cela de la houe à l'épée. Ne t'inquiète pas pour nous, Kamosé. Nous sommes parfaitement capables de gérer ce nome en ton absence et de repousser quelques mécontents si nécessaire.

– Il faut que vous m'envoyiez régulièrement des rapports, continua Kamosé. N'hésitez pas à m'y parler de tout, depuis l'état d'avancement des récoltes jusqu'aux odeurs qu'apporte le vent. Sacrifiez chaque jour à Amon pour moi. »

Ahmès-Néfertari s'agita.

« Et Tani ? murmura-t-elle. L'as-tu oubliée si vite, Kamosé ?

– Non, répondit-il durement, en la prenant par les épaules. Mais Tani connaissait mes plans, et elle a accepté les conséquences que pourraient avoir mes actes. C'est une Taâ, tout comme toi, Ahmès-Néfertari. Si cela peut te réconforter, je ne pense pas qu'Apopi se vengera sur elle, poursuivit-il avec plus de douceur. Cela risquerait de lui aliéner de nombreux Egyptiens qui, sans cela, combattraient de son côté. Punir un prince est une chose, faire exécuter une jeune princesse en est une autre. »

Tétishéri poussa un grognement approbatif.

« C'est un chien bâtard, et il en a le sens moral, fit-elle. Mais en matière d'instinct de conservation, c'est un lévrier. Il ne fera pas de mal à notre Tani. »

Ahhotep n'avait rien dit jusque-là, mais alors qu'Isis la coiffait d'une perruque nattée et s'apprêtait à y poser un diadème en or, elle déclara : « Tu portes du lapis-lazuli maintenant, Kamosé. Tu pars pour le Nord en qualité de roi. La succession doit être assurée au cas où tu mourrais. » Prononcer ces derniers mots lui avait coûté un immense effort, et ses lèvres pleines tremblaient lorsqu'elle ajouta, en cherchant son regard : « Signeras-tu un contrat avec ta sœur et consommeras-tu le mariage avant ton départ ? »

Il secoua la tête.

« J'ai déjà arrangé cela avec Ahmosis, répondit-il. Tu l'aimes, Ahmès-Néfertari, et s'il revient, il fera un bon père pour Ahmosis-onkh. Nous n'avons pas le temps de fêter comme il convient ce mariage royal, et je le regrette, mais demain vous irez ensemble au temple recevoir la bénédiction d'Amon et, demain soir, vous dormirez ensemble. Tu es d'accord ? »

La jeune fille acquiesça de la tête.

« Mais toi, Kamosé ? demanda-t-elle. Tu ne te marieras donc jamais ?

– Je ne pense pas, répliqua-t-il, en se demandant ce qu'ils diraient s'ils le savaient amoureux d'un fantôme qui hantait ses rêves. J'ai toujours été d'un tempérament solitaire, et je suis heureux qu'Ahmosis puisse accomplir mon devoir à ma place de si bon gré. »

Sa sœur sourit, et il se dirigea vers la porte.

« Ce soir, nous fêtons les princes pour la dernière fois, lança-t-il sur le seuil. Nous boirons du bon vin, écouterons de la musique et nous coifferons de cônes d'huile précieuse. Nous célébrerons la vie. »

Dans le couloir qui menait à ses appartements, mille pensées l'assaillirent, mais il les repoussa. Pas maintenant, se dit-il. L'heure est à l'eau chaude et aux vêtements royaux, au khôl et au henné, à une ultime étreinte qui réunira le passé et le présent avant que le futur ne déploie ses ailes sombres.

Debout sur la dalle des bains, lavé par son serviteur, il fit le vide dans son esprit pour ne plus être réceptif qu'aux messages de ses sens : le ruissellement de l'eau parfumée sur son corps, le frottement vigoureux d'une serviette sur ses épaules, le parfum entêtant du lotus s'échappant soudain du pot d'huile débouché.

Puis, lorsque celui-ci l'en pria, il s'étendit sur un banc et se détendit sous ses mains fraîches et huilées. Mais une idée le traversa soudain, douloureuse comme un coup de couteau : c'est là que frappent les démons, entre les omoplates ! Les assassins aussi, sauf si leur victime ne se doute pas du danger, parce qu'elle est endormie, peut-être, ou absorbée dans ses pensées. Oh ! père, toi qui es certainement assis paisiblement sous le sycomore sacré d'Osiris, prie pour moi ! Et toi, Si-Amon, mon frère, qui t'es donné la mort de ta propre main, où es-tu ? Si ton ka implorait les dieux en ma faveur, cela me serait-il faste ou néfaste ? Il poussa un gémissement, et le masseur s'immobilisa.

« Je t'ai fait mal, prince ? » demanda-t-il avec sollicitude.

Kamosé fit signe que non. C'est mon cœur qui me fait mal, se dit-il en lui-même. Et quels que soient mes efforts, je ne peux chasser cette tristesse. Puisse le vin être généreux et fort, ce soir !

La salle de réception était presque pleine, ce soir-là, car outre les cinq princes, Kamosé avait invité ses officiers, le maire et les administrateurs d'Oueset ainsi que leurs épouses, et les prêtres d'Amon. Sur les petites tables disposées sur le sol carrelé, des fleurs frémissaient au moindre déplacement d'air et répandaient leur parfum par bouffées. Des lampes innombrables illuminaient la pièce d'une lumière dorée. Il n'y avait pas d'ombres. Une cruche de vin à la main, les intendants se penchaient au-dessus des invités, qui tendaient leur coupe avec empressement. Des serviteurs circulaient entre les tables en tenant haut leurs plateaux chargés des derniers mets délicats de la maison : canard, poisson, viande de gazelle fumée servie avec des feuilles de coriandre ; branches de céleri, brins de persil et pois chiches bruns sur des lits de laitue croquante. Des figues de sycomore au miel et des petits gâteaux sucrés complétaient le repas, ainsi que de la bière parfumée à la grenade et à la menthe. Les musiciens de Kamosé pinçaient et frappaient leurs instruments avec vaillance, en dépit du brouhaha.

La famille avait pris place sur une estrade, au-dessus de l'assistance. Tous avaient revêtu leurs habits les plus colorés et mis le peu de bijoux qui leur restaient. Yeux ourlés de khôl, lèvres et paumes rougies de henné, perruque tressée luisante d'huile de safran, ils semblaient détachés des autres convives. En dépit de leurs sourires, de la chaleur de leur regard, un fossé invisible les séparait de la foule bruyante qui banquetait à leurs pieds. Ils étaient destinés à trouver la mort ou à connaître la gloire, pas la mort anonyme du simple soldat, ni la gloire d'un succès temporaire, mais une exécution officielle ou la confirmation de leur divinité. Tous le savaient, et cela teintait les réjouissances de gravité.

Ahmosis bavardait doucement avec sa sœur, un bras passé autour de sa taille. Tétishéri entourait sa coupe d'argent de ses deux mains, mais elle ne buvait pas. Le visage impassible, elle regardait au-dessus de la tête des gens. Penchée sur sa table, la joue posée contre sa paume, Ahhotep fronçait toujours les sourcils. Kamosé, lui, buvait avec application, sans plus être en mesure d'apprécier l'excellent vin dont l'on remplissait régulièrement sa coupe. Le parfum du cône de cire posé sur sa tête l'étourdissait. Le vin glissait dans sa gorge, frais et réconfortant, mais sa tristesse ne se dissipait pas. Dans les visages empourprés des convives, il lui semblait soudain reconnaître le regard de son père, le mouvement de tête de son frère défunt, mais lorsqu'il redoublait d'attention, au lieu de fantômes, il voyait seulement Intef lui adresser un rapide sourire ou Ankhmahor se tourner pour répondre à la question de son voisin.

Avant le début du banquet, il avait demandé aux princes de repartir dès l'aube pour leurs nomes afin d'y préparer provisions et recrues à son arrivée. Un jour ne leur suffira pas, pensait-il, l'esprit engourdi. Je n'aurais pas dû les emmener à Pi-Hathor. A présent, l'armée risque de devoir attendre à Qift et peut-être aussi à Abdjou qu'hommes et vivres soient rassemblés. Je ne dispose que de quatre mois avant la prochaine inondation. Quatre mois pour reprendre l'Egypte et bloquer Apopi dans le Delta. Oh! pour l'amour de Seth, Kamosé! s'apostropha-t-il mentalement. Si tu ne cesses pas de te ronger inutilement à propos de ce que tu ne peux changer, tu vas devenir fou avant même d'avoir embarqué sur ton navire. Soûle-toi et dors! Il vida sa coupe et la tendit d'une main mal assurée à un serveur.

Lorsqu'il se réveilla le lendemain à midi, la tête douloureuse, il apprit que les princes étaient partis, conformément à ses instructions. Repoussant la nourriture qu'Ouni avait posée près de lui, il avala plusieurs gobelets d'eau avant de se diriger vers les bains pour s'y faire masser et éliminer les poisons de ses derniers excès de table. Avec calme et efficacité, des serviteurs faisaient disparaître les traces d'une soirée qui avait débordé de la salle de réception pour se répandre dans les couloirs et jusque dans le jardin. L'odeur du pain frais donna la nausée à Kamosé mais plus tard, quand il ressortit des bains après y avoir été lavé et massé, il avait retrouvé un peu d'appétit et il avala quelques bouchées de pain et de fromage de chèvre pendant qu'on l'habillait et le maquillait. Pour une fois, aussi las que son corps, son esprit était au repos.

Ipi l'attendait dans son bureau. «La famille attend que tu la fasses appeler, Altesse, déclara-t-il. Le prince et la princesse sont prêts. Le contrat est devant toi.

– Qu'ils viennent, dans ce cas, ordonna Kamosé. Et fais préparer des litières. »

Il s'assit derrière le bureau et posa la main sur le papyrus, mais sans le dérouler. C'était un contrat de mariage banal où avaient été inscrits les noms d'Ahmosis et d'Ahmès-Néfertari. Kamosé eut un instant de doute. Etait-ce bien la chose à faire? Donner Ahmès-Néfertari à Ahmosis au lieu de l'épouser lui-même? Et si son frère était tué et que lui survécût? Gouvernerait-il en qualité de régent jusqu'à la majorité de l'enfant qui naîtrait peut-être de leur union? Ou épouserait-il sa sœur à son tour? Où était la femme de ses rêves? Il y avait bien longtemps qu'il ne l'avait vue. L'avait-elle abandonné parce qu'il était sur la bonne voie ou parce qu'il s'était fourvoyé? Non, se dit-il. Elle était proche, mais elle n'avait plus besoin de lui envoyer d'autre signe. Il accomplissait la volonté de Maât.

Ils entrèrent en silence et s'arrêtèrent devant lui, encadrés de leur mère et de Tétishéri. Tous avaient l'air pâle et fatigué, même Ahmosis d'ordinaire plein d'entrain, quelle que fût la manière dont il avait passé la nuit. Ipi posa sa palette devant eux et déboucha le pot d'encre. «Vous êtes toujours décidés?» lança Kamosé avec sa brusquerie habituelle. La question était de pure forme. Ils acquiescèrent de la tête. «Alors signez ce document de vos noms et titres. Mère, grand-mère, vous certifierez leurs signatures.» Avec solennité, dans un silence troublé seulement par le frottement presque imperceptible du pinceau sur le papyrus, ils firent ce qu'on leur demandait. Kamosé apposa sa signature en dernier, et ce fut fini. Il tendit le rouleau à Ipi. «Range-le dans les archives, dit-il. Et maintenant, allons au temple. Les litières nous attendent.»

C'était un début d'après-midi éclatant de lumière, qui laissait pressentir la chaleur accrue qu'apporterait shemou, quelques semaines plus tard et, sur le trajet de son domaine à la demeure d'Amon, Kamosé se sentit le cœur plus léger. Entr'aperçu à travers la végétation luxuriante de la rive, le Nil étincelait. Une légère brise soulevait de temps à autre le rideau de la litière, qui venait frôler son mollet nu. A sa droite et à sa gauche, les gardes du corps de la famille marchaient à grandes enjambées, et leurs solides sandales de cuir soulevaient de petits nuages de poussière.

Tout à coup, sa sœur poussa une exclamation. En se penchant, Kamosé vit qu'elle fixait le ciel. «Regarde, Ahmosis! cria-t-elle. Oh! regarde là-haut! Horus nous donne sa bénédiction! C'est un présage favorable!»

Kamosé scruta le ciel et retint son souffle. Un grand faucon planait au-dessus de leur petit cortège. Il était si près que l'on voyait le reflet du soleil dans ses yeux noirs et les deux fentes de ses narines. Il avait le bec ouvert et, alors même que Kamosé le regardait, il poussa un cri rauque et s'approcha encore. Kamosé eut un mouvement de recul involontaire mais l'oiseau s'immobilisa un instant au-dessus de la litière d'Ahmosis, puis remonta comme un trait et alla se perdre dans le ciel éblouissant. Tandis que les porteurs se mettaient à bavarder avec excitation, Kamosé se rendit compte qu'il tremblait. Un présage d'importance, en effet, se dit-il. Le dieu de l'Horizon a parlé. Mais ce n'est pas à moi qu'il a donné son approbation sacrée. Non, pas à moi.

Laissant leurs serviteurs accroupis à l'ombre des arbres qui bordaient le canal d'Amon, la famille traversa l'avant-cour du temple, ôta ses sandales et pénétra dans la cour intérieure. Amonmosé les attendait devant les portes ouvertes du saint des saints, et ses aides tenaient des encensoirs dont la fumée montait en volutes dans l'air limpide. Après les avoir salués, le prêtre les précéda dans le sanctuaire ombreux et frais où trônait le dieu. Assis, mains d'or sur genoux d'or, il avait à ses pieds les fleurs et les mets déposés au matin par ses serviteurs. Ahmosis lui avait apporté une amulette et Ahmès-Néfertari, un collier d'électrum, ainsi que le vin, la nourriture et l'huile prescrits par la coutume. De bien pauvres présents, pensa Kamosé en les regardant tendre leurs offrandes à Amonmosé, puis se prosterner. Mais Amon sait que nous n'avons plus grand-chose à lui offrir et qu'il lui faut attendre le jour où je pourrai remplir ce sanctuaire des richesses de l'Egypte entière. Rasséréné par le regard clair de son dieu, il écouta attentivement le prêtre rendre grâces au dieu, puis lui demander d'accorder au couple le bonheur et la bénédiction supplémentaire d'enfants.

Les rites d'usage accomplis, ils rentrèrent chez eux, où un repas leur avait été préparé dans le jardin. Le soulagement avait remplacé la gravité et la solennité qui avaient présidé à la signature du contrat de mariage, et l'on but à la santé d'Ahmosis et de sa nouvelle épouse en échangeant rires et plaisanteries. Assis l'un près de l'autre sous un dais, les jeunes mariés se tenaient la main et se souriaient tandis que, profitant de l'absence de sa bonne, Ahmosis-onkh escaladait leurs genoux en gazouillant avec ravissement. Leur bonheur apaisa Kamosé. Que le futur leur apporte ou non la divinité, j'ai fait ce qu'il fallait, se dit-il. Ils sont nés l'un pour l'autre.

Plus tard dans l'après-midi, Tétishéri et Ahhotep allèrent dormir et, malgré ses protestations sonores, Ahmosis-onkh fut emmené dans la maison. Kamosé se leva à son tour. «Si je dîne, ce sera dans mon bureau, dit-il. Ne te fais pas de souci pour demain, Ahmosis. Je m'occuperai des derniers détails. Nous nous retrouverons au débarcadère, à l'aube.» Il hésita. Il aurait aimé ajouter quelque chose, leur dire de savourer les heures qu'il leur restait à partager, assurer sa sœur qu'il ferait l'impossible pour lui ramener son mari, car il sentait que l'ombre du destin de Si-Amon planait encore sur elle. Mais il en fut incapable. Qu'avait-il à leur offrir sinon de vaines promesses? Il leur adressa un rapide sourire et les quitta.

Une fois dans ses appartements, il appela son intendant.

«Que le scribe des Recrues, le scribe du Ravitaillement et le général Hor-Aha me rejoignent dans mon bureau dès que possible, dit-il. Préviens mon serviteur que je souhaite me laver et me changer.»

Le temps qu'il achève ses ablutions et se rende dans son bureau, les trois hommes l'y attendaient. Tous paraissaient las. Kamosé remarqua leurs pagnes poussiéreux et leurs traits tirés. Sans faire de commentaire, il les pria de s'asseoir.

«J'en aurai vite terminé, déclara-t-il. Général! Je veux que les Medjaï aient embarqué à l'aube. Est-ce possible?

– Ils sont prêts, répondit Hor-Aha. Je n'ai plus qu'à les répartir par navires et à les mettre sous les ordres des officiers appropriés.

– Le maire de Nékheb et son concitoyen t'ont-ils été utiles?

– Oui, très. Pahéri et Baba Abana ont organisé les hommes en équipes de rameurs et chargé des officiers subalternes de scander la nage. C'était une question à laquelle je n'avais pas réfléchi. Les hommes du désert n'aiment pas voyager sur l'eau. Ils les ont familiarisés avec les navires et leur ont expliqué comment affronter au mieux l'expérience. Leur collaboration a été précieuse.

– Parfait. Scribe des Recrues, mes conscrits sont-ils prêts?

– Oui, Altesse. Les plus jeunes se sont montrés un peu indisciplinés, et beaucoup maugréent parce qu'il leur faut marcher alors que les Medjaï vont en bateau, mais le général a fait l'impossible pour leur en expliquer la raison.»

Une tâche difficile, en effet, pensa Kamosé. Un général medjaï tâchant de faire comprendre à des paysans et à des artisans égyptiens pourquoi des étrangers ont droit au confort alors qu'il leur faut suer au soleil... J'aurais dû m'en charger. Repris de doutes concernant l'autorité suprême confiée à Hor-Aha, il lui jeta un regard de biais. Les yeux noirs du général étaient posés sur lui, et il lui sembla y voir briller un défi.

«Je n'ai pas procédé moi-même à ces explications», déclara le Medjaï, et Kamosé fut convaincu qu'il avait lu dans ses pensées. «C'est un officier égyptien qui s'en est chargé. Il a exposé aux troupes des nomes que c'était une question de tactique et non une insulte faite à leur sang. Les Medjaï sont des archers et ils ont la vue perçante. Ils ont besoin du recul qu'ils auront des bateaux. J'ai veillé à ce que l'officier insiste sur la supériorité des Egyptiens dans le combat au corps à corps.» Son sourire s'élargit. «Naturellement, pour la majorité des troupes des nomes, ce n'est pas vrai. Seuls ceux qui ont combattu avec ton illustre père ont l'expérience du champ de bataille. Mais le tact de l'officier a semblé les apaiser.

– C'était une sage initiative, approuva Kamosé. Quand l'armée se battra unie contre l'ennemi, ces antagonismes idiots s'estomperont.»

A cela, Hor-Aha ne répondit rien. Mal à l'aise, Kamosé s'adressa de nouveau au scribe des Recrues.

«Puisque les hommes sont prêts, qu'ils traversent le fleuve, ordonna-t-il. Ils dormiront sur leurs nattes au bord de la route. Les navires progresseront plus vite qu'eux, de toute manière; cela leur donnera une chance de s'aguerrir dans les premières escarmouches, avant que nous n'ayons à craindre une véritable bataille rangée. Les provisions ont-elles été réparties et embarquées, scribe du Ravitaillement?

– Oui, Altesse. Les gardiens et les cuisiniers sont prêts. Ce soir, nous chargerons les ânes qui doivent accompagner les fantassins.

– Parfait. Dans ce cas, j'ai terminé. Je serai au bord du fleuve à l'aube. Si des problèmes surgissaient dans l'intervalle, adressez-vous au général. Vous pouvez vous retirer.»

Lorsqu'ils furent partis, Kamosé resta assis un moment, à tambouriner sur son bureau. Je devrais aller voir mère et grand-mère, se dit-il. Je devrais passer une partie de la soirée à les rassurer, à leur répéter leurs instructions. Je devrais consacrer les heures restantes à prier dans le temple d'Amon. Mais, lorsqu'il quitta enfin la pièce et qu'Akhtoy se leva du tabouret placé devant la porte, il prononça des paroles toutes différentes de celles qu'il avait préparées. « Tu préviendras les femmes que je ne pourrai passer la soirée avec elles, déclara-t-il. Envoie quelqu'un demander au grand prêtre de venir bénir les troupes à l'aube. Mais d'abord, Akhtoy, apporte-moi un manteau et une lampe pleine d'huile. Je veux me rendre dans le vieux palais. Ne dis à personne où je me trouve, sauf en cas d'extrême urgence. »

Il ignorait d'où lui venait cette impulsion, tandis que, éclairé par la flamme dansante de sa lampe, il traversait le jardin et gagnait la brèche du mur d'enceinte séparant son domaine de celui de ses ancêtres, il sut qu'il faisait bien.

Les dernières vestiges du jour s'attardaient encore dans la vaste cour dallée, jonchée de débris, pourtant, à l'intérieur du palais, l'obscurité était totale. Un air froid sentant le moisi l'accueillit à l'entrée de l'ancienne salle de réception... le souffle du passé expiré par les morts. Chassant cette pensée, il regarda les rangées de colonnes qui se perdaient dans les ténèbres et l'espace plus clair sur sa gauche, à l'endroit où une partie de la terrasse et un mur s'étaient effondrés, des hentis auparavant, en couvrant le carrelage de poussière et d'éclats de briques crues.

Il avait eu l'intention de monter directement sur la terrasse des appartements des femmes, mais ses pieds en décidèrent apparemment autrement, et il se retrouva en train d'errer dans d'immenses pièces silencieuses, où sa lampe ne jetait qu'un faible halo. Çà et là, des restes de vie surgissaient de l'ombre : l'éclat sinistre d'un œil oudjat qui l'observait avec hostilité avant de disparaître de nouveau ; une tache d'un jaune sombre, unique vestige d'une scène peinte en des temps plus heureux ; la représentation d'un dieu ou d'un roi assis contemplant avec sérénité les ruines qui l'entouraient. Kamosé eut le sentiment dérangeant que, s'il lui parlait, il répondrait, qu'en s'adressant à lui il libérerait une force restée en sommeil dans la demeure sacrée de ses ancêtres. Cette idée saugrenue lui fit secouer la tête, mais il veilla néanmoins à s'éloigner du personnage sans faire le moindre bruit.

Enfant, il lui avait été interdit de jouer dans le vieux palais. Séqénenrê le jugeait trop dangereux, et Kamosé n'avait guère été tenté d'aller explorer ses secrets. C'était un endroit austère et froid, plein de décombres, le paradis des chauves-souris et des rongeurs. Pourtant, maintenant que, tel un fantôme lui-même, il parcourait des pièces donnant dans d'autres pièces, suivait des couloirs au sol inégal conduisant à des ouvertures noires dépourvues de porte ou à des terrasses crevassées, il lui vint à l'esprit que ce n'était pas dans ses briques branlantes ou ses murs chancelants que résidait le plus grand danger du palais. Les sens aiguisés, il lui semblait entendre courir des murmures, des rires étouffés, entr'apercevoir du coin de l'œil le scintillement de bijoux. Le véritable danger était plus subtil, plus envoûtant, c'était l'appel de la gloire passée qui, joint aux provocations constantes d'Apopi, avait poussé Séqénenrê à la rébellion et l'avait précipité dans la tombe. Kamosé sentait la même exaltation s'insinuer en lui et couler dans ses veines comme un élixir, la promesse d'une purification, d'une restauration. Ce n'était pas un piège. La cause était bonne, elle était juste. Il n'y avait rien de maléfique dans le palais. S'il exerçait un charme, c'était celui de Maât, la Maât d'une Egypte disparue, d'une Egypte dont les ancêtres qui, invisibles, peuplaient le palais attendaient qu'il la ressuscite.

Kamosé arriva finalement dans la salle du trône et s'arrêta devant l'estrade où s'était autrefois dressé le trône d'Horus, ce siège sacré d'or et d'électrum qu'occupait désormais un usurpateur. « Ecoutez, vous tous ! murmura-t-il en se tournant vers l'immense pièce noyée d'obscurité. Je jure que, si Amon veut que je revienne victorieux, je remettrai le trône d'Horus sur cette estrade et reconstruirai ce palais. La gloire de l'Egypte résidera de nouveau ici. J'en fais le serment ! » Les échos se réveillèrent et lui renvoyèrent ses mots, mais il entendit aussi un profond soupir, et la flamme de sa lampe vacilla brusquement comme sous l'effet d'un courant d'air. Réprimant son envie de fuir, il marcha lentement vers les appartements des femmes.

Il monta sur la terrasse et, s'adossant contre le vieux mur, souffla la lampe et s'enveloppa dans son manteau. C'était ici que père venait lorsqu'il voulait être seul, se dit-il, et c'est ici que Mersou l'a attaqué. Il est approprié que j'y passe ma dernière nuit de certitude et de paix. Au-dessous de lui, les salles du palais poursuivaient leur rêve silencieux, mais, sur la terrasse, les étoiles et une lune presque pleine montraient à Kamosé les lignes imprécises du jardin et une partie de la maison endormie.

Il tourna son regard vers le débarcadère. Des torches éclairaient la nuit de leurs flammes orangées. Certaines brûlaient sur le fleuve et jetaient des reflets ondoyants à sa surface, d'autres flambaient le long des rives. Des bruits de voix lui parvenaient. Son armée se rassemblait, conformément à ses ordres. Un instant, le doute et le désespoir l'étreignirent. J'ai fait tout cela, se dit-il. Moi, Kamosé, prince d'Oueset. Et qui suis-je pour réussir là où mon père a échoué ? Tous me font confiance, ma mère et ma grand-mère, mon frère et ma sœur, ces officiers en bas et les princes qui ont parié sur moi. Ils me croient capable d'accomplir ce que j'ai promis. O Amon, j'ai besoin de toi ! Et toi, Osiris Séqénenrê, mon père, sois près de moi, cette nuit !

Il ramena ses genoux contre sa poitrine et ferma les yeux. Tandis que Rê traversait lentement le corps de Nout, il somnola et pria. Puis lorsque le ciel commença à pâlir à l'est et que l'heure des prières fut passée, il se leva, massa ses membres engourdis et, ramassant la lampe, il descendit l'escalier et traversa le palais désormais muet pour aller à la rencontre de son destin.

Cet ouvrage a été composé en Times corps douze
par In Folio à Paris.

Impression réalisée sur CAMERON par
BRODARD ET TAUPIN
La Flèche

pour le compte des Éditions Stock
27, rue Cassette, Paris VIe
en septembre 1998

Imprimé en France
Dépôt légal : octobre 1998
N° d'édition : 1729 – N° d'impression : 1041V-5
54-05-5040-02/8
ISBN : 2-234-05040-5